KB007820

우아함의 기술

The Art of Grace

Copyright ⓒ Sarah L. Kaufman
Korean Translation Copyright ⓒ Mujintree, 2017
All rights reserved.

This Korean edition is published by arrangement with W.W. Norton & Co. through Duran
Kim Agency, Seoul.

이 책의 한국어판 저작권은 듀란킴 에이전시를 통해 W.W. Norton & Co.와 독점 계약한
(주)뮤진트리에 있습니다. 저작권법에 의해 한국 내에서 보호를 받는 저작물이므로
무단전재와 무단복제를 금합니다.

우아함의 기술

The Art of Grace

일상의 우아함,
내면의 우아함에
대한 고찰

사라 카우프먼
노상미 옮김

뮤진트리

▪ 일러두기

– 이 책은 Sarah L. Kaufman의 《The Art of Grace》(Norton, 2016)를 우리말로 옮긴
  것이다.
– 본문에 나오는 도서 · 영화의 제목은 원 제목을 번역 표기하는 것을 원칙으로 하되,
  국내에 소개된 작품은 그 제목을 따랐다.
– 저자의 주는 미주로, 옮긴이의 주는 본문 하단에 각주로 처리했다.
– 책 제목은《 》로, 잡지 · 신문 · 영화 · 곡 · 그림 제목은〈 〉로 표기했다.

사랑하는 존,
그리고
나의 우아함의 신神들인
지크 · 아사 · 애너벨에게

.

예술에서와 마찬가지로,
인생에서도 아름다운 것은 곡선으로 움직인다.
― 에드워드 G. 불워리튼Edward G. Bulwer-Lytton

(차례)

(1부. 우아함의 전경

2부. 우아함 들여다보기

3부. 행동의 우아함

들어가는 말

전율이 이는 몸

1962년 파리, 이탈리아 레스토랑. 오드리 헵번Audrey Hepburn은 영화감독 스탠리 도넌Stanley Donen과 동료 배우 캐리 그랜트Cary Grant와 식사를 하며 영화 〈샤레이드Charade〉를 함께 작업하는 문제로 이야기를 나누게 되었다. 고상함, 품격, 그리고 우아함의 상징과도 같은 헵번은 그랜트를 만나 너무 긴장한 나머지 실수로 포도주 병을 건드려 그의 무릎 위로 떨어뜨렸다.

그 모습을 본 주변 사람들이 웅성거린다. 포도주가 바지에 쏟아졌으니!

그랜트는 모두를 안심시키듯 가볍게 대응한다. 그저 웃어넘기며 아무 일도 아니라는 듯 축축한 모직 옷을 그대로 입은 채 식사가 끝날 때까지 자리를 지킨다. 그것으로도 모자라, 무안해한 헵번의 마음을 편하게 해주려고 다음날 다정한 쪽지를 넣은 캐비아 한 상자를 보낸다.

일 년 뒤 개봉된 〈샤레이드〉는 대성공을 거둔다. 두 스타의 환상적인 어우러짐이 극찬을 이끌어낸다.¹ 하지만 그 두 배우 사이의 불꽃이 이미 몇 개월 전에, 차갑고 축축한 충격이 우아함을 만난 그때에 댕겨졌다는 사실을 아는 이는 거의 없다.

우아함은 세상과 편하게 지내는 것이다. 삶이 그대의 바지에 포도주를 쏟을지라도!

사실 우아함은 포도주와, 아니, 칵테일과 비슷하다. 절박하게 쭉 들이켜는 음료가 아니라, 뭐랄까, 이것저것 조금씩 잘 섞어 균형을 맞춘 뒤 순수하게 즐기는 음료다. 깜짝 놀랐다가 연민을 느끼는 순간이든, 로저 페더러¹⁾의 경이로운 포핸드든, 아니면 한창 손님이 몰리는 저녁 시간에 조화롭게 움직이는 요리사들의 모습이든, 우아함을 목격하면 오감이 즐겁고, 기분이 밝아지고, 편안함을 느끼게 된다.

나는 우아함이 등장하면 차갑고 딱딱하고 위태로운 우리의 세상이 살기 더 좋은 곳으로 바뀐다고까지 말하고 싶다.

옛 사람들은 동의할 것이다. 우리에게 우아함의 세 여신Three Graces의 원형인 카리테스Charites²⁾를 선사한 건 고대 그리스인들

---

1) Roger Federer(1981~), 스위스의 프로 테니스 선수.
2) 카리스Charis의 복수형으로, 그리스 신화에 나오는 미美와 우아함의 여신들이다. 미술사에서는 삼미신三美神으로 부른다.

이었으니까. 어떻게 보면, 카리테스는 세상에서 가장 냉담한 부모를 두었다. 어머니는 사랑과 미의 여신인 아프로디테이고 아버지는 포도주와 술주정뱅이들의 신인 디오니소스였으니까. 카리테스는 아름다움과 풍요 그리고 기쁨의 화신들로, 호머와 헤시오도스, 핀다로스뿐 아니라 수많은 시인들의 찬미의 대상이었다. 로마인들은 이들을 그라티아이Gratiae라는 이름으로 고쳐 불렀는데, 여기서 영어의 grace, 즉 우아함이라는 단어가 나왔다. 매력·쾌활함·기쁨을 선사하는 데 탁월한 재능을 지닌 이 젊은 세 여신이 하는 일은 단 하나, 삶의 즐거움을 고양하는 것이었다. 다시 말해 편안함을 가져다주는 것.

그러니 누가 마다하겠는가!

그렇다면 우아함은 우리 삶에서 당연한 것이어야 할 텐데, 주변을 둘러보거나 우리 자신을 살펴보면 삐뚤어지고 매끄럽지 못하고 다듬어지지 않은 것 투성이이다. 한마디로 거칠다.

하지만 우리는 모두 우아해질 수 있다. 신경과학자들과 운동전문가들은 사람은 처한 환경이나 능력과 무관하게 모두 우아해질 수 있다고 입을 모은다. 느긋하고 균형 잡힌 몸, 매끄럽고 효율적인 움직임, 관심과 연민이 우아함을 이룬다. 우아함에는 자족적인 침묵이 있다. 그래서 소란스럽고 튀고 눈에 거슬리는 걸 피한다.

우리는 다시 우아해져야 한다. 우리는 모두 악전고투 중이고 최대한 도움이 필요한 처지이다. 그런데 우리는 우아함을 잃어버렸다. 그토록 오랫동안 우리에게 없어서는 안 될 소중한 특성이었고, 우리가 서로 상호작용하는 방식, 우리가 우리의 몸과 우리를 둘러싼 세계에서 살아가는 방식의 진수여야 했던 그것을. 21세기의 삶은 급하고 서투르고 불만스럽기 일쑤이다. 우리가 서로를, 그리고 우리 자신을 대하는 방식 때문이다. 우리는 직장에서 일을 너무 많이 한다. 집에서도 쉬지를 못한다. 뒤에 사람이 오고 있어도 딴 데 정신이 팔려 문이 쾅 닫히게 내버려두고, 휴대폰으로 문자를 보내느라 돌부리에 발이 걸려 넘어지며, 약속 시간에 늦어 뛰어가느라 눈앞도 제대로 보지 못하고 지나친다. 우리는 주로 앉아서 지내고 축 처져서 다니고 휴대용 컴퓨터에 코를 박고 지내는 등 무신경한 습관에 빠져든 탓에 자세가 구부정해졌다. 우리는 중력에 굴복해버렸다. 인생을 우아하게 살아가는 법을 잊어버린 것이다.

우아함은 한때 철학자와 시인, 예술가와 에세이스트들의 주제였으나, 우아함을 깊이 있게 탐구한 마지막 예를 찾으려면 거의 1세기 전의 프랑스의 저작을 파헤쳐야 한다. 1933년에 레몽 바예 Raymond Bayer가 출간한 두 권짜리 기념비적 저서 《우아함의 미학: 구조적 평형 연구 서설L'esthétique de la grâce: introduction à l'étude des équilibres de structure》이 그것으로, 요리사가 강꼬치고기[3]의 뼈를 바르듯 우아함을 방법론적으로 해부한 책이다. 1200쪽에 달하는

---

3) 무게가 0.9~1.8킬로그램인 민물고기의 일종. 두꺼운 비늘로 겹겹이 덮여 있고 뼈가 날카롭고 뾰족해서 요리하기 쉽지 않다.

그 책에서 바예는 우아함의 본질을 분석하고, 미학의 범주로서 우아함에 관한 철학이론들의 역사를 꿰뚫고, 그래프와 차트를 이용해 놀이용 고무공과 단거리 달리기 선수의 탄성과 반동의 포물선을 상세히 기록했다. 정말 놀라운 책이고 또 매우 프랑스적인 책이다. 바예는 동물들이 지닌, 아무리 완벽한 기계로도 복제할 수 없는 그 '비밀스러운' 우아함에 대해, 그리고 여자들과 고양잇과 동물들의 몸짓에 공통된 왕실royauté의 우아함에 대해 이야기한다. 매우 흥미로운 관찰이다. 만약 바예가 우리 시대에 태어났다면 그런 책을 낼 수 있었을까? 그러지 못했을 것이다. 거리에서 누군가가 정말 매혹적인 몸짓을 보이며 움직이는 모습을 본 적이 언제던가? 1930년대 이후로 일상생활의 생생한 한 측면으로서의 우아함은 사라져버렸다. 이제는 그것을 되찾을 때이다.

그리고 그런 시도에서 캐리 그랜트만큼 훌륭한 안내자도 없다.

나는 삼십 년 동안 무용비평가로 활동했으니, 어른이 된 후 평생 우아함을 관찰해온 셈이다. 몸의 움직임에 매료됐던 어린 시절을 생각하면, 우아함에 대한 내 관심은 그 이전으로 거슬러 올라간다. 나는 심장 결함을 가지고 태어나 일곱 살에 수술을 받아야 했고, 여덟 살 때까지는 격렬한 신체활동을 하지 못했다. 그래서 다른 아이들이 뛰어놀고 운동하는 모습을 최대한 자주 지켜보면서 대리만족을 얻었다. 그러다 조금 더 자란 뒤 시작해 십대 때 전념하게 된 발레 레슨 덕분에, 그토록 갈망하던 신체 표현의 세계로 들어서게 되었다.

하지만 하나의 기술로서 우아함에 관해 더 깊이 생각하게 된 것은 캐리 그랜트 때문이었다. 1940년에 나온 영화 〈필라델피아 스토리The Philadelphia Story〉를 보다가, 그의 명료하면서도 심오하고 보기 드문 재능에 끌렸다. 복잡 미묘한 감정들을 능수능란하게 다루고, 재치 있는 말에서부터 실존적인 진실까지 가볍고 편안하게 오가며, 정교하게 새겨진 활자 속 인물을 너무도 편안하면서도 생동감 있게 구현해내는 그의 재주에 매료된 것이다. 내가 관심을 가진 것은 주로 그가 움직이는 방식이었다.

〈필라델피아 스토리〉에서 캐리 그랜트는 캐서린 헵번Katharine Hepburn이 연기하는 전 아내를 여전히 사랑해 다른 남자와의 재혼이 무산되길 바라는 친숙한 남자 역을 연기한다. 그랜트는 상류층인 헵번의 가족과 재회할 때 외양에 신경 쓰면서 복잡한 심정을 감추려 애쓴다. 그러나 그의 몸은 다른 이야기를 한다. 그는 헵번에게 관심 없다는 듯 딱 부러지는 어조로 말하지만 그의 몸짓은 부드럽다. 전 아내의 재혼 직전 그녀의 집으로 찾아가는 장면에서, 그랜트는 그들 사이의 공간을 다 삼켜버릴 듯한 큰 걸음걸이로 그녀를 얼마나 되찾고 싶은지를 보여준다. 그의 입이 말하지 못하는 것을 그의 몸이 표현한다. 그는 그녀 가까이에 서서 그녀 쪽으로 몸을 기울인 채 아랫배를 내보이며 마치 늑대처럼 배로 항복을 표현한다. 그 모든 것을 전혀 힘들이지 않고 너무나 쉽게 해, 그것이 춤처럼 신체연기라는 것을 우리는 미처 의식하지 못한다.

영화와 텔레비전은 우리 자신을 넘어서는 가능성들을 보여준다. 그러니 거기서 이상적인 우아함이란 어떤 것인지 찾아보는 것이 합당하다. 영화나 텔레비전에 나오는 연기자들 가운데 가장 흥미롭고 매력적인 사람들은 몸의 움직임이 좋은 사람들이다. 살짝 애간장을 녹이는 부드러운 태도와 나른한 걸음걸이를 지닌 그레타 가르보Greta Garbo나 최면을 걸듯 좌우로 간들거리며 걷는 소피아 로렌Sophia Loren을 보라. 잘 다듬어진 몸매(언제나!)로 마치 무게가 전혀 없는 듯 움직이는 오드리 헵번도. 덩치는 크지만 너무나 가뿐하고 자신감 있게 돌아다니는 재키 글리슨Big Jackie Gleason도. 미끄러지듯 걸어다니는 덴절 워싱턴Denzel Washington도.

우아함은 그 자체로 야단법석을 떨지 않으면서 분위기를 미묘하게 따스하게 만들어준다. 본질적으로 우아함은 침착하고 편안한 사람으로부터 주변 사람들에게로 행복이 전이되는 것이다. 우아한 사람은 우리의 이상적 자아이자 세상에서 편안하게 존재하고 싶은 우리의 꿈을 구현한 인물이다. 그래서 우리는 우아한 사람, 남을 의식하지 않고 편하면서도 자연스럽게 행동하는 사람, 평온해 보이는 사람에게 감동하는 것이다. 보통 사람들의 인생은 수고와 어색함으로 가득차 있다. 우리는 버스 또는 기차를 잡으려고 숨 가쁘게 달리거나 실컷 떠벌리고 나서는 후회한다. 그런데 가르보 같은 사람이 있는 것이다. 마치 떠다니듯 움직이고, 모난 데라고는 보이지 않고, 온통 하늘거리며 부드러운 것이, 마치 나지막이 떨리는 우주의 진동에 조율되어 있는 듯한 사람 말이다.

우리는 영화 〈그랜드 호텔Grand Hotel〉에 나오는 가르보처럼 번쩍이는 로비를 당당하고 여유롭게 지나가지 못할지도 모른다. 하지만 그녀의 우아함에는 더 큰 의미가 있다. 다름 아니라 그 우아함이 세상 속에서 편안함을, 완벽하게 자기 자신으로 존재하는 부러워할 만한 상태를 잘 보여준다는 것이다.

우아한 행동은 우리 안에 기쁨의 음을 울리고 우리가 본능적으로 알고 있는 도취적 흥분을 불러일으킨다. 그런 행동이 가장 바람직한 상태에 대한 하나의 상像을 제공하기 때문이다. 상황, 우리 자신의 신체, 행동, 그리고 감정을 힘들이지 않고 통제하는 것 말이다. 헉헉대고 비틀거리며 살아가고 있다고 느낄지라도, 우아한 움직임과 태도를 언뜻 보면 완벽한 조화를 꿈꾸게 된다.

캐리 그랜트를 보자. 알프레드 히치콕은 캐리 그랜트를 가리켜 "자신이 평생 사랑한 유일한 배우"라고 했다.[2] 까다롭기로 유명한 그 감독만 그런 평가를 한 건 아니었다. 히치콕의 평가라서 특히 무게감이 있긴 하지만. 생전에 히치콕은 배우들을 살아 있는 소도구쯤으로 간주했다고 한다. 어쩌면 그랬기에 그랜트가 더욱 눈에 띄었을 것이다. 한때 곡예사이자 보드빌vaudeville[4] 배우였던 그랜트는 장식 역할에 그치는 배우가 결코 아니었다. 그는 뛰어난 신체연기자였다. 그는 뒤로 공중제비를 넘을 수 있고[〈어떤 휴가Holiday〉(1938)] 지붕을 기어오를 수 있었다[〈나는 결백하다To

---

4) 노래 · 춤 · 촌극 등을 공연하는 버라이어티 쇼.

Catch a Thief〉(1955)]. 또 캐서린 헵번을 공룡 뼈 위로 잡아올리고 [〈아이 양육Bringing up Baby〉(1938)] 에바 마리 세인트Eva Marie Saint 를 러시모어 산으로 끌어올렸다[〈북북서로 진로를 돌려라North By Northwest〉(1959)]. 그것도 한 손으로. 그랜트는 예전 곡예사 시절에 배운 기술이라고 말하곤 했다.

훨씬 더 흥미로운 것은 캐리 그랜트가 보여준 인간의 평범한 동작들이었다. 그는 사람들의 시선을 붙잡는 법과 적시에 정확한 제스처로 장면에 정서적 깊이를 부여하는 법을 알고 있었다. 다른 사람이라면 무척이나 평범해 보였을 몸짓, 이를테면 손가락으로 운전대를 연신 두드린다든가 딱 알맞은 순간에 어깨를 으쓱한다든가 하는 몸짓들로 말이다. 그랜트는 느긋하고 건들거리는 걸음걸이로 성큼성큼 방을 가로지르거나 의자에서 일어서거나 벽난로에 몸을 기대는 등 일상적인 동작들에 연극적인 목적의식과 예술가의 미묘함을 불어넣었다. 바로 이것이 그랜트의 연기가 지닌 모차르트적 미스터리이다. 극적 긴장감과 장난스럽고 자연스러운 편안함이 공존하는 것이다. 그 긴장감과 편안함은 모두 그의 온몸과 다른 사람들에 대한 3차원적 반응에서 유래했다.

그렇지만 그랜트가 우아함의 본보기인 것은 그가 영화에서 보여준 연기 때문만은 아니다. 그는 내적 차원도 갖추고 있었다. 그에게는 고대 그리스인들이 '칼로카가티아Kalokagathia'라고 불렀던 것, 즉 아름답고 고결한 영혼이 있었다. 그의 신사다운 품성에 관한 이야기는 매우 많다. 하지만 그도 우리 모두와 마찬가지로 나약한 면이 있었고, 총 네 차례의 이혼을 포함해 고군분투하며 살았다. 사랑운이 좋지 않았지만, 결혼생활의 어려움은 신중하게 처리했다. 격식을 중시하는 형식주의와 그 유명했던 완벽주의 때문에 함께 살기 편한 사람은 아니었지만, 그런 특성들은 직업에서는 유용했다. 함께 연기하는 배우가 대사를 놓칠 경우, 그랜트는 자기도 일부러 실수했다. 그러면 그 장면을 전부 다시 찍어야 했다. 그렇게 함으로써 다른 배우의 체면을 살려주고 두 번째 기회도 가질 수 있었던 것이다.[3]

위험부담이 크지 않을 때 친절하게 행동하는 것은 그리 어렵지 않다. 하지만 그랜트는 친절하게 행동하기 쉽지 않을 때도 친절했다. 잉그리드 버그만Ingrid Bergman은 로베르토 로셀리니Roberto Rossellini 감독과의 연애사건이 국제적 스캔들로 비화했을 때 할리우드 관계자부터 상원의원에 이르기까지 모두가 고결하고 거룩한 척하며 온통 그녀를 비난하는 분위기에서 그랜트가 자신을 옹호해준 몇 안 되는 인물들 중 첫 번째 인물이었다고 회고했다.[4]

매카시 시대였던 그 시기, 할리우드에 감히 블랙리스트에 항의하는 사람이 거의 없던 그 시기에, 그랜트는 자기 자신을 넘어, 반공주의 광풍 속에서 비자가 취소된 같은 영국 출신 영화인 찰리 채플린Charlie Chaplin을 공개적으로 지지했다. 은퇴를 선언하는(당시로서는 때 일렀던) 기자회견을 열어 채플린을 전적으로 옹호하면서, "우리는 극단으로 치달아서는 안 된다"는 명확하면서도 절제된 경고로 기자회견을 끝냈다.[5]

우아한 제스처는 그랜트의 습관이었다. 가령 1940년, 미국이 아직 나치 항전에 가담하지 않았던 그 시기에 그는 〈필라델피아 스토리〉의 출연료 전액을 전쟁에 총력을 기울이는 영국 정부에 기부했다.[6]

우아함은 잘 조정된 매끄러운 움직임 혹은 겸손하고 관대한 태도로 표현될 수 있다. 이 둘은 대개 연관되어 있다. 우리는 움직임이 좋은 사람과 함께 있고 싶어한다. 그들의 편안함은 느긋하고 자신감 있는 태도에서 나오는데, 우리는 바로 그런 점에 끌린다. 기교나 연습으로 얻어진 완벽함이 아니라, 신체의 매끄러운 움직임이 그 사람의 본성에 관해 말해주는 어떤 것에 이끌리는 것이다. 우아함은 외모나 세련미와는 아무 상관이 없으며, 전적으로 연민과 용기의 문제다. 가령 배척당하는 누군가에게 따뜻하게 다가가는 용기에는 우아함이 있다.(〈바람과 함께 사라지다〉에서 스칼릿을 대하는 멜라니의 침착하고 한결같은 태도를 떠올려보라. 멜라니는 추악한 소문을 무시하고 수다쟁이들에 맞서 스칼릿을 옹호한다.) 가장 우아한 사람들은 겸손하고 가식 없고 솔직한 사람들이다. 그런 사람들은 다른 사람들과의 사이에 장벽을 세우지 않는다. 마음을 활짝 열고, 다른 사람들을 편하게 대한다.

우아함에는 수천 년, 심지어 수백만 년에 이르는 강력한 뿌리가 있다. 포유동물로서 우리의 뇌는 다른 이들의 미묘한 움직임까지 지각하게끔 진화했다. 매끄러움에 대한 감탄이 우리 뇌의 쾌락중추에 일찍이 자리를 잡았다. 우리는 나무 꼭대기에서 살아남기 위해, 매끄럽게 연결된 조화로운 동작, 지금도 그렇지만 동물의 왕국에서는 특이한 광범위한 동작으로 나무들 사이를 건너다녔다. 그러니 곡예에 가까운 민첩성은 우리의 타고난 권리이다.

편안한 삶에 대한 갈망, 세상과 아무 문제 없이 하나가 되고 싶은 갈망 또한 우리가 가진 근본적인 유산이다. 또한 그런 갈망은 우리가 문명이라 부르는, 함께 살아가려는 노력과 불가분의 관계이다.

약 4500년 전 이집트에서 살았던 프타호텝Ptah-hotep이라는 남자를 소개하고 싶다. 그를 기념해 피라미드가 세워지지는 않았다. 그는 일개 관료, 파라오의 고문에 지나지 않았으니까. 하지만 그는 헤아릴 수 없을 만큼 귀중한 것을 남겼다. 세상에서 가장 오래된 책이 바로 그것이다.

여러분은 상형문자로 된 그 책에 고대 전쟁 영웅들의 업적이나 매장 의례, 세금 징수법 같은 것이 기록되어 있을 거라고 생각할지도 모르겠다. 그러나 프타호텝이 쓴 그 책에는 그런 것과는 전혀 다른 내용이 담겨 있다. 그 책은 그가 아들에게 주는 지침서로, 사람들은 그 책이 도덕철학이나 예절과 관련된 최초의 책이라고들 하지만, 이런 딱지를 붙이면 핵심을 놓치게 된다. 프타호텝은 옳고 그름을 말한 것이 아니고, 예의 바른 행동만 나열한 것도 아니었다. 그는 왕실 관계자였으므로(그리고 어쨌거나 자기 아들에게 보여주려고 그 책을 썼으므로), 예상대로 권위에 존경을 표하는 문제와 관련해서 할 말이 많았다. 하지만 '밝은 얼굴로' 주변 사람들에게 겸손하고 너그럽게 굴라고, 그들의 기분을 편안하게 해주고 인정받는다는 느낌을 가질 수 있도록 도와주라고 충고했다. 프타호텝의 목적은 사회적 화합이었던 것이다.

프타호텝이 보기에 기원전 25세기의 세상은 많은 것이 무너지고 있었다. 아이들은 부모 말을 따르지 않았고, 탐욕과 악풍이 만연했다. 식탁에서는 절제하고 남의 말을 경청하기보다는 포식과 언쟁을 일삼았다. 지도자들은 전제주의로 흘러갔다. 그리하여 인간문명의 원전이 되는 그 책을 집필한 우리의 선조는 이해심과 평정심 그리고 배려하는 마음을 가지라고 호소하며 세상을 바로잡으려고 노력했다.

그는 "친절은 인간의 기념비이다"라고 썼다. 후세는 "가혹함보다 온화함을 더 크게 칠 것이다"라고 쓰기도 했다. 또 "만일 그대가 힘 있는 자라면, 지식과 너그러움으로 존경받도록 해라"라는 말도 남겼다.[7]

또 다른 말들을 보자. 그대의 생각에서 벗어나 주변에 주의를 기울여라, 다른 사람을 생각해라, 이런 말들은 프타호텝의 모든 격언을 관통하는 주제다. 남편은 약과 아름다운 옷, 애정 어린 관심으로 아내를 소중히 보살피라 이르고, 윗사람은 인내심을 가지고 아랫사람을 대하며 아랫사람이 불만을 터뜨리거든 막지 말라고 이른다. "탄원하는 이의 말을 들을 때는 자애로워야 한다."(다른 사람이 불평을 토로하면 잠자코 들으라고 강조한 걸 보면, 제5왕조

왕들의 성미가 고약해 백성의 사기가 땅에 떨어졌던 모양이다.) 그는 권력자들에게 연민을 유산으로 남기라고 이른다. "많이 배웠다고 자만하지 마라. 무지한 사람과 이야기를 나눌 때도 현자와 대화하듯 해라"라고 그는 말했다.

세월이 흘러도 인간이 소중하게 여기는 것은 그리 변하지 않는다. 프타호텝의 메시지는 시대를 초월해 계속 울려 퍼지고 있다. 파피루스에서 양피지로, 책에서 영화로 매체가 바뀌긴 했어도. 고대 이집트의 그 고관이 옹호했던 사회적 감수성은 고대 아테네에서, 르네상스 시대 이탈리아에서, 그리고 식민지 시대 버지니아에서도 계속 이어졌다. 식민지 시대 버지니아에서는 십대의 조지 워싱턴이 학교 숙제로《예의 바르고 품위 있는 행동규칙Rules of Civility and Decent Behaviour in Company and Conversation》을 고리 모양의 큰 글씨체로 베껴 썼다. 워싱턴이 평생 고수했던 이 110개 규칙은 프랜시스 호킨스Francis Hawkins가 1640년에 출간한《젊은이의 행동과 남자들 사이의 대화 예절Youths Behaviour, or, Decency in Conversation Amongst Men》을 축약한 것이었다. 이 책은 16세기 프랑스의 어느 예수회 수사가 쓴 글을 호킨스가 번역한 것인데, 그 수사는 필시 고대로부터 내려온 궁정 전통에서 그 규칙들을 가져왔을 것이다. 거기에는 다른 사람들과 어울리는 방법, 나일 강만큼이나 오래되고 풍요로운 방법들이 보존되어 있었다.

워싱턴의 66번 규칙은 괴팍스럽게 고집부리지 말라는 의미의 옛 가르침으로, "심술궂게 굴지 말고 친절하고 예의 바르게 행동하라"이다. 70번 규칙은 "다른 사람의 결함을 비난해서는 안 된다"이고 105번 규칙은 "무슨 일이 있어도 식사 중에는 화내면 안 된다"이다.

프타호텝의 견해들은, 의심할 여지없이 그 이전 시대에서 비롯되었을, 세상을 어떻게 살아야 하는가에 대한 이상적 비전, 즉 마찰을 피하고 편안하게 사는 법을 전해준다. 유사 이래 인간은 이런 삶을 갈망해왔음을 이 기록은 보여준다. 그리고 거기에 우아함의 매력이 있다. 그것은 인간이 지닌 모든 고상한 욕망과 행동을 조화시키는 일종의 완전성을 대표한다.

이런 이상적인 조화를 추구하면, 지도자와 왕들의 행동뿐 아니라 중상류층의 응접실과 공공생활에서의 행동에도 활기가 생긴다. 가령 영화 〈필라델피아 스토리〉에는 계속 그런 이야기가 나온다. 여주인공의 아버지가 프타호텝처럼 자식을 가르친다.

"넌 똑똑하고, 얼굴도 예쁘고, 자유롭게 움직일 수 있는 건강한 몸도 있다. 사랑스러운 여자가 되는 데 꼭 필요한 한 가지만 빼고 다 가졌지. 이해심 말이다" 현명한 가장 역을 맡은 배우 존 할리데이John Halliday는 차갑고 신랄한 말투의 딸 역을 맡은 캐서린 헵번에게 이렇게 말한다.

이 영화에서 캐리 그랜트는 헵번의 완벽한 짝이다. 지성, 잘 단련된 몸, 그리고 무엇보다 이해심이라는, 사랑스러운 남자가 되는 데 필요한 모든 것을 갖추고 있기 때문이다. 할리우드의 황금기처럼, 우리가 사는 이 시대처럼, 고대에도 이 세 가지가 우아함의 필수요소였다.

우리는 우아함의 공백기라 할 수 있는 시대를 살고 있다. 우리는 바쁘게 하루하루를 보낸다. 눈과 귀에 장치들을 연결한 채 마음이 저 멀리 가 있어서, 자신이 다른 사람들에게 물리적·정서적으로 어떤 인상을 주는지 알지 못한다. 급박하게 돌아가고 파편화된 우리의 경쟁사회는 여러 면에서 온화함이나 이해심과 역행한다. 대중문화는 수치와 갈등에서 기쁨을 느끼도록 부추긴다. "난 당신의 고통을 느낀다"는 말은 상투어이고 거짓말이다. 최근의 연구에 의하면, 청소년들 사이에 공감이 급감하고, 나르시시즘은 그만큼 상승했다. 2010년 미시간 대학교에서 진행한 연구에 따르면, 오늘날 대학생들은 삼십 년 전 대학생들에 비해 공감능력이 40퍼센트 떨어지는데, 이는 21세기가 시작된 이후 가장 큰 폭으로 떨어진 수치이다.[8] 또 다른 일련의 실험들은 상류층이 '공감 결핍'을 앓고 있다는 사실을 보여준다. 실험 참가자가 부자일수록 다른 사람의 감정을 정확히 읽어내는 능력이 떨어졌던 것이다.[9] 이런 연구결과들이 다른 사람의 관점을 고려하는 능력, 그리고 목전의 상황을 초월해 거시적 차원에서 자신의 행동이 미칠 영향을 고려하는 능력과 관련해 무엇을 의미하는지 생각해보자.

우리는 우아함을 왕실 결혼식이나 국빈만찬이나 오페라 극장 같은, 지위 높은 사람들의 삶과 연결 짓는 경향이 있다. 그리하여 가령 재클린 케네디 오나시스Jacqueline Kennedy Onassis의 세련된 단정함에서 우아함을 보는데, 그녀는 사회적 지위 때문에 잘 다듬어진 인상을 주어야 했다. 그런 종류의 우아함에는 진주 표면처럼 차갑고 광을 낸 것 같은 특성이 있다.

그러나 그런 장식적인 우아함은 우리 같은 보통 사람들에게 그다지 유익한 것을 보여주지 못한다.

이탈리아의 위대한 화가 카라바조Michelangelo da Caravaggio는 현실적인 인물들을 고집스럽게 그렸다. 그의 그림에는 기운을 북돋우는 에너지가 있다. 그가 그린 활발하고 현실적인 17세기 성자들은 면도도 하지 않았고 발도 더러웠다. 어떤 성자들은 젊고 약간 섹시하기까지 했다. 그가 그린 성모 마리아들은 그가 알고 지내던, 그리고 필경 사랑했을 창녀들이 모델이었다. 그들에게는 배짱 두둑한 우아함이 있다. 육체적이고 약간 결함이 있는 우아함, 마음을 열고 삶을 받아들이는 데서 나오는 우아함이다. 나는 그런 얻기 힘든 우아함에 끌린다. 시민권 운동 시대의 모타운 투어[5]나 보드빌 순회공연에서, 혹은 오늘날 록 콘서트장에 조명등을 설치하는 두려움 모르는 무대 담당자들 사이에서, 또 테니스 코트나 교외 길모퉁이나 파킨슨병 환자들을 위한 댄스 강좌에서 볼 수 있는 그런 우아함에 이끌린다.

과학뿐 아니라 이런 활동무대들도 우리처럼 서투른 사람들에게 희망적인 소식을 전한다. 우아함은 놀라울 정도로 민주적이며, 그

5) 미시간 주 디트로이트에 있는 유명 음반회사인 모타운 레코드사 소속 가수들의 순회공연.

잠재력은 우리 모두에게 있다는 것을. 우아함은 우리 모두가 훈련을 통해 개발할 수 있는 기술이라는 것을.

그래도 우아함에는 숨겨진 뭔가가 있다. 흔히 간과되며, 어렴풋이 감지되긴 하지만 딱 꼬집어 말하기는 어려운 뭔가가. 18세기의 영향력 있는 스코틀랜드 철학자 토머스 리드Thomas Reid는 "최후의 그리고 가장 고상한 아름다움은 우아함"이라고 말했다. 그는 우아함을 정의할 수 없는 것으로 생각했다. 철학자들이 주로 하는 일이 바로 사물을 정의하는 것인데, 왜 리드는 우아함에 대해서는 손을 놓았을까?

나는 우아함을 찾아서 붙잡고 검토하기 위해 이 책을 썼다. 다른 사람에게서 우아함을 보면 우리도 그 편안함을 느낄 수 있다. 그리고 설령 머릿속으로만 그런다 해도, 공감하고 조화롭게 움직이면서 활력이 솟는 것을 즐길 수 있다. 우리는 타고난 모방자들이므로, 우아함을 많이 볼수록 우리도 더 우아해질 수 있다. 그다음 단계는 연습이다. 편안한 움직임, 자기통제, 그리고 따뜻함을 기르는 것이다. 그러면 그레타 가르보처럼 걷게 될지도 모른다.

셋째 단계는 기꺼이(적어도 명백한 공포감 없이) 그리고 주변 사람들을 배려하면서 세상과 대면하는 법을 배우는 것이다.

우아함, 지금 내가 말하고 있는 일상적 우아함, 정직하고 상대방을 무장 해제시키는 우아함은 시험 없이는 존재하지 않는다. 그런 우아함은 우리가 넘어질 때, 우리가 발가벗을 때 가장 분명히 드러난다. 그것은 미묘한 변화, 숨겨진 안무의 한 부분 혹은 기대하지 않았던 이해의 표시가 갑자기 진실의 순간이 될 때, 주의를 기울이는 단순한 행위를 통해 드러난다. 우리는 그냥 보아야 한다.

아니, 좀 더 정확하게 말하면, 주시하다behold라는 말을 써야 한다. 이 말의 어원을 추적하면 '완벽하게 붙잡는 것'을 의미한다. 어떤 사물을 보기만 하는 것이 아니라, 잡아서 몸에 대고 느끼는 것이다. 버터 향이 나는 아기 머리칼에 코를 대고 숨을 들이마시듯 그것을 들이마시고 냄새 맡는 것이다. 우아한 행동은 감각적으로 밀려든다.

그러니 우아함을, 그리고 우리 주변의 우아한 것들을 주시하자. 우아함과 우아한 행동이 사람들과 어울리는 기술로서 여러 시대를 거쳐 전해 내려온 방식을 검토하기 전에, 유명인사들의 우아함, 그리고 그 우아한 비틀거림과 넘어짐을 살펴보기 전에, 조각과 그림, 춤과 스포츠, 과학과 신학을 통해 우아함을 탐구하기 전에, 한 남자부터 살펴보자. 우아함이 무엇인지를 여태껏 내가 보아온 모든 〈백조의 호수〉에 나온 그 모든 발레리나들보다 나에게 더 많이 가르쳐준 그 남자부터.

1부

우아함의 전경

캐리 그랜트는 시간을 초월한 진실을 활용했다. 움직이는 인체만큼 우리가 예리하게 지켜보는 것은 없다는 진실을. 인체가 움직이는 방식은 하나의 이야기를 들려주기 때문이다. 동경과 저항의 이야기인 〈필라델피아 스토리〉에서 캐서린 헵번과 함께.

01

불멸의 재능:
왜 캐리 그랜트가 우아함의 전형인가

인체는 인간의 영혼을 보여주는 최고의 그림이다.
- 루트비히 비트겐슈타인Ludwig Wittgenstein

총을 쏘아대는 농약살포 비행기를 간신히 벗어난 뒤 러시모어
산 정상으로 관객을 데려가는, 광범위한 무대를 배경으로 펼쳐지
는 알프레드 히치콕의 스릴러 〈북북서로 진로를 돌려라〉는 한 남
자가 복도를 걷고 있는 단순한 장면으로 시작한다.

하지만 그 남자가 캐리 그랜트이므로 그 장면은 결코 평범하지
않다.[1] 그는 첫걸음부터 우리의 시선을 붙든다. 일정한 리듬을 실
어 착착 걸으면서 목적·명료함·효율성을 무심코 드러내는 보
폭이 크고 빠른 걸음걸이이다. 그는 옆에서 따라오는 비서에게 편
지 내용을 구술하며 엘리베이터에서 나와 거리로 나간다. 그는 로

저 손힐이라는 홍보이사 역을 연기하면서 다정한 상사임을 말없이 보여준다. 움직일 때 그리고 비서에게 몸을 기울여 말할 때 그의 몸에는 느긋한 편안함이 있다. 그는 자신이 하는 일에 매우 만족해하고, 그러면서도 비서에게 너무나 세심하고 정중하다. 마치 위스키처럼 부드러워서, 그가 움직일 때마다 더더욱 그에게 빠져들게 된다.

이 장면에서 그랜트가 하는 말은 그의 움직임만큼 중요하지 않다. 우리를 사로잡는 것은 그의 움직임이다. 항상 그렇다. 그랜트는 시간을 초월한 진실을 활용했다. 움직이는 인체만큼 우리가 예리하게 지켜보는 것은 없다는 진실을. 인체가 움직이는 방식은 하나의 이야기를 들려주기 때문이다.

한 사람이 공간에서 움직이는 방식은 원초적 차원에서 우리에게 말을 건다. 그것은 동물 대對 동물로서 마치 냄새처럼 알아차리게 되는 어떤 것이다. 우리의 뇌는 모든 포유동물의 뇌가 그렇듯 움직임을 지각하도록 만들어져 있다. 대부분의 사람들에게 우아함은 쾌락중추에서 특별한 자리를 차지한다. 매끈한 움직임은 거친 움직임보다 매력적이다. 특히 그 매끈함에 다양하고 예기치 못한 순간들이 있다면 말이다. 자연에서 우리의 눈이 머무는 것들을 생각해보라. 잔잔하게 흐르는 물을 보고 있으면 점차 지루해질 수 있지만, 바람에 이리저리 휘날리는 깃털은 매우 흥미롭다.

우아한 움직임은 바람에 휘날리는 깃털과 같다. 매끈하지만 변동이 많다. 이 변화무쌍한 매끄러움이 이 책에 언급되는 모든 육체적 우아함의 사례들을 하나로 묶어주는 특징이다. 너무 미묘해서 의식하지 못할 수도 있지만, 배우·무용수·운동선수, 아니면 어느 누구라도 매끄럽고 조화롭게—그러나 너무 매끄럽게만이 아니라 놀라움도 허용하면서—움직인다면, 우리의 시선은 어디든 그를 따라다닐 것이다.

몸이 먼저다. 우아함은 한 몸에서 다른 몸으로 편안함을 전달한다. 우아함을 목격하면 우리의 몸안에서 그 편안함이 공명하는 것을 느끼게 된다. 우아한 사람은 우리를 기분 좋게 해준다.

그랜트의 가무잡잡한 아름다움, 교양 있는 말투, 그리고 코미디 재능은 이론의 여지가 없다. 하지만 내가 가장 매혹적으로 느끼는 것—그리고 그렇게 세월이 흘렀어도 그를 여전히 볼만한 배우로 만들어주는 것은—그의 육체적 우아함과 머리부터 발끝까지 온몸을 다 써서 물 흐르는 듯한 연기를 창출해내는 능력이다. 그것은 그냥 연기, 그냥 신체 연기가 아니라, 보기도 하고 느낄 수도 있는 움직임으로 가득 찬 연기다.

그 매끄러움은 그가 하는 모든 역할에서, 걸을 때도, 손을 주머니에 넣을 때도 늘 보인다. 그래서 코미디를 하거나 엉덩방아를 찧어도, 잘 연출된 공포 연기를 할 때도 절대 어색하거나 어설프지 않다(어느 누가 그처럼 멋지게 옥수수 밭을 질주한 적이 있던가?). 심지어 가만히 서 있을 때도 그 매끄러움이 보이는데, 가만히 있으면서도 계속 몸으로 경계심을 표현하는 능력이 있기 때문이다.

캐리 그랜트는 여자 쪽으로 살짝 머리를 기울이며 초롱초롱한 눈으로 쳐다보거나 어깨를 살짝 누그러뜨리는 몸짓만으로도 상대를 은밀하고 변함없이 사랑하는, 자신이 맡은 역할을 매끄럽게 해냈다. 그는 경제적인 방식으로 많을 것을 표현했고, 당연히 감독들은 그것을 좋아했다.

앨런 J. 파큘라[6]는 그랜트는 "스크린에서 한순간도 허비하지 않았다. 그에게는 모든 움직임이 뭔가를 의미했다"고 말했다.[2]

보려고만 하면 그랜트의 모든 영화에서 그의 신체적 우아함의 사례들을 볼 수 있다. 〈그의 연인 프라이데이His girl Friday〉(1940)의 한 장면은 특히 훌륭한데, 그랜트가 지극히 사소한 방식으로 강력한 의사전달을 해내기 때문이다. 그랜트가 연기한 신문사 편집장 월터 번스와 스타 기자 겸 그의 전 아내인 힐디 존슨(로잘린드 러셀Rosalind Russell 분) 사이에는 영화가 진행되는 내내 불꽃이 튀지만, 어느 장면에서 그랜트가 보여주는 미묘한 몸짓은 그 자체로 이야기를 뽑아낸다. 아직도 무척 사랑하는 전 아내 그리고 그녀의 약혼자 브루스(랠프 벨라미Ralph Bellamy 분)와 점심을 먹는 정중한 자리에서, 월터는 이제 곧 행복한 결혼생활을 누리게 될 거라는 힐디의 환상이 얼마나 어리석은지 보여주려 한다.

그는 "아, 어머니가 사시는 집에서"라고 열정적으로 말한 뒤 껄

---

6) Alan J. Pakula(1928~1998). 미국의 영화감독 겸 영화제작자. 〈소피의 선택Sophie's Choice〉과 〈모두가 대통령의 측근All the President's Men〉 등을 연출했다.

껄 웃으며 한쪽 어깨를 돌리고, "그것도 올버니에서!"라고 덧붙인다. 통렬한 조롱이지만 너무나 미묘하고 매끄러워서 브루스는 눈치채지 못한다. 하지만 힐디도 알고 관객도 안다. 그랜트는 그 순간을 완벽하게 뽑아낸다.

그는 거기까지 이르는 모든 움직임을 통해 우리의 시선을 자신의 어깨로 이끈 뒤, 양어깨를 약간 조이는데, 그의 목에서 시작해 재킷 윗부분으로 이어지는 그 작은 몸짓을 통해 힐디가 어리석은 실수를 저지르고 있다는 사실을 분명하게 전달할 때까지 어깨의 긴장을 풀지 않는다. 그건 눈에 확 띄는 몸짓이 아니고 탐닉의 흔적도 전혀 드러내지 않는다. 게다가 한순간에 사라진다. 하지만 그 몸짓은 그가 맡은 인물의 감정뿐 아니라 교활한 계산까지 보여준다. 그 유려한, 거의 감지할 수 없을 정도로 근육을 조였다 푸는 행동은 메아리처럼, 전파의 파장처럼, 그랜트와 러셀 그리고 우리를 둘러싼 감정적 기류의 떨림처럼 매달려 있다.

우리는 그의 잠재의식 속에 들어 있는 뭔가를 이해한다. 그의 내면은 그의 외적 표현을 통해 투사된다. 그랜트의 천재성은 자신의 상태를 말보다 더 강력한, 일종의 미묘하고 빠른 춤으로 보여줄 수 있다는 데 있다.

그랜트가 온몸을 사용해 연기할 수 있게 된 건 〈그의 연인 프라이데이〉를 연출한 흥의 대가 하워드 호크스Howard Hawks의 공이라 할 수 있다. 그와 그랜트 둘 다 속사포처럼 터지는 즉흥연기를 좋아해서 〈천사들만 날개를 가졌다Only Angels Have Wings〉〈나는 전쟁 신부I Was a Male War Bride〉〈몽키 비즈니스Monkey Business〉뿐 아니라, 그랜트가 캐서린 헵번과 좌충우돌하는 오락물 〈아이 양육Bringing Up Baby〉을 포함해 다섯 편의 영화를 함께 만들었다. 하지만 그랜트의 우아한 신체표현력, 모든 것을 쉬워 보이게 만드는 능력은 그가 할리우드에 입성하기 오래전에 배운 것이었다.

우아함은 그랜트에게 힘든 어린 시절에서 벗어나는 티켓이었다. 그는 1904년 영국 브리스틀에서 태어났고 아치볼드 리치Archibald Leach라는 이름으로 불렸다. 그는 독자였는데, 아홉 살 때 어머니가 말 한마디 없이 사라져버렸다. 아버지가 정신병원에 넣은 것이지만, 수십 년이 지나도록 아버지는 아들에게 어머니가 사라진 진짜 이유를 말해주지 않았다.

그랜트는 해소할 길 없는 슬픔과 고독으로 얼룩진 어린 시절을 보내며 증기선을 타고 브리스틀 부두를 떠나기를 꿈꾸었다. 그러던 중 버라이어티 쇼와 시사풍자극의 산실인 히포드롬Hippodrome 극장이 문을 열자, 무대 뒤에서 하는 일자리를 얻어 꿈이 현실이 되었다. 당시 그랜트는 갓 열세 살이었는데, 그가 그 극장에서 새로 태어날 수 있도록 도와준 유쾌한 부적응자와 잡역부들의 따스한 품속으로 무턱대고 뛰어들었다.

당시 곡예사는 보드빌의 대들보였고, 그랜트는 열네 살에 접어들면서 곡예사가 되어 당시 밥 펜더Bob Pender가 이끈, 이른바 '과장된 행동으로 사람들을 웃기는 코미디언들knockabout comedians'의 극단에 들어갔다(1913년에 출간된 《보드빌에 들어가는 법: 삽화가 딸린 교육 과정How to Enter Vaudeville: A Complete Illustrated Course of Instruction》이라는 훈련교본은 보드빌의 주력상품인 과장된 행동으로 사람들을 웃기는 코미디 연기를 다음과 같은 말로 기술하고 있다. "처음부터 끝까지 거의 하나의 플롯으로 야단법석을 떠는 웃기는 연극이다. 대화는 재치 있고 독창적이어야 하며, 연기는 시종일관 속사포처럼 빨라야 한다."³⁾ 펜더는 유명한 광대였고, 그의 아내는 파리에 있는 폴리 베르제르Folies Bergère⁷⁾의 발레감독이었다. 그랜트는 그들로부터 몸을 단련하는 법과 말 한마디 하지 않고 몸으로 이야기를 하는 법을 배웠다.

여러 해가 지난 뒤 그랜트는 어느 자전적인 글에서 "그 극단과 함께 영국의 지방들을 순회하면서 팬터마임이라는 예술의 진가를 알게 되었다"고 술회했다.

우리 연기에는 대사가 없었다. 그리고 우리는 매일같이 텅 빈 무대에서 밥 펜더라는 전문가에게 교습을 받았다. 춤추고 텀블링을 하고 죽마 타는 법을 배웠을 뿐 아니라, 말없이 감정이나 의미를 전달하는 법을 배웠다. 최소한의 동작과 표현으로 관객과 말없이 소통하는 법, 가장 직접적이고 정확하게 감정적 반응, 다시 말해 웃음을, 때로는 눈물을 이끌어내는 법을 배웠다. 우리 시대 최고의 팬터마임 배우들은 한 번에 그 두 가지를 이

---

7) 1869년에 설립된 음악홀 겸 버라이어티 쇼 극장.

끌어낼 수 있었다.[4]

그랜트는 "놀랍게도 히치콕은 그 모든 이들 가운데 가장 섬세한 팬터마임 배우였다"고 썼다. 히치콕은 그와 함께 명작 영화 네 편(누가 봐도 최고의 영화임이 틀림없는 〈북북서로 진로를 돌려라〉 외에 〈서스피션Suspicion〉〈오명Notorious〉〈나는 결백하다To Catch a Thief〉)을 만든 감독이다. 사실 히치콕의 비언어적 기교는 놀라운 것이 아니다. 그는 감정을 팽팽하게 고조시키는 무성영화를 만들면서 감독으로서 첫발을 내디뎠으니까. 그는 움직임과 리듬에 대한 예리한 감성을 지녔고, 감독 겸 안무가이기도 했다.

하지만 그랜트는 신체적 기술만으로는 충분치 않다는 사실을 깨달았다. 연기를 평범한 것 이상으로 끌어올리자면 쉬워 보이게 만들어야 했다. 그랜트는 있는 힘을 다해 모든 것을 열심히 연구하고 따라 하려고 노력했다.

"나는 극장 무대 옆에서 주인공 역할을 하는 유명 배우들을 주의 깊게 지켜보면서, 그런 전문가다운 타이밍과 흔들리지 않는 자신감을 획득하기까지 그들이 오랫동안 바쳐온 헌신적 노력과 그렇게 편안하게 보이기까지 그들이 흘려야 했던 땀을 존경하게 되었다"라고 그랜트는 썼다. "나는 적어도 내가 하는 모든 연기가 편안하게 보이도록 노력했다. 외적으로 그렇게 보이려고 하다 보니 내적으로도 편안해질 수 있었던 것 같다."

1920년, 그랜트는 펜더와 함께 뉴욕에 도착했다. 펜더의 극단은 자전거 묘기꾼·마술사, 그리고 광대들의 공연 사이사이에 공연을 하기로 되어 있었다. 그 시절은 무대에서든 밖에서든 끊임없는 단련의 시기였다. 주연부터 허드렛일을 하는 사람들까지 모든 이들이 출근 도장을 찍었다. 그랜트는 공용 아파트에 살면서 직접 빨래를 하고 옷을 다려 입었다. 당시 최고의 배우였던 조지 번스George Burns와 그레이시 앨런Gracie Allen 커플이라도 오게 되면, 그랜트는 무대 뒤에서 그들의 코믹 타이밍을 연구했다. 또 리허설 없이 다른 연기자 대신 즉흥적으로 무대에 올라 연기하는 법도 배웠다. 그랜트는 극단과 함께 전국을 순회했지만, 펜더가 영국으로 돌아갈 때 함께 돌아가지 않고 남았다.

마침내 그랜트는 할리우드로 가서 이름을 바꾸고 스타 대열에 합류했다. 하지만 보드빌에서 배운 것을 잊지 않았다. 각고의 노력 끝에 얻어지는 우아함을 말이다. 그의 편안한 움직임은 근면과 주의 깊은 관찰 그리고 무대 옆에서 받은 수업을 통해 얻어진 것이었다. 이 우아함은 그랜트에게 여러 형태로 나타났다. 다시 캐서린 헵번과 출연한 〈어떤 휴가〉에서는 그녀의 관심을 끌기 위해 텀블링을 하는 모습으로, 〈이혼 소동The Awful Truth〉에서는 곧 이혼할, 다른 남자와 연애 중인 아내(아이린 던Irene Dunne)를 붙잡기 위해 표 나지 않게 통제하면서 엉덩방아를 찧는 능력으로 나타난다. 〈주교의 아내The Bishop's Wife〉에서는 침착하면서도 이 세상 것 같지 않은 평온함과 미끄러지듯 움직이는 모습으로 나타나는데, 이 영화에서 그랜트는 지극히 세밀하면서도 소소한 몸짓들로 자신은 가정파괴범이 아니라, 남편이 등한시하는 로레타 영Loretta Young을 위해 아이스 스케이트장에도 함께 가주고 모자도 사주는 완벽한 친구가 되어주라고 하늘에서 보낸 진짜 천사라는 사실을 관객에게 설득력 있게 보여준다. 〈미스터 블랜딩스Mr. Blandings Builds His Dream House〉에서는 걸을 때 좌우로 몸을 기울이는 모습으로 나타나는데, 이 영화에서 그가 연기한 인물은 극도로 나약하다. 여기서 그의 복부는 푹 꺼져 있는데, 중산층의 삶에 일상적으로 담겨 있는 수모가 그가 연기한 보통 사람의 어깨 위에 먼지처럼 얹혀 있는 탓이다.

그랜트의 우아함은 하워드 호크스에게 큰 영감을 준, 무의식적 즉흥성이라는 매력에서도 보이고, 그를 늘 따라다니는, 머리부터 발끝까지 전신을 조정하는 능력과 자기통제력에서도 보인다. 그는 보드빌에서 습득한 방식들을 절제되고 힘들지 않아 보이는, 그러면서도 소극적이지 않은 섬세한 연기 스타일로 갈고 다듬었다. 아무리 태평한 인물을 연기해도 그의 몸에는 늘 활기가 있다. 그 기민함은 몸으로 하는 연기와 고양이 같은 반사신경을 사랑했던 곡예사 시절, 바로 눈앞의 관객을 몸으로 홀리는 법을 익혔던 그 시절에서 유래한 것이었다.

그랜트는 가만히 있으면서도 우리를 사로잡는다. 〈러브 어페어 An Affair to Remember〉를 떠올려보라. 그 영화에서 여주인공 데버러 커Deborah Kerr는 교통사고를 당해 그토록 원했던 그랜트와의 재회 장소에 나가지 못한다. 자존심이 너무 강한 나머지 부상을 입어하반신이 마비됐다는 사실을 알리지 않고 말없이 그의 인생에서 사라진다. 그 몇 년 뒤 마침내 그들이 다시 만나게 될 때까지, 그 랜트는 상처 입은 용맹한 동물처럼 살아간다. 속으로는 고통에 움 찔거리고 꿈에 그리던 여인에게서 버림받았다고 믿으면서.

그러던 어느날 커와 재회해 다소 까칠하고 신랄한 어조로 쓸데 없는 말을 지껄이다가 돌연 입을 다문다. 커가 감추고 있는 것이 무엇인지 안 것이다. 그 순간 그의 자기연민이 딱 멈춘다. 그는 극 도의 고통으로 얼어붙는다. 이윽고 그의 내면에서 순식간에 뭔가 가 열린다. 그것이 그의 표정에 나타난다. 명료함·회한·강력한 사랑이 뒤범벅된 표정이다. 그는 그 표정으로 즉시 커를 바라본다. 그랜트가 연기한 인물은 우리 눈앞에서 우아한 순간을 경험한다. 상처 입은 그의 자존심은 되살아난 도덕적 본질에 부딪쳐 박살나 고, 그는 변한다. 나는 극장에서 목이 메거나 울어본 적이 없는, 지 극히 건조한 관객이지만 이 장면만은 눈물 없이 볼 수가 없다.

영화에서 말 한마디 없이 경제적으로 진실을 드러내는 데 있어 서, 이 장면과 비견할 만한 장면을 본 적이 없다. 많은 배우들이 자신이 연기하는 인물의 내면에서 무슨 일이 벌어지고 있는지 관 객에게 계속 궁금증을 유발하기 위해, 세심하게 통제된 무표정함 을 활용한다. 그런 표정은 강한 호기심을 불러일으킬 수 있다. 몽 고메리 클리프트Montgomery Clift나 폴 뉴먼Paul Newman을 비롯해 수많은 배우들이 생각난다. 하지만 그들은 다른 사람이 세밀한 감 정을 우아하게 경험하는 모습을 지켜보면서 관객이 받는 순간적이고 예리한 메시지를 제공하지는 않는다. 그들에게는 정제된 그러나 풍부한 연기가 유발하는 선명한 감정의 전이가 보이지 않는다. 감정이 가장 경제적인 수단인 신체 표현으로 나타나고 그리하여 우리가 우리 자신의 몸에서 그들이 느끼는 것을 똑같이 느끼게 되는 그런 연기 말이다.

가령 영화 〈하이 눈High Noon〉에서 예배드리는 사람들 중에서 민병대원을 모을 수 있을 거라고 생각하며 마을을 가로질러 교회로 향하는 게리 쿠퍼Gary Cooper의 빠르고 초조한 걸음걸이를 생각해보라. 그리고 도와줄 사람을 구하지 못한 채 되돌아올 때의 그 느리고 괴로운 발걸음을 생각해보라. 그는 말 한마디 하지 않지만, 그가 느끼는 중압감이 고스란히 발걸음에 실려 있다. 지켜보는 우리가 다 가슴이 아프다.

히치콕은 캐리 그랜트의 신체적 우아함을 효율적으로 사용하는 데 절묘한 솜씨를 발휘했다. 〈북북서로 진로를 돌려라〉는 그랜트의 움직임을 단적으로 보여주는 작품이다. 이 영화는 아주 감정적인 한 편의 발레를 압축해놓은 것 같다. 먼저 버나드 허만Bernard Herrmann의 음악이 세차게 휘몰아친다. 스토리는 고전발레 구성처럼 단순한 동작에서 복잡한 동작으로 탄탄한 이미지들을 구축하면서, 탁월한 절제력이 돋보이는 2인무와 고도의 예술적 기교를 보여주는 그랜트의 솔로 턴을 중심으로 돌아간다.

이것은 결국 사람 좋은 광고업자가 농약살포 비행기의 공격에서 살아남기 위해 달리는 영화이며, 긴장해서 꼬이는 발걸음을 통해, 그가 얼마나 당혹스러워하는지, 넓게 펼쳐진 하늘 아래 있는데도 얼마나 철저하게 덫에 걸린 기분인지 보여주는 영화이다. 그는 몸을 쭉 펴고 우아하게 흙먼지 속으로 뛰어든다. 러시아의 발레 스타 미하일 바리시니코프Mikhail Baryshnikov도 부러워할 동작이다. 영화 후반으로 가면, 그랜트는 에바 마리 세인트가 총을 쏘아대는 상황에서도 발끝으로 서서 몸을 활처럼 뒤로 젖히는 화려한 동작을 선보인다. 코미디·긴장·로맨스·긴박감, 그리고 반전 등 모든 것이 탄탄하고 활기가 넘치는 그의 몸에 나타난다.

* * *

예로부터 예술가와 시인 그리고 위대한 사상가들은 우아함을 매력이나 매혹과 결부시켰다. 랠프 왈도 에머슨Ralph Waldo Emerson은 "우아함이 없는 아름다움은 미끼 없는 낚싯바늘이다"라고 썼다.[5] 우아함이 부여하는 매혹이라는 그 작은 미끼가 없을 경우, 아름다움이 차갑게 느껴질 수 있는 것은 사실이다. 가령 캐서린 헵번을 보자. 그녀는 여배우로서 내 마음을 사로잡지만 우아하지는 않다. 그녀의 각진 골격과 성격에 너그러운 구석이라곤 없다. 그녀는 매우 위풍당당하고, 골격이 크고, 내장은 쇠로 된 듯하다. 그녀는 세심하게 준비된 완벽함으로 반짝거리지만 우아하게 빛나지는 않는다. 왜일까? 우아함은 단순하고 편안하고 평온하기 때문이다. 반면 헵번은 꼿꼿하고 각지고 날카롭다. 그녀는 기교의 대가

이지 편안함의 대가는 아니다. 그녀가 자신이 출연한 영화에서 남기는 가장 강한 인상은 스타카토 같은 상쾌함이다. 현관 벨소리나 살갗을 트게 만드는 바람에 돛이 펄럭이는 것과 같은.

이제 또 다른 헵번을 보자. 오드리 헵번 말이다. 그녀는 영화 속에서 무게가 느껴지지 않는 움직임·따뜻함·주의 깊게 귀를 기울이는 방식으로 감수성과 편안함을 전달한다. 표정과 잘 어울리는 무용수의 몸으로 연민을 투사하는 그녀의 능력 또한 우아함이다. 19세기 영국의 문학평론가 윌리엄 해즐릿William Hazlitt은 여성의 우아함을 '특유의 성격적 관능성'이라고 정의했는데, 이는 "그 자체의 감각에 머물고 주변의 모든 것에서 쾌락을 이끌어내는, 그 어떤 매력보다 거부하기 어려운 것"으로, 바로 〈티파니에서 아침을Breakfast at Tiffany〉의 여주인공을 묘사한다고 할 수 있을 것이다.[6] 키가 크고 마른 오드리 헵번은 북유럽 가구처럼 꾸밈없는 우아함을 지녔다. 그녀의 육체는 관능적이지 않았다. 하지만 성격은 관능적이었다. 그녀는 생기 넘치는 두 눈과 꾸밈없는 열정으로, 자신의 모든 감각이 작동하고 있음을, 자신은 판단하지 않고 그 순간을 살고 있음을 우리에게 납득시켰다. 우아함은 아름다움에 온기를 부여해 저항할 수 없게 만든다. 왜냐하면 우아함은 개방되어 있고, 쾌락을 추구하며, 너그럽기 때문이다. 다시 말해 관능적이기 때문이다. 우아한 사람은 우리에게 뭔가를 내주는 느낌, 진정한 인간적 결속을 우리에게 제공하는 느낌을 준다. 비록 그것이 우리 상상 속에만 존재한다 해도.

일전에 리타 모레노Rita Moreno와 점심을 먹으며 우아함에 관해 이야기할 기회가 있었다.[7] 나는 그 여배우의 우아함에 즉각 감명을 받았다. 여든둘의 나이에도 그녀는 마치 무용수처럼 매끄럽고 느긋하고 편안하게 걸었다. 그녀는 뮤지컬 영화 〈웨스트사이드 스토리West Side Story〉에서 성폭행과 그 밖의 일들을 견뎌낸, 몸이 재빠르고 성격은 불같은 자신만만한 푸에르토리코 여성 아니타를 연기해 오스카상을 받았는데, 그때로부터 오랜 연기생활을 거치면서 그런 우아함을 자연스럽게 습득했다. 모레노는 스타가 연기하고 노래하고 춤을 췄던 시절에 활동한 얼마 남지 않은 배우 중 한 명이다. 그 시절에는 신체적 우아함이 배우의 자격요건이었다.

우리는 사람들이 한창 점심을 먹을 시간에 워싱턴 시내에 있는 어느 레스토랑의 창가 자리에 앉아 〈웨스트사이드 스토리〉에서 그녀가 춰야 했던 춤이 얼마나 어려웠는지 이야기했다. 그런데 갑자기 그녀가 나를 위해 춤을 추었다. 아니타가 춘 춤의 스텝들이 바로 그녀였기에, 그녀는 그 스텝들을 잊지 않고 있었던 것이다. 그녀는 레스토랑 벽에 붙어 있는 긴 의자로 재빨리 건너가더니, 아니타가 진홍빛 스커트를 움켜잡았던 것처럼 바지를 끌어올리고는 그 춤의 박자를 노래하기 시작했다. 그것은 재즈의 모스 부호였다. "다-다-다, 다-다-다, 다-다-다!" 그녀의 발은 날카롭고 산뜻하게 스텝을 밟았다. 어깨를 흔들고 돌렸다. "밤-밤-밤!" 한쪽 발로 박자를 맞추면서, 머리를 뒤로 젖힌 채 다른 쪽 발을 신속하고도 부드럽게 옆으로 움직여 아니타의 빙그르르 도는 폭발적인 발놀림을 온몸으로 간략히 보여주었다.

얼마나 관능적이던지! 그녀는 양어깨를 세우고 입으로는 야-타타, 야-타타를 외치며 샌들 신은 두 발을 앞뒤로 휙휙 움직였는데, 그 발들이 피라미들처럼 날랬다. 나도 정신없이 빠져들었다. 와인이 필요 없었다. 나는 그녀가 보여주는 우아함에 취했다. 그녀도 그랬던 것 같다. 춤을 멈췄을 때, 금속테 안경 뒤 그녀의 두 눈은 커다랬고 두 뺨은 분홍빛이었다.

"우리는 공룡이야." 다시 테이블로 와서 미끄러지듯 앉으며 모레노는 말했다. "조엘 그레이Joel Grey · 나 · 치타 모두." 브로드웨이에서 아니타 역할을 맡았던 치타 리베라Chita Rivera 이야기였다. "정말 공룡이지. 요즘에는 모든 것을 다 하는 사람들이 별로 없는 것 같아. 다들 전문화됐으니까."

나는 그녀에게 연기자들이 폭을 좁히면서, 신체적 우아함에서 멀어지면서 무엇을 잃어버렸는지 물었다. 그녀는 잠시 창밖을 내다보았다. 잠시 후, 그녀는 다시 날 쳐다보며 "뮤지컬 배우들이 곧장 성격묘사로 가는 건 자신의 몸을 잘 아는 데서 나오는 신체적 유연성을 잃어버렸기 때문"이라고 말했다. "많은 배우들이 끔찍이도 어색하지, 끔찍이도. 난 젊을 때 자신의 신체적 자아에 공을 들이는 것이 참 중요하다고 생각해. 그러면 정극 배우로서 몸을 움직이는 방식과 관련해 완전히 다른 취향이 생기니까. 크리스토퍼 워큰Christopher Walken은 움직이는 방식이 기막히게 멋져. 매력적이지, 안 그래? 그는 너무나 많은 걸 몸으로 표현하는데, 그건 자신의 몸을 정말로 잘 알기 때문이야. 많은 배우들이 그걸 놓치고 있지. 그들은 정말 뻣뻣해."

나는 워큰에 대한 그녀의 평가에 동의한다. 그는 댄서로 출발해 뮤지컬로 넘어갔고, 나중에는 영화에 집중했다. 하지만 몸으로 습득한 것을 계속 간직했다. 그는 스티브 마틴Steve Martin의 코미디 〈내 사랑 시카고Pennies From Heaven〉(1981)에서 휘몰아치듯 발을 놀리며 탭댄스를 추었고, 악당을 연기하든 멍청이를 연기하든 잘 단련되고 표현력 풍부한 몸을 충분히 활용한다. 그런 그의 모습은 편안해 보이는데, 그건 소름 끼치면서도 대단한 일이다. 특히 악당을 연기할 때.

신체적 자아는 라이브 무대에서도 간과된다. 브로드웨이 뮤지컬 〈원스Once〉를 연출해 토니상을 수상한 영국인 연극연출가 존 티파니John Tiffany는 "연기를 그냥 뭔가를 말하는 것으로 생각하는 배우들을 보고 가끔 놀란다"고 말했다. 그는 〈원스〉 같은 로맨틱 뮤지컬뿐 아니라, 이라크에 파견된 스코틀랜드 병사들에 관한 가슴 아픈 이야기를 다룬, 그가 연출한 또 다른 연극 〈블랙워치Black Watch〉에서도 왜 감정을 드러내는 신체언어가 요구되는지를 나에게 이야기했다. "무대에서는 운동선수가 되고 음악가가 되어야 합니다. 뮤지컬에서만 그런 것이 아니고, 브로드웨이에서만 그런 것도 아닙니다. 모든 무대에서 그래야 합니다."

몸을 잘 움직이는 기술은 라이브 무대에서 보기 힘들어졌고, 영화에서는 거의 사라져버렸다. 특히 요즘에는 영화에서 남성의 우아함을 보기 힘들다. 덩치도 공격성도 큰 남자의 육중함 아니면 어깨가 처진 보통 남자의 심미적 특질이 대신 들어섰다. 요즘 배우들은 영화 제작 초창기 때처럼 정식으로 춤과 동작 훈련을 받지 않는다. 정신분석학이 쇄도했고 반세기 전부터는 액터스 스튜디오와 메소드 연기[8]가 발흥했다. 심리적 사실주의, 내면적 동기, 그리고 심오한 정신적 각오가 영화계의 추세가 되었다. 감정적 진실이 신체적 진실을 이겼다. 배우들은 감독들의 연기지도와 연출력에 이의를 제기하기 시작했다.

1953년 영화 〈나는 고백한다I Confess〉와 관련한 어느 인터뷰에서 히치콕은 살인혐의를 받은 사제로 출연한 배우 몽고메리 클리프트의 연기 방식이 "너무 모호했다"고 불평했다. 히치콕은 이렇게 말했다. "어느 장면에서, 길 건너편 건물을 바라보는 그의 시점으로 촬영하려 하니 위를 올려다보라고 그에게 요청했습니다. 그랬더니 그가 '위를 꼭 올려다보아야 하는 건지 모르겠어요'라고 말하더군요…. 그래서 내가 '올려다보지 않으면 컷을 할 수 없어요'라고 말했지요. 촬영 내내 그런 식이었습니다."[8]

나는 영국의 영화평론가이자 역사가이고, 영화계의 필수 참고 서적인 《새로운 전기적 영화 사전The New Biographical Dictionary of Film》을 저술한 데이비드 톰슨David Thomson과 이것에 관해 이야기

---

8) 스타니슬라프스키Konstantin Stanislavskii가 창안한, 극중 인물과의 동일시를 통한 극사실주의적 연기 스타일을 뜻하는 용어. 액터스 스튜디오라는 배우 양성소가 이 연기 방식을 도입해 배우들을 훈련시켰다.

를 나눴다(이 책에서 그는 그랜트가 "영화 역사상 가장 위대하고 가장 중요한 배우"라고 기술하고 있다 9).

메소드 연기가 유행하기 전에 "미국의 연기는 영국의 연기와 훨씬 더 비슷했다, 영국에서는 신체적 우아함이 매우 중요했다. 대략 말론 브랜도Marlon Brando가 등장한 시점부터 신체적으로 돌연 꼴사나워졌다"고 톰슨은 말했다.

구부정한 자세와 웅얼대는 대사가 등장하고, 민첩성은 퇴장했다. 대략 20세기 중반에 등장한 많은 배우들이 그랜트와 같은 배우들이 갖고 있는 침착한 우아함에 반발했다. 〈나는 고백한다〉와 같은 해에 나온 영화 〈지상에서 영원으로From Here to Eternity〉는 그런 분열을 잘 보여준다. 한편에는 버트 랭커스터Burt Lancaster가 있다. 한때 운동선수이고 공중곡예사였던 그는 돌에서 깎아낸 것 같은 몸을 지녔고 늘 화가 난 듯한 분위기를 풍겼다. 그의 몸은 타오를 것만 같았다. 그가 맡은 워든 상사는 완전한 날것의 힘을 보여준다. 젊은 몽고메리 클리프트가 연기한 이등병 프리윗은 무거운 과거에 짓눌려 자신에게만 몰두하며 개인적 진실을 찾는, 머리로 사는 인물이다. 랭커스터와 데버러 커가 밀려드는 파도 속에서 뒹구는 장면을 기억하는가? 키스 한 번, 파도 한 번으로 미국인에게 영원히 각인된 그 장면을? 진실이 무엇이건 간에, 그들은 접촉을 원했다. 그들은 몸이었다. 클리프트, 그 외톨이는 영혼이었고.

톰슨은 말했다. "우리는 아직도 액터스 스튜디오의 유행에 빠져 있다. 우아함과 명료성은 저버리고 내적 진실을 추구하는. 우리는 좀 더 어색한 개인적 진실이라는 스타일에 빠져 있는 것이다."

20세기 중반까지는, 특히 예술영화에서는, 복잡한 인물을 풍부하게 표현하기 위해 배우들이 자신들의 모습에 좀 더 미묘하고 세밀한 주의를 기울이면서 몸을 능숙하게 이용했다. 배우들은 아름다운 외모만이 아니라 움직이고 행동하는 방식으로도 감탄을 이끌어냈다. 신체적 우아함은 내적 우아함의 지표였다. 험프리 보가트Humphrey Bogart와 제임스 카그니James Cagney는 신체적 활력이 대단했다. 보가트는 관객의 시선을 붙드는 강렬한 걸음걸이로 유명했다. 탭 댄서를 하면서 몸을 단련한 카그니는 재빠르고 가벼워 깡패 역을 맡을 경우에는 그야말로 위협적이었다. 한순간에 달려들어 사람을 죽일 수 있는 인물로 보였으니까.

귀족적인 용모와 약간 음울한 코미디언의 끼를 지녔던 마르첼로 마스트로이안니Marcello Mastroianni는 이탈리아의 캐리 그랜트였다. 그는 그랜트보다 조금 더 편하고 부드럽게 건들거리며 걸어다녔는데, 그 느슨한 태평스러움은 무심하기도 해서, 마치 그의 머릿속에 음악이 울려 그의 생각들을 다른 곳으로 이끄는 것 같았다.

전설적인 패션잡지 편집자인 다이애나 브릴랜드Diana Vreeland는 "눈이 여행을 해야 한다"고 말했다. 보는 이의 관심을 낚아채려면, 종이에 실린 사진이건 영상이건 운동감이 있어야 한다는 것이다. 우리의 눈은 움직이기를 원한다. 리드미컬한 매력이나 뜻밖의 병치에 끌려 시각적으로 헤매고 싶은 유혹을 받을수록 더 많은 것을 발견하게 될 것이다. 영화도 마찬가지이다. 인물을 펼쳐 보이기 위해 몸 전체를 캔버스처럼 사용하는 배우들은 관객에게 더 많은 발견거리를 던져주고, 그리하여 더 많은 즐거움을 선사한다.

이와 관련해 1930~1940년대에 엄청난 인기를 누렸던 프랑스 출신 여배우 클로데트 콜베르Claudette Colbert를 살펴보자. 그녀는 자신의 왼쪽 얼굴이 더 낫다고 생각해, 영화를 찍을 때 그쪽 얼굴만 나오게 해달라고 고집을 부렸다. 그래서 그녀가 나온 장면들은 매우 신중하게 연출되어야 했다. 그녀의 영화들(〈어느 날 밤에 생긴 일It Happened One Night〉이 가장 유명하다)을 보면, 그렇게 찍어야만 했기 때문에 관계자들이 겪었을 중압감만 떠오를 뿐이다. 남의 시선을 의식해 자신의 모습을 그렇게 통제하는 것은 우아함과 정반대된다.

물론 세부적인 것을 놓치지 않는 완벽주의에 관한 콜베르의 엄격성을 비난할 수는 없다. 프랑스는 그쪽으로 유명하니까. 우아하게 마음을 연 프랑스 출신 배우도 있다. 1960년에 나온 획기적인 프랑스 영화 〈네 멋대로 해라Breathless〉에 나오는 장 폴 벨몽도Jean-Paul Belmondo를 보자.[10] 도망 중인 폭력배가 파리에 고립되어 불안에 떠는 이야기를 그린 그 영화는 즉흥적인 의식의 흐름 기법과 끊어지지 않는 롱 테이크 기법으로 새로운 영화 스타일―누벨바그Nouvelle Vague―를 탄생시키는 데 일조했다. 하지만 이 영화는 벨몽도의 육체에 바친 찬가이기도 한데, 아마 그것은 우연이었을 것이다. 감독인 장 뤽 고다르Jean-Luc Godard가 벨몽도가 지닌 신체적 우아함이라는 재능을 온전히 활용하지 않았으니까. 카메라가 클로즈업을 하려고 다가갈 때마다 이 영화는 김이 샌다. 하지만 벨몽도가 뭉툭한 담배에 불을 붙이며 한가로이 계단을 내려오거나, 으스대며 로비를 걸어가거나, 속옷 차림으로 혼자 권투 연습을 하는 장면들에는 가공되지 않은 자유분방한 우아함이 넘친다.

벨몽도는 그랜트처럼 세련되거나 젊은 시절의 말론 브랜도처럼 조각 같고 육감적인 몸매는 아니다. 하지만 그에게는 독창적이고 영리한 접근방식이 있다. 그는 자신의 몸을 이용해 관객을 자신이 연기한 인물 속으로 깊숙이 데려간다. 그는 정말로 자신이 멋지고 강인한 남자라 착각하는 좀도둑에 불과할까? 그의 행동거지는 전적으로 다른 뭔가를 시사한다.

우리는 그가 한 말이나 이야기(그다지 심오하지 않기는 매한가지인) 때문이 아니라, 그의 움직임 때문에 그 하류 인생과 사랑에 빠진다. 그는 가볍고 태평하고 사랑스러운 소년 같은 에너지, 몽상가의 초조한 공상을 자양분으로 삼는 그런 에너지로 가득하다. 벨몽도의 움직임에 실려 있는 그 들뜬 낙관주의는 그가 연기한 인물이 심장과 재치와 가능성을 가졌음을 말해준다. 비록 입으로는 그 반대되는 이야기를 하고 있지만. 전후 시대는 끝났고, 새로운 십 년이, 아이러니·신경과민·의혹의 시대가 시작되고 있었다. 벨몽도가 가슴 아프게 그리고 있는 것이 바로 이것이다. 그에게는 죽어가는 시대의 그 모든 야망과 허세가 있다. 그래서 평범한 남자인 그가 자신이 진정 세상을 한 줄에 꿰고 있다고, 자신이 우주를 요요처럼 갖고 논다고 믿는 것이다.

그는 왕처럼 머리를 뒤로 젖히고 다니며, 자신감과 활력이 넘치는 남자다. 무엇보다 압권은 재즈 사운드트랙에 맞춰 걷는 그의 걸음걸이이다. 그는 어깨가 넓고 커 보이는 오버사이즈 재킷을 입고 있지만, 성큼성큼 물 흐르듯 걷는 걸음과 균형 잡힌 전신이 자신감을 드러내준다. 몸을 약간 웅크리는 제임스 딘의 초초함과 몽고메리 클리프트의 강렬함도 있지만, 벨몽도에게는 그만의 활력이 있다. 그는 인생이라는 춤에서 독무를 추는 주인공처럼 전신표현력을, 느긋하고 사교적이고 거리낌 없는 신체적 특질을 동원한다. 그가 거울을 보면서 주먹을 날리면, 보는 우리가 신난다. 그가 느끼고 있는 것이 바로 그것이니까. 신선하고, 살아 있고, 매혹적인 느낌.

나는 그랜트를 연구하면서 벨몽도의 진가를 제대로 보게 되었고, 다른 배우들도 새로운 눈으로 보기 시작했다. 어떤 배우들이 그랜트처럼 자신이 맡은 역을 무용수처럼 이해하며, 감정연기뿐 아니라 신체연기도 중요하다는 것을 느낌으로 알고 있는가? 또 그랜트가 지녔던 신체지능을 연기 생활 내내 보여주는 배우들은 누구인가? 조지 클루니George Clooney는 턱시도를 입었을 때의 모습 때문에 자주 그랜트의 후계자로 받들어졌다. 그에게도 신체재능이 좀 있긴 하지만, 그는 그걸 매우 다른 방식으로 드러낸다. 그에게는 그랜트의 신중함, 실제로 무슨 꿍꿍이인지 궁금해 계속 실마리를 찾게 만드는 신비감이 없다. 클루니는 단도직입적이다. 그는 클라크 게이블Clark Gable 형에 가깝다. 거칠고, 참을성이 없고, 대담하리만큼 남성미가 넘친다.

덴절 워싱턴은 연기에서 우아함이 무엇인지 깊이 이해하고 있다. 그의 신체적 우아함 덕분에 스파이크 리Spike Lee 감독의 〈인사이드 맨Inside Man〉에서 그가 맡은 인질 협상 요원은 한층 더 사실적이다. 그는 모든 것을 매끄럽게 통제한다. 적어도 그 자신은 그렇게 생각한다. 사이코패스도 그를 믿을 것이다. 그의 몸짓은 꾸밈이 전혀 없고 하나하나가 시선을 끈다. 떠다니는 듯하고 살짝 내딛는 걸음으로 그는 물 위를 나아가는 걸까, 아니면 구름 위를 걷는 걸까?

빌 머레이Bill Murray는 본질적으로 에너지에 관한 영화인 〈사랑도 통역이 되나요?Lost in Translation〉에서 대가다운 과장되지 않은 연기로, 그랜트처럼 자신을 잘 아는 사람의 느긋한 자신감에서 우러나오는 편안함을 보여주었다. 이 영화에서는 높은 에너지와 낮은 에너지가 서로 교차한다. 눈에 거슬릴 정도로 부산스러운 도쿄의 밤 문화와 머레이와 스칼릿 요한슨Scarlett Johansson을 함께 묶어주는 나른한 불안감이 대조를 이룬다. 그러나 호텔에서 만난 이 한 쌍의 부적응자들을 이어주는 것은 불면만이 아니다. 똑같이 느린 분당 회전수로 달리는 그들의 운동신경도 한몫 거든다.

머레이는 느림을 통해 수선을 피우지 않는 느긋한 우아함과 힘없는 육체를 가진 신뢰할 수 있는 인물을 창조해내는데, 그 인물은 자신 있고 겸손하고 현명해 보인다. 요한슨이 연기한 인정받지 못하는 젊은 아내가 세상에서 자신의 위치를 알아내려고 서서히 노력하는 인물이라면, 머레이가 연기한, 줄곧 편하게 살아온 유명 인사는 자기확신의 전형이다. 그는 "자신이 무엇을 원하는지 잘 알수록 세상에 덜 시달리게 된다"며 자기의 원만한 처세의 비결을 알려주는데, 여기에는 인생을 우아하게 헤쳐 나가는 방법의 본질이 담겨 있다.

가공의 귀족 가문과 그 하인들의 이야기를 다룬 영국의 인기 TV 시리즈 〈다운튼 애비Downton Abbey〉는 후기 에드워드 시대에 그리고 그 시대의 사회적 계급제도에서 신체적 우아함이 얼마나 중요한가를 보여준다. 당시는 몸을 조이는 코르셋이 올바른 자세를 권장하는(심지어는 강요하는) 시절이었다. 드라마의 시대적 배경이 직선적이고 헐렁한 옷이 유행하던 1920년대로 옮겨갔지만, 여배우들은 여전히 꼿꼿한 자세를 유지했다. 덕분에 그들이 입은, 반짝이는 구슬 장식이 달린 플래퍼 드레스[9] 자락이 제대로 늘어졌다. 의자에 앉을 때도 척추가 등받이에 닿거나 구부정하게 앉는 것은 있을 수 없는 행동이었으므로, 식탁 앞에 앉을 때면 젊은 사람이나 늙은 사람이나 몸을 꼿꼿이 세운 채 앞쪽으로 약간 숙인 자세를 취해야 했다. 그러면 생생하고 초롱초롱해 보였다. 출연자들은 식탁 앞에서뿐만 아니라 다른 곳에서도 사소한 몸짓 하나하나에 신경을 써야 했다. 크롤리 가족이 그들의 요크셔 영지를 한

---

9) 가슴을 납작하게 하고 허리선이 보이지 않도록 스트레이트 박스 실루엣으로 재단한 드레스.

가롭고 조용하게 산책할 때도, 하인들이 아스픽[10]과 푸딩을 들고 눈에 띄지 않으려 애쓰며 신중한 몸가짐으로 서둘러 지나갈 때도 마찬가지였다.

위엄은 위층만이 아니라 아래층에서도 보인다. 스코틀랜드 출신 여배우 필리스 로건Phyllis Logan은 흔들림 없는 여성 집사 휴즈 부인을 보는 즉시 성실성이 연상되도록 그려낸다. 가벼운 터치로 탁월하게 그려낸, 침착하고 선하고 감동적인 초상이다. 그녀의 존재감은 압권이다. 조용히 복도를 걸어다니는 그 발걸음, 방에 들어서는 것만으로도 하인들의 시선을 확 잡아끄는 능력. 매 에피소드마다 일어나는 집안의 위기들을 휴즈 부인이 침착함과 연민을 통해 처리할 때, 우리는 그녀가 탁월함에 부여하는 중요성을 잘 느낄 수 있다.

하지만 내가 보기에 캐리 그랜트의 매력을 가장 잘 구현하는 현대의 스타는 케이트 블란쳇Cate Blanchett이다. 그녀는 무용수의 에너지로 움직인다. 그녀에게는 억제된 우아함, 조심스럽게 감추고 있지만 폭발할 것 같은 우아함이 있는데, 그래서 가만히 있어도 능동적인 존재감을 발한다. 그래서 〈반지의 제왕: 반지 원정대 The Lord of the Rings: The Fellowship of the Ring〉에서 엘프 여왕 갈라드리엘 같은 작은 역을 맡아도 확고한 침착성과 주의 깊은 강렬함을 보여준다. 한밤중에 계단을 내려오는 장면에서, 그녀는 등을

---

10) 육즙으로 만든 투명한 젤리.

아치 모양으로 휘게 하고 가슴을 쳐들고 내려오는데, 마치 둥둥 떠내려오는 것 같다. 그런 팽팽하게 긴장된 자세와 미끄러지는 듯한 움직임을 통해 그녀는 깊은 신비를 전달한다.

어느 연예 웹 사이트가 영화 〈노트 온 스캔들Notes on a Scandal〉에서 15세 제자와 자는 선생이라는 역할에 어떻게 접근했느냐고 묻자, 블란쳇은 받아들이기 쉽지 않은 그런 인물을 연기하는 육체적 차원에 관한 자신의 생각을 밝혔다. 영화에 영감을 준 소설에서 그녀가 연기한 인물은 "무용수의 몸을 지닌 것으로 묘사되어" 있는데, 블란쳇은 그것을 그녀가 강렬한, 심지어 고통스러운 감각에 이끌리는 존재임을 보여주는 하나의 태도로 증류시켰다고 말했다. "그러니까 가슴을 약간 내밀고 바위에 돌진하는 여자들이 보여주는 태도 같은."[11]

블란쳇은 그랜트와 워큰, 모레노와 다른 우아한 많은 배우들이 그랬듯이, 영화뿐 아니라 연극무대에도 선다. 그녀는 관객과 물리적으로 소통하는 법을 안다. 관객이 절친한 사람들인 양 그들에게 손을 내미는 법을, 온몸으로 인간의 온기를 투사하는 법을 아는 것이다. 그녀를 보고 있으면 눈이 호강하는 기분이고, 많은 영화들이 무엇을 놓치고 있는지 깨닫게 된다. 영혼이 깃든 몸 말이다. 그것은 캐리 그랜트가 목소리와 감정만이 아니라 온몸의 우아함으로 빚어낸 인물을 통해 우리에게 보여주었던 인간의 심오함이다.

02

우아한 다른 사람들:
제이 개츠비, 엘리너 루스벨트, 그리고 훌륭한 호스트들

우아함을 드러내는 감성은 몸에서만 나온다고 보기에는 너무 심오하다.

– 헨리 홈Henry Home

1981년 5월, 그랜트와 그의 다섯 번째 부인 바버라는 레이건 대통령이 주최하는 영국 찰스 왕세자 방문 기념 백악관 만찬에 초대되었다. 손님 명단에는 데이비드 니븐David Niven을 비롯해 다른 배우들이 있었다. 니븐의 아들 제이미도 초대를 받았지만, 당시 몸이 몹시 편찮았던 아버지가 참석할 수 없게 되자, 제이미는 아버지 없이 혼자 참석해야 하는 건지 참석하지 말아야 하는 건지 확신이 서지 않았다. 어쨌거나 자신은 배우도 아닌데다, 자신이 갈 자리가 아닌 것 같은 느낌이 들어 염려되었다.

데이비드 니븐은 아들에게 말했다. "걱정할 것 전혀 없다. 가거

든 캐리 그랜트를 찾아가 긴장된다고 말하고, 어떻게 하면 좋을지 물어보아라"라고.

후에 제이미 니븐은 "아버지 말씀대로 했습니다"라고 말했다. "캐리는 눈 하나 깜짝하지 않고 몸을 돌리더니, 웨이터에게 말했어요. '우리 두 사람에게 보드카 마티니 큰 걸로 한 잔씩 부탁해요'라고. 그리고 우리는 쭉 들이켰죠."[1]

사교적인 자리에서 예의상 나누는 대화만큼 진 빠지는 것도 없다. 나는 의무적인 사교행사는 되도록 피한다. 하지만 비판 없이 이해해주고 친구가 되어주고 격려의 술 한 잔을 마시게 해주는 캐리 그랜트가 있다면 다를 것 같다. 이 이야기에서 캐리 그랜트는 우아함의 화신일 뿐 아니라, 디오니소스 추종자이기도 하다. 디오니소스는 그리스 신화에 나오는 술의 신이자, 우아함의 세 여신에게 소중한 예술 후원자이기도 하다. 그를 따라다닌 사티로스[11] 무리는 점잖고 다정한 존재들이었다. 그들은 춤과 육체적 쾌락을 좋아해, 손에 술잔을 들고 있는 모습으로 자주 묘사되었다.

데이비드 니븐은 친구이자 같은 영국 출신으로, 1947년 영화 〈주교의 아내〉에 함께 출연했던 그랜트가 자기 아들을 위해 기꺼이 사교의 마술을 부려줄 거라고 믿어 의심치 않았다. 아마 니븐은 그랜트가 다른 자리에서 그렇게 하는 것을 본 적이 있었을 것이다. 그랜트는 상황을 재빨리 파악하고, 이해심을 발휘해 완벽한

---

11) 그리스 신화에 나오는 숲의 신. 남자의 얼굴과 몸에 염소의 다리와 뿔을 가졌다.

해결책을 제공했다. 친구가 되어, 긴장을 늦추고 마음을 진정시켜 주는 칵테일을 함께 마셨던 것이다. 니븐의 아들이 더이상 곤란해 하면 안 되며, 전혀 힘들 것 없다는 듯이 굴면서. 분명 그 자리에서 가장 유명인사였을 그랜트는 감미로운 마티니 한 잔으로 친구의 아들을 환영하고 구해주었다(틀림없이 그 마티니를 젓지 않고 흔들었을 것이다. 이언 플레밍이 턱시도를 입고 마티니를 즐기는 그랜트를 보고 자신의 영웅 제임스 본드를 만들어냈다는 건 널리 알려진 사실이다. 제임스 본드는 늘 보드카 마티니를 젓지 말고 흔들어서 달라고 주문한다).

F. 스콧 피츠제럴드Scott Fitzgerald의 《위대한 개츠비The Great Gatsby》에 등장하는 관찰력 뛰어난 화자 닉 캐러웨이는 제이 개츠비를 처음 만난 날 비슷한 상황에 처한다. 돈 많은 롱아일랜드 사교계 사람들과 잘 어울리지 못하는 캐러웨이는 만나본 적도 없는 유명한 백만장자 개츠비가 여는 파티에 초대를 받는다. 그는 이름만 알던 사람을 얼른 만나보고 싶은 마음에, 순진하게도 자신을 초대한 집주인에게 파티에 대한 가벼운 불평을 늘어놓는 실수를 하게 된다. 캐러웨이는 곧 자신의 실수를 깨닫고 무척 부끄러워 기가 죽을 것이고, 개츠비는 조금 냉담하게 굴 거라 생각될 것이다. 하지만 개츠비는 정반대로 반응한다. 피츠제럴드는 이 반응을 통해 개츠비의 우아함을 정확히 보여주었고, 개츠비는 진실로 위대한 미국의 주인공이 되었다.

그는 이해한다는, 아니, 그 이상을 말해주는 미소를 지었다. 그것은 평생 서너 번 볼까 말까 한, 모든 걱정과 두려움을 없애주는 미소였다. 한순간 우주 전체에 맞서—그렇게 보였다—당신 편을 들어주지 않을 수 없다는 듯 당신을 향하는 미소였다. 당신이 이해받고자 하는 만큼 이해한다는, 당신이 믿어주길 바라는 만큼 믿는다는, 그리고 당신이 전달하고 싶어하는 최고의 인상을 정확히 전달받았음을 확신시켜주는 그런 미소였다.[2]

개츠비와 마찬가지로 그랜트도 그 상황을 다르게 다룰 수 있었다. 동정하는 척하면서 니븐의 아들을 잠깐 정중하게 참아주다가, 그 긴장한 이름 없는 손님의 곁을 천천히 떠나 더 유명한 사람들을 찾아 나설 수도 있었다.

어색하고 불편하고 서투르기 짝이 없는 상황에 처해 있을 때, 누가 기분 좋게 구해준다면 그 느낌을 결코 잊지 못할 것이다. 그것은 완전히 망했다고 생각했는데 누가 밧줄을 던져주고 손을 내미는 것과 같다.

아니면 실수한 사실을 아예 모르게 해주거나.

실비아 플라스Sylvia Plath는 반자전적 소설 《벨 자The Bell Jar》에서 침묵이라는 간단한 선물 덕분에 굴욕을 면한 에피소드를 기술하고 있다. 십대를 지나온 사람이라면, 그것이 얼마나 너그러운 행위인지 이해할 수 있을 것이다.

플라스는 자신에게 대학 장학금을 준 여인과 화려한 오찬을 함께했던 일을 이야기하면서, "나는 그 후원자의 집에서 처음으로 핑거볼[12]을 보았다"라고 적고 있다. 식탁 위에 작은 물그릇이 놓여 있었던 것이다.

거기에는 벚꽃 이파리 몇 개가 떠 있었는데, 나는 그것이 식후에 먹는 일본식 맑은 수프의 일종일 거라 생각하고 다 먹었다. 바삭거리는 작은 꽃잎들까지. 기니 부인은 아무 말도 하지 않았다. 한참 뒤, 나와 같은 대학을 다니는, 사교계에 나가게 된 상류층 여자에게 그 만찬 이야기를 했다가, 내가 무슨 짓을 한 건지 깨달았다.[3]

우아함은 희미하게 빛나는 예기치 못한 빛과 같고 너무 미묘해서 아무도 알아채지 못할 수도 있고 너무 사소해서 나중에야 알게 될 수도 있는 그런 것이다. 하지만 그 영향은 실제적이고 깊다. 플라스는 그 핑거볼 사건으로 인해 어떤 감정을 느꼈는지 기술하지는 않았지만 그 우스운 이야기를 진지하게 하는 그녀의 모습에서 그녀가 말하지 않은 감정을 추측할 수 있는데, 우리 역시 그것으로 감동을 받는다. 큰 소리로 웃지 않는다면 말이다. 플라스의 이야기는 루실 볼[13]이 나오는 코미디가 될 수도 있었을 것이다.

---

12) 식사 중에 손가락을 씻을 수 있도록 물을 담아놓은 작은 그릇.
13) Lucille Ball(1911~1989), 미국의 여성 코미디언. 〈왈가닥 루시I love Lucy〉로 유명하다.

이 이야기는 많은 난처한 순간들이 그렇듯 웃긴다. 그 순간이 일단 지나갔다면. 최악의 지옥에 빠진 연약한 소녀에게 공감하는 건 쉬운 일이다. 경험도 없고 준비도 안 된 상태로 낯선 곳에서 낯선 사람과 마주 앉아 수줍어 어쩔 줄 모르며 사교적 만남을 어찌어찌 감당하고 있는 소녀 말이다.

자신이 초대한 손님이 숟가락으로 꽃잎들을 떠서 입에 넣는 모습을 놀란 기색 없이 바라볼 수 있었다는 것은 기니 부인이 보여준 우아함의 절묘한 부분이다. 후에 플라스가 왜 그 만남에 감동했는지 우리는 정확히 안다. 그 여주인은 손님의 실수를 조용히 눈감아주는 정중함과 친절 그리고 유연한 정신을 지녔던 것이다. 그녀는 플라스의 무지를 눈감아주었고, 눈앞의 일보다는 더 큰 차원에서 바라보면서, 피츠제럴드가 말한 것처럼, 플라스가 전달하고 싶어한 바로 그 인상을 자신이 전달받았음을 확인시켜주었다. 기니 부인처럼 타인의 결점을 눈감아주는 자애로운 사람, 모든 실례가 모욕 받을 필요는 없다는 것을 잘 아는 세심한 사람을 만나기란 쉽지 않을 것이다.

그런데 엘리너 루스벨트Eleanor Roosevelt와 관련해서도 비슷한 이야기가 있다. 그녀가 주최한 다과회에서 손님 하나가 자신의 핑거볼을 들고 마시자, 그의 마음을 상하지 않게 하려고 그녀도 따라 했단다. 그러자 다른 손님들도 모두 핑거볼을 들고 마셨다고 (재클린 케네디라면 그렇게 했을까?).

우아한 호스트는 희귀하다. 그것은 하나의 재능이다. 우아한 호스트는 접대와 환대의 차이를 안다. 접대가 꽃이나 도자기와 관련된 것이라면, 환대는 손님을 기쁘게 해주는 것이다. 수플레[14]를 만든다고 야단법석을 떠느라 초대한 친구들을 소홀히 한다면 수플레가 무슨 소용이 있겠는가. 정말로 신경을 써야 할 대상은 손님들이다. 어렸을 때 나에게는 노르웨이에서 온 친구가 있었다. 외교관의 딸이었는데, 나는 그녀의 엄마를 결코 잊지 못할 것이다. 그분은 키가 크고 몸매가 호리호리했는데, 마치 떠다니듯 움직였고 목소리가 부드럽고 경쾌했다. 그 집에 가면 들어서는 순간부터 보살핌을 받는다는 느낌이 들었다. 방과 후에 들르면 여왕을 위해 다과를 내놓듯 치즈 샌드위치와 아이스크림을 간식으로 주었다. 은빛으로 반짝이는 눈에 미소를 띠우며 불편한 건 없는지 물었다. 그분은 세상의 무게를 덜어주는 최고의 수단인 양 샌드위치를 내놓곤 했지만, 치즈가 녹아나오는 그 샌드위치로도 위로가 되지 않고 나눠야 할 짐이 있을 경우, 그분이 들어주고 완벽하게 현명한 대답을 해줄 거라는 확신을 갖게 되었던 것은 그분의 한결같은 친절 때문이었다.

나도 우아한 손님이었기를 바란다. 그렇게 신경 써주는 것이 너무나 감사한 나머지 나도 모르게 우아한 손님 노릇을 했을 거라고 생각한다. 상대방이 자신을 위해 기울인 노력에 감사하고 그걸 방해하지 않는 것이 손님이 할 일이다. 그거면 된다. 내 생각에는 세

---

14) 달걀 흰자 · 우유 · 밀가루를 섞어 거품을 낸 것에 치즈 · 과일 등을 넣고 구운 디저트.

상에 그것보다 쉽고 좋은 일도 없건만, 그걸 망치는 사람들이 있다. 2014년 케임브리지 공작 부부(영국의 왕세손 윌리엄과 케이트 부부)가 호주를 방문했을 때, 시드니 오페라 하우스 주최로 그들을 위한 행사가 열렸다. 초대받은 200명의 손님 가운데는 물의를 일으킬 목적으로 문제되는 발언을 하는 라디오 디스크자키와 그의 공동 진행자가 있었다. 그들은 공작 부부가 그들의 테이블에 들르지 않았다는 이유로 나중에 방송에서 수선을 피웠다. 행사 다음날 카일 샌디랜즈Kyle Sandilands가 라디오에서 "정말 황당했다, 뭐랄까, 좀 화가 났다"고 떠들어댔다. 그 라디오 진행자들은 그것을 이해할 수 있는 일로, 별일 아닌 것으로 바라볼 우아함이 없었던 것이다.[4]

어떤 사람이 손님이 될 자격이 있고 초대를 받을 만한가? 좀 다르게 말해, 만약 우리가 다른 사람들에게 마음을 활짝 연다면, 할 수 있다고 생각한 것 이상으로 그렇게 한다면, 어떤 일이 일어날까?

2000년 전에 살았던 중국 철학자 장자는 모든 사람에게 아량을 베풀고 아무에게도 해를 끼치지 않는 것이 예절의 최고 단계라고 말했다. 자신의 테이블로 찾아온 긴장한 신참을 반갑게 맞아준 캐리 그랜트처럼, 우아한 사람들은 아량과 평화로운 수용에 관해 잘 알고 있다.

어머니는 내 여섯 살 생일 파티 때 내가 같은 반 친구들을 모두 초대하면 조랑말들―어린 소녀들의 꿈인―을 불러주겠다고 했다.

좋아요!

모두 초대해야 해, 데니스[5]도 포함해서, 라고 엄마는 덧붙였다.

데니스는 피부와 머리색이 창백해서 거의 투명해 보이는 아이였다. 고약한 세균들을 갖고 있을 거라고 내가 확신한 아이. 나는 그 아이에 대해 아는 것이 별로 없었지만, 그것만은 알고 있었다. 데니스는 자주 코피를 흘렸고 저능아처럼 안절부절 못해서, 나를 비롯해 우리 반 아이들이 모두 피하는 아이였다.

나는 그 최후통첩에 눈물을 좀 흘렸지만, 정말로 조랑말을 타고 싶었기에 데니스도 초대했다.

그때는 마틴 루터 킹Martin Luther King 암살사건의 여파로 일어난 폭동이 워싱턴 DC를 강타한 1968년의 이듬해였다. 시 외곽에 아늑하게 들어선 작은 집들로 이뤄진 조용한 우리 동네도 그 혼란을 피하지는 못했다. 길 맞은편 공원에 주 방위군이 진을 치고 있었는데, 어느 날 오빠가 가스가 새는 다 쓴 최루탄 통을 집으로 가져오는 바람에, 우리 둘 다 싱크대로 달려가 타는 듯한 눈을 물로 씻어야 했다. 몸을 숨긴답시고 우리 집 폭스바겐 뒷좌석에서 움푹 파인 바닥으로 몸을 굴리며 내 구역, 내 동네 그리고 나의 세상을 흥분시킨 긴장상태를 실연해 보였던 기억이 난다.

그 폭동은 나의 부모님에게 좀 더 깊은 흔적을 남겼다. 아버지가 오스틴에서 모셨던 멕시코계 미국인 주지사가 하원의원에 당선되자, 우리는 텍사스에서 워싱턴 DC로 이사를 갔다. 포용성은 내 부모님 삶의 일부였다. 그것이 전국을 휩쓸고 있기도 했다. 아니, 적어도 그런 것 같았다. 그 기수 중 하나가 포크송의 대가 피트 시거Pete Seeger였는데, 그는 대중이란 청하기만 하면 자연스럽게 화합한다고 믿는 사람이었다. 그래서 늘 자신의 노래에 합창 부분을 넣었고, 그의 콘서트에서는 사람들이 예외 없이 씩씩하고 흥겹게 다 같이 노래를 불렀다.

물론 포용성을 가장 용감하게, 진심을 다해 우아하게 구현한 이는 마틴 루터 킹이었다. 이 시민권 운동 지도자는 인간사회의 근본적 역설을 발견했다. 포용이 아니라 분리가 우리를 갈등으로 이끈다는 사실 말이다. 지금은 너무 명백해 보여 그걸 말로 표현하는 데 그토록 오랜 시간이 걸렸다는 사실이 놀랍기까지 하지만. 내 부모님은 그 사실을 이해했고, 그래서 자신의 영웅들이 쓰러지고 자신의 도시가 불길에 휩싸인 충격과 혼란의 와중에도 신념을 더욱 굳혔을 뿐이다.

그리하여 내 생일 파티가 열렸던 그 토요일 날, 말 운반용 트레일러가 우리 집 앞 골목에 멈춰 섰다. 우리 집 대문 옆에서 땅딸막하고 움직임이 둔한 세 마리의 사랑스러운 동물 등에 안장이 얹혔고, 뒷마당 주변에서는 신이 난 아이들이 줄을 서서 차례를 기다렸다. 내가 한참 동안 팔짝팔짝 뛰었던 기억이 난다. 내가 첫 번째로 말을 탔던 기억도. 진흙 파이를 만들면서 놀던 작은 진흙 밭, 내 장난감 집, 다른 아이들, 그리고 데니스 옆을 내가 조랑말을 타고 당당하게 지나갈 때, 조랑말 위에서 모든 것이 어떻게 보였는지도 기억난다. 그러잖아도 창백한 얼굴이 오후의 햇살을 받아 더욱 창백해 보이는 데니스도 다른 아이들처럼 신이 나서 펄쩍펄쩍 뛰며 손뼉을 치고 있었다.

새로 꽃이 활짝 피어서 정말 아름다웠던, 옹이 많고 비틀린 우리 집 살구나무 쪽을 바라봤던 기억도 난다. 나무 밑에는 엄마와 데니스 엄마가 서서 즐겁게 이야기를 나누고 있었다. 데니스 엄마는 나이가 많아 거의 할머니처럼 보였다. 둘둘 말아올린 하얀 머리칼이 살구꽃에 묻혀 거의 보이지 않았다. 엄마가 데니스의 엄마와 함께 있는 걸 봤을 때의 놀라움이 아직까지도 생생하다. 나는 엄마가 그 손님을 다른 손님들을 대하듯 차분하고 세심하게 보살피고 있다는 걸 깨달았다. 엄마는 데니스의 엄마를 돌보며 그녀가 대화 나눌 사람이 있다는 걸 확신시키고, 학교에서 자주 외톨이였던 그녀의 아들이 우리 집에서는 환영받고 있다는 무언의 메시지를 전달했다. 그로부터 이 년 후, 중국에서 왔고 영어를 거의 하지 못했던 남자아이도 방과 후 우리 집에서 데니스가 받은 것과 똑같은 환영을 받았다. 러시아에서 이민 온 남자아이도 마찬가지였다. 나는 마지못해 그 아이와 체스를 두었는데, 내 실력이 형편없던 탓에, 엄마가 내 귀에 속삭여 수를 알려주지 않았다면 그 아이의 치명적인 기술 앞에서 철저히 창피를 당했을 것이다.

시간이 흘러 고등학교 시절에는 1학년 때 낙제를 두 번 해 나이가 스무 살에 가깝던, 수염은 매력적이나 단정치 못한 급우의 친구가 됐다. 그 친구의 집은 추수감사절을 쇨 형편이 아니었다. 차에서 살았던가 했다. 나는 그 친구도 집에 데려왔다. 엄마는 임종을 앞둔 할머니를 돌보러 갔고 오빠는 대학으로 떠나 집에는 아버지와 나 둘뿐이라, 그해 만찬은 내가 요리했다. 아버지와 나는 우리가 보아온 그 누구보다 많이 먹어대는 내 새 친구의 모습을 지켜보았다. 얼마나 뿌듯하던지!

완전히 이해하기까지는 시간이 걸렸지만, 그 아름다웠던 날 우리 집 뒷마당에서 내가 조랑말을 타고 본 광경을 정리해보니, 해방감을 주고 마음을 열어준다는 점에서 매우 놀라운 뭔가를 알게되었다. 내 파티에서는 모든 사람이 즐거워야 하며, 거기서 가장 중요한 사람은 내가 아니라는 사실을.

나는 데니스가 마치 외계인처럼 느껴졌다. 헬륨 풍선 같고, 연약하고, 이 세상 사람 같지 않았다. 우리와 거의 무관한 존재 같았다. 하지만 그 아이를 지상으로 끌어내려 정박시킨 그날 오후에, 나는 그 아이에 관해 세 가지를 알게 되었다. 나와 똑같이 조랑말을 좋아한다는 것, 나와 똑같이 엄마가 있다는 것, 그리고 무엇보다 그 아이의 감정과 그 아이 엄마의 감정도 다른 사람들의 감정만큼 중요하다는 것을. 엄마는 직접 우아한 모범을 보여주며 나에게 그 사실을 가르쳐주었다.

훌륭한 파티였다. 그리고 멋진 생일 파티였다. 그 일을 통해 나자신이 좀 성장했다고 느꼈으니까.

03

우아함과 유머:
매기 대처, 조니 카슨, 그리고 하이볼을 마시는 105세의 미미

> 그러니까 결국 유머는 위대한 것이고 구원의 밧줄이다.
> 유머가 등장하는 순간, 우리의 단단한 것들이 모두 무너지고,
> 모든 짜증과 분노가 사라지며, 명랑한 기운이 들어선다.
> – 마크 트웨인Mark Twain,
> 《폴 부르제는 우리를 어떻게 생각하는가What Paul Bourget Thinks of Us》

캐리 그랜트는 최고의 배우였고 거동이 아름다운 우아한 남자였다. 그러나 그 모든 것 이전에 그는 위대한 코미디언이었다. 그의 코미디가 그토록 우아하고 가벼웠던 이유가 바로 여기에 있다. 그는 자신을 지나치게 심각하게 여기지 않았다.

세상 사람들에게 그랜트는 멋쟁이 바람둥이였지만, 그는 자신의 이미지와 실제 자아를 뒤섞지 않았다. 그는 자신이 누구이고 자신이 누가 아닌지 잘 알고 있었다. "모두가 캐리 그랜트가 되고 싶어한다. 나도 캐리 그랜트가 되고 싶다"라고 언젠가 그는 재치 있게 말했다.

우둔한 교수, 남의 말을 잘 믿는 집주인, 역량이 부족하지만 의기양양한 사업가 등 그랜트는 자기비하적인 역할들에 탁월했다. 〈아이 양육〉과 〈몽키 비즈니스〉 속 캐리 그랜트보다 엉뚱한 바보 역을 더 잘하는 배우는 없다. 그는 의자에 걸려 넘어지는 얼간이가 되는 것을 겁내지 않았고, 〈이혼 소동〉에서는 개 한 마리 때문에 망신을 당하는 것도 마다하지 않았다.

그랜트 식 자기비하 유머는 자신감과 인간미를 전달하기 때문에 우아함의 도구다. 그것은 두 가지 메시지를 동시에 보낸다. 하나는 그가 자신을 웃음거리로 삼을 만큼 겸손하다는 것이고, 또 하나는 그가 확고한 통제력을 갖고 있다는 것이다(여기서 그랜트가 지닌 신체적 침착성은 대단히 중요하다. 그는 발이 걸려 넘어져도 여전히 침착하다). 그래서 모두가 긴장을 풀 수 있다.

이런 유머 스타일을 짐 캐리Jim Carrey나 작고한 로빈 윌리엄스Robin Williams의 유머 스타일과 비교해보자. 두 사람 모두 무척 웃기지만 우아하다고 말할 수는 없다. 그들을 보고 있으면 진이 빠지기도 하는데, 그들의 코미디가 폭발적이고 매우 자극적이기 때문이다. 웃고 있어도 마음이 그리 편치 않다.

그에 반해 재키 글리슨Jackie Gleason의 코미디 스타일은 더 매끄럽다. 그렇게 크고 뚱뚱한 남자가 지그필드 쇼에 나오는 젊은 여자처럼 떠다니듯 가벼운 몸짓으로 비치 볼처럼 통통 튀었다. 글리슨은 공간 속의 자기 몸에 대한 감각을 지니고 있고, 그 감각을 매우 효과적으로 이용한다. 시트콤 〈신혼여행자The Honeymooners〉

(1955~1956)에서는 결코 바보처럼 굴지 않기 때문에 늘 우리의 동정을 받는 노동자 계급의 괴팍한 남자로 나와 자신의 부엌에서 춤을 추며 돌아다닌다. 글리슨의 익살스러운 행동에는 늘 우아함이 있었다. 성대에는 무리가 가도 신체표현은 자신 있고 편안했다. 그는 화를 내거나 흥분하지 않았으며 느긋했다. 너무 느긋해서 자기 자신까지 조롱할 정도였다.

자기조롱은 민감한 것이고 그래서 매우 까다롭지만, 제대로 하면 정말 우아하다. 글리슨처럼 노련한 연예인에게 완벽한 신체감수성은 중요하다. 정치권에서 가장 빛나는 인물이 그런 재능을 갖고 있다면, 그건 또 다른 성취다. 정치인들의 세계는 미리 만들어진 큐 카드[15]를 읽는 절대적 통제에 익숙한 곳이기 때문이다. 그러니 NBC의 심야 토크쇼인 〈지미 펄론 쇼〉에 미셸 오바마Michelle Obama가 출연한 건 정말 놀랄 일이었다.

2013년 2월, 코미디언에서 토크쇼 진행자로 변신한 지미 펄론과 영부인이 '엄마 춤의 진화The Evolution of Mom Dancing'라는 코너에서 한 팀을 이뤘다.[1] 분홍색 프레피 룩 스타일의 카디건에 짤막한 치노 팬츠를 입고 티나 페이[16] 가발을 쓴 펄론은 엄청 융통성 없는 사람처럼 타인의 시선을 의식하며 겸연쩍게 춤을 추기 시작

---

15) 방송에서 출연자나 진행자가 말할 내용을 미리 적어 카메라 뒤쪽에서 보여주는 카드.
16) Tina Fey(1970~), 미국의 여성 영화배우 겸 시나리오 작가.

했다. 그때 오바마 여사가 스텝을 밟으며 들어와 함께 춤을 춘다. 그녀도 카디건과 7부 바지를 입었는데, 당연히 더 멋졌다. 그런데 정말 잘 해낼까? 전국의 수많은 엄마들이 조마조마해하는 모습이 눈에 선했다. 하지만 몇 번 박자를 맞추고 몇 차례 엉덩이를 살짝 부딪치는 동작을 한 것으로, 영부인의 엄마 춤에 대한 평판은 매끄러운 자조自嘲의 귀재라는 평가로 귀결되었다.

그 한 쌍이 '박자가 맞지 않는 라인댄스'와 팔을 옆으로 휘두르며 추는 '스프링클러' 춤, 그리고 "아빠 어디 있니?(데려와!)"라는 자막이 나올 때 춘 춤의 핵심은 매끄러움이었다. "아빠 어디 있니?" 부분에서 오바마 대통령이 살짝 들어와줬다면 얼마나 좋았을까. 만나는 사람들을 편하게 해주는 것으로 정평이 나 있는 오바마 여사인지라 그날도 지극히 침착했다. 그녀의 느긋한 편안함 덕분에 필론은 최고의 코믹 연기를 보여줄 수 있었다. 하지만 미셸 오바마가 세련된 펑키함으로 몸을 흔들면서 힙합 동작을 취하고 더기 춤을 췄을 때, 그녀의 파트너가 할 수 있었던 것이라고는 놀라서 입을 벌리고 서 있는 것뿐이었다.

오바마 여사는 옷을 잘 입는다는 평가를 많이 받아왔지만 그녀가 미친 진정한 영향은 패션 그 자체를 넘어선다. 그녀는 중년 엄마를 매력적으로 만들었다. 그녀는 엄마들 사회의 관행에 관심을 보인다. 다른 엄마들처럼 아이들이 먹는 음식을 염려하고, 아이들의 관심사를 놓치지 않으며, 빈둥거리며 노는 것처럼 보이지 않으려고 애쓴다. 그리고 이 모든 것에 미국의 영부인이라는 지위에 따르는 마법을 조금 없는다. 대통령 부인도 스스로를 웃음거리로 삼고, 유머감각을 갖고 그런 일에 몰두하는 것을 보면서, 사람들은 따분했던 일들을 조금은 기분 좋게 느낀다.

정치권 이야기가 나왔으니, 영국 총리를 세 차례 연임한 마거릿 대처 이야기를 해보자. 세계의 지도자들 가운데 마거릿 대처만큼 유머와 우아함을 효과적으로 발휘한 사람도 없다. 매력적인 자기비하와 편안함—성적 매력이 살짝 비치는 건 말할 것도 없고—은 대처에게 강력한 정치적 도구였다. 2013년 대처가 사망한 뒤, 소설가인 이언 매큐언Ian McEwan은 "그녀에 대한 국민의 집착에는 늘 에로틱한 요소가 있었다"고 썼다.[2] (생전에 대처가 동료 기자들이 보는 앞에서 크리스토퍼 히친스[17]의 엉덩이를 때렸다던데 정말일까? 그리고 대처 시절에 나온 가학적 통화정책sadomonetarism[18]은 재정정책을 조금 넘어선 뭔가를 시사한 것은 아니었을까?). 그녀의 업적에 대한 평가가 분분하다는 건 그녀의 조국이 아직도 그녀를 잊지 못하고 있다는 확실한 방증이다.

어떤 이들은 그 보수적인 입장 때문에 대처를 '암탉 아틸라Attila the Hen[19]'라고 불렀다. 그녀는 부자들에게 우호적이었고, 광부나

---

17) Christopher Hitchens(1949~2011), 영국의 작가 겸 저널리스트.
18) 인플레이션에 대한 우려에 사로잡힌 나머지 다른 경제 현실은 외면하고 긴축적 통화정책을 밀어붙이는 태도를 꼬집는 용어로, 1980년대 초 마거릿 대처 정권 당시 고실업에도 불구하고 펼쳐졌던 긴축정책을 비판하기 위해 만든 말.
19) 아틸라(Attila, 406?~453)는 훈족의 왕으로, 5세기 전반 민족대이동기에 카스피 해에서 라인 강에 이르는 대제국을 건설했다.

국영기업들을 좋아하지 않았으며, 탐욕은 좋은 것이라는 1980년대의 풍조를 조장했다. 또 대중이 자신을 좋아하건 말건 조금도 관심이 없었다. 그러나 말과 행동에 열정과 헌신이 넘쳤다는 사실은 논란의 여지가 없다. 놀라운 침착함으로 단련된 열정과 헌신이었다. 그토록 억셌는데도 그녀에게는 남을 기분 좋게 만드는 고요한 자질이 있었다. 그런 편안함과 우아함이 있었기 때문에 사람들이 그녀를 참아낼 수 있었을 것이다.

당시 나는 그녀의 정책들을 정말 싫어했는데, 지금은 그랬던 것만큼이나 그녀의 행동 방식이 매력적으로 보인다. 사실 그녀는 전혀 암탉이 아니었다. 그녀는 두려움을 모르고 흔들림이 없었다(그러니 암탉보다는 매에 가까웠다). 영국을 강국으로 키우는 데 열중해, 확고한 통제와 정력적인 스타일을 선택했다. 그녀는 극도로 자신만만했으며 풍채가 당당했다. 그러나 그것을 여성의 우아함으로 유화했다. 사람들 앞에 나설 때 자기 모습에 신경을 썼고, 단순하고 재단이 잘된 의상으로 흠잡을 데 없는 옷차림을 했다.

대처의 의상고문이었던 마거릿 킹Margaret King은 〈텔레그래프Telegraph〉에 "정장은 늘 사진이 잘 받고, 그녀에게만 있는 것은 아닌 결점들을 감춰준다. 그녀는 다리가 매우 멋졌다. 서 있는 모습이 아름답고 보기 좋았"고 말했다.[3]

대처는 웨이브를 주어 치켜세운 부드러운 헤어스타일을 선택했다. 호흡 훈련으로 목소리의 날카로운 느낌도 없앴다. 이름도 무척 다정하게 들리는 '매기'를 선택해 부드럽게 만들었다. 그녀에게는 보조개도 있었다. 대처는 받아들여지지 않았을지도 모르는 술책과 전략들을 수월하게 통과시키기 위해—그 거친 특성을 가리기 위해—따스함과 위트를 이용했다.

그것은 거장의 연기였다. 아니면 진짜였을까? 보는 이들은 진짜라고 믿었다. 우아했기 때문이다. 긴장이 전혀 없었던 것이다 (세라 페일린Sarah Palin이나 미셸 바크먼Michele Bachmann 같은 보수 정치인들과 비교해보라. 그들은 결코 자연스러움과 편안함에 통달하지 못했다).

대처는 자신의 연기 자질을 예리하게 의식하고 있었다. 언젠가 대처는 이렇게 말했다. "회의에서 야유하는 이들이 있으면 난 속으로 기뻐 날뛴다. 물어뜯을 먹잇감이 생긴 거니까. 그리고 관객들은 그걸 좋아한다."[4]

하원에서 연설할 때는 반대 측의 모든 방해를 재치 있는 농담으로 받아넘기고, 차분하고 원만한 어조로 "제가 말을 마치게 해주신다면"이라고 말해 단호하고도 참을성 있게 간청하면서 반대자들을 침묵시키는 방법을 썼다. 그녀는 당당하면서도 겸손한 태도로, 듣는 이들에게 직접 말하고 있다는 인상을 주었다. 그녀는 유연하고 매끄러운 움직임으로 머리와 몸을 돌려 청중 한 사람 한 사람을 바라보면서, 혹은 그렇게 보이도록 하면서 연설을 했다.

무엇보다 가장 우아한 점은, 다른 사람들을 편안하게 하고 밝은 분위기를 조성하기 위해 그녀가 유머를 사용하는 방식이었다. 그럼으로써 세상에서 가장 유명한 여성 정치인에게는 너무나 중요한, 즉 결정권은 절대적으로 자신에게 있다는 사실을 사람들에게 분명히 전달했다.

1990년 하원 회기 중 대처가 사임을 공표하게 되었는데, 의원 한 사람이 사임 후에도 단일통화 정책 및 독립중앙은행과 계속 싸울 생각이냐고 물었다. 대처가 답변을 하려고 일어서자 노동당 소속 하원의원 한 사람이, 당신이 오랫동안 반대했던 바로 그 은행을 경영할 생각인 거 아니냐고 놀리듯 말했다. 그러고는 "아니, 대처는 총재가 될 것입니다"라고 말했다.

대처는 이어진 웃음에, 자신을 조롱하는(또 몇몇은 야유하는) 웃음에 동참했다. 그 하원의원의 민첩한 비난이 정말 재미있다는 온갖 제스처를 하면서. 그런 다음 와자지껄한 소란이 가라앉기를 기다리다가 몸을 돌리고 회의실을 쑥 훑어본 다음, 쉰 음성으로 재치 있게 응수했다. "참 좋은 생각입니다!"[5]

웃음이 터졌다. 전보다 더 크게. 그녀는 최후의 말을 했을 뿐 아니라, 자신의 패배를 받아들인 바로 그날 마지막 웃음을 지었다.

대처는 실각한 후에도 유머감각을 잘 유지했다. 말년인 2001년, 영국 플리머스에서 열린 보수당 대회에서 연설을 하면서, 그녀는 청중을 향해 이렇게 말했다. "좀 전에 제가 여기에 오는 건 계획에 없었다는 이야기를 들었습니다만, 오는 길에 이곳 극장을 지나다 보니, 어쨌거나 여러분은 제가 여기에 올 줄 알고 계셨더군요. 극장 광고판에 'The Mummy Returns[20]'라고 적혀 있더라고요."[6]

자니 카슨은 자기비하를 예술의 경지로 끌어올렸다. 언젠가 〈투나잇 쇼The Tonight Show〉에서 자신의 독백이 심심해지자, 그는 "집에 권총이 있나요?"라고 애드리브를 쳤다. 수줍기로 유명한 그는 게스트로 하여금 말을 거의 다 하게 했다. 그리고 자신은 기꺼이 배웠다. 하나같이 확신이 넘치고 자신이 모른다는 것을 인정하기 꺼려하는 이 시대에, 그런 태도는 얼마나 도드라져 보이는지. 미국에서 가장 유명한 인물 중 한 사람인 카슨은 자신의 쇼에 나온 게스트가 새로운 이야기라도 할라치면 관심을 보이며 "난 몰랐어요"라고 말할 만큼 겸손한 사람이었다.

그가 그토록 오랫동안 최고의 TV 토크쇼 진행자로 군림할 수 있었던 것은 그의 차분하고 진정성 있는 편안함 덕분이었다. 캐리 그랜트처럼, 그도 매력과 통제의 절묘한 조합을 보여주었다. 그것은 매우 흥미롭고 매력적인 자질인데, 〈투나잇 쇼〉의 독백을 할 때 그의 자세에서 가장 많이 드러났다. 물에 떠 있는 것처럼 가슴을 가볍게 들어올린, 온몸이 깨어 있고 그 순간에 맞춰져 있다는 느낌을 주던 그 자세에서.

그는 시청자에게 너무 많은 것을 드러내려고 하지 않았다. 밤이면 밤마다 신뢰할 수 있는 웃음을 터뜨릴 때도, 지구상에서 가장 매력적인 인물과 마주 앉은 것처럼 게스트에게 집중하고 있을 때도. 지극히 사적인 이 남자에게는 잠자코 있을 때조차 특정한 스

---

20) 영화 〈미라 2〉의 원제이다. Mummy는 '미라' 또는 '엄마'를 뜻하고 발음도 같다.

타일이 있었다. 머리를 높이 든 채 뒤로 당긴. 그에게는 그런 빛나는 자신감과 무쇠 같은 믿음직함이 있었다. 내 주식을 맡길 수 있고 제트기 착륙을 맡길 수 있는 그런 사람이었다. 하지만 카슨은 대중 위에 자신을 놓기보다는, 타고난 내성적 성격을 활용해 초점을 자신에게서 게스트에게로 옮겼다. 게스트에 대한 그의 공감은 아마도 TV 화면 밖 일상생활에는 없을 어떤 방식을 통해 나왔을 것이다.

나의 증조모와 카슨의 만남은 몇 분 동안 공기에서 모든 우아함을 다 빨아들인 듯했다. 우아함의 두 대가가 얼굴을 마주했으니까.[7]

1987년 8월, 연한 청색 원피스를 입은 연약해 보이고 구부정한 여인 밀드레드 홀트Mildred Holt가 〈투나잇 쇼〉에 나왔을 때, 그녀는 유명인도 아니고 뉴스거리가 될 만한 사람도 아니었다. 캔자스의 작은 마을에서 온 자그마한 늙은 부인에 불과했다. 여기서 늙었다는 것은 기록적일 만큼 늙었다는 얘기다. 당시 나이가 105세였으니까. 하지만 정신이 초롱초롱했을 뿐 아니라, 날카로운 직구로 내던지는 재치를 지닌 분이었다. 카슨에게는 그것으로 충분했다.

미미—우리 가족이 증조모님을 부르는 이름—는 머그잔에 담긴 하이볼[21]을 홀짝이며 그 TV 왕이 여러 번 결혼한 것으로 놀리

---

21) 위스키 같은 독한 술에 소다수를 섞고 얼음을 넣은 음료.

고 홀딱 매료시켰다. 그래서 그는 광고가 나가는 중에도 미미와 대화를 계속했다. "정말 재미있는 분이시군요." 카슨은 그녀의 쭈글쭈글한 작은 손을 꼭 쥐면서 말했다. 카슨이 자신이 지금껏 만나본 사람 가운데, 그리고 자신의 쇼에 나온 사람 가운데 그녀가 가장 나이가 많다고 하자, 미미는 쪼글쪼글한 얼굴에 함박웃음을 지으며 경쾌한 목소리로 말했다. "난 너무 못돼서 죽지도 않아요!"

카슨은 미미의 재빠른 응수에 심하게 웃다가 가끔 의자 뒤쪽으로 몸이 젖혀지기도 했지만, 그 한밤의 왕은 대부분의 시간 동안 손에 턱을 괸 채, 미미가 미소 지으며 경쾌하게 날리는 낙관주의에 푹 빠져 그녀의 말을 경청했다.

캔자스 주 엘스워스에 사는 누군가가 그 토크쇼의 스태프와 접촉해 놀라운 미미 이야기를 해준 것이다. 사실 그곳 사람들은 오래전부터 미미가 카슨의 토크쇼에 나갈 만하다고 생각하고 있었다. 누가 이의를 달겠는가? 미미는 억누를 수 없는 기백의 소유자였다. 남북전쟁 참전용사의 딸로, 열 명의 자식 중 막내였다. 미미는 잘 나가는 은행가와 결혼해 자식 셋을 낳았는데, 그중 장남이 내 외할아버지였다. 대공황 시절 남편의 사업이 망하자, 미미는 집 식당을 찻집으로 만들어 그 지역 학교 선생님들에게 정찬(당시에는 식사를 그렇게 불렀다)을 제공했다. 미미는 요리를 좋아했고, 가장 좋아하는 요리는 프라이드치킨이었다. 그 요리는 뒷마당의 장작 패는 곳에서 시작되었고, 미미는 도끼질에서는 정확한 사람이라는 평판을 들었다. 비록 내가 그녀를 만났을 무렵에는 그녀의 도끼질 시절이 이미 끝나버렸지만. 미미는 매일같이 자신의 작은 부엌에서 분주히 지냈다. 부엌은 개조한 적이 없었고 식기세척기도 없었다. 그녀는 끓는 물에 사기그릇을 소독했다. 음식을 만드는 중에 사람이 찾아오면, 도마를 거실로 가져가 무릎 위에 놓고 채소를 계속 다졌다.

미미는 내가 아는 그 누구보다 적극적인 사회생활을 했다. 매일 동네 친구들에게 전화를 하고, 다과회나 카드놀이를 주최했다. 미미는 과부가 된 딸과 함께 자신의 집에서 죽는 날까지 살았는데, 말년에는 카드놀이 친구들이 전부 양로원에 들어가는 바람에―그들 가운데 누구도 그녀처럼 노익장을 과시하지 못했다―, 그곳으로 그들을 찾아가곤 했다. 그녀가 가장 자주 한 말 중 하나는 자신은 절대 혼자 식사를 하지 않았다는 말이었는데, 사람들 말에 따르면 그건 사실이었다.

그것은 놀라운 일이 아니었다. 미미는 누구나 만나고 싶어할, 무척 기분 좋은 사람이었기 때문이다. 아홉 살 때인가 열 살 때인가 내가 찾아갔을 때 미미는 아흔몇 살이었는데, 나는 그녀의 웨딩드레스를 보여달라고 했다. 그러고는 입어보라고 부탁했다. 그런 다음 내가 아래층에서 입어보면 안 되느냐고 물었다. 그럼, 그럼, 되고말고. 그래서 마침내 우리는 집 앞 잔디밭에서 정신없이 키득거리게 되었다. 나는 와이셔츠처럼 앞이 트인 웨딩드레스 소매에 두 팔을 집어넣고, 몸이 쪼그라든 미미는 치마를 붙잡아 엉덩이에 댄 채. 엄마가 사진을 몇 장 찍었고, 차를 타고 지나가던 사람들이 차 안에서 우리를 바라보았다. 가보家寶인 1905년산 아이보리색 모슬린 드레스를 깁슨 걸[22]처럼 걸친 우리 모습이 어쩌면 작은 미치광이들처럼 보였을지도 모른다. 하지만 미미는 유용한 물건이 서랍 속에서 썩게 내버려두는 사람이 아니었다. 세상 무엇보다 재미를 숭배하는 사람이었다.

그녀는 열렬한 참여자였고 즐거운 시간을 보내는 법을 잘 알았다. 그녀는 카슨에게 1914년에 처음 차를 갖게 된 이야기를 하고, 103세에 운전을 포기해야 해서 얼마나 유감스러웠는지도 이야기했다. 또 미국 서부 해안 지역의 속물근성을 비판하기도 했다. 그녀는 카슨에게 말했다. "호텔에서 어떤 남자를 만났는데 어디서 왔느냐고 물어서 캔자스에서 왔다고 했더니, 그 남자가 '세상에'라고 하더군요. 그 말을 들으니 화가 나더라고요."

미미는 자기 고향의 명예를 옹호할 준비가 늘 되어 있었지만, 잠깐 기다렸다가 방청석 쪽을 바라보고는, 농업 IQ가 낮은 그 가련한 사람들을 향해 다정하지만 가엾다는 미소를 지으며 말했다. "그 사람은 캔자스 주가 미국의 그 어느 주보다 밀을 많이 생산한다는 사실을 잊은 게지요. 우리가 먹는 빵의 원료가 나오는 곳이 바로 거기라는 사실을 말이에요."

TV에서 미미는 굉장했다. 마치 자기 집 거실에 앉아 있는 양 느

---

22) 미국의 화가 찰스 다너 깁슨Charles Dana Gibson(1867~1944)이 그린 초상화에서 흔히 볼 수 있는, 하이넥에 부풀린 소매, 타이트한 허리, 종 모양의 스커트 등 S자형 실루엣이 특징인 1890년대의 유행 의상을 입은 여성상을 '깁슨 걸'이라고 부른다.

굿했다. 미미는 카슨과 마찬가지로 편안하고 자신 있는 태도로 이야기를 나눴다. 그녀의 모습과 행동을 보면 얼마나 즐기고 있는지 알 수 있었다. 그녀는 뻣뻣하게 혹은 무너질 것처럼 의자에 앉아 있지 않았다. 굽은 손가락으로 제스처를 취하고, 몸을 홱 돌려(105세 나이에) 옆에 앉은 카슨의 조수 에드 맥마흔Ed McMahon을 대화로 이끌었다.

게스트가 맥마흔에게도 동등한 관심을 보이는 것은 매우 드문 일이라, 카슨은 그 나이 든 남자를 악의 없이 조롱했다. "당신이 동족인 걸 확실히 알아보시는군요." 카슨의 말은 맞았다. 같은 공간에 있는 사람이면 누구나 미미의 동족이었다.

미미의 너그러움은 두려움을 전혀 모르는 그녀의 성격에서 유래했다. 어두운 곳에는 위험한 것이 있다고 상상하며 무서워하던 어린 시절, 나는 옷장에서 강도들이 튀어나올까봐 무서웠던 적이 없느냐고 미미에게 물었다. 그러자 그녀가 씩씩하고 태연하게 응답했다. "덤빌 테면 덤벼보라지!"

그녀가 카메라 앞에서 너무나 편안한 모습을 보이자, 방송이 나간 후 〈할리우드 스퀘어스Hollywood Squares〉[23]에서 전화가 와 그들의 쇼에도 나와줄 수 있느냐고 물었다. 하지만 미미는 사양했다. 로스앤젤레스는 이미 가봤고 엘스워스가 더 좋았던 것이다.

나는 그녀가 오래 살았던 것에 친화성이 한몫했다고 확신한다.

---

23) 텔레비전 게임쇼.

미미는 건강에 목매는 사람이 결코 아니었다. 농장에서 나온 진한 크림을 탄 커피를 마셨고, 열심히 디저트를 챙겨 맛있게 먹었으며, 잠들기 전에는 위스키에 더운물과 레몬과 설탕을 섞은 핫 토디를 즐겼다. 미미는 열 살에 엄마를 잃었고, 대공황과 모래폭풍 The Dust Bowl[24]을 겪었으며, 수십 년을 과부로 살았다. 하지만 스트레스를 받지 않았다. 나쁜 일들을 곱씹지 않았던 것이다. 나쁜 일들은 놓아버리고 현재에 머물렀으며, 늘 즐거운 뭔가를, 그녀의 표현대로라면 "시간을 보내는 데 도움이 되는"뭔가를 찾았다.

미미는 109번째 생일을 겨우 한 달 앞두고 폐렴에 걸려 죽었다. 〈투나잇 쇼〉에 나가고 삼 년 후였다. 하이볼을 마시던 미미의 모습은 대서특필되었다. 사교상 위스키 한 잔을 마시는 것은 미미에게 바로 이 순간을 살고, 즐거운 자리에서 사람들의 이야기를 듣고 반응하며, 그런 자리로 사람들을 끌어들이고 즐거운 분위기를 퍼뜨리며 시간을 보내는 것과 마찬가지로 즐겁게 시간을 보내는 방식이었다.

카슨과 미미는 명콤비였다. 모든 신문이 그렇게 썼다. 카슨의 가장 나이 많은 게스트였던 미미는 어느 모로 보나 농담 던지는 일에서 그와 맞먹었다고.

---

24) 1930년대 중반 미국과 캐나다 초원지대에 강력한 모래폭풍이 불던 시기. 심한 가뭄으로 땅이 황폐해져 수백만 명이 고향을 떠나야 했다.

04

우아함과 어울리는 기술:
베이비붐 세대는 어떻게
수백 년에 걸친 예절 교육에서 벗어났는가

예의범절이란 기분 좋은 행동방식이다… 그것은 바로 문명의 시작이다.
그러니까 예절은 우리가 서로를 참을 수 있게 해주는 것이라는 말이다.

– 랠프 왈도 에머슨, 《처세술The Conduct of Life》

문명이 시작되었을 때, 인간은 문명에 그다지 적합하지 않은 존재라는 사실이 명백해졌다. 함께 사는 데는 노력이 필요했다. 이후 헤아릴 수 없을 만큼 긴 세월이 흘렀지만, 우리가 문명화에 탁월하지 않다는 사실을 보여주는 예들은 수없이 많다. 지하철에서 자리를 잡겠다고 나이 든 여성 앞으로 돌진하는 학생들부터 사회가 가난한 이들과 실업자들을 대하는 방식에 이르기까지. 인간에게는 자기 자신을 먼저 생각하는 성향이 있다는 것은 불변의 사실이다. 그런데 그렇게 하지 않아야 공존의 과제가 수월해진다. 그래서 오래전부터 서로 잘 어울리는 방법을 사람들에게 가르치려는 노력들이 있어왔다.

이런 노력들에는 우아함—다른 사람들을 기쁘게 해주고 도와주고 공경하는 행동과 세련되고 편안한 태도—이라는 개념이 얽혀 있다. 사실 사람들과 어울린다는 말은 그 자체가 사이좋게 지낸다는 의미로, 우아한 행동을 함축한다. 그것은 춤, 평화로운 2인무, 혹은 말馬들이 서로 보조를 맞추려 하는 충동을 시사한다. 우아함과 예의범절, 즉 사회적 행동의 일반원칙들은 역사적으로 서로 얽혀 있다. 서로를 더 빛내주는 것이다. 이번 장章에서는 역사적으로 우아함이 어떻게 전개돼왔는지를 추적하고, 우아함이 명확하게 언급되지 않은 경우에는 어울리는 기술을 강조하는 사례들을 찾아보았다. 여기서 어울리는 기술이란, 생선용 포크나 사람을 소개하는 방식과 관련된 의례가 아니라, 화목한 상호작용과 따스하고 인정하는 분위기를 만드는 것을 목적으로 하는 예의범절을 말한다. 이런 것들은 좀 더 꼼꼼한 에티켓의 영역이다.

세상에서 가장 영향력 있는 책들 가운데 일부는 사람들과 어울리는 기술 혹은 우리가 사회적 우아함이라고 알고 있는 것들에 관한 지침서였다. 여기에는 고대의 가장 오래된 저서들, 나오자마자 베스트셀러가 된 르네상스 시대의 책들, 그리고 미국 개척민과 혁명가들, 우아함과 문명적 삶에 대한 안목을 지녔던 20세기 초기 노력가들의 필독서들이 포함된다.

그런데 불가사의하게도 수십 년 전부터 우리의 삶에서는 우아함에 대한 가르침이 사라져버렸다.

'불가사의하게도'라는 표현은 그리 정확하지 않다. 예의범절의 역사는 양극단 사이를 오가는 경향이 있어서, 규칙들이 생겨나 점점 많아지고 엄격해지면 그다음에는 그런 규칙들은 말도 안 된다며 반발하는 세대가 등장하게 된다. 이때 우아함은 하나의 행위, 가식적인 겉치레로 치부된다.

사회적 우아함이 왜 퇴조했는지 내가 묻자, 주디스 마틴Judith Martin은 이렇게 말했다. "이제 우리에게는 그 잔류물이 있죠. 자식들에게 '그냥 너 자신이 돼라'고 말하는, 사람 좋은 부모들도 있고요." 마틴은 신문잡지연맹을 통해 국제적으로 배포되는 '미스 매너스Miss Manners'라는 신문칼럼을 쓰고 에티켓 관련 책도 여러 권 펴낸 저술가이다. "그게 무슨 뜻일까요? 아이들이 그 자신이 아니면 누구라는 걸까요? 요즘 부모들은 선물을 받으면 어떻게 감사를 표할지, 보고 싶지 않은 사람을 보게 되었을 때 어떤 식으로 기쁜 듯 반길지 하는 것을 아이들에게 가르치지 않아요."

그녀는 "에티켓은 우아함과 자연스러움, 자연스럽게 보이는 것과 자연스러운 것이라는 반대되는 개념들을 가지고 오래전부터 고심해왔어요. 그것들은 전혀 다른 개념이에요"라고 말을 이었다. 이런 고유의 역설 때문에, 다시 말해 느낌은 이런데 말은 저렇게 해야 하는 것 때문에 에티켓은 위선이라는 혐의를 받게 된다. "느끼는 것과 보여줘야 하는 것 사이에 단절이 있는데, 그건 진정성과 반대죠. 가령 어느 집에 초대 받아 가서 집주인이 좋아하는 램프를 깨뜨리면 집주인은 '아, 신경 쓰지 마세요'라고 말해요. 당연히 신경이 쓰이겠지만, 상대방을 편안하게 해주기 위해서죠."

"사람들은 에티켓이 인위적이라고 해요. 하지만 그들이 실제로 반대하는 건 명백하게 인위적인 것이죠." 마틴은 말했다. "그래요, 에티켓은 인위적이에요. 그런데 자연적이고 노골적인 욕망보다 그것이 나을 때가 많죠. 춤을 생각해봅시다. 정식 교육을 전혀 받지 않고 추는 춤이 나을까요? 아니면 생각하고 노력한 춤이 나을까요?"

사회적 우아함은 신체적 우아함과 마찬가지로 노력을 요한다. 바로 이것이 옛날부터 전해 내려오는 예의범절에 관한 책들의 요점이다. 올바르게 행동하려면 노력과 훈련이 필요하다는 이야기다. 사람들과 지내는 것은 여타의 기술들처럼 하나의 기술이자 훈련이다. 다시 말해 요리나 자전거 타기와 마찬가지이다. 어떻게 해야 일이 매끄럽고 어떻게 해야 사람들을 기쁘게 하는지 알수록, 우아해지기를 원하고 우아해지는 연습을 많이 할수록 더 잘 그리고 더 확실하게 그렇게 될 것이다. 그럴 때 우아함은 더 이상 '연기'가 아니게 된다. 하지만 습득된 활동이란 것이 다 그렇듯, 세련의 정도는 다양하다. 손님이 램프를 깨뜨렸을 때 이를 앙다문 채 "아, 신경 쓰지 마세요"라고 말해 손님의 기분을 끔찍하게 만드는 집주인이 있는가 하면, 한층 우아하게 반응하는, 어쩌면 더 나은 연기를 하는 것일 수도 있는 집주인도 있다. 어쩌면 그 사람은 오스카상을 받을 만한 태연한 연기로 자신의 진짜 감정을 감추는 메릴 스트립 같은 인물일 수도 있다. 아니면 그 램프를 싫어해서 그

램프가 쓰레기통으로 가게 된 것이 반가울지도 모르고. 또 어쩌면 정말로 모든 행동이 올바르고 순수한, 지상의 천사와도 같은 낙천적인 인물일 수도 있다. 어찌 됐건 용서받기만을 바라는 당황스러운 손님에게는 아무 차이도 없다. 손님은 그런 우아함을 고맙게 여긴다.

우아함은 규칙을 이행하는 방식에 있다고 마틴은 말한다. "당신은 에티켓 규칙들을 글자 그대로 따르나요? 아니면 좋은 감정에서 자연스럽게 나온 것처럼, '아, 괜찮아요, 신경 쓰지 마세요'라고 말하는 것이 쉬운 일인 것처럼 보이게 하나요? 공중도약은 전문 무용수에게도 쉽지 않아요. 피나는 발가락과 땀은 멀리서는 보이지 않지요. 마찬가지로 집주인이 우아하게 처신하면서 속으로는 '이런, 고치자면 돈깨나 들겠네'라고 생각하는 걸 우리는 모르는 거죠."

솔직히 우리가 우리의 진짜 감정을 매번 드러낸다면 세상은 참을 수 없는 곳이 되었을 것이다. 마틴의 표현을 빌리자면, 우아함이란 "세상을 유쾌한 곳으로 만들기 위한 가림막이다."

그런데 우리는 예의범절의 역사의 양극단 중 한쪽에, 솔직함이 과대평가되고 우아함을 자아내는 훌륭한 행동 · 자제력 · 훈련은 사라진 시대에 살고 있다. 반격이 쌓이고 쌓여 우아함은 무너지게 되었는데, 그 반격들은 1950년대와 1960년대의 일상생활의 과잉 복잡화에 대한 반동에서 나왔다. 현대에는 자기개선의 수단이 과거의 다소 느리고 내적이며 끝이 없는 과정인 인격함양에서, 돈으

로 살 수 있는 물건들에 쉽게 초점을 맞추는 쪽으로 옮겨갔다. 물
건을 사는 것이 잘사는 길이 되었다. 백화점과 쇼핑몰의 급증, 어
디든 따라다니는 광고, 텔레비전을 통해 다른 이들의 삶과 소유물
을 들여다보는 관음증과 더불어, 쇼핑은 자신을 더 낫게 만들기
위한 현대적 수단이 되었다.

이는 예전의 생각과는 180도 다른 것이다. 가령 미국 건국의 아
버지들은 내적 자기개선에 집착했다. 스무 살의 벤저민 프랭클린
Benjamin Franklin은 '도덕적 완성'을 위해 노력하면서, 침묵과 성실
성부터 평정과 겸손에 이르기까지 여러 덕목을 체계적으로 획득
하려고 애썼다. 매일 저녁 자신을 평가하며 얼마나 나아졌는지 도
표로 나타냈다. 존 애덤스John Adams는 늘 일기에 더욱 양심적인
사람이 되자고, 사람들을 더 상냥하게 대하자고 다짐했다. "나는
지나치게 부주의하고 시무룩하며 비사교적 성향이 강하다. 그러
니 이런 결점들을 개선하기 위해 항상 노력하자."[1] 그러나 이백
년이 지난 지금, 자동차나 가전제품 그리고 윤기 나는 머릿결에
더 신경을 쓰게 되면서 그런 청교도적 과거의 흔적들은 사라져버
렸다.

뒷마당에서 해먹는 야외 요리와 파티오[25], 그리고 치즈 딥을 유
행시킨 2차 세계대전 이후, 도시 주변 주택지구의 확산은 지나치
게 복잡하고 형식적인 삶에서 벗어나는 수단이기도 했다. 그것은

---

25) 집 뒤쪽에 만드는 테라스.

수십 년간의 궁핍에서 새로이 해방된 중산층에게 좀 더 경쾌하고 격식에 얽매이지 않는 생활방식을 권장했다. 게다가 베이비붐 세대, 번영 속에서 태어나 풍족한 물자에 둘러싸여 아낌없는 관심을 받고 자란 자기중심적인 세대, 사회적 우아함이라는 기교와 그것에 요구되는 자제력에는 거의 관심이 없는 세대가 밀려들었다. 그들은 기성세대에 반항하는 젊은이들이 가진, 예로부터 전해 내려오는 성향을 전례 없이 많이 지니고 있었다. 그리하여 훨씬 더 격식에 얽매이지 않고, 더더욱 '너 자신이 되는' 무제한의 자유가 출현하게 되었다. 부모 세대의 격식이란 짜증나는 것이었다.

아이를 키우는 방식도 변했다. 형식을 별로 중요하게 여기지 않는 새 시대에는 아이들을 위한 예절 교육이 유행에 뒤떨어진 것이 됐고, 섬세하고 우아한 행동들은 시대에 뒤처진 것으로 여겨지거나 더 나쁘게는 엘리트주의로 간주됐다. 우월의식을 암시하는 것은 모두 성장하는 중산계급, 청년 반反문화, 밀려드는 진보의 물결에 휩쓸려 무시되었다. 시민권 운동, 반전운동, 그리고 여성운동이 입증했듯이, 사람들은 변화를 절실히 원했다. 그러나 흔들린 것은 사회제도만이 아니었다. 요람도 함께 흔들렸다.

아기들이 바글거리는 나라는 조언에 굶주렸고, 그 조언은 간단할수록 좋았다. 1946년에 처음 출간돼 엄청난 베스트셀러가 된 벤저민 스포크Benjamin Spock의 《아기와 육아의 상식Common Sense Book of Baby and Child Care》이 옹호하는 아동 위주의 느긋한 양육 방식은 스케줄에 따라 젖을 먹이는 방식과 이전 시대의 엄격한 규율을 포기하고 그저 자식과 즐거운 시간을 보내도 된다고 부모들에게 말했다. 포옹이 등장하고 엉덩이 때리기는 퇴장했다. 하지만 우아함의 죽음을 추적한다면 그 책에서 긁거나 벤 흔적들을 찾아볼 수 있을 것이다.

사람들은 '예절 바른' 아이를 좋아하므로 "부모가 아이를 호감을 주도록 키워야 한다"고 스포크는 쓰고 있다. 그러나 아이가 자기 자신에게 만족한다면, "자연스럽게 예의범절을 지키게 된다"는 견해도 제시한다.[2]

하지만 자존감이 모든 것에 대한 답은 아니다. 삼십 년 전의 대학생들과 비교할 때 오늘날의 대학생들은 나르시시즘이 상당히 강한데, 이런 현상이 나타난 것은 1980년대의 자존감 고취 운동 때문이라고 보는 학자들도 있다.[3] 나르시시스트는 스스로를 대단하게 여기지만 다른 사람들에게는 관심이 거의 없다. 다시 말해, 자식들의 귀에 대고 그들이 얼마나 특별한지(얼마나 노력하고 있는가 또는 얼마나 친절한가가 아니라) 되뇌었던 부모들이 자신의 우월성을 인정하지 않는 이들을 참지 못하는 어른들을 만들어냈다는 이야기이다. 우리는 젊거나 늙었거나 자신을 높이 평가하며 우아함이라고는 찾아보기 힘든 사람들을 주변에서 쉽게 볼 수 있다. 자존감과 자신감을 가진 아이에게 자율권을 주는 것과 아이가 좋은 사람이 되도록 이끄는 것은 다른 것이 아니다. 그러나 다른 사람을 배려하며 행동하는 법과 다른 사람의 감정을 존중하는 법을 배우지 못한 아이들은 연민을 느끼고 공감하는 능력을 발달시키지 못할 것이다.

호감을 주는 것likable은 더할 나위 없이 좋은 특성이지만, 자녀 양육에서는 낮은 기준이다. 이 기준을 따르면 다른 사람들이 아이를 어떻게 보는가 하는 데만 신경을 쓰게 된다. 그것도 단조로운 방식으로. 호감을 준다는 것은 뭔가를 받는다는, 다시 말해 누군가의 인정을 받는다는 의미이다. 이를 상냥한 태도agreeable와 비교해보자. 상냥함이란 주로 주는 것과 관련된다. 자신에게 덜 집중하는 반면 타인지향적이고 사람들과 잘 어울리는 것을 뜻하며, 사람들에게 다정하고, 사람들을 지지해주고, 도움이 되는 것이다. 1930년대의 가정교육 책자인《참Charm》은 "할 수 있다면 예뻐져야 하고, 반드시 재치가 있어야 한다. 하지만 죽어도 상냥하게 굴어야 한다!"고 단언했다. 흥미롭게도 호감도를 최고로 치는 스포크의 견해는 19세기를 거쳐 20세기 초까지 이어진 견해, 즉 인간은 신이건 인간이건 다른 존재를 섬김으로써 인격을 도모해야한다는, 청교도들 사이에 널리 퍼졌던 앵글로색슨족의 오랜 생각을 뒤집는다. 그 오랜 생각에 따르면, 제멋대로 구는 충동을 통제하는 것도 중요하지만, 자신에게 덜 집착할수록 좋은 것이었다. 다른 사람을 먼저 생각하는 것이 옳고 우아한 일이었던 것이다.

조잡한 문화

우아함을 가장 위협해온 것은 조잡하다고밖에 말할 수 없는 문화이다. 우리는 우리가 다른 사람들에게 미치는 영향에 둔감하다. 회의에서 다른 사람의 아이디어를 맹비난할 때, 다른 사람을 희생물 삼아 웃음을 사려 할 때, 동료들 앞에서 다른 사람을 비판할 때, 다른 사람의 기분을 생각하지 않는다. 더 흥미로운 사람이 등장할 경우 함께 있던 사람에게 더이상 신경 쓰지 않는 행동도 그렇다. 언젠가 동료와 점심을 먹는데, 그녀가 아는 남자가 인도로 지나갔다. 그녀는 창밖을 향해 격렬하게 손을 흔들어 그의 주의를 끌더니, 합석하자고 강권했다. 하지만 그가 우리 테이블로 다가온 순간, 그녀가 아직 우리를 서로에게 소개시켜주기도(그럴 생각이었다고 믿고 싶다) 전에, 그녀의 휴대폰이 울렸다. 전화가 올 경우 받으려고 테이블에 올려놓았기 때문에 그녀는 당연히 전화를 받았다. 길 가는 남자를 불러들이느라 중단한 우리의 대화는 이미 잊은 채, 그리고 우리도 잊은 채, 그리하여 나와 낯선 남자를 어색한 침묵 속에 빠뜨린 채.

우리가 사용하는 장치들이 우리의 우아함을 앗아가고 있다. "이메일 꼭 해!" 한동안 못 본 친구가 어깨 너머로 소리친다. 이야기를 나눌 시간이 없기 때문이다. 이메일과 문자는 편리하지만, 우리를 신체적으로 허물어뜨리고, 사회적으로 부주의하게 만들고, 주변 사람들과 차단시킨다. 전철을 타면 마치 유치원 같다. 다른 사람과 함께 앉기 싫은 듯 다리를 쩍 벌리고 앉은 쩍벌남들과 자신의 가방까지 놓느라 자리 두 개를 차지하고는 앞에 사람이 서있어도 신경 쓰지 않는 여자들 때문에. 또 문자 보내느라 정신이 팔려 앞에 누가 있어도 모른다. 손님이 조카에게 줄 생일선물을 찾는데, 일어나서 도와주지도 않았던 장난감 가게 주인처럼. 난 바보처럼 그녀가 태블릿에 중요한 자료를 입력하고 있는 줄 알았는데, 사춘기 직전의 내 똑똑한 딸이 그녀가 은밀히 문자질을 하고 있는 걸 순간적으로 간파했다.

요즘 사람들은 키보드 위로 등을 구부린 채 몇 시간을 보내니, 일어설 때 자세가 어색한 건 당연하다. 엉덩이가 굳고, 목이 늘어지고, 등은 구부정하다. 나는 사람들이 걷는 모습과 서 있는 자세를 유심히 쳐다보는데, 대다수가 몸이 앞으로 굽어 있다. 어깨가 앞으로 휘고 가슴이 꺼져 있다. 너무 오래 앉아 있고, 차를 너무 많이 타고, 충분히 혹은 올바르게 걷지 않아서일 것이다. 우리의 발걸음은 무겁다. 땅바닥이나 손에 들고 있는 것을 보면서 걸으니까. 우리는 자세를 바르게 하고 가볍고 편하게 걷는 능력을 상실했다. 우아함은 우리 마음에서만 멀어진 게 아니라, 우리의 몸에서도 한참 멀어져버렸다.

대신 우리는 수치disgrace에 이끌린다. 좋지 못한 행동이 담긴 티저 광고만큼 인터넷에서 조회수를 많이 올리는 것도 없다. 이를테면 '샴페인을 엎질렀다고 몹시 화를 내는 모 유력인사', '호텔에서 쫓겨나는 린지 로한Lindsay Lohan', '인스타그램에서 팬들에게 엉덩이를 내보이는 저스틴 비버Justin Bieber' 같은.

리얼리티 TV는 수치를 먹고 산다. 팬들은 곤란한 순간들, 즉 출연자들이 당신은 해고라는, 당신은 형편없다는, 당신은 없어도 되는 사람이라는 말을 듣는 것을 보려고 그런 방송을 본다. 〈아메리칸 아이돌American Idol〉이 인기를 끈 건 사이먼 코웰Simon Cowell 때문이었다. 그는 자진해서 쇼에 나온 참가자들에게 공개적으로 망신을 주어 괴롭혔다. 우리는 그토록 어리석은 걸까? 물론 아니다. 살아남아야 하는 참가자들은 서로를 진흙탕으로 끌고 간다. 물리적으로 그리고 언어적으로. 〈댄스 맘스Dance Moms〉에 나오는 엄마들은 지하철에서 볼 수 있는 어린애 같은 사람들이 하는 우스꽝스러운 짓보다 훨씬 더 심한 짓을 한다. 시청자들은 그들과 자신을 비교하며 자신이 더 낫다고 여기고 그들을 조롱하면서 대리만족을 느낀다.

수치스러운 일을 보고 고소해하는 건 텔레비전에서만 일어나는 일은 아니다. 2014년 5월, 사진 순간 공유 앱인 스냅챗Snapchat의 최고경영자이자 공동창업자인 에반 슈피겔Evan Spiegel은 스탠퍼드 대학 재학 시절 남학생 사교 클럽 회원들에게 보냈던 이메일들이 공개된 뒤 사과문을 발표했다. 자신이 여학생 사교 클럽 소속 여학생들('여학생 클럽 잡년들sororisluts')을 취하게 만들었으며, 데이트 상대에게 오줌을 눴는지 어쨌는지 모르겠다며 신나게 떠든 글들이었다.[4] 어떤 사람들은 그것이 남학생 사교 클럽 회원들의 전형적인 장난이라고 했다.

우리도 쉽게 격분하는가? 아니면 지나치게 격분하는 탓에, 정말 격분할 일(가령 고문 같은 문제)에는 무감각한가? 인터넷상에서 격분하는 일은 어쩔 수 없는 현실이 되었다. 우리는 부적절한 트위터 메시지를 보면 으레 의분을 터뜨린다. 격분에는 확실한 사이클이 있다. 먼저 어느 유명인이 실수를 한다. 그러면 피해자가 트위터를 시작하고, 옹호자들이 반격을 하고, 블로거들이 포스팅을 하고, 페이스북에서 싸움이 일어난다. 이런 과정을 다 거친 뒤에―장담컨대 존경하는 지방지들조차 이런 루트를 따른다―, 세상에, 격분할 새로운 멍청한 짓이 또 등장한다.

우리는 움켜쥐고 가져가는 환경 속에 살고 있다. 이용하고, 장악하고, 자신을 위해 가져가는. 이에 반해 우아함은 베푸는 것과 관련된다. 그리스 신화 속 카리테스는 매력과 아름다움과 편안함을 주는 이들이었음을 여러분은 기억할 것이다.

스포츠·연예·사업 등 너무나 많은 영역에서 성공이란 승리하는 것만이 아니라 짓밟는 것이다. 완전한 우세를 보여주는 것이 바람직하다. 힘이 우아함보다 값진 것으로 평가되고, 가져가고 확보하는 것이 찬양된다. 베푸는 것은 그리 중요하지 않은 자질이며, 약점이기까지 하다. 이 시대는 앞뒤 가리지 않고 필요한 모든 수단을 동원해 통제하고 감각기관을 폭격하는 시대다. 마치 사회 전체가 현대 스포츠의 스테로이드 미학에 사로잡힌 것 같다.

보잉사의 최고경영자인 짐 맥너니Jim McNerney는 비즈니스 분석가들이 65세에 은퇴할 거냐고 묻자, 그것이 회사의 관례임에도 불구하고 아니라고 대답했다. 그러고는 설명한답시고―깊은 인상을 주고 싶은 마음에―자신을 괴물로 묘사했다. "그때도 내 심장은 뛰고 있을 거고, 직원들은 여전히 움츠리고 있을 겁니다."

그리고 덧붙였다. "난 열심히 일하고 있을 겁니다. 끝이 보이지 않습니다."[5]

이 말은 기억에 남을 만한 또 다른 공개 사과를 유발했다. 맥너니의 원래 표현은, 끝이 보이지 않는다는 마지막 말까지, 어떤 실상을 효과적으로 드러내고 있었다. 영구 권력. 승승장구 중인데 왜 그만둬? 가져갈 위치에 있는데 왜 포기해? 밑에 있는 사람들이 포기할 것이 있다면—그들에게 겁을 주어 이익과 승진과 고용 안정성을 다시 내놓게 할 수 있다면—그렇게 해야지. 그렇게 할 수 있으니까.

클수록 좋지만 거대한 것이 최고다. 그것이 이익이든, 카니예 웨스트Kanye West와 킴 카다시안Kim Kardashian의 결혼식이든, 할리우드 블록버스터의 기술효과든 간에. [CGI(컴퓨터 생성 화상) 풍경과 꽝꽝 울리는 사운드트랙, 폭발음, 그리고 긴장된 심각함을 보여주는 〈오즈: 그레이트 앤드 파워풀Oz: The Great and Powerful〉(2013)의 엄청난 3D 스펙터클 앞에서 〈오즈의 마법사The Wizard of Oz〉의 친숙하고 인간적인 매력이 어떻게 무너졌는지만 생각해보자.]

모든 부분에서, 인정 많고, 겸손하고, 너그럽고, 사려 깊고, 으스대지 않고, 품격 있게 자제하고, 노골적이기보다는 편안하게 처신하는 것—간단히 말해 우아하게 행동하는 것—은 시대에 상당히 뒤처진 것처럼 보인다.

1935년에 나온 지침서 《바람직한 성품: 우아하게 성장하는 법

Personality Preferred! How to Grow Up Gracefully》은 "누군가를 위해 좋은 일을 하려고 노력해라. 그러면 마음이 따스해질 것이다"라고 촉구했다.⁶ 그 시대의 다른 지침서들처럼, 이 책 역시 우아함을 몸과 마음 그리고 정신의 습관들을 통해 얻어지는 삶의 방식으로 총체적인 관점에서 바라보았다.

저자 엘리자베스 우드워드Elizabeth Woodward는 "우아함은 특별한 날에 먼지를 털고 과시하는 일련의 행동일 뿐만 아니라, 일상의 처신 방식이다"라고 젊은 독자들에게 말했다.

〈레이디스 홈 저널Ladies' Home Journal〉의 편집자인 우드워드는 젊은 여성들로부터 조언을 구하는 편지 수십만 통을 받고 그 책을 썼다. 20세기 중반 격변의 시대가 오기 전에는 우드워드의 책처럼 성숙한 인간으로 성장하길 바라는 젊은이들에게 주는 조언이 일반적으로 옛날의 지침을 따랐다. 세상을 살아가는 것은 하나의 기술, 연습해서 완성시켜야 하는 것으로 간주되었다. 어떤 점에서 그것은 평생 추는 춤이었다. 규칙과 스텝과 안무뿐 아니라 리허설도 필요한. 그 삶의 기술은 식사 자리나 응접실에서 어떻게 말하고 행동할지뿐만 아니라, 여러 가지 크고 작은 움직임까지 아울렀다. 자세와 적절한 신체언어를 통한 몸의 통제는 오래전부터 '행위지침서'의 일부였다. 가령《우아하게 성장하는 법》이나 비슷한 종류의 간행물에서 그것은 우아한 삶에 필수적인 요소로 다루어졌다.

몸가짐

몸가짐은 자세를 강조하긴 하지만 자세의 문제만은 아니었다. 그것은 또한 시간을 들여야 하는 문제이기도 했다. 품위 있고 편하게 움직일 수 있도록, 그리고 다른 사람들을 방해하지 않도록. "서두르다가 계단에서 넘어지고, 사람들과 부딪치고, 다른 사람의 발을 밟고, 드레스에 음료를 엎지르고, 잘못된 말을 한다. 속도를 늦춰라. 뭘 하기 전에 어떻게 할지 머릿속으로 미리 계획을 세워라"라고 우드워드는 썼다.

"매력적인 여자가 방으로 들어오는 모습을 보자. 그녀는 우아하고, 서두르지 않으며, 전적으로 상황을 통제하고 있다"고 가정교육 책자《참》은 말했다.[7] 이 책자는 1930년대와 1940년대에 출간된 우편주문용 실용 안내서 시리즈 중 하나였다. 그 시절에는 가사가 하나의 기술이자 과학으로 간주되었고, 여성들은 음악 감상·정원 가꾸기·러그 제작, 그리고 '수입 지출 계획 세우는 법'을 독학할 수 있어야 한다고 여겼다. 아마 사람들을 즐겁게 해주는 법도 배워야 한다고 생각했을 것이다.

그 소책자의 '아름다운 몸'이라는 장에는 이렇게 적혀 있다. "만약 몸의 근육이 음을 낸다면 화음을 이루게끔 움직여야 한다."

에밀리 포스트Emily Post도 의견을 같이했다. 1922년에 나온 그녀의 획기적인 저서《사회·비즈니스·정치, 그리고 가정에서의 에티켓Etiquette in Society, in Business, in Politics and at Home》을 보면,

사교계에 나온 어느 부인의 완벽한 걸음걸이를 독자의 상상력에 기대어 묘사하고 있다.

올드네임 부인은 어떻게 걷는가? 파블로바의 춤을 묘사하면 대답이 될까. 완벽하게 균형 잡힌 몸을 똑바로 가누고 있으며, 뻣뻣한 기색은 전혀 보이지 않는다. 중간 정도의 보폭에, 움직임이 아름답고, 춤을 잘 추는 사람들이 그렇듯, 무릎이 아니라 엉덩이부터 걷는다. 무슨 일이 있어도 활개를 치거나 엉덩이에 손을 얹지 않는다! 걸으면서 두 손을 이리저리 흔들지 않는다.[8]

필시 올드네임 부인은 무도회장에 들어오기 전에 머릿속으로 준비를 했을 것이다. 우아함을 가르치는 안내서들은 우아함은 발을 내딛기 전에 이미 시작된다고 가르친다. 고요함 속에서, 즐거운 시간을 준비하는 차분한 마음속에서 시작된다고. 파티에 가는 중인가? 그렇다면 "마음 상태에 집중하라"고 우드워드는 썼다. 그녀는 그것이, 차분하고 맑은 정신 상태가 우아함에 매우 중요하다고 생각한다. 적절히 준비하면 그런 상태를 얻을 수 있다. 파티가 열리기 며칠 전에 파티에 입고 갈 새 드레스를 미리 입어보면서 긴장을 피하고, 그 옷을 입고 돌아다니는 연습을 한다. 그런 다음, 옷은 잊어버리고 다른 사람들이 당신과 함께 있는 것을 편하게 느끼도록 분위기와 마음에 집중한다. 좋은 음악으로 귀를 채우고(그래도 재즈 음악은 너무 많이 듣지 말라고 했다. 초조해지고 우아함에 반한다면서), 집을 나서기 전에는 프랑스어를 읽어 뇌를 깨운다. 이런 측면에서 보면, 사랑스러움은 남들 눈에 어떻게 보이느냐의 문제만도 아니고 에티켓 규칙들을 암기하는 문제도 아니다. 그 책에 이런 내용도 조금 들어 있긴 하지만. 가장 중요한 건 용모와 행동의 질이고, 품위이고, 편안함이며, 상대방에게 전하는 따스함이라는 것을 우드워드는 분명히 했다. 새로운 나를 쇼핑몰 진열대에서 사들일 수 있다는 생각 대신 이런 생각이 오늘날의 젊은 여성들에게 보급되었다면 어땠을까.

《참》은 이렇게 조언한다. "남이 당신을 어떻게 볼까 신경 쓰이면 다른 사람을 생각해라. 그러면 두 가지 것을 동시에 생각할 수는 없기 때문에 자기 자신을 의식하지 않게 된다. 이것이 매력적인 사람이 되기 위한 첫 번째 가르침이다."

이목을 끌지 않는 미덕

이 책을 비롯해 그 시대의 책들은 한결같이 이목을 끌지 않는 것을 미덕으로 쳤다. 절친한 이들과 어울리는 흥겨운 자리가 아니라면 사람들의 눈에 띄지 않고 넘어가는 것이 목표였다. 주변과 둥글둥글 섞여야 했다. 지침서들은 공개적인 자리에서 남들의 관심을 끌지 말라고 주의를 준다. 거북하고 난처해질 뿐이라면서. 다른 사람을 먼저 생각해라. 영화관이나 극장에 가면 다른 관객들을 생각해라. 자기 자리로 가면서 다른 사람의 무릎을 치거나 발을 밟아서는 안 된다. 다른 사람에게 방해가 되지 않도록 조용히 해라. 조용히 먹고 낮은 소리로 말해라. 삼가고 또 삼가라. 여행할 때는 향수는 집에 놓고 올 정도로 행동을 삼가라. 또한 우드워드는 "비행기 안에서 기분이 별로인 사람이 무척 많다. 당연히 그런 사람들을 배려해야 한다"고 쓰고 있는데, 당시가 1935년인 것을 생각하면 꽤 혁신적인 충고다. 그때는 비행기의 소음이 심하고 털털거렸으며, 비행기 여행이 상대적으로 새로운 것이었다.

자제심

이 모든 것에, 품위 있고 사려 깊고 우아한 거동에, 자제심은 기본이다. 치맛단이나 구두 굽과 마찬가지로 예절 교육에도 유행이 오고가지만, 우아함과 관련해서는 예절이 엄격한지 느슨한지는 중요하지 않다. 우아함이란 자제심에서 나오는 편안함의 문제다. 그것은 자신의 반응·욕구·관심을 다스리는 것이고, 매끄러운 상호작용과 유쾌한 분위기를 조성하기 위해 다른 사람들에게 초점을 맞추는 것이다. 하지만 우리 대다수의 사람들은 자연스럽게 자제심을 발휘하지 못한다. 그것은 연습이 필요하고, 믿을 만한 어른이 한결같이 온화하게 상기시켜줘야 하고, 일상에서 풍부한 사례를 봐야 하는 기술이다.

자제심은 매우 중요한 미덕이어서 거듭 필사되었고, 다른 글들은 다 먼지로 화했지만 오랜 세월 동안 소중히 보존된 두루마리

양피지들의 주제일 정도로 중요했다. 4000년 전의 이집트 고관 프타호텝도 자제심을 사회적 우아함의 문제에 없어서는 안 될 요소로 보았다.

그는 "인정이 넘쳐흐르되 입은 삼가라"라고 썼다. 친절을 실천하고, 다른 사람에게 관심을 갖고, 다른 사람이 말할 때는 조용히 그리고 가엾게 여기는 마음으로 경청하라고 조언한다. 특히 화를 가라앉히는 것을 중시해, "화가 난 상태에서 다른 사람의 말을 가로막거나 대답하지 않도록 조심해라. 화를 멀리해라. 자신을 통제해야 한다"고 했다.[9]

프타호텝은 이런 말들로(상형문자로 된 텍스트에서 그는 적절하게도 그것을 '심장의 통제'라고 표현했으며, 심장을 이성의 자리로 보았다.[10]), 모세에서 미스 매너스Miss Manners에 이르기까지 후세 행동 관련 문헌들의 가장 중요한 주제를 예고했다. 자제심이 질서와 조화에 이르는 핵심 미덕이라는 것을 말이다. 이 고대 이집트인의 비유를 취한다면, 심장을 즉 몸의 엔진을 통제하면 많은 것이 매끄럽게 돌아간다. 감정적으로, 신체적으로, 그리고 사회적으로 매끄러워지는 것이다. 사람들과 어울리는 데 도움이 되는 사소하지만 우아한 행동, 가령 대화를 독점하기보다는 다른 사람이 말을 할 수 있도록 해주거나 고의건 아니건 누군가를 화나게 했으면 사과해서 불편함을 완화하는 행동은 자신의 기운을 어느 정도 통제하고 순화해야 가능하다. 예로부터 존경받는 저자들은, 우아함이 오랫동안 아름다움, 즉 움직임과 표현과 행위의 아름다운 측면으로 여겨져왔다면, 그것을 꽃피워주는 것은 훈련이라고 말했다.

다시 말해, 우아함은 노력, 안팎의 노력에 기반을 두고 있다. 연습하고 전념하고 자제해야만 하는 것이다. 그럼으로써 어떤 생각이 떠오를 경우 곧바로 말하고 행동하지 않고 다시 한 번 생각하는 지혜를 얻게 되는데, 그것은 연습에서 비롯하는 습관이다.

우아함에 대한 1930년대의 일반적인 생각은 전인적 인격을 고양하는 습관적 행위로서, 이탈리아 르네상스 시대를 풍미했던 가치들을 되살린 것처럼 보였다. 르네상스 시대는 예술가들뿐 아니라 작가들도 이상理想을 정의하는 데 열중했던 시대이다.[11] 미켈란젤로와 라파엘로가 완전한 인간의 형상을 구현하기 위해 노력했듯이, 시인들은 미적·정신적 완전함을 얻는 수단으로 인간의 행실을 다듬기 위해 노력했다. 16세기에 피렌체에서 글을 쓴 시인이자 대주교 조반니 델라 카사Giovanni Della Casa는 우아함을 장인의 솜씨와 동일시했다. 그러니까 그에게 우아함이란 하나의 예술이었다. 균형·질서·조화라는 디자인 원칙에 따라 다른 이들과 관계를 맺는 방식이었다. 예술작품과 싸구려를 구분 짓는 그 섬세한 기술이 바로 그 사회적 우아함을 정의하는 것이었다.

델라 카사는 《갈라테오 혹은 공손한 행동규칙Il Galateo overo de' costumi》에 "좋은 일을 하는 것만으로는 충분하지 않다. 좋은 일을 함에 있어 사려 깊고 무척 우아하게 해야 한다"고 썼다.[12] 이 얇은 책은 1558년(그의 사망 이 년 뒤)에 출간되어 엄청난 인기를 끌었고, 전 유럽에 이탈리아의 사회적 우아함, 즉 이탈리아 예절

열풍을 불러일으켰다. 델라 카사의 설명에 따르면, "우아하다는 것은 다른 것이 아니라 '빛의 방식a manner of light', 즉 어떤 일을 순조롭게 잘 처리하고 완벽하게 짜여 결합되도록 하는 탁월한 재능이다."

그는 그렇게 '조화롭고 정확하게' 처리하지 않으면, 선한 일이라도 '온당'하거나 아름답지 않다. "그리고 온당하기만 해서는 즐겁지 않다"고 말을 잇는다.

또한 델라 카사는 그런 순조로움을 이루는 방식에 대해서도 구체적이고 상세한 지침을 주었다. 신체의 통제가 매우 중요하다. 모든 행동이 우아한 전체를 이루도록 매끄러워야 했다. 사실상 어떤 신체활동 영역도 무시되지 않았다.

앉아 있을 때 어디를 잡거나 긁거나 씩씩대서는 안 되었다. 서 있을 때는 자세가 구부정하거나 어디에 기대지 말아야 했다. 걸을 때도 서두르거나 달리다시피 해서는 안 되었다. 그렇게 하면 "지치고, 땀이 나고, 몸이 붓기 때문이다."

대화할 때는 똑똑하고 재치만 있어서는 안 되었다. 신체적으로도 훈련이 되어 있어야 했다. "그 외에도 자신을 생각하고, 특히 말을 할 때 자신이 몸을 어떻게 움직이는지 관찰해야 한다"고 델라 카사는 말했다. 말이 많은 사람들은 말하는 데 너무 열중한 나머지 "머리를 흔드는가 하면, 잘난 체를 하며 이맛살을 찌푸리기도 한다. 또 입을 내밀고 사방으로 침을 튀긴다."

델라 카사는 자신의 책 제목 '갈라테오Galateo'를 친구 이름에서 따왔다. 하지만 어쩌면 그는 피그말리온 신화를 말하고 있는 건지도 모른다. 이상적인 여인상을 조각했다가 그 조각상과 사랑에 빠져 결국 자신의 사랑으로 조각상에 생명을 불어넣었다는 그리스 신화 속 조각가 말이다. 그 조각상의 이름이 '갈라테이아Galatea'였다. 어쩌면 델라 카사는 우아한 행동은 우리 자신을 조각하고 우리가 하는 일을 격상시켜 일상의 행동을 살아 있는 예술로 바꾸는 길임을 암시했던 건지도 모른다(예의범절을 익히는 것을 예술 창조와 연관시킨 저술가는 그만이 아니었다. 조지 버나드 쇼George Bernard Shaw도 〈피그말리온Pygmalion〉이라는 사회변혁극에서 그 신화를 불러냈다. 이것에 대해서는 뒤에서 더 자세히 다루겠다).

태연함

델라 카사는 《갈라테오》에서 우아함의 모순을 내내 지적했다. 델라 카사의 매력적인 표현을 그대로 쓰자면, 신체 영역에서 그런 '빛의 방식'은 감춰진 노력으로부터 나온다. 어떤 기술을 완벽하게 닦아본 사람이나 그러려고 해본 사람은 무슨 뜻인지 잘 알 것이다. 진 켈리Gene Kelly는 무척 빠르고 변화가 심한 탭댄스를 출 때 어깨를 부드럽고 편안하게 유지하기 위해 몇 년을 훈련했고, 로저 페더러는 대단히 강력하면서도 매끄러운 포핸드를 구사하기까지 테니스공을 산더미만큼 쳤다. 그들이 다른 무용수나 테니스 선수들과 다른 것은, 즉 그들이 우아한 이유는 그런 노력을 감추는 기술 때문이다.

그것은 정말 특별한 재능이다. 그것은 수세기 동안 신체적이든 사회적이든 우아함에 본질적인 요소로 인정되어왔다. 델라 카사의 책이 나오기 전인 1528년에 이탈리아의 시인이자 외교관인 발데사르 카스틸리오네Baldesar Castiglione는 어려운 일을 쉬워 보이게 함으로써 우아함을 얻는 태연함을 지칭하는 용어인 스프레차투라sprezzatura라는 말을 만들었다. 카스틸리오네가 쓴 《궁정인Il Cortegiano》은 이탈리아 르네상스 시대에 가장 찬란한 궁정을 가졌던 우르비노 공작의 측근들과 일단의 귀족들이 모여서 왕의 신뢰를 받는 이상적인 사람, 즉 완벽한 르네상스 인간이 되기 위한 자질을 논한 책이다. 본질적으로 이 책은 교양 있는 유럽인을 위한 자기계발서로, 인본주의적 처세술을 제시한다. 미와 이성, 그리고 인정이 지배하는 조화로운 사회에 대한 카스틸리오네의 비전은 매우 유명해서 라파엘로가 그의 초상화를 그릴 정도였다. 이 차분한 화가가 그 외교관에게 느낀 친밀감은 이해심 많고 상처받기 쉬워 보이는 초상화 속 그 외교관의 눈에 분명히 드러나 있다. 우아하게 몸을 돌린 자세부터 차분한 색조와 부드럽고 평온한 조명에 이르기까지 〈모나리자〉와 놀라우리만큼 비슷한 그 초상화는 현재 루브르 박물관에 걸려 있다. 우아함에 대해 쓴 그 저자는 당대에도 그리고 후대에도 영웅이었다. 《궁정인》은 세계적인 베스트셀러였고, 수세기 동안 그 분야의 표준으로 자리를 지켰다.

말하자면 17세기 판 스티븐 코비Stephen Covey의 《성공하는 사람들의 7가지 습관》이라고 보면 된다. 카스틸리오네가 보기에 궁정인은 병기 · 승마술 · 춤 등 여러 분야의 명수여야 했다. 그러나 무엇보다 먼저 갖춰야 할 습관은 "모든 언행에 우아함이 넘치는" 것이었다.[13]

고귀한 태생은 도움은 되지만 본질적인 것은 아니었다. 카스틸리오네의 책에 나오는 인물들 가운데 가장 아는 것이 많은 루도비코 백작은, 신체적 우아함은 배울 수 있는 것이 아니라는 게 '거의 정설'이지만 사실 배울 수 있다고 말한다. 그는 "일찍 시작하고, 최고의 선생에게 그 원칙들을 배워야 하며, 스승을 닮기 위해 늘 노력을 다해야 하고, 가능하다면 스승과 똑같이 되어야 한다"고 덧붙인다.

바로 여기가 카스틸리오네를 유명하게 만든 스프레차투라라는 개념이 등장하는 지점이다. 이것이 없이는 어떤 우아함도 있을 수 없다. 스프레차투라는 "어떤 말을 하고 어떤 행동을 하건 노력이 드러나지 않게끔" 하는 것인 동시에 꾸밈이 없는 것을 의미한다.

힘들게 애를 쓰는 것은 "우아함의 극단적 결핍을 보여주는" 반면, 수월하게 하는 것은 "최고의 경이로움을 자아내는 재주"라고 백작은 말한다. 이런 편안한 우아함에는 지극히 이탈리아적인 뭔가가 있다. 마르첼로 마스트로이안니와 소피아 로렌이 보여준 감미로운 편안함, 활력, 그리고 자연스러움을 생각해보라.

스프레차투라는 우아함에 대한 또 다른 이탈리아적 개념을 떠올리게 한다. 벨라 피구라bella figura이다. 이것은 말 그대로 '아름다운 모습'으로, 몸을 잘 가꾸고 옷을 잘 차려입고 예절 바르게 굴어 좋은 인상을 주는 것을 의미한다. 달리 말하면 세상에 나가기전에 최고의 모습을 만드는 것이다. 이것은 사람들의 호감을 사고싶은 마음에 중요한 인물인 척 꾸미는 얄팍한 행동과는 다르다.

스프레차투라는 가벼운 터치를 요한다. 얼마나 열심히 노력했는지 알아주길 바란다면 그건 스프레차투라가 아니다. 아니면 과도한 스프레차투라다. 꾸민 것처럼 보이지 않으려고 너무 애쓰면오히려 꾸미는 것이 된다. 세심하게 계획을 세워 차려입고 또는완벽하게 음식을 해놓고, "아, 그냥 대충 했어요"라고 허풍을 떨지않도록 조심해라. 그런 가짜 태연함을 보여주는 사람은 자신이 중압감에 지쳐서 막판에 샐러드드레싱 만드는 것을 잊어버리는 보통 사람들과는 전혀 다른 범접할 수 없는 사람이라는 것을 광고하는 격이다. 미식가의 우아함을 잘 보여주는 이는 줄리아 차일드[26]이다. 두려움 없고 매력적이고 진실했던 줄리아를 생각해보라. 그녀는 포테이토 팬케이크를 조리대 위에 철퍼덕 흘렸다가 다시 팬으로 던져넣었다. 그러면서 내내 TV 시청자들을 향해 즐겁게 수다를 떨었다. 그녀는 모든 것을 쉬워 보이게 했다. 특히 실수를.스프레차투라!

최고의 스프레차투라는 완벽주의에 수반될 수 있는 차가운 엄격성을 완화해준다. 어떤 사람들은 매우 뛰어나 보이려는 과도한

---

26) Julia Child(1912~2004), 미국의 요리연구가.

열망을 품고 있다. 가령 쿨리비아크[27] 풍 연어 크루트[28]를 대접한다며 야단법석을 떨고는 정작 손님들은 무시하는 디너파티 주최자가 그렇다. 또 늘 자신이 관심의 대상이 되어야 하므로 재치 있는 말들을 비축해놓았다가 대화를 독점하는 손님도 그렇다. 그런 노력들에는 우아함이 전혀 없다. 다른 사람들을 편안하게 해주는 차분함을 보여주지 않기 때문이다. 또 주변 사람들이 가장 원하는 것, 즉 포용성 · 인간관계 · 소소한 기쁨 같은 것에 반응하지도 않는다. 우아함이란 즐겁게 균형을 잡는 기술이다.

막간: 우아하지 못한 예절의 감시자

엄격함보다는 즐거움 · 편안함 · 눈에 띄지 않는 암시, 이런 것들이 델라 카사가 말한 '빛의 방식'에 기여한다. 사소한 것들로 수선을 피우기보다는 다른 사람들을 기쁘게 하는 데서 즐거움을 얻는 것 말이다. 수선을 피우는 것은 사람들과 어울리고 싶어서가 아니라, 오로지 두드러지고 싶은 마음에서다.

세상이 피상적인 것과 신속한 만족감에 미쳐간다고 한탄하는 일은 쉽다―너무 쉽다. 확실히 이전 세대들은 인격에 높은 가치

---

27) 러시아에서 기원한 요리로, 파이 반죽 속에 양배추나 연어 · 고기 · 달걀 · 버섯 · 쌀 등을 넣어 구워서 만든다.
28) 쇼트크러스트 페이스트리 안에 연어 · 시금치 · 크림치즈를 넣은 뒤 오븐에 구워낸 프랑스 요리.

를 두었으며, 그들에게 인격이란 다른 사람들을 섬기고 신을 믿고 자제심을 갖추는 것을 의미했다. 하지만 그 시절을 너무 그리워하지 않도록 조심하자. 그 시절은 올바른 생활에 관한 견해들이 숨 막힐 정도로 엄격했던 시절이니까. 20세기 초 미국 사회의 가혹한 도덕적 판단 기준을 꿰뚫어보았던 작가 캐서린 앤 포터Katherine Anne Porter는 그런 엄격한 견해를 가리켜 '자명한 도덕axiomatic morality'이라고 했다.[14] 누굴 사랑해야 하고 누구와 결혼해야 하는지, 무엇이 남자에게 적절하고 여자에게는 적절하지 않은지, 누가 천국에 갈 만큼 선하고 누가 그렇지 않은지를 보여주는 그 엄격한 행동규정들은, 아프로디테와 디오니소스의 자식인 그레이스(우아함)가 사랑과 쾌락의 결실임을 상기한다면 논점에서 벗어난 것이다.

보석 상인과도 같은 정밀한 눈을 가진 조지 버나드 쇼는 과시로 보일 만큼 행동에 초점을 맞추면 어떻게 되는지를 탁월한 솜씨로 보여주었다. 감정적 변비에 걸려 연민도 인간적 감정도 느끼지 못하는 것이 어떤 것인지를 말이다.

쇼의 희곡《바버라 소령Major Barbara》에 나오는 레이디 브리토마트 언더샤프트는 상류층의 고상한 태도에 내재된 남을 괴롭히는 측면을 전형적으로 보여준다. 그녀는 조지 워싱턴의《예의 바르고 품위 있는 행동규칙》을 암기라도 한 것처럼, 그러나 거기에 담긴 정신은 하나도 흡수하지 못한 것처럼, 주눅 든 아들을 꾸짖고 바로잡는다. 그녀는 자제심을 가지라고 아들에게 훈계하지만,

공감에 대한 방어벽을 그 쓰임새로 본다. 그녀는 중산층만이 세상의 사악함을 보고 "속수무책으로 공포에 사로잡힌다"며 비웃는다. 그녀는 말한다. "사악한 사람들을 어떻게 처리할지는 우리 계층이 결정해야 한다. 그 무엇도 우리의 침착함을 방해해서는 안 된다."

《피그말리온》을 썼을 때 쇼는 델라 카사의 《갈라테오》를 아이러니하게 비틀 생각이었을까? 히긴스 교수는 그 희곡의 제목인 조각가처럼—그리고 델라 카사의 지침서를 우아함과 관련된 내용은 빼놓고 다 연구한 사람처럼—런던 토박이인 꽃 파는 아가씨 엘리자에게 상류층의 말씨와 행동을 세세히 훈련시켜 완전히 바꿔놓는다. 그녀는 참한 영국 아가씨만이 아니라, 자존심을 가진 동등한 인격체로 성장한다. 그녀는 히긴스가 아닌 다른 사람들로부터 얻은 사회적 인식을 통해 진실로 자유로운 갈라테이아가 된다. 쇼는 진실로 고귀한 인격을 가진 사람은 많이 배웠지만 엄청난 속물인 히긴스가 아니라 그녀라는 것을 우리에게 보여준다. 많은 교양을 갖췄음에도 불구하고, 히긴스는 여전히 차갑고 우아하지 못하며 냉소적인 인간이다. 결국 그의 목적은 누군가를 돕는 것이 아니라 내기에서 이기는 것이었다.

"아들아, 우아함의 여신들에게 너를 바쳐라!"

미국 건국 초기에는 예절 교육이 강경했으므로, 헨리 히긴스라면 좋아했을 것이다. 계급 구분이 엄격했던 식민지 사회에서 젊은 이들은 권위를 존중하고 권위에 따르도록 교육받았다. 바로 이것이 조지 워싱턴의 행동 목록의 논조였다.

그러던 중 사회질서 개편에 관심을 갖게 된 미국에 노력이 아닌 편안함을 다룬 두꺼운 책 한 권이 등장하자 사정은 달라졌다. 체스터필드 백작이 쓴 《아들에게 보내는 편지Letters to His Son on the Fine Art of Becoming a Man of the World and a Gentleman》이다. 이 책은 저자의 사망 일 년 후인 1774년에 영국에서 출간되었는데, 출간 즉시 대서양 양쪽에서 베스트셀러가 되었다. 식민지 주민들은 영국식 규범을 떨쳐버리고 싶었지만 영국의 교양은 좋아했다. 그런데 바로 그 책은 언제 어디서든 와인과 여자를 즐기고, 좋은 사람들과 어울리고, 자유분방하고 우아하게 세상을 살아가는 법을 다채롭고 열정적이고 심오하게 말해주었다. 체스터필드 백작, 즉 필립 스탠호프Philip Stanhope는 오랫동안 외교관으로 일했다. 네덜란드 주재 미국 대사였고 볼테르·몽테스키외와도 친구였다. 그러나 그의 가장 위대한 업적인 《아들에게 보내는 편지》가 없었다면, 아버지가 아들에게 보내는 300통이 넘는 편지로 이루어진, 삶의 기술에 관한 그 기념비적 저서가 없었다면, 오늘날 그의 이름을 아는 사람은 별로 없을 것이다. 그 편지들은 책으로 펴낼 의도에서 쓰인 것이 아니라, 마음 깊은 곳에서 우러나와 쓴 글들이었다. 그래서 몇 세기가 지난 지금도 여전히 생생하고 솔직하게 느껴질 것이다.

세상 부모들의 걱정이 다 그렇듯, 체스터필드도 자식이 세상에 나가기 전에 준비를 시켜주고 싶어했다. 그는 자신이 진정으로 원하는 건 사람들이 자기 자식을 보고 '참으로 예의가 바르다, 정말 우아하다, 정말 기분 좋은 사람이다!'라고 말하는 소리를 듣는 것이라고 썼다.[15] 하지만 백작이 아들을 신사로 기르자면 할 일이 많았다. 야심차게 자신의 이름을 물려주었지만, 어린 필립 스탠호프가 사생아였던 탓이다.

미국에서 가장 사랑받고 가장 권위 있는 행실 관련 서적 중 하나가 사생아 교육과 관련된 것이었다는 사실은 상당히 아이러니하다. 하지만 그것은 매춘부들과 흙투성이 성인聖人들, 그리고 무엇보다 그들 모두의 초월적 아름다움을 그려낸 화가 카라바조를 자랑스럽게 만드는 것이기도 하다. 사실상 미지의 길을 가고 있는 사회 정서에 호소한 것은 체스터필드의 노력이 지닌 민주적 성격이었다. 우아한 사람이 되기 위해서는 귀족이나 보스턴 명문가 출신일 필요는 없었다. 경건한 사람일 필요도 없었다. 체스터필드는 좀 더 이탈리아적인 접근방식을 취했다. 영미 스타일이 유행하던 시절처럼 훈계조로 충고하기보다는, 세세한 행동들에 초점을 맞췄다.[16] 그가 도덕적 의무나 다른 사람들을 섬기는 일과 관련해 많은 이야기를 하지 않은 이유는 사람들을 즐겁게 해주는 것이 본질임을 알았기 때문이다. 그러나 대체로 그는 우아함을 신뢰했다.

그에게 우아함이란 미묘하고, 뭐라 말하기 어렵고, 없어서는 안 되는 것이었다. 우아한 사람들과 시간을 보내고 나면 직감적으로 알게 되는 그런 것, 즉 프랑스적인 것이었다. 그가 보기에 프랑스는 우아함을 진정한 종교로 만들었다. 파리는 '우아함의 소재지'로, 그곳에서는 대화가 예술이며 최고의 친구는 언어와 표현의 정확성과 우아함에 세심한 주의를 기울이는 사람이었다. 매력적인 태도 또한 우아함의 일부였다. "사람들이 모인 곳이면 어디든 '앙주망enjouement'―쾌활함―이 넘쳐났다."

우아함은 옷을 입는 방식, 거동하는 방식, 움직이고 말하는 방식에 드러나며, 각자의 분위기 속에 존재하는 것이었다. 1748년 3월, 그는 이렇게 썼다. "아들아, 우아함의 여신들에게 너를 바쳐라." 그리고 이어서 다음과 같이 말했다.

똑같은 이야기를 하고 똑같은 행동을 해도, 우아한가 그렇지 못한가에 따라 그 효과는 상상할 수 없을 만큼 차이가 난다. 우아함은 가슴으로 가는 길을 예비한다. 그리고 가슴은 사람의 이해에 강한 영향을 미치므로, 자신을 위해서도 우아할 필요가 있다…. 하나하나 밝힐 수는 없지만 수많은 사소한 일들이 모여서 우아함을, 늘 사람을 즐겁게 하는 뭐라 말할 수 없는 것je ne sai quoi을 이룬다. 보기 좋은 풍채 · 고상한 몸가짐 · 적절한 복장 · 듣기 좋은 목소리 · 솔직하고 발랄한 표정… 이 모든 것, 그리고 다른 많은 것들이 뭐라 표현하기는 어렵지만 다들 느낌으로 아는, 말할 수 없이 기분 좋은 것의 필수요소들이다.

몇 달 후, 그는 '미술 학교'를 주제로 그린 카를로 마라티[29]의 그림 한 점에 대해 묘사한다. 거기에는 우아함의 여신 세 명이 "우리가 없으면 모든 노력이 헛되다"라는 깃발 아래 그려져 있다. 체스터필드는 그림의 경우 그것이 진실임을 모든 사람이 안다고 말한다. 하지만 "모든 말과 행동에서도" 그렇다고 생각하는 사람은 거의 없다는 것이다.

그는 "똑같이 훌륭"해도 어떤 사람은 함께 있으면 즐거운데 어떤 사람은 그렇지 못한 이유를 자문해보라고 말한다. 그러면 알게 될 거라며 다음과 같이 설명한다.

전자는 우아하지만, 후자는 아니기 때문이다. 완벽한 몸매에 좌우 대칭을 이룬 아름다운 이목구비를 하고 있어도 사람들을 즐겁게 해주지 못하는 여자들이 있는가 하면, 평범한 몸매와 이목구비를 하고도 사람들을 매료시키는 여자들도 있다. 왜일까? 우아함의 세 여신이 함께하지 않는다면 비너스는 많은 사람들을 매료시키지 못하기 때문이다. 비너스가 없을 경우 우아함의 여신들도 마찬가지이다.

그의 말이 맞다. 왜 사람들은 놀랍도록 아름다운 여배우 앤 헤서웨이Anne Hathaway는 온갖 이유로 비판하면서 현실적인 제니퍼

---

29) Carlo Maratti(1625~1713), 이탈리아의 화가. 17세기 후반 로마의 바로크 미술을 대표한다.

로렌스Jennifer Lawrence에게는 그토록 관대한 걸까? 이 수수께끼를 푸는 데도 그의 말을 적용할 수 있을 것이다. 로렌스에게는 우아함이 있다. 그녀는 자연스럽고 흔들림이 없다. 누드 사진들이 누출됐을 때도 침착하게 대응했다. 그녀는 함께 시간을 보내기 더 좋은 사람으로 보인다.

체스터필드의 충고들은 대부분 유행을 타지 않는다. 그는 다른 사람들을 불편하게 하는 행동을 비난한다. "옆에 사람이 있는데 자기가 받은 편지를 한 통씩 꺼내 읽는 건 무례하고 막돼먹은 행동이다. 그런 행동은 대화에 싫증났다고 말하는 것으로 보인다."(이메일을 체크하는 것도 마찬가지이다.) 그는 인생이란 연회이니 맛있게 즐겨야 한다고 생각했다. 또 인생을 충분히 즐기려면, 학자의 지식과 궁정인의 매너, 즉 '책과 세상'이 결합되어야 한다고 생각했다. 체스터필드에게 '세상'은 모든 것을 의미했다. 그는 "모든 것은 한 번은 볼 가치가 있다"고 생각했고, 그래서 아들에게 오페라 · 연극, 심지어는 스트립쇼도 보러 가라고 강력히 권했다. 실제로 체스터필드 백작은 핍쇼[30]도 부끄럽게 여기지 않았다.

본데 있게 자란 사람이란 모든 계층의 사람들과 편안하게, "최소한의 우려나 어색한 모습도 보이지 않으면서" 대화를 나누고 그들을 존중하는 사람을 의미했다. 신체적 뒤틀림에서 벗어나려면 훈련이 필요하지만—바로 이 부분이 체스터필드가 그의 시대

---

30) 돈을 내고 작은 방 같은 곳에 들어가 창을 통해 여자가 옷 벗는 모습을 구경하는 것.

와 그 이전 시대의 극기윤리와 연결되는 지점이다―, 그것은 조화로운 인생에 생기를 주는 것이어야 했다. 그는 일찍 일어나 오전에는 일하고, 오후에는 운동을 하며, 저녁에는 사람들과 어울리라고 충고했다.

"바보처럼 부끄러움을 타 몸이 뻣뻣하게 굳지 않도록" 조심해라! "좋은 태도로 부끄러움을 몰아내라"고 그는 말한다. 여자들과 함께 있을 때뿐 아니라 남자들과 함께 있을 때도 그리고 사업을 할 때조차도 "좋은 태도·고상한 몸짓·매력적인 말솜씨가 얼마나 도움이 되는지 이루 말할 수 없을 뿐 아니라 이해하지도 못할 것이다. 그런 것들이 애정을 부르고, 특혜를 훔치며, 사람의 마음을 가지고 놀다가 끝내 사로잡는다"고 그는 말한다.

카스틸리오네의 스프레차투라는 조금 책략적인 느낌을 풍긴다. 꾸미는 태도는 아닐지라도 말이다. 꾸미는 것은 편안함과는 반대이다. 꾸밈없이 자연스럽게 보이는 게 목적이지만, 그것은 훈련을 통해서만 얻어진다. 이것이 체스터필드가 편지들에서 거듭 강조하는 점이다. 연기에 설득력이 있으려면 노력이 필요하니까. 사실 체스터필드는 조금은―적잖이 자주―그런 척하라고 했다. 그의 철학은 그렇게 될 때까지 그런 척하라는 것이었다.

독자들은 그의 충고를 전부 받아들였다. 체스터필드의 아들이 배워서 우아해질 수 있다면 누구든 가능했다. 그럴 의도는 아니었겠지만, 그건 대단히 대중적인 접근방식이었다. "Les manières(예절)·les agrèmens(매력)·les grâces(우아함)은 이론으로는 배울 수 없고 오로지 그것을 갖춘 사람들을 보면서 얻을 수 있다"고 그는 썼다. 그리하여 아들에게 상류사회로 나아가라고, 그곳의 예의범절을 따라 하고, 주변을 둘러보면서 다른 사람들의 행동방식을 모방하라고 일렀다. 그런 식으로 체스터필드는 평범한 사람도 타고나지는 못했더라도 사회적 우아함을 배워 출세할 수 있게 해주었다.

그의 충고 가운데는 정신 나간 것들도 있었다. 가령 여자란 "덩치 큰 아이들"이니 진지한 문제에서는 믿으면 안 된다고 했다. 마키아벨리라면 그렇게 말할 수 있었을 것이다. "누군가를 잡으려면 낚싯바늘에 어떤 미끼를 달아야 하는지" 알아야 하므로 사람들의 약점을 연구해야 한다고 말했던 사람이니까. 비록 그것이 정치판에서는 상식으로 간주된다 해도. 그런데 완고한 사람들로부터 비판을 받은 한량들의 생활방식에 접근하기 위해 우아함과 품행에 관해 말하던 백작이 그런 말을 한 것이다. 그의 책의 어떤 판본 서문에는 체스터필드는 "인류의 좀 더 숭고한 관심사는 알지 못했다"는 말이 실려 있다. 물론 그런 덕분에 그의 책이 그토록 잘 팔렸겠지만. 또 여성과의 쾌락과 관련된 짜릿한 부분들을 삭제하거나 아니면 사과를 하고 그런 부분들을 포함시킨 편집자들도 많았다. 체스터필드의 명성은 1800년대 내내 미국에서 높아갔고, 마침내 다른 모든 행동 지침서들의 인기를 넘어섰다.[17] 1900년대에 들어서도 한동안 그의 책은 다양한 판본으로 출간되었는데, 많은 판본들이 '미국의 체스터필드The American Chesterfield'로 제목을 바꿔달았다.

마지막으로, 파란만장한 백작의 이야기가 지닌 슬픈 아이러니한 토막은 그의 가르침들이 그가 사랑한 편지 수신자가 아니라, 여러 시대의 낯선 사람들에게 더 많이 활용되었다는 사실이다. 스탠호프 주니어가 아버지의 마지막 편지가 나온 지 며칠 후 36세의 나이로 사망한 것이다.

2006년에 나온 영화 〈이디오크러시Idiocracy〉는 현대의 조잡하고 품위 없는 경향을 논리적으로 극단화해서 보여준다. 군대에서 실시한 동면실험이 잘못되어 한 남자가 냉동된 채 잊혔다가, 오백 년 후 수준이 한참 떨어지는 미래에서 깨어난다. 사람들은 말을 더듬고, 표현을 거의 하지 못하며, 패스트푸드가 엄청난 특대 사이즈로 나오고, 가정에서 하는 주된 오락은 〈아야, 내 불알이야!Ow, My Balls!〉라는 쇼를 보는 세상이다. 글을 읽고 쓸 줄 아는 능력, 그리고 지성과 더불어 우아함이 사라져버린 것이다.

2부

우아함 들여다보기

05

슈퍼스타의 우아함:
모타운의 가르침

품격 있는 숙녀는 쓰레기통 위에 앉아 있어도 보기 좋다.

—맥신 파월Maxine Powell

사람들이, 하이힐을 신고 공허한 눈을 한 막대 같은 형상들이 구 분 동안 벌이는 퍼레이드를 보겠다고 자신들과 자신들이 들고 있는 버킨 백[31]에 치여가며 무너질 듯 비좁은 좌석으로 향했다. 가축 사육장의 홀스타인 종種 소들도 뉴욕 패션위크의 리포터보 다는 운신할 공간이 더 넓을 것이다.

사람들·모피들·움직이지 않는 패셔니스타들 사이를 더듬더 듬 지나 한갓진 자리에 도착하니, 셀러브리티들과 그들의 수행원

---

31) 명품 브랜드 에르메스에서 만드는 유명한 가방.

들이 밀려든다. 그들은 전능한 신의 아바타들마냥 런웨이[32]를 걷는다. 맨 앞줄 옥좌에 앉고 나면, 얼빠진 듯 쳐다보는 주변 사람들을 못 본 척할 것이다. 카메라들이 몰려 있는 이런 무대에 셀러브리티들이 등장하면 그들 주위로 관심이 쇄도하게 되어 있다.

어쨌거나 내 생각은 그랬다. 베라 왕 패션쇼에 간 그날 아침까지는. 곧 패션쇼가 시작할 참이라 조명이 어두워졌는데, 어두운 곳에서 한 여성이 자리에 앉기 위해 빠른 걸음으로 런웨이를 가로질렀다. 그녀는 남의 이목을 끌지 않으려는 듯 몸을 반쯤 숙이고 눈을 내리깐 채 플랫폼 펌프스를 신은 발을 최대한 빨리 움직였다. 하지만 그 여성은 슈퍼스타 비욘세 놀스Beyoncé Knowles였기 때문에, 모든 사람이 알아보았다.

그녀는 내가 일주일 내내 본 옷들 중에서 가장 우스꽝스러운 드레스를 입고 있었다(이 점이 뭔가를 말해준다). 배 주변은 부풀리고 허벅지에서 좁아지는, 엉덩이를 겨우 가린 드레스를. 그녀는 마시멜로 안에서 튀어나온 것처럼 보였다. 하지만 눈부셨다! 주변이 캄캄해서 간신히 보이긴 했지만, 비욘세는 자신만을 집중적으로 비추는 황금빛 조명을 달고 다니는 것 같았다. 그것이 비욘세가 지닌 신비 중 하나이고, 그녀가 모든 여성들의 선망의 대상인 이유이다. 아니면 조명기사들이 그녀를 좋아하기 때문인가? 아, 질투심이 일어난다. 신경 끄자. 실제로 내 관심을 끈 것은 런웨이

---

32) 패션쇼장에서 모델이 걷는 무대. 객석 사이에 길게 돌출되어 있다.

앞쪽을 바라볼 때의 즐거운 기대감이 서린 그녀의 눈빛이었다.

그녀는 곧은 자세로 앉아 고요한 기대감에 가득차 있었다. 이제부터 런웨이에서 일어날 일들을 빨리 보고 싶다는 듯.

나는 오래전부터 비욘세를 감탄의 시선으로 바라보았다. 뻔뻔할 정도로 도발적이고 섹시한 무대 매너와 건전하고 세련된 무대 밖 이미지 사이에서 균형을 유지하는 능력 때문에. 그녀의 광채, 그 황금빛 이동 조명은 마치 내면에서 나오는 것 같고 마법처럼 보이지만, 사실 그것은 우아함이다. 자라면서 사람들을 잘 대하도록 교육 받은 덕분에 생겨난 우아함. 사람들 말에 의하면 그녀는 정말 친절한 사람이다. 강박적인 직업윤리로도 유명한데, 그건 정당한 평가이다. 그녀는 최고의 프로로, 단 한 번도 헝클어진 모습이나 제어가 되지 않은 모습으로 등장한 적이 없다. 문제가 될 만한 일을 가까이 하지 않고, 타블로이드판 스캔들을 피한다. 그것만으로도 훌륭한 모범이 되기에 충분할 텐데, 여성의 권리를 적극적으로 후원하기까지 한다. 그녀의 밴드는 전부 여성들로 구성되어 있으며, 그녀는 용기와 자기 자신을 인정하는 노래들을 많이 부른다.

자기수양과 긍정적 메시지를 던지는 팝스타가 비욘세 한 명만은 아닐 것이다. 하지만 그녀의 신체적 우아함은 그 누구도 범접할 수 없다. 현존하는 연예인 중에 관능성과 힘, 쾌락과 권력이 혼재된 매력을 비욘세만큼 지니고 있는 사람은 없다. 비욘세는 그녀에게만 영향을 미치는 상위의 어떤 중력에 묶여 있는 것이 틀림없다. 그렇지 않고서야 그런 하이힐을 신고 비스듬히 돌면서 머리칼을 빙빙 돌려 내던지는 동작을 어떻게 설명하겠는가? 그녀는 길고 경련하는 척추에서 인체의 새로운 미스터리를 뽑아낸다. 또 그녀는 예술적 영감이 탁월하다. 2013년 슈퍼볼 하프타임 공연에서 그녀는 마를레네 디트리히Marlene Dietrich의 독특한 카바레 스타일과 차분한 섹슈얼리티에 동의를 보냈다(디트리히의 특별한 재능을 가끔씩 상기시켜준 팝스타들에게―마돈나 당신에게도―감사드린다).

나는 비욘세의 우아함을 보여주는 예를 많이 알고 있다. 이를테면 인터뷰 자리나 공개석상에서 넘쳐나는 따스함, 오바마 대통령의 두 번째 취임식에서 미국 국가를 립싱크한 것 아니냐는 논란을 처리했을 때의 차분한 태도. 그건 논란에 말려들지 않는 법에 관한 한 수 가르침이었다. 그녀는 비난의 목소리가 점점 커지는데도 줄곧 잠자코 있다가, 설득력 있을 뿐 아니라 교묘한 방법으로 비난을 잠재웠다. 논란이 시작된 지 일주일 후에 기회가 왔다. 그녀는 프리-슈퍼볼 기자회견 때 미국 국가를 즉석에서 무반주로 불러 그 자리에 모인 기자들에게 놀라움과 기쁨을 선사했다. 마지막 음을 큰 목소리로 길게 뽑아, 더이상 큰 소리로 노래할 수 없을 거라는 추측에 종지부를 찍은 뒤 애교 섞인 목소리로 물었다. "질문 있나요?"

그런데 무대 밖에서, 패션쇼가 열린 링컨 센터의 천막 아래에서, 비욘세가 너무나 드물기에 보기 힘든 우아함을 내보이는 장면을 내가 목격한 것이다. 거창한 슈퍼우먼의 등장도, 수행원 무리도, 나 좀 보라는 식의 과시도, 나는 정말 잘 나가는 사람이야 하는 태도도 없었다. 대신 주변에 겸손과 존중의 태도를 보여주었다. 그것도 그런 이상한 드레스를 입고. 잠시 후, 모델 세 명이 똑같은 드레스를 입고 런웨이를 뽐내며 걸어 내려왔다. 비욘세는 그 디자이너의 버블 벨리 룩[33]의 광고판이었지만, 그 옷을 입고 우아하게 돌아다니는 대신, 이목을 끌지 않고 삼가는 태도를 취했다.

왜 비욘세의 그 모습이 잊히지 않는 걸까? 그 디바가 디바처럼 굴지 않았기 때문이다. 아무 데서나 관심을 독차지하려는 허영 덩어리가 아니었기 때문이다. 그녀는 자신이 유명 연예인이라는 걸 큰 소리로 말하며 우리 같은 사람들에게 들이대지 않았다. 변덕스러운 인간들이 모여 초초해하는 그곳에서, 그녀는 우리가 왜 거기에 있는지를 상기시켜주었다. 그녀는 감탄할 줄 아는 열린 마음으로 그곳에 온 것이다.

차량들 그리고 거칠게 밀쳐대는 사람들 때문에 나는 세상이, 아니, 적어도 맨해튼 미드타운의 일부가 싫어지고 있었다. 그러나 밀실공포증을 야기하는 그 어두운 동굴 속에서 팝의 여왕이 보여준 현실적 우아함은 초월적으로 느껴졌다.

우리는 스타가 되고 나면 자존심이 강해지고 문제가 많아지는 연예인들을 많이 보아왔다. 리아나Rihanna를 구타한 크리스 브라

---

33) 배 부분이 부풀어 오르게 만든 패션 스타일.

운Chris Brown, 테일러 스위프트Taylor Swift가 그래미상 수상 소감을 말하는 자리에 불쑥 끼어든 카니예 웨스트, 창녀도 낯을 붉힐 만한 드레스를 입고 국영 텔레비전에 나와 눈물을 흘리며 징징댄 브리트니 스피어스Britney Spears, 결국 또다시 재활시설에 들어간 파티광 린지 로한 등.

돈과 명성이 있다고 세상을 편하게 사는 건 아니다. 자만심이 미친 듯 날뛰는 곳에서는 우아함이 보이지 않는다. 그런데 너무 많은 팝스타들이 아이 때 유명해진다. 그러니 성공을 다루는 법을 어찌 알겠는가?

18세기 프랑스의 도덕철학자 조제프 주베르Joseph Joubert는 "우아함은 습관이 쌓여야 하는 것"이라고 썼다. 그리고 "그 매력적인 특성이 지속되려면 훈련이 필요하다"고 말했다.[1]

젊은 유명인들에게 우아하게 처신하는 법을 가르쳐주는 기관이 있다면 어떨까? 그들을 스타로 만들어준 대중을 배려하고 자신의 몸과 명성을 신중하게 관리하는 법, 그리고 다른 사람들에게 유사한 존경심을 불러일으키는 방법을 가르쳐주는 기관 말이다.

모타운 초창기에 그런 기관이 존재했다.

비욘세는 그 간접적 수혜자이다. 깃털처럼 가볍고 만질 수 없는 것일지라도, 그녀의 침착성의 유래를 찾자면 그녀의 어린 시절 이전으로 거슬러 올라갈 수 있다. 휴스턴에서 보낸 어린 시절로 되짚어 가다 보면, 수천 마일 떨어진 모타운까지, 비욘세가 태어나기 오래전, 흔치 않은 위엄을 지닌 한 작은 여인이 팝스타의 얼굴을 바꿔놓은 그 시절까지 거슬러 올라갈 수 있다.

비욘세의 아버지 매튜 놀스Mathew Knowles는 데스티니스 차일드Destiny's Child라는 걸그룹으로 시작한 자신의 딸의 커리어를 모타운에 의지해 거의 이십 년간 관리했다. 놀스는 모타운의 창립자 베리 고디 2세Berry Gordy Jr.를 모범으로 삼았다. 고디는 자신의 음반사와 계약한 아티스트들이 유명해질 경우를 대비해, 삶의 모든 측면에서 확실하게 준비를 시켰던 인물이다.

놀스는 흑인 잡지《애보니Ebony》에, 고디는 "자신의 아티스트들에게 에티켓을 가르쳤다. 그는 진정한 아티스트를 개발했다. 그리고 그의 아티스트들은 매혹적이었다. 음악계는 사실상 그게 다이다"라고 말했다.[2] 그리하여 비욘세는 그녀의 선배들인 다이애나 로스Diana Ross와 글래디스 나이트Gladys Knight처럼, 노래와 춤뿐 아니라 고디가 자신의 음악가 양성소에서 가르치게 했던 스타로서 갖춰야 할 상세한 전문지식을 지도받았다. 힐을 신고 걷는 법, 인터뷰하는 법, 무슨 일이 있어도 침착성을 유지하는 법 같은.

비욘세가 흡수한 것은 본질적으로 맥신 파월의 유산이었다. 파월은 모델과 배우로 일한 경력이 있는, 자그마한 체구에 강인한 정신을 가진 여인으로, 우아함에 대한 그녀의 신념은 20세기 미국 문화에 심오한 영향을 미쳤다. 그녀는 1960년대에 오 년간 모타운 아티스트 예비학교Motown Artist Development Finishing School를 운영하면서, 모타운 소속 십대 아티스트들에게 앉는 법 · 서는 법 · 걷는 법 · 옷 입는 법 · 팬과 기자들에게 말하는 법, 그리고 커리어를 완전히 망칠 수도 있는 대중적 실수를 피하는 법 등을 가르쳤다.

'예비학교[34]'라는 말이 예스럽게 들릴지 몰라도, 사실 파월은 품위·단정한 모습·개인의 고결함이라는 오래된 관례들로 새로운 현실을 만들어내고 있었다. 비틀스를 비롯한 영국 그룹들이 차트를 석권하며 한창 침공하던 시절, 파월은 미국의 새로운 아티스트 세대를 위한 잊을 수 없는 모습과 태도를 만들어냈다. 그녀는 대중을 매료시키려면 우아한 태도가 중요하다는 사실을 역설했다. 인종 장벽을 품위 있게 부서뜨리도록 제자들을 무장시킬 때도 그 사실에는 변함이 없었다.

올스타 클래스 첫날, 그녀는 학생들에게 "너희들은 왕을 위해 공연할 만큼 훌륭해질 것"이라고 말했다. 거기에는 슈프림스Supremes가 있었고, 미라클스Miracles와 그들의 리드싱어 스모키 로빈슨Smokey Robinson이 있었고, 마사 앤드 더 밴덜러스Martha and the Vandellas의 마사 리브스Martha Reeves도 있었다. 그리고 아직 사춘기도 되지 않은 신동神童 스티비 원더Stevie Wonder도 있었다.

몇 년 후 파월은 잡지 〈피플People〉에 "그들은 아이들이었다는 사실을 잊지 마세요"라고 말했다. "그 아이들은 길거리와 공공 주택단지 출신이었어요. 세련되지 못했고 무례했죠. 사람의 눈을 쳐다볼 줄 모르고, 악수하는 법도 몰랐어요."[3]

그녀는 수줍음을 많이 타는 마빈 게이Marvin Gaye로 하여금 눈

---

34) 부유층 아가씨들이 상류사회의 사교술 등을 익히는 사립학교.

을 감고 노래하는 습관을 버리게 했다. 어떤 여자들은 눈을 감고 노래하는 것이 섹시하다고 여겼지만, 파월은 사람들 앞에서 노래할 때는 사람들을 바라보아야 한다고 굳게 믿었다. 그녀는 그에게 말했다. "넌 아주 잘생겼어. 걸을 때는 꼭 몸의 전부를 사용해줬으면 해."[4] 얼마 지나지 않아 마빈 게이는 타고난 내성적인 태도를 두고두고 질리지 않을 매우 유혹적인 태도, 우아하고 절제된 태도로 바꿔나갔다. 침착하고 편안한 분위기, 살짝 장난기가 도는 조용하면서도 가벼운 몸가짐—살금살금 돌아다니면서도 절대 자신의 모습을 다 드러내지는 않는 듯 무릎을 살짝 튕기는—은 높고 달콤한 목소리만큼이나 그의 페르소나의 일부였다.

마사 리브스는 나에게 파월은 가수들이 최선의 모습과 행동을 보여주길 원했던 만큼이나 자기중심적인 환경에서 벗어나 다른 사람들을 생각하기를 강박적일 정도로 원했다고 말했다.

내가 전화로 모타운 초창기에 관해 묻자, 리브스는 "파월은 머리를 똑바로 들고 주변에서 일어나는 모든 일을 알아차리도록 우리를 가르쳤어요. 그래야 다른 사람들을 존중하고 그들의 사적 공간을 존중하게 된다면서"라고 말했다.

파월은 예전에 여자 혼자 공연하는 쇼를 해봐서 무대를 장악하는 법을 알고 있었다. 머리에 책을 얹고 균형을 잡게 함으로써 가수들의 자세를 교정했고, 무대에서 직선을 따라 걷도록 가르쳤다. 무릎을 붙이고 리무진에서 나오는 법도. 그녀의 치세하의 히츠빌 Hitsville[35]에서는 가랑이를 내보이는 것 같은 저속한 일은 절대 있을 수 없었다.

그녀는 성적으로 노골적인 오늘날의 대다수 팝스타들의 스타일을 어떻게 생각할까? 사실 파월은 브루클린에서 열린 2013년 비디오 뮤직 어워드에서 스무 살의 마일리 사이러스Miley Cyrus가 꼴사나운 트워크³⁶⁾를 춘 후, 그녀에 관해 할 말이 많았다. 발포고무 손가락 · 곰 인형 · 상스러운 제스처에 관해서도 그랬지만, 초점은 예전 디즈니 채널 아역 스타의 골반, 최후의 발악을 하는 해덕³⁷⁾처럼 비벼대고 돌려댄 그 골반에 모아졌다. 그 모습을 본 사람들은 일반적으로 역겹다는 반응을 보였다. 디트로이트의 지역 텔레비전 뉴스에 나온 사이러스에 대해 묻자, 98세의 파월은 수긍이 가는 비평을 내놓았다.

"춤은 발로 춰야지요, 엉―덩이가 아니라.⁵ 그녀는 '엉덩이'라는 단어를 강조하느라 길게 늘려 발음했는데, 거기에는 여왕 같은 위엄이 서려 있었다.

하지만 파월이 하고 싶었던 말은 그것이 다가 아니었다. 그녀는 평생 자신의 고객들을 내적으로 성장시키는 일에 초점을 맞춰, 외적 우아함뿐 아니라 내적인 우아함도 심어주었다. 그러므로 세상이 저속한 춤을 춘 사이러스를 비난하고 있었지만, 파월은 우아하게도 그 젊은 여성이 그 일을 극복할 수 있는 방법까지 제시해주

---

35) 모타운의 전용 스튜디오로, 체계적인 기획사 시스템을 갖추고 있었다.
36) 몸을 낮추고 엉덩이를 심하게 흔드는 등 성적 자극을 주는 방식으로 춤을 추는 것.
37) 대구와 비슷한 바닷물고기.

었다.

파월은 말했다. "내가 그녀에게 주는 조언은 자책하지 말라는 거예요." 고령으로 인해 떨리긴 했지만 그 음성은 따스했다. "노력하고, 성장하고, 그래서 더 나아지라는 겁니다. 그리고 앞으로는 자신을 그런 궁지에 처넣지 않겠다고 다짐하라는 거예요."

파월은 절대 모타운의 아티스트들을 그런 궁지에 처하게 하지 않았다. 그녀의 가장 중요한 규칙은 "엉덩이를 내밀지" 않는 것, 청중에게 등을 돌리지 않는 것, 팬을 존중하는 것이었다.

그리고 명성이란 변덕스러운 것이니 자만해서는 안 된다는 것이었다.

파월은 〈피플〉에 말했다. "누가 칭찬을 하면, '무척 감사합니다만 저희는 아직 성장하는 중입니다. 다음에는 더 나은 모습을 보여드리고 싶어요'라고 말하도록 가르쳤지요."

스타들 가운데 몇몇은 그녀의 가르침을 짜증스러워했지만 바뀌는 건 없었다. "커리어를 쌓는 동안에는 무엇이 되었는가 하는 것은 중요하지 않았습니다. 얼마나 히트를 쳤는지, 얼마나 세상에 이름을 알렸는지, 그런 건 중요하지 않았어요." 2013년 파월이 세상을 떠나기 직전 그녀를 기념하는 자리에서 스모키 로빈슨은 이렇게 말했다. "디트로이트로 돌아오면 일주일에 이틀은 아티스트 학교에 가야 했습니다. 그건 의무사항이었어요."[6]

파월은 자동차 광고에 최초로 흑인 모델을 쓴 도시 디트로이트에서 연회 시설과 예비 신부 및 모델을 위한 학교를 운영하다가 고디를 만났다. 그녀는 1964년에 고디와 일하게 되었다. 그녀는 모델로 활동한 것 외에, 춤과 연기도 공부했다. 또 그 고색창연한 웅변술도 훈련받았다. 웅변술은 음성과 발음뿐 아니라, 반듯한 자세 · 신체표현 · 제스처를 강조했다. 18세기에는 주로 배우 · 정치인 · 설교자들이 주로 웅변술을 배웠지만, 한 세기 뒤 큰 소리로 책을 낭독하는 것이 우아한 취미로 인기를 얻게 되자 중산층의 응접실에서도 관심을 끌었다. 특히 여성들은 고등교육의 기회를 얻기 힘든 사회 안에서 자신의 역량을 강화하기 위해 웅변술에 의존했다.[7]

1893년, 유명한 웅변 강사인 애나 모건Anna Morgan은 "웅변술을 배운다고 여자가 배우가 되지는 않듯, 웅변가가 되지도 않을 것"이라고 말했다. "웅변술을 배운다고 해서 뇌가 생기는 것도 아니고, 개인의 영혼의 향기인 좋은 취향이 막 솟아나는 것도 아니다. 하지만 엉망이 된 악기, 즉 신체를 바로잡고 조율할 수는 있다"고 그녀는 말했다.[8]

우리의 악기인 신체를 우아하게 조율하고, 웅변술을 통해 유창한 화술을 익히면, 설령 교육을 많이 받지 못했어도 지위가 높아 보였다.

슈프림스와 스모키 로빈슨이 보여주듯, 그들이 디트로이트 공공 주택단지 출신이라 해도.

파월의 영향력은 음악을 파는 데도 도움이 됐다. 고디는 인종이나 계층에 상관없이 모든 사람의 관심을 끌 음반을 제작하고 싶어했다. 그의 목표는 세월이 흘러도 변치 않는 호소력이었다. 슈프림스의 다이애나 로스 · 플로렌스 발라드Florence Ballard · 메리 윌슨Mary Wilson을 생각해보라. 이브닝드레스(파월이 골라준)를 입고 가볍게 몸을 흔들며 미묘한 관능성을 드러내던 그 멋진 젊은 여성들을.

그러나 우아함의 외적 장식성에는 한계가 있다. 파월은 다이애나 로스의 노래하는 모습을 개선했다. 그녀의 속눈썹이 엄청나게 길다는 것을 상기시키며 눈을 크게 뜨고 카메라를 바라보며 우스꽝스러운 표정을 짓는 걸 그만두게 했다. 하지만 턱을 보호하려는 듯 그 주변으로 서서히 올라가곤 했던, 어깨의 꼴사나운 긴장은 풀어줄 수가 없었다. 그 숨길 수 없는 작은 신체언어가 찬란했던 그 시절 그녀가 받던 스트레스를 무심코 드러내주었다. 슈프림스는 1960년대에 가장 영향력 있던 걸그룹이었을지는 몰라도, 그들의 급성장이 편안한 삶으로 이어지지 못했다.

파월의 가장 깊은 영향력은 옷과 자세 훈련을 넘어서는 곳에서 찾아볼 수 있다. 그녀가 진정한 우아함을 끌어낸 곳은 전적으로 다른 곳, 즉 마음이었다.

마사 리브스는 "그녀가 우리에게 가르친 건 품격과 자존감이었다"고 자신의 멘토에게 바치는 헌사에 썼다.[9]

압박하에서의 우아함이라고? 이 말을 만든 사람은 헤밍웨이지만, 그는 시민권 운동이 한창이던 시절의 모타운 아티스트들에 비하면 이 말의 뜻을 절반도 이해하지 못했다. 파월은 일상적인 학

대에 품위 있게 대응할 수 있도록 그들을 훈련시켰다. 리브스는
다음과 같이 썼다.

우리는 시위대에 가세하지도 않고, 행진을 하거나 싸우러 나가
지도 않았다. 우리는 정신적으로 그리고 영적으로 장벽들을 부
쉬야 했다. 그녀는 우리에게 우아해지는 법을 가르쳤다. 우리가
어떤 곳에 갔는데 그곳에서 우리의 시중들기를 거절하면, 공손
히 걸어 나와 다른 곳을 찾았다. 우리는 참고 견디고 버텨내는
법을 배웠다. 그리고 그녀가 옳았다. 나는 살아남았다. 그 시절
많은 사람들이 버티고 이겨내는 법을 알지 못했다.

버티고 이겨내는 것, 이것은 중요한 우아함이다. 특히 모타운
초창기 시절의 아티스트들에게 그랬다. 그들은 자기들의 음반사
·커리어, 또는 자기들의 정신에 해를 입히지 않고 그 시대의 수
모를 견뎌낼 방법을 찾아야 했다.

어떤 이들에게 파월의 가르침은 기존의 침착함을 키워주는 것
에 지나지 않았다. 가령 스모키 로빈슨은 처음부터 침착했다. 그
의 높고 매끄러운 목소리와 침착하고 느긋한 모습에 여자들은 비
명을 질러댔다. 그는 모타운의 엘비스 프레슬리와도 같은 존재라
서, 공연이 끝나면 떼 지어 달려드는 팬들을 피하기 위해 코트를
머리 위까지 뒤집어써 얼굴을 가린 채 도망쳐야 했다. 그의 타고
난 우아함에는 심오한 힘이 있었다.

1963년 앨라배마 주 몽고메리에 있는 어느 말 조련장에서 모타운의 여러 인기 그룹들이 인종별로 분리된 청중을 앞에 두고 공연을 하고 있었다. 하룻밤 공연하는 모터타운 리뷰Motortown Revue[38] 버스투어의 일환이었다. 그 순회공연은 동부 해안의 주요도시들을 도는 것이었지만 미국의 최남단 지역(특히 조지아 · 앨라배마 · 미시시피 · 루이지애나 · 사우스캐롤라이나 주)도 통과했는데, 그 지역에서는 늘 환영받지 못했다. 몽고메리 공연장 무대 위에 성조기와 연방기, 두 개의 깃발이 매달렸다. 깃발 앞에는 마사 앤드 더 밴델러스 · 마블레츠Marvelettes · 메리 웰스Mary Wells · 템프테이션스Temptations · 미라클스, 그리고 열두 살의 '꼬마' 스티비 원더가 12인조 밴드와 나란히 서 있었다. 그랜드 피날레를 장식하기 위해 다 함께 나온 것으로, 미라클스의 히트곡 〈미키스 몽키Mickey's Monkey〉를 부를 참이었다.

무대 위에는 이 아티스트들 외에도, 야구 방망이를 든 사내 두 명이 있었다. 그들은 정면 양쪽에 한 명씩 서 있었다. 혹시 청중이 춤을 추지는 않는지 확인하기 위해.

"누구라도 일어나서 춤을 추면 그 방망이로 때렸죠." 나와의 전화통화에서 마사 리브스는 이렇게 말했다.

그 당시 남부에서는 그것이 관례였다. 경찰이 자주 공연장에 줄을 쳐 청중을 흑백으로 분리하던 시절이었다.

---

38) 특정 주제가 있는 버라이어티 쇼.

스모키 로빈슨과 미라클스는 공연에서 가장 인기가 좋았다. 〈미키스 몽키〉는 모타운 초창기의 최대 히트곡 중 하나로, 모든 이들을 춤추게 만드는 아주 신나는 곡이었다. 손뼉을 치는 강렬한 비트는 댄스 열풍을 일으키며 그 노래를 전국적으로 유행시키는 데 일조했다. 그래서 로빈슨이 전염성 강한 그 활기찬 곡을 엔딩 곡으로 부를 순간이 다가오자, 공연장의 긴장이 높아졌다. 청중은 춤을 추고 싶은 마음에 근질거려서 참지 못할 테고, 그러면 두들겨맞을 위험이 있다는 걸 무대 위에 있는 아티스트들 모두가 알고 있었다. 전에도 그런 일이 일어나는 걸 목격했으니까.

로빈슨은 뭔가 다른 시도를 해보려고 마이크 앞으로 다가갔다. 먼저 그는 방망이를 든 두 남자에게 말했다.

리브스는 회상했다. "그는 그들에게 말했어요, '우리'는 그냥 춤만 추면서 즐거운 시간을 보낼 거라고. 그들에게 '이 음악은 댄스 음악이다, 당신들은 가도 된다'고 말했죠. 그의 말에 분위기가 완전히 부드러워졌어요."

리브스는 말을 이었다. "그의 목소리는 정말 침착한 고음이었어요. 그런 말을 화난 투로 하지도 않았죠. 다정하게, 남자 대 남자로서 말한다는 투로 했어요. 그러자 그들이 이렇게 생각하는 것 같더군요. '좋아, 자네 생각이 그렇다면.' 그리고 스모키 로빈슨이 쉽게 그 말을 했듯이, 그들도 쉽게 무대에서 내려갔어요."

로빈슨이 그 친숙한 반복구, 럼디-럼디-라이-아이를 부르기 시작하자, 방망이를 휘두르던 그 두 남자도 "춤을 추기 시작했다"
고 리브스는 말했다. "사람들이 장벽을 부숴버린 거예요. 모두들
껴안고 키스하고 웃으며 그 노래를 찬양했죠."

"남부에서 공연하면서 누군가 머리를 얻어맞지 않은 건 그때가
처음이었어요. 스모키가 그것을 멈추게 한 겁니다."

스모키 로빈슨은 우아한 목소리로, 침착함으로, 우호적인 태도
로 이성에 호소함으로써 그 일을 해냈다. 이해심·상상력, 그리고
무엇보다 용기로 그는 추해질 수도 있는 상황을 희망적인 경험으
로 바꿔놓았던 것이다. 로빈슨은 몸과 마음 모두에서 우아함의 살
아 있는 표본이었다.

그 흐름을 뒤집어놓은 건 우아함이었다. 그의 말과 태도에서 불
꽃이 일어 예기치 못한 무엇인가—놀라움·경탄, 어쩌면 존경까
지도—에 불을 댕겼다. 누군가의 머리를 부숴놓을 준비를 하고
있던 두 남자 그리고 거기에 모인 모든 사람들 안에 있던 무엇인
가에. 그들은 그 조용한 폭발음을 들었을까? 그 힘의 전환을 보았
을까? 그 이상이었을 것이다. 그들은 그것을 느꼈으니까.

그 우아한 하룻밤 동안, 흑인을 차별하는 남부에서, 분리되었던
사람들이 모두 하나가 되어 춤을 추었다.

06

일상의 우아함:
요리사, 웨이터, 그리고 로드매니저

마침내 일상의 단순하고 친숙한 것들도 예술의 주제에 포함되었다.
―루이 에드몽 뒤랑티|Louis Edmond Duranty, 《새로운 회화The New Painting》

사무실 근처에 괜찮은 볶음요리를 내는 간이식당이 하나 있는
데, 이 년 전 그 식당 카운터에서 겪은 일이다.

주문을 받는 직원 중 하나가 대단히 불쾌한 인간이었다. 아마
지금은 그만뒀을 것 같은데, 아무튼 사정은 이랬다. 그는 손님이
식당 안에 들어서기만 해도 짜증난다는 듯 쳐다봤고, 그 사실을
뒷목의 잔털들이 쭈뼛 설 만큼 냉담한 태도로 손님에게 알려주었
다. 주문을 하면, 나온 음식을 카운터 맞은편에 서 있는 손님에게
던지듯 내밀고는, 다른 일로 귀찮게 할세라 쌩하고 사라졌다. 포
크 하나 더 달라는 요청이라도 했다가는 큰일 난다. 언젠가 내가

한번 그랬더니, 플라스틱 날붙이보다 더 날카로운 물건이 있으면 확 던져버리고 싶다는 표정으로 나를 쏘아보았다.

그 남자는 태도만 나쁜 것이 아니었다. 몸을 있는 대로 웅크려 양쪽 어깨에 힘이 잔뜩 들어가 있는 것이 티셔츠를 통해서도 보였다. 어찌나 단단히 웅크리고 있는지, 멀리서도 그의 괴로움이 느껴졌다. 그는 사람들을 상대하는 일을 해서는 안 될 사람이었다. 사람들을 상대하는 직업에 종사하려면 최소한의 우아함이라도 갖추고 있어야 하니까. 어쩌면 그는 오래전부터 사람들 시중을 드는 일에 염증을 느껴 부글부글 속을 끓이고 있었을 것이다. 남에게 서비스를 제공하는 일이 귀찮고 따분하게만 느껴지는 사람들이 있는데, 그런 사람들은 그 일을 빨리 그만두는 것이 상책이다.

하지만 그 일이 소명인 사람들도 있다.

훌륭한 서비스에는 기술이 있다. 그것은 훌륭하고자 하는 선택의 문제이고, 우아함의 정수에 속하는 다른 사람들에 대한 헌신이다.

얼마 전 캘리포니아 예술가 제임스 터렐James Turrell의 전시회를 보려고 뉴욕 구겐하임 미술관에 갔다. 빛과 공간으로 실험을 한 그의 작품은 벽에 틈을 내 만든 것 같은 작은 창이 하나 있는, 기본적으로 어두침침한 빈방들이었다. 나는 빼놓고 못 본 것은 없는지 궁금해하며 돌아다니다가, 사람들이 어느 전시실에 들어가려고 줄을 서서 기다리고 있기에 나도 줄을 섰다. 한 번에 몇 명만 들어가 어두운 그림자를 좀 더 어두운 벽에 투사한 전시를 관람할 수 있게 되어 있었다. 훨씬 흥미로운 경험은 밖에서 이루어졌다.

벨벳처럼 부드러운 검은 피부에 신체표현력이 풍부해 온 세상을 환하게 밝혀주는 땅딸막한 보안요원이 관람객들의 줄을 관리하고 있었다.

그는 줄을 서서 기다리게 하는 일을 능숙하게 진행했다. 늘 이렇게 쾌활한 걸까, 아니면 그냥 오늘 기분이 좋은 걸까? 그는 감싸안듯 양팔을 날개처럼 활짝 펴고 흔들어 우리를 제자리로 보냈다. "이제 이 분만 기다리시면 됩니다." 환한 미소와 풍부하고 경쾌한 악센트로 남은 시간을 우리에게 알려주었다. 나는 그가 어디 출신인지 정말 궁금했다. 그는 손가락들을 까닥여 새로 온 사람들을 맞이해 줄을 서도록 안내했고, 성큼성큼 복도로 걸어가 못 본 사이에 누가 와서 새치기를 하지는 않는지 확인했다. 어떤 내적 리듬 · 소리 없는 음악에 맞춰 움직였다.

전시실에 입장할 차례가 되었을 때, 내가 노트패드 컴퓨터에 글을 휘갈기는 걸 보고는 발음을 굴리면서 "이제 필기를 마치셔야 합니다. 입장 전에 끝내주세요"라고 정중히 말했다. 내가 펜을 노트패드에 끼워넣자, 그는 양팔을 활짝 펴고 흔들면서 나를 비롯해 함께 줄서 있던 사람들을 전시실 안으로 신속하고도 매끄럽게 안내했다.

나는 전시실에서 나와 그에게 어디 출신이냐고 물었다. 그러자 그는 눈을 반짝이며 미소를 띠더니 되물었다. "제 악센트로 짐작 못하시겠습니까?" "글쎄요⋯" 나는 가능한 지역들을 떠올리며 대꾸했다. 아프리카 전통 춤과 지정학의 벤다이어그램이 머릿속에 그려지기 시작했다. 내가 어림짐작으로 말하려는 걸 보고, 그는 자선을 베풀듯 힌트를 던졌다.

"코피 아난…?" 그는 우리가 텔레비전 게임쇼 〈패스워드 Password〉에서 게임을 하고 있는 것처럼 발음을 끌면서 말했다,

"음." 나는 그 게임에 참여하고 싶어서, 내 기억이 그럴 준비가 돼 있기를 바라면서 말을 더듬었다. 그의 얼굴에 나타난 격려의 표정이 내 마음속 어떤 먼지투성이의 서랍을 쓰윽 열어준 것이 틀림없었다. "가나?"

"맞았습니다!" 그는 더욱 활짝 웃으며, 또 혀를 아름답게 굴리며 말했다.

그 남자는 움직이는 데 기쁨을 느꼈고, 자신의 몸을 사용해 다른 사람과 소통하는 법을 알고 있었다. 터렐이 설치해놓은, 색이 변하는 조명 빛이 가득한 원형 홀에서 그를 다시 마주쳤다. 그 홀의 설치물은 전시회 중 최고의 작품이었다. 아니면 그 보안 요원 덕분에 기분이 좋아져서 그렇게 보인 걸까? 미술관은 문을 닫는 중이었고, 그는 퇴근할 채비를 하면서 매끄러운 동작으로 재킷을 쓰윽 벗었다. 그 모습이 마치 그의 몸을 옭아매고 있던 천으로 된 올가미가 단번에 휘리릭 떨어져내리는 것처럼 보였다. 그는 나에게 한 손을 내밀고 엄숙하게 고개를 숙이며 작별 인사를 했고, 기분이 무척 좋아진 나는 회전문을 쓰윽 통과해 5번가로 나왔다.

그는 내가 보살핌을 받고 있다는 기분을 느끼게 해주었고, 나를 자신의 춤으로 초대했다. 바로 이것이 우아한 행동이 우리에게 해

주는 일이다. 다들 한번쯤 그런 기분을 느껴보았을 것이다. 뜨거운 커피와 핸드백을 들고 곡예 부리듯 커피숍에서 나오는데 출입문을 활짝 열고는 한발 비켜서 기다려주는 남자에게서, 혹은 친절하게도 귀에서 이어폰을 빼고 당신의 목적지를 휴대폰에서 찾아내릴 정류장을 알려주는 지하철 승강장의 젊은 여성에게서.

인간과 인간 사이의 이런 유대감은 몇 분 동안 예기치 못한 기쁨을 선사한다. 그런 유대감은 규모가 클수록 더 큰 기쁨을 안겨준다. 실수해선 안 되는 바쁜 일터에는 집단적 우아함이 존재한다. 그런 곳에서는 최고의 실력자들이 모여 서로 조화롭게 움직인다. 현을 켜며 일사분란하게 움직이는 교향악단의 현악기 연주자들에게서, 능률적으로 움직이는 병원 수술팀에게서, 나스카 NASCAR(미국 개조 자동차 경기 연맹)의 정비 담당자들에게서, 한창 손님이 붐비는 시간에 바쁜 식당 안을 오가는 웨이터들에게서 그런 모습을 볼 수 있다. 조화롭고 효율적인 그들의 움직임은 일종의 춤으로, 자세히 들여다보면 그 자체에 숨겨진 안무를 볼 수 있다. 사람이 많을수록 사기가 올라간다는 이야기를 들어본 적이 있을 것이다. 다른 사람들과 리듬을 맞춰 움직이면 마음이 안정되는 동시에 기운이 나고 연대감이 강해지기 때문이다.

그것은 우리의 동물적 본성을 만족시킨다. 집단적 안무는 야생 어디서든 찾아볼 수 있다. 나는 워싱턴에서 이 글을 쓰고 있고, 지금은 8월인데, 총각 매미 수천 마리가 연례행사인 짝짓기 콘서트를 열기 위해 이 나무 저 나무로 떼를 지어 몰려다니고 있다. 다

같이 무리를 지어 노래하다가 날고 다시 노래한다. 곤충 세계에서 가장 규모가 큰 집단적 짝짓기 노래이다.

벌 떼, 물고기 떼, 그리고 하나가 되어 우아하게 달리는 말의 무리도 동시적 움직임을 보여준다. 그들이 그토록 우아해 보이는 건 그들의 움직임이 보여주는 동시성 때문이기도 하다. 말들은 기복이 심한 지형이나 먼 거리도 보폭과 간격을 조정하면서 그다지 힘들지 않게 함께 달린다. 무용수들의 줄을 일렬로 맞추려고 애쓰는 발레 선생들이 부러워할 만한 신체 위치 감각을 통해서.

플라밍고는 5000만 년 전의 화석이 발견될 만큼 원시적인 새다. 진화 기간이 그렇게 길어서인지 몰라도, 그 새들의 집단의식은 유명하다. 석호에 살든 호수에 살든, 그들의 짝짓기 춤은 로켓 Rockettes[39]처럼 정확하고 매끄럽다. 물가에서 날개를 맞대고 이쪽저쪽으로 미끄러지듯 움직이면서 일제히 뽐내며 걷고, 까닥거리고, 머리를 좌우로 재빠르게 흔든다. 연구자들에 의하면, 플라밍고들은 이런 춤 의식을 통해 우아함에 민감한 이라면 이해할 수 있는 방식으로 짝짓기를 하려 한다고 한다. 즉 그들은 동작이 일치하는 짝을 찾는지도 모른다는 이야기이다.[1]

이 모든 움직임의 핵심은 새든 사람이든 자신을 흐름에 내맡기는 것이다. 집단의 구성원은 살아 숨 쉬는 유기체가 된다. 여기서

---

39) 뉴욕 맨해튼에 있는 극장 라디오 시티 뮤직홀Radio City Music Hall의 전속 무용단. 매년 크리스마스 시즌에 하는 특별 공연으로 유명하다.

는 개체보다 집단이 강조된다. 자신이 분리된 독립체라는 사실을 망각하게 되는 것이다. 조화로운 신체상의 협동에는 대부분 자신보다 더 크고 초월적인 뭔가와 연결되는 성질이 있다.

군대의 밀집훈련을 보자. 역사가인 윌리엄 맥닐William McNeill 은《일사불란한 움직임: 춤과 훈련의 역사Keeping Together in Time: Dance and Drill in Human History》에 그 오래된 훈련의 '근육 결합'에 대해 쓰고 있다. 이 훈련은 전장에서는 더이상 쓸모가 없어졌지만 아직도 신병들을 강하게 결속시키는 방법으로 쓰인다. 그는 2차 세계대전 때 군사훈련을 받으며 느꼈던 행복감 · 가슴 벅참 · 인간을 뛰어넘는 더 큰 뭔가가 된 것 같았던 느낌을 회상한다.[2]

인류의 역사를 보면, 동시에 함께 하는 동작은 협력과 결속을 강화하는 데 이바지했다. 우리가 살면서 그런 경험을 해볼 기회가 없다면, 다른 사람들을 통해 그 기쁨과 우아함을 들여다볼 수 있을 것이다.

연병장에서 기동훈련을 하는 사관후보생들을 관찰하는 것도 한 방법이다. 그런데 요즘 주방을 개방하는 레스토랑들이 늘면서, 식사하는 동안 집단적 우아함을 엿볼 수 있는 기회가 생겼다. 훌륭한 주방은 그 움직임의 기술과 정확성이 훈련장과 맞먹는다. 최고의 요리사는 군인의 복종과 무용수의 우아함을 동시에 보여준다.

어느 토요일 저녁, 나는 사우스웨스트 워싱턴 DC에 있는 시티젠CityZen이라는 레스토랑에서 그 예를 보았다. 그곳의 셰프 에릭 지볼트Eric Ziebold는 리소토와 립아이 스테이크를 손님들에게 내

면서 우아하면서도 매우 효율적인 조용한 쇼를 보여줬다.[3]

지볼트는 2004년 워싱턴으로 오기 전 캘리포니아 욘빌에 있는 토머스 켈러Thomas Keller의 프렌치 런드리The French Laundry에서 팔 년을 일했다. 그곳은 감탄의 한숨과 함께 언급되는 식도락가들의 메카 중 하나이다. 지볼트는 그곳에서 최고주방장을 지냈으며, 켈러가 뉴욕에 최고급 레스토랑 퍼 세이Per Se를 열 때도 도왔다.

켈러는 자신이 만든 음식뿐 아니라, 그 음식을 차려내는 방식에 대해서도 매우 세심하고 꼼꼼했다. 예전에 그의 밑에서 급사장으로 일했던 피비 댐로시Phoebe Damrosch는 "그는 서비스는 춤이라는 말을 자주 했어요"라고 말했다. 켈러는 프랑스 바로크 춤 전문가인 캐서린 투로시Catherine Turocy를 초빙해 웨이터들에게 미뉴에트를 가르쳤다. 왜냐고? 서비스란 우아한 접근의 문제이고, 제안과 수락의 제스처가 중요하기 때문이라고 투로시는 나에게 말했다. 루이 14세 치하에서 생겨난 미뉴에트는 당시 프랑스에서 대유행한 품위 있는 예의범절을 전형적으로 보여준다. 즉각 반응하고 배려하는 그 춤의 정신이야말로 웨이터들이 배워야 하는 덕목이었다고 댐로시는 말했다.

댐로시는 "이것은 엄청나게 중요한 일이고, 우리는 한 팀이며, 힘을 합쳐 일해야지 그러지 않으면 성공할 수 없다는 것이 그 레스토랑을 연 사람들로부터 받은 메시지였다"고 회상했다. "우리는 무게중심에 관해 이야기했어요. 접시를 들 때 팔꿈치가 직각을 이루어야 누가 와서 부딪쳐도 무게중심에 기댈 수 있다고요. 그건 몸이 정말 편하고 안정적인지 확인하는 문제였어요."

바로 이것이 지볼트가 흡수한 분위기였고, 그런 분위기에서 그는 자신만의 레스토랑 경영방식을 개발했다. 그는 차분하고 권위 있는 사람으로, 그리고 하루도 쉬지 않고 일주일 내내 미친 듯이 일하는 사람으로 유명했다. 또 움직이는 모습으로도 명성이 자자했다.

"나는 주방에서 에릭이 움직이는 모습을 보고 사랑에 빠졌어요."지볼트의 아내 셀리아 로렌트 지볼트Celia Laurent Ziebold는 이렇게 고백했다. 그녀는 프렌치 런드리에서 함께 일하면서 지볼트를 만났다.

"그 남자가 빽빽한 공간에서 매우 정확하게 돌아다니는 모습을 봤어요. 주변의 다른 사람들도 모두 무척 조직적이고 자연스럽게 움직였죠. 그 모습이 아름답더군요."지볼트의 아내는 말했다.

셰프들이 나와서 경연을 펼치는 리얼리티 TV의 요리쇼들을 보고, 전문가의 요리는 모두 식초와 동물 내장이 들어간 엄청나게 독창적인 작품이라고들 생각할지도 모르겠다. 혹은 자기도취와 선정성을 좇아 아마존에 사는 설치류를 찾아 정글을 헤매고 다니는 일이 중요하다고 생각할지도 모르겠고. 하지만 프로 셰프의 주방에서 정말 중요한 것은 순간적인 대응, 무심한 반복, 매끄럽고 효율적인 움직임이다. 레스토랑의 주방은 백 년도 더 된 군대계급을 본뜬 프랑스 주방단체 체계에 따라 운영된다. 주방장인 셰프chef가 한 명, 부주방장인 부副셰프sous-chef가 두 명, 그리고 일반

요리사들인 라인쿡line cook들이 있다. 주방의 보병들이라 할 수 있는 라인쿡들은 메뉴 카테고리에 따라 애피타이저 · 생선 · 고기 담당 등으로 나뉜다.

레스토랑 주방은 굉장히 물리적인 공간이다. 이를테면 이런 식이다. 스토브를 향해 돌진하던 소스 전문 요리사가 웨이터들을 향해 메추라기 요리 접시를 내던지는 고기 요리 담당 요리사와 충돌할 경우 연쇄 참사가 발생하게 된다. 셰프는 전장의 장군처럼 자신에게 훈련 아니면 혼돈이라는 두 가지 선택지가 있다는 사실을 잘 알고 있다.

목깃에 이니셜 모노그램[40]이 수놓인 빳빳한 흰색 셰프복을 입은 지볼트는 가슴에 훈장을 달고 있어도 보기 좋았을 것이다. 건강하고 늘씬한 체격에 산뜻한 외모는 그가 매우 단련된 남자임을 알려준다. 편안한 미소에 친근하고 소년 같은 얼굴을 하고 있어도, 깎은 듯한 광대뼈와 턱에는 무안타 경기에서 9회 말 공을 던지는 투수의 엄숙한 강렬함을 떠올리게 하는 뭔가가 있다.

그의 스태프는 하룻밤에 약 1000 접시의 요리를 만들지만, 지볼트는 요리사들이 균등하게 그 준비를 맡도록 하면서 매우 다양하고 풍부한 메뉴를 구성하며, 각 코스는 세심히 조정된 속도로 꾸준히 손님들에게 제공된다.

"저는 이 사람들이 반복에 집중하게 합니다." 지볼트는 마치

---

40) 이름의 첫 글자들을 합쳐 한 글자 모양으로 도안한 것.

발레의 군무에 대해 이야기하는 것처럼 턱을 들어 라인쿡들 쪽을 가리키며 말한다. "저와 부셰프들이 하는 일은 일회적이죠." 그 증거는 첫 손님들이 테이블에 착석하면 드러난다. 공연이 시작되는 것이다.

주방에는 여덟 명의 요리사들이 잠수함 승무원들처럼 따닥따닥 붙어 있다. 그런데도 그들은 우아하고 편안하게 몸을 빙그르르 돌려가며 썰고, 볶고, 불 위에서 육수 냄비를 흔들고, 몸을 굽혀 냉장고 아래쪽에서 고기를 힘들게 꺼낸 다음 벌떡 일어나 팬으로 던진다.

요리사 모자를 쓴 그 특공대는 똑같은 동작을 침착하고 매끄럽게 반복한다. 리듬이 조금이라도 어긋났다가는 금세 엉망이 된다. 여차하면 새끼 돼지 고기가 타고, 오리는 너무 익고, 양은 사라져 버린다. 비용이 수반되는 실수나 병원에까지 실려 갈 일을 방지하는 유일한 방법은 바로 적절한 타이밍과 경험, 그리고 반사적 우아함이다.

두 명의 부셰프는 고기와 생선 주문을 감독한다. 손가락마다 밴드를 감고 있는 사람이 고기 담당 요리사이다. 저쪽에서 열심히 일하는 사람들은 애피타이저 담당자들과 알렉스 브라운Alex Brown 이라는 키 크고 마른 친구이다. 그는 혼자서 냄비·숟가락·거품기·소스팬을 다 다루며, 고메이 스크래플[41]과 그레이비 소스를

---

41) 옥수수 가루와 돼지고기를 섞어서 튀긴 요리.

곁들인 반숙 달걀, 그리고 리소토와 수프 같은 뜨거운 전채요리를 만든다.

카운터 위의 기계가 주문서들을 토해낸다. 지볼트가 그것들을 뜯어내 주문 내용을 외친다. 그는 급히 서두르거나 휘청대지 않고, 침착하고 매끄럽게 움직인다.

"계란 셋, 타르타르 셋!"

소스팬에서 김이 피어오른다. 브라운이 팬을 붙잡고 조금 흔들더니, 맛을 보고 다시 불 위에 놓은 뒤 조리대를 훔친다. 손이 잘 보이지 않을 정도로 빠르게 리소토를 휘젓고, 버섯 소스를 볶고, 양배추 수프를 데운다. 상어처럼 한시도 가만히 있지 않고 움직이면서, 뭔가를 묻는 듯한 실눈을 풀지 않는다.

"타르타르 둘, 리소토 하나!" 브라운이 식기실의 창문을 통해 꺼낸 냄비들을 들고 피루엣[42]을 선보이며 다시 불 쪽으로 몸을 돌린다. 그가 베이컨으로 감싼 메추라기가 든 팬을 조리대 위에 놓자마자 지볼트가 몸을 돌려 잡는다.

몇 발짝 떨어진 곳, 촛불을 밝힌 식당에는 우아한 신체언어가 넘쳐난다. 포도주 담당 급사인 키 크고 마른 앤드루 마이어스 Andrew Myers는 웨이터가 물러가는 순간을 포착해 테이블 옆쪽으로 미끄러지듯 다가가, 손님을 방해하지 않고 바롤로[43]를 따른다.

---

42) 발레에서 한발을 축으로 팽이처럼 도는 춤 동작.
43) 이탈리아산의 신맛이 나는 붉은 포도주.

웨이터는 등이 보이지 않도록 옆으로 걸으며 화장실을 찾는 손님을 안내한다. 잘 보이도록 두 팔까지 써가며 바로 화장실 문 앞까지 데려간다.

주방은 활기가 가득하다. 생선과 고기 담당 구역에서는 부셰프인 커윈 투가스Kerwin Tugas가 두 줄로 늘어선 라인쿡들 사이를 해협을 누비듯 지나다닌다. 무중력 상태에서 떠다니는 것처럼 보이는 그의 움직임은 잘 통제돼 있고 균형이 잡혀 있다. 무엇 하나 건드리는 법 없이 고양이처럼 민첩하게 돌아다니다가 금세 제자리로 돌아온다. 그는 한 발로 서서 몸을 휙 돌린 다음 팬을 달라고 다른 요리사들에게 손을 내민다. 팬은 간격이 줄어들기 전에 두 요리사 사이에 모습을 드러낸다.

앞치마를 두른 이 고수들은 모두 아드레날린 중독자이다. 그들은 그 부산스러움을 즐긴다. 브라운은 딸꾹질을 하듯 소테 팬을 휙휙 흔든다. 그가 만드는 송아지 고기 타르타르 위에 얹을 표고버섯 뭉치를 집으려고 또 다른 요리사가 이쪽 조리대에서 저쪽 조리대로, 마치 아이스 스케이트를 타듯 미끄러진다.

"셰프의 말처럼 '완벽이란 없습니다, 완벽을 추구할 뿐'이죠." 투가스는 말한다. "그러니까 그저 반복, 반복, 반복해야 돼요."

자정이 가까워지면 식당이 텅 비고, 요리사들은 조리대를 닦아낸 뒤 플라스틱 투명 컵으로 물을 벌컥벌컥 들이켠다. 그 세심한 서비스가 처음 시작될 때처럼 여전히 생생해 보이는 지볼트가 바쪽으로 가 와인 잔을 윤이 나도록 닦고 있는 마이어스와 잡담을 나눈다. 셰프는 자신이 어쩌다 요리사가 됐는지 이야기하기 시작한다.

지볼트의 주방에서는 스크래플과 레드아이 그레이비[44]가 나온다. 그 요리들은 그의 정서적 뿌리에 고착되어 있기 때문이다. 그는 아이오와 주 에임스에서 성장했다. 아버지는 신문사에서 일했고, 어머니는 교사였다. 어머니는 세 시 종이 치면 집으로 돌아와 저녁을 준비해 정확히 여섯 시에 내놓았다.

"식사 시간에 늦게 나타나면 큰일이 났습니다." 그가 말한다.

그의 어머니의 요리는 독창적인 슬로 푸드였다. 자기만의 통조림법으로 콘비프[45]를 만들었고, 그것을 지하 저장실의 식품 저장용 유리 용기들이 즐비한 선반들에 두고 꺼내 썼다.

이제는 지볼트가 특히 자신의 콘비프 텅[46]을 자랑으로 여기는데, 이것은 그의 과거를 짐작케 하는 점이다. "어떤 사람들은 완전히 뿅 갈 요리를 찾습니다. 어떤 이들은 정서적 끈을 찾고요. 나에게 영감을 주는 건 바로 그것입니다"라고 그는 말한다.

기억이 그의 무기고의 큰 부분을 차지한다면, 갈망 또한 그렇다. 먹는 것이 팽팽한 긴장감이 도는 일이었던 적도 있었다. 아이오와 문화를 형성하는 일부분, 즉 레슬링 때문이었다. 지볼트는 중학교·고등학교에서 레슬링을 했고, 주 대표팀에 들어가 대학

---

44) 컨트리 햄을 구울 때 나오는 육즙에 블랙커피를 섞어서 만드는 소스.
45) 소금에 절인 쇠고기. 대개 통조림으로 유통된다.
46) 소금에 절인 소 혀.

장학금을 받았다. 레슬링은 시합에 나가기 위해 체중을 줄이는 일이 고된 연습만큼이나 많은 부분을 차지하는 스포츠였다.

그는 식탐에 사로잡혔다. 팀원들과 함께 슈퍼마켓을 돌아다니며 "체중측정이 끝나면 이것도 먹고 저것도 먹을 것"이라고 말하곤 했단다. 연습을 끝내고 집으로 돌아오면 빈속으로 격렬하게 운동을 한 탓에 힘이 없어 몸이 후들거렸다고 한다.

고등학교를 마치자 그는 완전히 녹초가 돼버렸다. 그는 레슬링 장학금을 받는 대신 요리학교에 갔다. 그곳에서 음식에 대한 환상을 실컷 채울 수 있었다. 아버지는 키가 1미터 80센티미터가 넘는데 자신은 그에 조금 못 미치는 건 한창 자랄 시기에 먹을 것을 제대로 못 먹었던 탓이라고 지볼트는 생각한다. 레슬링은 그에게 또 다른 흔적을 남겼다. 격렬함, 집중력, 그리고 군국주의적 단련.

이런 특성은 그의 움직임에 나타난다. 그의 인내력과 일관성, 조리대에서 조리대로 획획 돌면서 북새통 한가운데에서도 자신 있고 매끄럽게 움직이는 모습에서 운동선수의 우아함을 볼 수 있다.

아름다운 요리, 세심하게 어우러진 풍미는 셰프의 마음과 근육 속에 살고 있는 어떤 것에서 시작된다. 배고픔·기억·노동 욕구 등. 주방에 우아함을 더해주고, 당신의 포크에 놓이는 것은 일련의 감미로운 움직임들의 산물이다. 요리사의 몸에서 당신의 몸으로 이동하는.

우아한 웨이터가 된다는 것은 체력을 갖추고 식당이 자랑하는 메뉴를 암기하는 것으로 끝나는 문제가 아니다. 우아함은 차분히 살피고 기다리는 데 존재한다.

"늘 손님이 있는 곳에, 손님 근처에 있어야 합니다. 테이블로 찾아가고, 가까이 있고, 물을 따르고, 와인을 따르면서요. 아무 말도 하지 않아도 됩니다." 퍼 세이에서 일했던 댐로시는 말했다. 하지만 손님이 뭔가를 필요로 하면 말을 꺼내기도 전에 다가가야 한다. "같은 공간 속에 있는 다른 사람에 대한 감각을 가지고 늘 물리적인 방식으로 소통하는 거죠."

그녀의 회고록 《포괄적 서비스Service Included》는 남성이 지배하는 4성급 레스토랑의 세계에서 여성 급사장이 되기까지 켈러의 엄격한 지도 아래에서 보낸 한 해를 사실적으로 그리고 있다. 좋은 웨이터란 사회복지사와 유사하다고 그녀는 말한다. 필요를 직감하고, 문제가 무엇인지를 알아채 해결해주고, 방해가 아니라 보살핌을 받고 있다는 느낌을 주는 그런 사람이라고. 모든 행동의 이유는 "손님을 편안하게 해주기 위한 것"이어야 하고, 신중한 몸놀림은 그 일환이다. 너무 느리지도, 너무 빠르지도 않게 미끄러지듯 걸을 수 있도록 연습하는 것, 손님 맞은편이 아니라 옆으로 다가서는 것, 절대 뒤쪽으로 다가가지 않는 것, 이 모든 행동이 손님의 편의를 위한 것이다.

손님에 따라 태도를 조정하는 기술도 필요하다. "동시에 여러 사람이 되는 거죠." 그녀는 나에게 말했다. "혼자 와서 식사하는 손님은 좀 더 친근하게 대해야 해요. 소란스러운 신사들이 앉은 테이블에서는 약간 장난치는 듯한 태도가 좋을 수도 있고요…. 이 사람에게 편안한 것이 저 사람에게는 아닐 수 있는 거죠."

댐로시는 이제 레스토랑에서 일하지 않는다. 퍼 세이를 떠난 후 결혼해 가정을 꾸렸다. 능숙하게 샴페인을 따르던 감은 조금 사라졌을지 몰라도, 일할 때 습득한 중요한 기술들은 사라지지 않았다. 그녀는 식사 시중을 드는 일이 인생을 사는 데 좋은 훈련이라 여긴다. 말 없는 소통, 신체언어, 그리고 다른 사람들이 편안하게 느끼도록 행동하고 응하는 법을 가르쳐주니까. 그리고 현재에 머물 때 생기는 힘에 대해서도.

"훌륭한 웨이터, 주의를 기울이고 경청할 줄 아는 사람에게는 타고난 뭔가가 있는 것 같아요. 다른 사람을 행복하게 해주는 타고난 감이 있는 사람이죠. 언젠가 일하던 중에 동료 웨이터가 날 멈춰 세우더니, 항상 손님이 먼저 가게 해야 한다고 말했던 것이 기억나요. 무슨 일이 있어도, 아무리 바빠도 멈춰 서서 손님을 먼저 보내라고요. 손님의 이동이 나의 이동보다 중요한 거죠."

그녀가 말했다. "나는 웨이터가 참 좋은 직업이라고 생각합니다. 그 일의 차원을 높이고 정말로 그 일을 잘 하려면 강한 집중력과 연구가 필요하죠. 하지만 이 시대의 문화는 그런 것을 별로 염두에 두지 않으니, 참 슬픈 일이예요."

어느 해 여름, 록 콘서트장에 장치들을 어떻게 설치하는지 궁금해서 워싱턴 다운타운에 있는 경기장을 방문했다. 토요일 아침,

동트기 전이었다. 시멘트 바닥 저 위에서 업리거upprigger라 불리는 상부 준비 담당 팀이 그날 저녁에 있을 제니퍼 로페즈Jennifer Lopez 의 콘서트를 위해 조명과 장비들을 매달고 있었다.

30미터 높이의 공중에 설치된 통행로에 서서 보니, 아래쪽 사방이 심연이었다.⁴ 나와 저 아래 콘크리트 바닥 사이에는 심장마비로 가는 보행자 전용 다리처럼 느껴지는, 사이사이가 트인 철제 난간이 양쪽에 하나씩 설치되어 있을 뿐이었다.

하지만 준비 담당 팀원들은 몸을 묶은 벨트를 엉덩이 주변에 늘어뜨린 채 그 다리를 오가고, 절대 편치 않을 좁은 기둥들을 향해 걸어나갔다. 위쪽 흐릿한 대기 속에서 그들을 살아있게 하는 것은 바로 우아함이었다.

난간에 매달려 서 있으니 나는 겁이 나서 뱃속이 울렁거리는데, 라인배커⁴⁷⁾처럼 덩치 큰 한 남자가 경쾌하고 느긋한 태도로 통행로를 걷고 있었다. 인생에서 가장 행복한 날에 한가롭게 거리를 거니는 것처럼, 머뭇거리거나 망설이는 기색 없이 즐겁게. 그는 가랑이 주변에 늘어진 벨트와 둘둘 감긴 밧줄 때문에 두 다리를 넓게 벌려야 해서 통통 튀며 구르듯 움직였다. 마치 방금 황소 등에서 뛰어내린 덩치 큰 로데오 카우보이 같았다. 그에게는 재키 글리슨의 가벼움과 줄타기 곡예사의 균형, 그리고 역도 선수의 힘이 있었는데, 이 모든 특질을 우아한 발걸음에 쏟아 부으며 난간

---

47) 미식축구에서 상대팀 선수들에게 태클을 걸면서 방어하는 수비수.

너머에 서 있는 기둥들 가운데 하나를 향해 나아갔다.

다른 사람들은 전깃줄 위의 새들 마냥 이곳저곳의 기둥들에 차분하게 자리를 잡고 있었다. 한 남자가 다리를 벌리고 기둥에 올라앉아, 엿가락처럼 늘어지는 매끄러운 동작으로 손을 뻗어 케이블을 잡고 도르래로 자신의 몸을 끌어올렸다. 작업용 장화를 신은 그의 두 발이 덜렁거렸는데, 양쪽 종아리에 문신이 새겨져 있었다. 그는 피터 팬 같기도 하고, 안전망 없는 공중그네 선수 같기도 했다.

그 높은 곳에서 일하는 남자들과 머리를 한 갈래로 묶고 말없이 집중하고 있는 여자 한 명은 힘에만 의존하지 않았다. 그들의 움직임은 매끄럽고 탄력적이었으며, 위험도가 아주 높은 곳에서 꼭 필요한 섬세한 발놀림이 돋보였다. 나는 차마 그러지 못했지만, 그들은 아래를 내려다봐야 했다. 그들의 몸을 올려주는 모터 · 케이블 · 체인에 매달린 채, 무대 바닥 쪽에서 작업하는 팀원들과 밀고 당기는 탱고를 춰야 하니까. 나는 위쪽 작업자들에게서 눈을 떼지 못했다. 그들이 지닌 곡예사의 우아함과 마음의 우아함 때문이었다—미약해 보이는 그들의 일이 얼마나 위험천만한지를 생각하면 정말 놀라운 일이었다. 정밀하게 보정된 조정력과 어우러진 그 차분함이라니.

게다가 그들은 감미로운 환대까지 베풀었다. 내가 통행로의 난간을 붙잡고 더듬거리며 안전한 엘리베이터 쪽으로 가고 있을 때, 밧줄을 한아름 나르던 남자가 나를 향해 소리쳤다. "도시 최고의 사무실을 떠나는 건 아니죠?" 그는 내 눈을 보면서 안심시키듯 미소를 짓고는 엷은 대기와 담배 연기 속으로 활기차게 걸어가다가 뒤를 돌아보더니, 반갑다는 듯(아니면 풋내기를 향한 동정 섞인 이해심이었을까?) 한 번 더 씩 웃었다.

반바지 작업복을 입은 그 슈퍼영웅들이 지닌 우아함에서, 나는 위험과 평온을 동시에 보았다. 나의 두려움은 그들이 보여준 기분 좋은 모범 덕분에 진정되었고, 곧 경이로 바뀌었다. 그 위험천만한 상황을 감안하면 더욱 짜릿한 경이였다.

07

예술의 우아함:
몸을 해방시킨 조각가

우아함이란 자유로워진 형태의 아름다움이다

—프리드리히 실러

어느 가을날 차를 몰고 볼티모어 월터스 미술관Walters Art Museum으로 가는 길은 폭풍우가 몰아쳐 질척하고 음울한 것이 그야말로 엉망진창이었다. 길이 온통 안개에 휩싸여 아침인데도 땅거미가 진 것처럼 어둑어둑했다. 주차하고 미술관으로 달려들어 가는데, 몸이 뼛속까지 으슬으슬했다.

그런데 미술관 2층에 올라가니, 따스하고 햇살이 밝게 빛나는 5월 같았다. 나는 그리스 예술품들이 전시된 공간에 서서, 〈포도주를 따르는 사티로스〉, 아니, 그의 대부분을 보고 있었다.

무릎 아래는 잘려나갔고 두 팔도 사라졌지만, 얼굴에 나타난 쾌활한 표정하며 살짝 휜 허리, 그리고 소년 같은 엉덩이를 느슨한 콘트라포스토contrapposto[48]자세로 비틀고 서 있는 그는 우아함 그 자체다. 그 대리석 조각은 위대한 그리스 조각가 프락시텔레스 Praxiteles의 작품을 고대 로마 시대 때 복제한 것이다. 기원전 4세기에 활동한 프락시텔레스는 돌에서 우아함을 해방시킨 최초의 조각가였다.

그의 작품은 남아 있는 것이 많지 않다. 고대 그리스나 로마의 청동 작품들은 대부분 오래전에 녹아버렸다. 프락시텔레스는 대리석으로 작품을 만들긴 했지만 원작 가운데 오늘날까지 남아 있는 작품은 거의 없다. 하지만 그는 후대 조각가들이 공부 삼아 그의 작품들을 복제할 만큼 존경 받았고, 완전히 사라진 작품들조차 열광적으로 묘사해놓은 글을 통해 살아 있다.

그 이유는 쉽게 알 수 있다. 프락시텔레스의 작품과 그 복제품들은 느낌의 세계에 대한 열정적 믿음을 보여준다. 그 부드러운 윤곽과 개성은 그저 육체적 특질이 아니라 감정에 근거하고 있는데, 바로 이 점이 프락시텔레스가 그 이전의 예술가들과 다른 점이다.

몇 세기 전 누드를 예술의 한 형식으로 만든 이후로, 그리스 조각가들은 돌출된 부분과 길이 그리고 불완전한 기하학적 구조가

---

48) 미술에서 인체를 표현할 때, 한쪽 발에 무게중심을 두고 다른 쪽 발은 편안하게 놓는 구도. 전체적으로 완만한 에스S자 모양이며, 얼굴·가슴·대퇴부 등 신체부위가 조금씩 틀어져 있는 자세이다.

프락시텔레스의 〈포도주를 따르는 사티로스〉의 고대 로마 시대 복제품. 염소 귀를 가진 이 매력적인 청년은 쾌락의 신 디오니소스의 숭배자였다.

짜증나게 뒤섞인 인체의 해부학적 구조를 어떻게 하면 가장 잘 표현할 수 있을지 고심했다.[1] 감정 표현은 우선시되는 사항이 아니었다. 오히려 그 반대였다. 움직임은 물리적 형태가 완벽해질 때 생겨났다. 기원전 5세기의 획기적인 나신상인 〈크리티오스의 소년〉을 보면 알 수 있다. 우리가 알기로는 콘트라포스토 자세를 보여주는 가장 오래된 작품인 이 조각상은 돌에 섹시한 태연함을 끌어들였다(보는 이를 달뜨게 하는 미켈란젤로의 다비드 상을 생각해보라). 크리티오스의 소년은 꽤 잘생겼고, 신과 같은 체격에 의기양양한 분위기를 풍긴다. 하지만 따스함이 결여되어 있다. 그는 자신을 바라보는 관찰자 너머를 응시하고 있다. 마치 누가 다가와 말을 건네기를 원치 않는 영화배우처럼. 프락시텔레스가 등장하기 이전에 나신상들은 그런 모습이었다. 영웅적이고, 완벽하고, 냉담했다.

프락시텔레스는 그것을 바꾸었다. 그의 조각상들은 움직이는 것처럼 보일 뿐 아니라, 그 움직임들을 즉각 유쾌한 것으로 인식하게 한다. 또한 그의 조각상들은 놀라우리만큼 친근하다. 프락시텔레스는 선배들을 뛰어넘어 인간의 형상에서 긴장을 해소했을 뿐 아니라―이것이 그의 천재성의 본질이다―, 내적 삶 또한 풀어내 우리를 거기로 끌어들인다. 그의 예술은 아름다움과 감수성을 결합한다. 그래서 그의 조각상들이 그토록 직접적이면서도 친밀한 느낌을 주는 것이다. 그의 작품들은 매혹적인 엉덩이 골, 얌전하게 숙인 턱, 자연스럽고 매력적인 웃음이 어린 입술로 이천 년의 세월을 뛰어넘는다. 우아하다. 그의 작품들은 인간이 지닌 보다 부드러운 측면·관능성·연약함, 그리고 인체가 표현할 수 있는 정서적 진실을 묘사한다.

또한 프락시텔레스는 전혀 속물이 아니었다. 고전주의의 전성기, 고귀한 신들을 조각하는 것이 유행이던 시대에 활동했지만 하층 계급으로 눈을 돌렸다. 지금 내가 보고 있는 염소 귀를 가진 십대는 신이 아니다. 그는 활기찬 소년이고, 디오니소스 숭배자이다. 흥청

망청 먹고 마시는 잔치에서 식탁을 치우는 시골 소년처럼 보인다.

완벽함을 숭배하는 유행에서 좀 더 거리를 유지하기 위해, 프락시텔레스는 그의 사티로스에게 아테네 운동선수나 올림포스 신神과 같은 보디빌더의 몸을 부여하지 않았다. 그 몸은 다 자라지 않은 부드러운 소년의 몸이다. 이 작품이 매력적인 건 그것 때문이기도 하다. 평범한 것이 비범한 것이 된 것이다. 짐작건대 그는 그 감미로운 포즈로—그의 몸통을 따라 흐르는 그 리듬으로—사람들에게 포도주를 가득 따라주고 그들과 수다를 떠는 것이 무척 즐거웠을 것이다(그가 들고 있었을 술 항아리는 사라지고 없지만, 오른쪽 어깨가 올라간 각도와 어서 마시라는 표정으로 상상 속의 주객을 내려다보는 시선에서, 그가 술을 따르고 있다고 상상해볼 수 있다).

그리고 그 미소. 그는 분명 손님 대접하는 일을 즐기고 있다. 어쩌면 함께 시시덕거리고 있었을지도 모른다. 어쩌면 술잔을 하나 더 가져와 손님들과 어울렸을 것이다. 캐리 그랜트처럼 그들이 즐거운 시간을 보내고 있는지 확인하기 위해서.

프락시텔레스의 조각상들 중 가장 유명한 것은, 사실상 고대를 통틀어 가장 유명한 작품인 조각상은 〈크니도스의 아프로디테〉이다. 월터스 미술관에도 그 작품의 고대 복제품이 서 있다. 기원전 350년쯤에 제작된 원작이 얼마나 선풍을 일으켰던지, 불멸의 아프로디테가 깜짝 놀라 "내가 벗은 모습을 프락시텔레스가 언제 보았지?"라고 말했다는 소문이 퍼졌다고 한다. 이 작품은 숭배의 대상인 사랑의 여신을 바라보는 친밀한 시각과 여신의 느긋한 자

프락시텔레스의 〈크니도스의
아프로디테〉의 로마 시대 복
제품. 가장 유명한 고대 조각
상 중 하나로, 사랑의 여신에
게 묘한 매력의 곡선들과 인
간의 친근한 온기를 부여한
작품이다.

세를 잘 보여준다. 여신은 한쪽 다리에 아주 편안하게 무게를 싣
고 있다. 막 목욕을 마치고, 따뜻하고 깨끗한 느낌으로 욕조에서
걸어나오는 것 같다. 얌전하면서도 동시에 고혹적인 자세가 매력
적이다. 이때 이후로 쇼걸들은 항상 이런 자세를 취했다.

약간 통통한 이 아프로디테는 온통 곡선으로 이루어져 부드러
움이 넘친다. 원래 크기대로 제작된 가장 충실한 복제품들이 바티

칸과 뮌헨에 소장되어 있는데, 아래쪽을 향한 시선이 꿈꾸듯 사색에 잠겨 있다. 프락시텔레스는 자신의 아프로디테로 고대 그리스의 덕과 명예의 규범을 연주한다. 아프로디테의 옷은 벗기고 그 감정은 가린 것이다. 우리는 감성적인 마음이 그 여신의 몸에 생기를 불어넣는 것을 본다. 무엇보다 이것 때문에 이 조각상이 우아한 것이다.

사티로스처럼 이 아프로디테도 다정한 뭔가를 전한다. 그녀의 응시가 좀 수수께끼 같긴 해도 그건 충분히 인간적이다. 고대 로마인들은 안뜰에 가짜 그리스 조각상들을 설치해 비바람에 노출시키는 것을 매우 세련된 취향으로 여겼다. 그래서 월터스 미술관에 있는 그 작은 조각상들의 대리석 표면은 온통 얽고 파여 있다. 하지만 그 관능성은 뚜렷하다. 어쩌면 그것이 고대 로마의 복제 조각가들의 손마저 초월한 진정한 느낌의 메아리일 것이다. 프락시텔레스가 이 작품의 모델로 삼은 인물은 프리네Phryne라는 유명한 매춘부였고, 프락시텔레스는 그녀의 애인들 중 한 명이었다고 한다.

대리석에서 따스함과 움직임을 뽑아내도록 프락시텔레스에게 영감을 준 것은 욕망이었을까, 사랑이었을까, 아니면 지중해의 태양이었을까?

그의 작품은 획기적이었지만, 그 원천은 인체에 대한 고대 그리스인의 뿌리 깊은 집착이었다. 그런 집착으로 인해 그들은 가장

천사 같기도 하고, 르네상스 시대의 섹시한 금발 미녀 같기도 한 보티첼리의 〈프리마베라〉속 우아한 세 여신은 정신적 활기를 북돋는 우아함의 본성과 우아함이 지닌 감각적 기쁨을 모두 구현하고 있다.

무형적인 것들조차 실감나게 묘사하려고 애썼다. 그들은 모든 것을 의인화해 신으로 만들었다. 우아함도 마찬가지였다.

그리스 신화 속의 카리테스는 기쁨과 행복의 여신들로, 로마에 와서는 그라티아이Gratiae가 되었다. 이 명칭에서 영어의 그레이스grace, 즉 우아함이라는 말이 나왔다. 호머의《일리아스》를 보면 카리테스 중 하나가 '예술가 신'으로 알려진 대장장이 신 헤파이스토스와 결혼한다. 이것이 우아함과 최고의 예술작품을 묶어주는 초기 연결고리이다.

호머와 거의 동시에 활동한 시인 헤시오도스는 눈으로 사랑을 투사해 사지의 힘을 빼놓는 '하얀 뺨의 세 카리테스'를 묘사하고 있다.

카리테스는 보통 나체로, 그리고 서로를 살짝 만지고 있는 모습으로 묘사되었는데, 모두 다정하고 평온해 보이며 젊고 생기에 차 있다. 그들의 포즈는 인간관계의 희망과 위로를 전한다. 오랜 세월 동안 온전히 살아남은 이런 시각적 특성에는 너무나 매력적이고 사랑스럽고 의미심장한 뭔가가 있다.

이 세 여신을 묘사한 가장 유명한 그림 중 하나는 15세기 말에 제작된 보티첼리의 〈프리마베라Primavera(봄)〉이다. 이 그림에서 세 여신들의 육체성은 매우 선명하다. 그들은 '링 어라운드 더 로지Ring Around the Rosy[49]'를 하고 노는 소녀들처럼 손에 손을 잡고

---

49) 원을 그리며 노래하고 춤추다가, 신호에 따라 웅크리는 놀이.

보티첼리의 우아한 세 여신이 싱싱한 풀과 나무들이 무성한 곳에서 춤을 추고 있는 반면, 라파엘로는 이 자매 같은 3인조를 황량한 들판에 내놓았다. 생명이라고는 그들의 손 안에 있는 것이 전부다.

춤을 추고 있다. 돌고 있는 그들의 발동작은 그들이 입은 속이 훤히 비치는 망사 드레스 선의 흐름으로 강조된다. 천사 같기도 하고, 르네상스 시대의 섹시한 금발 미녀 같기도 한 그들은 정신적 활기를 북돋는 우아함의 본성과 우아함이 지닌 감각적 기쁨을 모두 구현하고 있다. 여러 해 뒤, 라파엘로는 과일을 들고 있는 꿀색 피부의 살집 좋은 세 여인으로 우아함의 소박하고 자연스러운 면을 묘사했다. 이 두 작품 모두 프락시텔레스의 아프로디테에게서 (그 아프로디테는 조각가의 정부情婦에게서) 유연함과 편안하게 비튼 자세를 물려받았다. 또한 그들은 이 점도 명확히 한다. 우아함이란 자신이 처한 입장에서 느긋하고 편안해하는 것임을. 프랑스어는 이것을 'bien dans sa peau(피부에서 행복하기)'라고 잘 묘사했다. 편안하고 따뜻하고 감각적인.

서구의 위대한 예술가들이 찬양을 늘어놓긴 했지만, 사실 카리테스는 그다지 중요한 여신들은 아니었다. 강력한 여신 아프로디테의 딸들이라고 자주 묘사되긴 하지만, 그들은 다른 신들을 섬겼다. 그들의 일은 가벼운 것이었다. 기쁨과 아름다움과 풍요를 통해 삶의 즐거움을 고양시키는 것. 그들은 프락시텔레스의 〈포도주를 따르는 사티로스〉처럼 사교 모임에 기름칠을 해 매끄럽게 했다. 카리테스는 일종의 향수香水처럼, 음악의 장식음처럼, 이미 진행 중인 환대를 더욱 유쾌하게 장식했다. 내가 볼 때는 특히 이것이 아름다운 개념 같다. 우아함은 자신을 잊고 대신 다른 이들을 즐겁게 해주려고 할 때 생겨난다.

3부

행동의 우아함

08

운동선수:
로저 페더러, 올가 코르부트,
그리고 편안하게 경기하는 다른 선수들

애야, 양키스를 믿어라. 위대한 디마지오가 있잖니.
—어니스트 헤밍웨이, 《노인과 바다》

2012년 7월 8일, 영국 윔블던.

센터코트Centre Court에서 열린 남자 단식 결승전에 먹구름이 드
리웠다. 로저 페더러가 앤디 머레이Andy Murray를 손쉽게 무너뜨리
고 있었던 것이다.

영국인들은 그 스위스인 테니스 스타의 우세가 못마땅했다. 반
면 스코틀랜드인인 머레이는 올 잉글랜드 클럽All England Club에
모인 관중이 정서적인 이유로 좋아하는 선수였다. 윔블던 테니스
선수권 대회는 굉장히 정중한 분위기에서 열린다. 이 대회에서 경
기하는 선수들은 여자와 남자가 아니라 '숙녀'와 '신사'다. 그래서

경기의 공식 명칭도 '신사 결승전Gentlemen's Final'이다. 칠십육 년 만에 홈 챔피언이 탄생하리라는 기대에 왕실과 록스타들도 참석했는데, 그들 중에는 케임브리지 공작부인Duchess of Cambridge[50]과 롤링스톤스Rolling Stones의 기타리스트 론 우드Ron Wood도 있었다.

관중은 실망스러워하면서도 잔디코트에서 진행 중인 경기에 입을 다물지 못했다. 페더러가 경기를 물 흐르듯 거침없이 이어가고 있었던 것이다. 그는 네트를 향해 전속력으로 질주해 점수를 올리고, 뒤쪽으로 재빨리 뛰어서 포핸드를 날리고, 트램펄린 위에 있는 듯 좌우로 스펀지처럼 통통 뛰었다. 그에게 미치는 중력은 자연의 법칙처럼 가벼웠다.

그 경기에 관한 기사들을 보면, 그날의 경기는 힘과 고통으로 이루어진 평범한 스포츠의 승리가 아니었다. 스포츠 기자들은 승리의 공을 근육의 힘에도, 공격성이나 강철 같은 의지에도 돌리지 않았다. 그들은 '예술적'이라느니 '갈수록 기적 같다'느니 '놀라운 경기 진행'이라느니 하는 고답적인 표현을 동원해 페더러의 승리를 묘사했다. 그리고 대서양 양편의 스포츠 기사들에 반복적으로 나오는 단어가 하나 있었는데, 그것은 페더러의 선수생활에 늘 따라다니는 말, 바로 우아함이었다.[1]

위대한 테니스 선수의 역사에서 페더러가 어떤 위치를 차지하는가 하는 것은 전혀 결정된 바 없지만 이것만은 확실하다. 그의

---

50) 영국 왕세손 케임브리지 공작 윌리엄의 부인 캐서린 왕세손비.

폼과 움직임 그리고 경기 진행 방식의 우아함은 타의 추종을 불허한다는 사실.

페더러가 공간 속에서 만들어내는 형태들은 유기적이고 완전하다. 발끝을 세우고 아치형으로 점프할 때, 앞을 향해 밀물처럼 돌진할 때, 그리고 포핸드를 날릴 때 그것을 볼 수 있다. 그가 움직이는 방식은 물 흐르듯 연속적이고 율동적인 것이, 거의 서정적이다. 경기 리듬이 바뀌어도, 그는 발 위에 체중을 실어 게처럼 옆으로 편하게 질주한다. 다리를 넓게 벌리고 있다가 딱 세우고 멈춘다! 그의 억지된 움직임은 깔끔하고 산뜻하지만—다음 움직임으로 나아가기 전에 그의 위치를 볼 수 있는데, 그것은 무용 강사가 좋아할 방식이다—한정되지는 않는다. 아무리 급격히 멈추고 발놀림이 잽싸도, 그의 운동충동은 연속적이다. 그의 동작들은 너무나 신속하게 이어져서 잠깐 멈춘 상태에서도 전반적으로 리듬을 탄다. 마치 피아노 아르페지오에서 메조 포르테로 발랄하게 질주하는 것 같다. 그는 뛰어다니다가 바로 걷는, 심미적으로 흥미로운 역학을 보여주지만, 뚝뚝 끊어지거나 막무가내로 멈추고 시작하지는 않는다.

그는 생체공학적 발목을 가진 걸까? 마치 발목 안에 가속 페달이 있는 것처럼 보인다. 어떤 압력을 가하든 그의 발목은 가속된다. 어쩌면 압력이 아닐지도 모른다. 그의 행동에는 충격은 없고 탄성저항만 있다. 폭발성은 미묘하게 완화돼 느려지고, 그가 스치듯, 춤을 추듯 스텝을 밟기 시작하면 평형 상태가 회복된다.

페더러가 힘을 억제해 정확한 반半속도로 공을 찔러 넣어 네트 바로 위에서 떨어뜨리자, 한 해설자는 "기가 막히다"고 감탄했다.

페더러의 테니스 스타일은 스위스 시계제조업의 정밀함에 자주 비유되지만, 그의 스타일에 기계적인 부분은 전혀 없다. 그는 활기가 넘치고 예측 불가능하다. 그의 경기는 바로크 시대의 천재 음악가 도메니코 스카를라티Domenico Scarlatti가 쏟아낸 수백 개의 건반 소나타 중 하나 같다. 물결치듯 유쾌하고, 간간이 쾌활한 민속춤의 영향이 느껴지는. 페더러의 경기는 리드미컬한 강세가 있어서 구르듯 활발하게 흘러간다.

이와 대조적으로, 누가 봐도 세계 정상급 테니스 선수인 라파엘 나달Rafael Nadal과 노박 조코비치Novak Djokovic는 비범한 특성은 많아도 우아하지는 않다. 나달, 그 위압적인 스페인인은 무겁고 거칠다. 그에게는 공기처럼 가벼운 페더러의 기동성이 없다. 그는 라인배커처럼 몸을 좌우로 기울이며 네트로 달려들고, 우아한 침착성 대신 주먹질 반응을 보이고, 고함을 지르며 공격성을 발산한다. 조코비치는 좀 더 한결같은 선수일지 모르지만, 그에게는 벨벳처럼 부드러운 페더러의 마무리가 없다. 그의 동작들은 물 흐르듯 편안하게 이어지지 않는다. 포핸드를 날릴 때면, 그의 팔은 밧줄처럼 그의 몸통을 후려친다. 라켓의 반동으로 몸이 휙 움직이는 것이다. 그 강단 있는 세르비아인이 공을 잡으려고 측면으로 돌진할 때면 질질 끌리던 발이 가끔 위로 휙 꺾인다. 보드빌 광대가 균형을 잃고 휘청대는 것처럼.

나는 페더러처럼 움직이고 싶다. 파리를 때려잡거나 깜박 잊고 스푼을 집어넣은 채로 믹서를 돌리다 그걸 끄기 위해 달려갈 때 나도 페더러처럼 움직이고 싶다. 전속력으로 달리면서 그렇게 민감하고 매끄럽게 반응할 수 있다면! 이런 것은 나의 평소 특성이 아니라, 페더러를 보고 나도 그렇게 할 수 있을 거라고 믿게 된 것임을 당당하게 말할 수 있다. 페더러 덕분에 나는 모든 인간들이 좀 더 좋아졌다.

운동경기는 최상의 육체의 향연이다. 만일 우아함이 육체의 가장 아름답고 가장 유쾌한 측면이라면, 우아함을 가장 많이 보여줄 수 있는 사람은 운동선수들일 것이다. 운동선수는 보통 사람보다 우아해질 가능성이 많다. 운동선수의 몸은 고도로 작동하고, 굉장히 많은 반복을 겪기 때문이다. 튼튼한 몸과 많은 연습은 최상의 육체적 우아함에 기본이 되는 요소이다. 하지만 운동선수는 또한 일종의 전투를 치르는데, 대개 전투는 우아하지 않다. 가령 끝도 없이 으스러뜨리듯 볼을 때리는 세레나 윌리엄스Serena Williams는 테니스 코트에서 우아하지 않다(정상급 여자 선수들 가운데 이제 우아한 선수는 거의 없다. 체육관에서 끌어올린 힘이 그들의 순위를 추월해버렸기 때문이다). 대다수의 선수들이 끙끙거리는 신음을 내뱉으며 애쓰고 분투한다. 그런데 우아한 선수의 특징, 선수를 거의 신처럼 보이게 해주는 특징은 바로 투쟁심을 드러내지 않는다는 것이다. 있는 힘을 다해 노력하고 싸우는 모습이 우리의 마음을 사로잡을 수는 있다. 하지만 분투하는 기색이 전혀 보이지 않으면 경이감이 생긴다. 어떻게 저렇게 쉬워 보이지?

바로 이것이 우아한 운동선수의 기술이다. 그는 살아 있는 예술 작품이고 움직이는 시다. 너무나 많은 선수들이 훈련을 통해 육중하고 거대한 근육질의 몸이 되지만, 우아한 운동선수는 예술의 원리에 따라 다듬어진다. 그의 신체는 그의 경기처럼 만족스러운 비율과 균형, 활발하고 신나는 리듬을 지닌 유기적인 운동감각을 보여준다. 게다가 그의 경기는 조화와 통일감을 보여주는데, 그것이 전체의 그림을 만든다.

매우 우아한 운동선수들을 보면 나는 활로가 떠오른다. 그들은 그 아름다운 모습으로 보이지 않는 날개라도 단 듯 통통 튀고 떠다니면서 평범한 것과 비범한 것을 뒤섞는다. 우아한 운동선수들은 보통 사람들이 숨을 쉬는 바로 그 공기 위를 날아다닌다. 우리와 너무나 비슷한 몸으로. 형언할 수 없는 그들의 아름다움 때문에, 그리고 그들이 날아오를 때 우리도 데려갈 거라는 희망에 우리는 그들을 지켜본다.

우리가 그들을 남자와 여자라 부르든, 신사와 숙녀라 부르든, 우리는 우리의 완벽한 대리인들의 분투를 느끼고 싶다. 그리하여 그들의 경기에 우리의 자아를 갖다 붙여, 골이 차단되고 퍼트가 빗나가면, 쿵쾅거리며 치고 나가는 더 큰 심장과 더 큰 허벅지를 가진 선수에게 선두를 빼앗기면, 흥분과 불안, 스치듯 지나가는 이름 모를 감정들에 빠져든다.

맹렬할 정도로 경쟁적이었던 고대 그리스인들은 운동선수들을 승리자 중 승리자로 이상화했다. 그때처럼 오늘날 우리도 우리를 짓누르는 것이 무엇이든, 잔디와 트랙의 영웅들에 기대어 대리 해방을 맛본다. 사실 우리의 일상은 경기장만큼이나 경쟁적이고 예측 불가능한 것으로, 그만큼 위험과 적의에 노출된 것으로 느껴질 수 있다(그 사람과 싸우겠어, 내 뜻대로 할 거야… 절대 내 보고서에 손대지 못하게 하겠어…). 위험과 불확실성은 늘 있는 것인데, 그것이 스트레스를 주건 짜릿함을 주건, 그것을 극복할 때면 황홀감이 몰려든다. 스포츠는 규칙들이 있는 평행우주를 제공한다. 스포츠는 좀 더 측정 가능하고 좀 더 이해할 수 있는 형태로 운동경기와도 같은 우리 자신의 인생을 보여준다.

바로 거기가 우리로 하여금 위대한 운동선수들을 인정하게 하는 지점이다. 비록 그들이 지고 있더라도. 얼마나 놀라운가! 그들은 정신적으로든 육체적으로든 다른 사람들을 걸려 넘어지게 하는 것에서 자유롭다. 그들은 중력에서도 벗어날 수 있는 것처럼 보인다. 그들은 가볍고, 편하고, 아름다우며—올가 코르부트, 나디아 코마네치, 린 스완Lynn Swann을 보라—, 멋진 경기를 펼치면서 경기를 초월한다. 우리는 그들에게 이끌려 순간적으로 그리고 직접적으로 인간의 신성한 차원을 만난다.

미켈란젤로는 시스티나 성당의 천장에 스무 명의 이뉴디Ignudi, 즉 벌거벗은 운동선수들을 신과 함께 그려놓았다. 육감적으로 그려진 그 근육질의 몸들은 생동감이 넘치면서도 균형이 잡혀 차분하고 안정적이다. 그 몸들은 정신의 영역에서 편안한 육체적 경이이다.

그들이 왜 거기 있을까? 그 나체상들은 성서 속 인물들이 아니다. 천사들일까? 확실한 것은 아무도 모른다. 분명한 것은 미켈란젤로의 눈에 우아한 육체들은 경건함과 맞닿아 있다는 것이다. 그는 아름다운 운동선수보다 더 영감을 주는 대상은 없다는 걸 알고 있었다.

편안함 대 마찰

운동선수들이 보여주는 우아함에는 단 하나의 본질적 특성이 있을까? 다른 분야와 마찬가지로 스포츠에서도 우아함에 대한 판단기준은 편안함이다. 하지만 스포츠마다 편안함에는 미묘한 차이가 있고, 그 모습 역시 다양하다.

나는 몸이 보이지 않는 힘에 의해 움직이는 것 같은 느낌이 들 때를, 흐르는 물이나 떠가는 연기처럼 무게도 없고 마찰도 없어 보일 때를 기다린다. 독일과 아르헨티나가 맞붙은 2014년 월드컵 결승전에서 독일을 승리로 이끈 마리오 괴체Mario Götze의 단독 골을 생각해보자. 같은 팀 선수가 공중으로 공을 패스하자, 괴체는 어디선가 달려와 가슴으로 공을 받아 내리더니, 가볍게 발을 내디딘 뒤 다리를 한 번 휘둘러 매끄러운 동작으로 골키퍼 옆을 지나가는 슛을 날렸다. 그 연속동작이 얼마나 아름답던지. 점프하고, 가슴으로 받고, 발을 휘둘러 슛을 날리고. 그 순간 중력이 깜박 졸기라도 했나? 괴체가 시간을 늦추자, 공은 마치 뛰어오른 송어처럼 빙글빙글 돌며 허공에 완벽하게 떠 있었다.

어느 텔레비전 진행자는 "그는 세 가지 마법을 선보였다"고 극찬했다. 크로스 · 체스트 바운스 · 발리킥을 말한 것이었다.

중력에 저항하는 것이 우아함으로 가는 유일한 길은 아니다. 침착하고 교묘하게 마찰을 정복하는 길도 있다. 이 분야에서는 프랑스 사이클 선수 리샤르 비랑크Richard Virenque가 명수였다. 특별한 기교가 필요한 스포츠인데도 그는 두드러졌다. 인간과 정교하고 단순한 기계가 일체가 되었고, 호리호리한 몸과 날렵한 공학이 한 쌍이 되어 기능에 따라 음양을 이루었다. 사이클과 사이클 선수가 결합해 민첩하고 추진력 있는 단일체가 되었다.

바퀴를 다루는 재간으로는 비랑크를 능가할 선수가 없다. 그룹에서 벗어나 홀로 오래 달리는 것으로 유명한 그 위압적인 산악인은 강력한 노력을 쏟아 붓는 순간에도 비할 데 없이 침착했다. 등을 버팀대 삼아 다리 근육을 밀어붙이며 극도로 힘든 알프스 산맥을 오를 때도 무척 우아하게, 한 방울의 땀도 낭비하는 법 없이 바람 속을 항해하듯 매끄럽게 올라갔다. 열렬한 활강스키 선수인 그는 사이클을 타고 효율적으로 쏜살같이 내려가려면 절묘한 무게 이동이 필요하다는 사실을 알고 있었다. 나는 2004년 투르 드 프랑스Tour de France[51]를 따라다니며 그가 쌩하고 지나가는 모습을

---

51) 매년 7월 프랑스에서 개최되는 세계 최고 권위의 국제 사이클 경주. 삼 주 동안 프랑스 전역과 인접 국가들을 일주한다.

여러 번 보고 그 순간을 음악으로 상상할 수 있었다.[2]

비랑크는 자신의 우아함을 다른 방식으로도 보여주었다. 경기 중이던 어느 날, 선두에게 주어지는 노란 셔츠를 입고 있던[52] 다른 그룹 소속의 프랑스인 토마 뵈클러Thomas Voeckler가 고통스러워하자, 비랑크는 그를 도와주기 위해 뒤처졌다. 베테랑인 비랑크가 앞에서 달리며 바람을 막아주자, 한결 편해진 그 젊은 사이클 선수는 선두 그룹의 이름이 불릴 때 다시 거기에 합류할 수 있었고, 제 시간에 레이스를 끝내 다음날 선두 자리를 지킬 수 있었다. 어쩌면 비랑크는 삼 주가 넘게 경주를 하다 보면 결국 뵈클러가 우위를 유지하지 못하리라는 것을 알았을지도 모른다. 그래도 그건 너그러운 행위였다. 중계방송을 하던 진행자는 그를 '선한 사마리아인'이라고 불렀다.

투르 드 프랑스는 미국인의 구경 취미나 어깨가 떡 벌어진 남성상과는 공통점이 없다. 하지만 프랑스인들에게 그 경기는 미국인들의 슈퍼볼과 같다. 선수들이 지나가는 모습을 보기 위해 티켓 같은 것은 필요치 않다. 그저 선수들이 지나갈 코스에 자리만 잡으면 된다. 구경꾼들은 출발지와 도착지 외의 모든 구간에서 양심과 배짱이 허용하는 한 질주하는 선수들 가까이 다가갈 수 있다. 주된 안전장치는 인간의 품위에 대한 신뢰다.

---

52) 투르 드 프랑스에서는 구간별 측정 기록으로 선두와 포인트 우승자를 가려 각 선수들에게 색이 다른 셔츠를 수여한다. 종합 선두는 노란 셔츠, 포인트 우승자는 녹색 셔츠를 입고 다음 구간을 달린다.

프랑스 사람들은 놀라운 자율규제로 그런 자유에 응한다. 간섭은 거의 없다. 가족 단위로 나와 흐릿하게 보이는 선수들 무리가 다 지나갈 때까지 하루 종일 기다린다. 그들의 행사는 자동차 트렁크를 열고 하는 소란스러운 파티가 아니다. 가장 험한 산악도로에서도 우아한 모임이 연출된다. 사람들은 골짜기 옆에 테이블을 펼치고 마치 테라스에서 식사를 하는 것처럼 음식과 와인을 차린다. 또 레저용 자동차의 그늘이나 비치파라솔 아래 접이식 의자에 편안히 앉아 카 라디오로 경기 중계방송을 듣는다. 책도 읽고 신문도 보면서.

선수들에게 접근하는 것은 놀라울 정도로 쉽다. 선수들은 매일 경주 시작 전에 사인을 해주고 팬들과 이야기를 나누는데, 그것은 경쟁하는 스포츠에서는 매우 보기 드문 겸손과 연대의 표현이다.

우아함은 엘리트의 전유물이나 그 이상의 것이 아니다. 그것은 소박한 친밀감을 통해 드러나기 때문이다.

조 디마지오의 문제

운동선수들은 대개 신체적으로 탁월해도 성격은 거친 경우가 많다. 아니, 그들은 바깥세상보다 경기장이 편한 사람들이다.

우아한 육체에 어색한 불일치가 따를 수 있다. 명성이 그런 불일치를 증폭시킬 수도 있다. 영웅이 우아할 수 있는가? 아니면 우아함은 영웅이라면 허용 못할 부드러움이나 연약함을 필요로 하는가? 바로 이것이 조 디마지오의 딜레마였다.

양키스의 그 전설적인 중견수는 몸놀림이 눈에 띄게 우아했다. 잘생긴 얼굴에 유연한 몸매·차림새까지 나무랄 데가 없었다. 그는 캐리 그랜트처럼 옷차림이 우아했고, 기름을 발라 매만진 머리카락은 한 올 흐트러지는 법이 없었다. 걸음걸이도 그의 외모와 도무지 이 세상 것 같지 않은 운동선수로서의 신체적 탁월성의 연장이었다. 그는 느슨하고 폭이 큰 걸음걸이로 떠다니듯 걸어다녔다.

"마치 구름 위를 걷는 것처럼 보였다. 경기장이든 레스토랑이든 그는 미끄러지듯 걸어다녔다." 그의 전기 작가 중 한 명인 모리 앨런Maury Allen은 말했다.[3]

디마지오가 타석에서 배트를 휘두르면 일어날 수 없는 일이 일어났다. 에너지가 동시에 두 방향으로 향했던 것이다. 두 다리는 앞으로 상체는 뒤로 갔고, 목재와 가죽이 폭발하며 매끈한 궤도를 그렸다. 그는 몸통을 코르크 마개처럼 비튼 뒤 비단처럼 풀고 1루를 향해 물 흐르듯 나아가곤 했다. 망설임도 없고, 어색하게 몸을 되돌리는 일도 없었다. 최대 진폭으로 배트를 휘두르고, 깔끔하게 직선으로 달려나갔다.

외야에서는 그 넓은 영역을 커버하면서, 강타자가 친 공이나 플라이 볼을 잡기 위해 날듯이 질주해 머리 위에서 공을 잡았다. 영국 태생 소설가이자 야구 팬인 윌프리드 쉬드Wilfred Sheed는 이렇게 썼다. "플라이 볼을 잡으려고, 마치 달의 표면을 스치고 지나가

듯 미끄러지며 달리는 그의 모습이 아직도 꿈에 보인다.”

그가 한 모든 행동이 수월해 보였다. 샅샅이 뜯어보는 그의 경쟁자들의 눈에도. 그의 최대라이벌이었던 보스턴 레드삭스의 위대한 타자 테드 윌리엄스Ted Williams는 “디마지오는 스트라이크 아웃을 당해도 멋져 보인다”고 말했다. 그 양키 범선이 장엄했다면, 윌리엄스는 헝클어지고 거칠고 인간적인 사람이었다.

디마지오의 육체적 우아함은 너무나 확연해서, 편파적 열정이나 본능적 전율과는 전적으로 다른 감정을 불러일으켰다. 그는 영웅으로 숭배되었다. 물론 그는 우아한 선수였던 만큼 승리를 가져다주는 선수이기도 했다. 그는 양키스가 아메리칸 리그에서 열 차례, 월드 시리즈에서 아홉 차례 우승하는 데 공헌했고, 1941년에는 56게임 연속 안타 기록으로 전 미국인을 열광시켰다. 하지만 그 열광에 기름을 부은 것은 신비해 보이는 그의 우아함이 불러일으킨 절대적인 경탄이었다.

대중은 야구선수로서 디마지오를 보는 방식을 한 인간으로서, 아니, 그 이상의 존재로서 보는 방식으로 확대했다. 디마지오는 대중의 그런 태도를 존중했지만—어쩌면 겁을 냈을지도—냉담한 침묵으로 대응했다. 그는 수줍음 많은 성격이었고, 대중의 주목을 받는 것을 싫어했다. 언제나 형식적인 거리를 두었다.

내 아버지는 애틀랜틱 시티에 있는 어느 호텔 로비에서 우연히 디마지오를 만났다. 아버지와 삼촌은 1930년대와 1940년대에 뉴욕에서 자라 자주 양키스 스타디움에서 디마지오의 경기를 관람

했다. 언젠가는 같은 팀과 하루 두 차례 맞붙는 경기에서 그가 두 경기에 모두 3루타를 치는 것도 봤다고 한다. 3루타를 두 번이나! 그리고 몇 년이 흘렀는데, 돌연 그가 눈앞에 있었다. 옆쪽에 조금 떨어져서. 말 붙이기에는 충분히 가까운 거리에. 아버지가 다가가 '안녕하세요'라고 인사를 하자, 디마지오도 '안녕하세요'라고 말하더니 바로 시선을 돌렸다고 한다. 그게 다였다.

"늘 그와 이야기를 해보고 싶었는데, 나도 부끄럼을 타서 말이야. 정말로 조 디마지오였단다." 아버지는 나에게 말했다.

그 야구 선수의 첫 번째 아내의 말에 따르면, 그는 몇 주 동안 말한마디 하지 않을 때도 있었다고 한다. 두 번째 아내인 마릴린 먼로Marilyn Monroe는 그가 나를 좀 내버려두라고 말하곤 했다면서, 우울해하던 그의 모습을 묘사했다. 그들의 결혼 기간은 고작 9개월이었다. 나중에 먼로가 자살하자 디마지오는 슬퍼했다. 그는 자신의 무관심을 깊이 뉘우친 듯 그녀의 장례식을 주관했고, 누가 오고 누가 와서는 안 되는지를 결정했다. 그로부터 이십 년 동안, 그는 그녀의 묘에 장미를 보냈다. 그 남자는 야구공의 내부보다 더 단단하게 감겨 있었다. 그는 줄담배를 피웠고 위궤양을 앓았다. 야구는 편안하게 했지만, 자신의 상상과는 편히 지내지 못했다. 그 속에는 수많은 위협과 적들이 도사리고 있었다. 그는 늘 자기 방어 태세를 취했다. 자신의 영웅적 지위를 신경질적으로 방어했고, 행사에 나가면 자신이 어떤 방식으로 호명되어야 하는지, 언제 어디서 자신을 볼 수 있는지를 미리 정했다.

디마지오는 이러지도 저러지도 못하는 처지였다. 사람들은 그의 육체적 우아함에 이끌렸지만, 사람들의 그런 관심이 결과적으로 그의 우아함을 다 빨아먹었다.

그는 챔피언이고, 우상이고, 신이었을지 모른다. 하지만 그는 고군분투했다. 조 디마지오에게는 인간이 되는 것이 가장 힘든 일이었다.

신축성 대 팽팽함

프랑스 철학자 레몽 바예는 1933년에 출간된 우아함을 다룬 저서 《우아함의 미학》에서 멋진 주장을 했다. 유기체로서 우리 자신의 내부 운동—늘어나고 줄어드는 동맥, 미묘한 속도로 수축과 이완을 반복하는 심장, 그리고 오르락내리락하는 호흡 등—을 생각해보면, 최적의 작용은 급격하지 않고 신축적이라는 주장이었다.

그런 다음 바예는 우리는 매끄럽고 탄력적인 운동을 자연스럽고 매력적인 것으로, 심지어 살아 있는 증표로 간주한다고 말한다.

그렇다고 해서 우아한 운동선수들을 조금이라도 더 이해할 수 있는 것은 아니다. 어떻게 그들은 그렇게 느긋한 신축성과 조정력을 지닌 걸까? 도대체 그 힘을 어디에 숨겨놓는 걸까?

농구에서는 억센 힘으로 상대 선수들을 위협하고 팬들을 흥분시킬 수 있지만—르브론 제임스LeBron James에게 물어보라—, 줄리어스 어빙Julius Erving의 공기처럼 가벼운 움직임이 보기에는 훨씬 좋다. 어빙은 물 위를 통통 튀는 물수제비마냥 코트를 누빈다. 농구 골대를 향해 솟구쳐 날아오르고, 공중에서 매끄럽게 회전한다. 그는 팔에서 손가락 끝까지 죽 이어지는 우아한 몸놀림으로 농구를 예술의 경지로 끌어올렸다. 그는 힘을 과시하며 허둥지둥 골대로 돌진하지 않았다. 마치 보이지 않는 파도를 타서 어쩔 수 없이 떠오르는 것처럼 보였다. 어떻게 한 걸까? 발목의 탄력? 정교한 조정력? 체중 조절? 누가 알겠는가? 그는 자신의 움직임이 편해 보이도록 했다. 덩치 큰 거인들 속에서 그는 유연하고 가벼웠다. 그는 슬램덩크에 발레의 우아함을 도입했다.

1970~1980년대에 농구계에는 어빙의 탄력적 우아함에 비길 선수가 없었다. 그러나 힘이 농구를 지배하게 된 지금도 몇몇 젊은 선수들이 그런 우아함으로 관심을 끌고 있다. 떠오르는 스타 스티븐 커리Stephen Curry는 편안한 점프로 '리그에서 가장 감미로운 점퍼'라는 별명을 얻었는데, 이는 정당해 보인다.

1980년대에 영국 크리켓 팀 주장이었던 데이비드 가워David Gower도 경쾌하면서도 느슨한 우아함이 돋보였다. 선수들이 산책 나선 제이 개츠비처럼 차려입고 중간 휴식 때 점심도 먹고 차도 마시면서 종일 경기를 하는 크리켓은 그 자체로 우아한 스포츠다. 너무나 품위 있어comme il faut 보인다. 그런데 그렇게 고상한 무대에서도 가워는 타고난 품격을 지닌 남자로서 돋보인다. 곱슬곱슬한 금발과 먼 곳을 응시하는 시선 때문에 그에게서는 바이런 같은 분위기가 풍겼다. 그의 스윙은 로맨틱한 용모의 확장판이었다. 강철 같은 두 손에 의해 보강되었을지라도. 하지만 실크처럼 부드럽고 편안한 모습 덕분에 그 사실을 알아챌 수 없었다. 가워는 공을 후려치지 않았다. 어루만지듯 띄워서 여유롭게 날렸다.

가워는 강타자들이 놓치는 균형과 힘과 타이밍이 멋지게 어우러지도록 배트를 휘두른다. 완벽하게 중심을 잡은 무용수가 긴장한 채 힘을 주어 회전을 끌어내는 것이 아니라, 공중에 떠 있듯 편안하게 피루엣 동작을 하는 것처럼.

1970년대와 1980년대 초에 가장 잘 나갔고 윔블던에서 세 차례 우승한(단식 2회, 복식 1회) 호주의 테니스 선수 이본 굴라공Evonne Goolagong은 프리스비[53]에 치마를 입혀놓은 것처럼 코트를 누볐다. 스치듯 날렵한 움직임이 그녀의 명랑한 성격을 반영하는 듯했다. 호리호리한 체격의 그녀는 경쟁자들이 보여주는 팽팽한 격렬함을 전혀 드러내지 않았다.

만약 지금이라면 그녀는 산 채로 먹힐 것이다.

가벼움 대 무거움

무용수도 그렇지만, 운동선수의 우아함을 결정짓는 것은 동작의 마무리이다. 우리의 눈은 호를 그리며 움직이는 동작을 따라가

---

53) 던지기 놀이용 플라스틱 원반.

고, 그것이 무한하기를, 날아가기를, 그리고 우리도 함께 데려가기를 바란다. 우리는 연속적이고 매끄러운 움직임에, 머리 위를 맴도는 새들에게, 구보하는 말들에게, 그리고 이 나뭇가지에서 저 나뭇가지로 그네 타듯 유연하게 옮겨다니는 동물원의 긴팔원숭이들에게 끌린다. 특히 긴팔원숭이들의 움직임에. 우리도 한때는 그렇게 나무를 탔었다. 그래서 물 흐르듯 흘러가는 움직임을 보면, 원초적으로, 무의식적으로 기분이 좋다.

효율성은 우아함의 일부이다. 소모적이지도 과도하지도 않은, 화려하지도 장식적이지도 않은 움직임. 페더러는 공을 쫓아가다 놓친다거나 중간에 포기하는 모습을 거의 보이지 않는다.

달려가기에 앞서 공을 잡을 수 있는지 없는지 미리 판단하고, 잡을 수 없을 것 같으면 에너지를 낭비하지 않기 때문이다. 그런데 효율성 자체가 우아함을 낳는 건 아니다. 존 매켄로John McEnroe의 서브는 굉장히 효율적이지만 매끄럽지는 않았다. 그의 동작들은 빠르지만 급작스러웠다. 그는 팝콘이 터지듯 갑작스럽고 깜짝 놀라게 점프를 했다. 그는 마무리가 부족했다. 물론 에너지 소비라는 관점에서 보면, 매켄로처럼 점프 사이에 혹은 발을 홱 내딛는 사이에 몸을 가만히 유지하는 것이 더 경제적일 수 있다. 연속적인 움직임을 보여주는 페더러와는 다르게.

우아한 운동선수는 최고는 아닐지라도 최고로 보이고 싶다는 열망을 구현한다. 우월한 운동능력은 우리 대다수의 사람들에게는 그림의 떡이다. 그런 유전인자를 타고나야 하고, 죽도록 훈련해야 가능한 것이니까. 하지만 우아함이라면? 그건 관중에게도 좀 더 가능성이 있어 보인다. 이것이 우리를 가까이 끌어당기는 우아함이 지닌 매력의 일부다. 테니스 코트에서는 성미 고약한 지미 코너스Jimmy Connors보다 태도와 기교가 세련된 아서 애시Arthur Ashe가 더 친근하고 모범적으로 보인다. 우아함의 기술은 실제로는 아니더라도 상상 속에서는 일상으로 전이가 가능해 보인다. 내가 르브론 제임스처럼 덩크슛을 할 수 있을 거라 생각한다면 말이 안 되는 일일 테지만, 페더러 정도의 민첩한 균형감각을 가질 가능성이나 체조 선수 올가 코르부트처럼 순진하고 쾌활하게 사람들을 대할 가능성, 압박하에서도 축구 선수 마리오 괴체처럼 대응할 가능성은 생각해볼 수 있다.

우아함은 경쟁우위의 표시일까? 아니면 우아한 운동선수는 그저 보기에 아름다울 뿐인가? 실제로 경기에서 이긴다거나 기록을 세운다거나 하는 측면에서 보면 우아한 운동선수가 늘 우세한 것은 아니다. 페더러는 힘과 공격력이 더 강한 선수에게 패할 수 있다. 나중에 그는 더 빠르고 강한, 그러나 특별히 우아하지는 않은 머레이에게 무너졌다. 2014년에는 여덟 번째 윔블던 챔피언이 될 기회를 조코비치에게 빼앗겼고.

그러나 평소의 컨디션을 되찾은 페더러를 지켜보는 것은 다른 선수를 지켜보는 것보다 더 즐겁다. 그만이 보여주는 움직임의 특성들은 직업상 아름다움을 지켜보는 사람들 눈에도 두드러진다. 뉴욕 시티 발레단의 예술감독이자 한때 발레계의 스타였던 덴마크 출신의 피터 마틴스Peter Martins는 자신에게 페더러는 우아함의 최고 본보기라며 다음과 같이 말했다.

"나는 평생 테니스 경기를 보았다. 비외른 보리Bjorn Borg의 광팬이다. 아주 옛날부터 그랬다. 하지만 페더러의 경기 방식은 누구도 따라가지 못한다. 내가 아는 모든 발레 무용수들을 포함해 다른 누구도 범접할 수 없다. 그는 힘들어 보이질 않는다. 그가 경기하는 모습을 보고 있으면 경이롭다."

이것이 우아함이 이점이다. 가령 점프의 높이나 득점·타점처럼 엄밀하게 측정 가능한 기량을 지닌 선수들은 퇴색하게 되어 있다. 누군가 그 기록을 뛰어넘게 될 테니까. 미 프로농구협회에 기록된 찰스 바클리Charles Barkley의 통산 득점수를 샤킬 오닐Shaquille O'Neal이 뛰어넘었고, 코비 브라이언트Kobe Bryant가 또 그 기록을 뛰어넘었다. 하지만 NBA 통산 최고 득점 순위 25명에도 들지 않은 줄리어스 어빙은 정말로 경이로운 경기를 펼친 선수로 기억되고 있다.

결국 우아한 선수가 신화가 된다. 통계자료는 잊혀도 풍성한 우아함의 향연은 두고두고 기억나기 때문이다. 모든 아름다운 것들을 소중히 간직하듯, 우리는 그런 것을 잊지 않는다.

부드러움 대 딱딱함

몇몇 우아한 선수들은 신체적 편안함과 뛰어노는 어린아이의 기쁨이 짝을 이루고 있어서, 보고 있으면 즐거움이 배가된다. 벨라루스의 체조 선수로 1972년과 1976년 올림픽에서 여러 개의 금메달을 딴 올가 코르부트가 그런 선수였다. 그녀는 두려움을 모르는 대담성을 체조에 도입했다. 보는 사람들이 숨을 죽일 만큼 대담하게 몸을 날려 안전하고 편하게 착지했다. 그것도 눈 밑이 불룩해지도록 환한 미소를 지으면서. 목이 부러질 만한 속도로 경기를 해놓고 그런 천진난만한 표정으로 기뻐하다니. 그녀는 그런 쾌활한 태도로 저 위의 공기를 호흡한 뒤 착지하면서, 더 높이 몸을 되던져 도약하고 공중제비를 돌면서 예술가의 영혼이 어떤 것인지 보여주었다.

코르부트는 요즘의 체조 선수들과 얼마나 달랐던가. 요즘 체조 선수들은 소녀 포격대 같고, 기구를 향해 돌진하는 경직되고 냉담한 소화전들 같다. 연출된 미소와 손 흔드는 것 말고는 아무런 표정도 보여주지 않는데, 그마저도 없을 경우에는 작은 로봇들 같다. 그들은 벽돌 자루마냥 뜀틀과 평균대와 매트를 친다. 픽!

기계체조는 스테로이드 미학에 접수되어버렸다. 체조 선수들이 약물을 복용한다는 이야기가 아니다. 그럴지도 모르고, 아닐지도 모른다. 하지만 그들의 뭉툭한 몸은 미식축구 선수들과 같은 공격성과 박력으로 로켓처럼 빠르게 공간을 통과한다. 그들은 힘·인내력, 그리고 폭발력을 갈망한다. 1984년 올림픽 체조 여자 개인 종합 금메달을 딴 최초의 미국인 메리 루 레튼Mary Lou Retton이 발

전소라고 불린 데는 그럴 만한 이유가 있었다. 매우 단단하고 압축된 근육 덩어리였던 그녀는 발에 단단히 체중을 싣고 날카로운 스타카토 박자로 망치질하듯 동작을 이어나갔다. 그녀는 결의에 찬 표정으로 경기를 시작해 숨 쉬는 시간조차 허비하지 않았다. 아니, 적어도 그래 보였다. 그녀를 지켜보는 사람들도 숨을 참으며 긴장했다. 레튼을 지켜보는 것이 즐거울 때도 있었다. 착지하면서 돌연 미소를 지으며 단단히 뭉쳐 있던 긴장을 푸는 모습을 볼 때였다. 하지만 지속적인 편안함은 없었다. 그것은 과거사가 되어버렸다. 레튼과 더불어 매트 위에 새로운 근육의 시대가 시작되었다. 우아함은 그녀 앞에서는 속수무책이었다.

그와 대조적으로 코르부트는 사자 같았을 뿐 아니라 양처럼 순하기도 했다. 여봐란 듯 묘기를 펼쳐 보이는 곡예사 같기도 하고, 시인 같기도 했다. 1972년에 그녀가 한 루틴[54]은 지금도 기적처럼 보인다. 그것은 힘이 아닌 가벼움이 이룩한 위업이었다. 우아함에 가려 기술적 성취를 제대로 인정받지 못한 춤과도 같았다(그녀가 2단 평행봉의 높은 봉에서 뒤로 돈 공중제비는 그 전에는 볼 수 없었던 고난도 기술로, 지금은 체조 경기에서 금지되었다). 코르부트는 엄청난 점프로 마루운동을 시작한다. 헤밍웨이의 《노인과 바다》에 나오는 수면을 가르는 청새치처럼, 그녀는 한순간 공중에 정지한 채 떠서 스완 다이브swan dive[55]를 선보이다가 공중제비를 돈다. 그녀

---

54) 체조 선수가 기구나 마루 위에서 선보이는 일련의 동작.

에게는 무용수의 기교가 있다. 그녀는 한결같이 조심스럽고 편안하게 움직이면서 다양한 역동성을 보여준다. 다른 기구에서 연기할 때도 그런 모습을 볼 수 있다. 평균대에서 물구나무를 선 채 뒤로 갈 때, 그녀는 두 다리를 천천히 당당하게 돌리며 폭포 효과를 내 관중이 충분히 오랫동안 바라볼 수 있게 한다. 다리를 벌린 채 물구나무를 설 때는 정지점을 찾아 그 고요함을 느긋이 즐긴다. 거꾸로 서서 양다리를 수술기구처럼 뾰족하게 세우고, 그 좁다란 천국의 조각 위에서 균형을 잡느라 척추를 유연하게 휜 채 그저 숨만 쉰다.

쇼맨십이라고? 당연한 이야기다. 그녀가 자랑스레 보여준 것은 그런 위험한 영역에서도 자신이 편안할 수 있다는 사실, 그리고 자신은 그것을 사랑한다는 사실이었다. 공중과 2단 평행봉 그리고 평균대는 그녀의 천국이었다. 그녀는 탄력적인 신체언어와 순진무구한 미소로 그 사실을 보여주었다. 그녀의 미소는 국경을 허무는 미소였다. 그 냉전시대에 우리는 소련을 무시해야 했지만 그녀의 미소 앞에서는 속수무책이었다. 그녀의 우아함 앞에서는 전 세계가 그랬다.

그러나 올가 코르부트가 대중의 사랑을 받은 것은 그 미소 때문만은 아니었다. 코르부트는 개인종합 2단 평행봉 결승전을 망쳤다. 발끝으로 매트를 차고 동작 두 개를 놓쳤던 것이다. 그 바람에

---

55) 양다리를 뒤쪽으로 향하고 등을 휘고 양팔을 뻗은 자세.

예정된 것으로 보였던 금메달이 날아가버렸다. 그래도 그녀는 예정된 동작을 마치고 무사히 착지를 해냈으며, 군인처럼 자신의 자리로 성큼성큼 돌아갔다.

그 뒤 소련 선수로서 그러리라고는 아무도 생각지 못한 일을 했다. 얼굴을 일그러뜨리더니, 보온용 재킷에 얼굴을 파묻고 흐느꼈던 것이다. 당시 어린 나이였던 나는 심야에 지구 반대편에서 텔레비전을 보고 있었다. 그녀도 나와 비슷한 감정을 느낀다는 사실에 놀랐던 기억이 난다. 나라도 그랬을 테니까. 그녀는 어렸고, 실수했고, 마음이 아팠던 것이다. 그녀는 인간이었다.

그날 밤 완벽함은 왔다가 떠나갔어도, 우아함은 결코 그녀를 떠나지 않았다. 우리는 부드러움에 가장 민감하게 반응하는데, 그녀는 그 부드러움을 보여주었던 것이다. 또한 그녀는 벼랑 끝에서 올라섬으로써 자신을 응원하는 모든 이들에게 보답했다. 그날 밤 늦게 평균대와 마루에서 흠잡을 데 없는 즐거운 연기를 펼치며 올림픽 경기를 마쳤던 것이다.

세월이 한참 흐른 뒤, 비극을 우아하게 극복한 그때의 일을 회상하며 코르부트는 "그냥 일곱 살 아이가 돼서 풀밭에서 춤을 추는 기분이었다"고 말했다.[4]

코르부트의 숨겨진 강함과 힘들어 보이지 않는 우아함은 사 년 뒤 루마니아의 어린 소녀 나디아 코마네치라는 맞수를 만나게 된다. 코마네치는 고작 열네 살의 나이에 차분한 귀족적 우아함을 지니고 있었다. 그녀는 무용수 같은 긴 다리와 훌륭한 상황 분별력을 지닌 채 매트에 들어섰다. 얼마나 장엄하던지! 그리고 움직임은 얼마나 아름답던지. 그 조화로운 선하며 공기처럼 가볍고 신중한 제어력에, 휘몰아치는 리듬까지.

그러나 우리에게 호사스러운 경험을 안겨준 코마네치의 연기는 끔찍한 대가를 치르고 얻은 것이었다. 그녀에게는 코르부트의 명랑함이 없었다. 어딘지 쓸쓸해 보이는 분위기는 그녀의 연기에 비애감을 더했다. 그녀가 받은 훈련이 얼마나 잔인하고 힘들었는지, 그녀의 인생이 얼마나 암울하고 가혹했는지 밝혀졌을 때는 더욱 그랬다. 결국 코마네치는 감옥 같았던 조국에서 도망쳤다. 어릴 적 경기장에서 모습이 흐릿해 보일 정도로 빠르게 평행봉 위를 돌아다니며 그녀가 얼마간의 자유를 누렸을 거라고 믿고 싶다. 분명한 것은, 침착하고 우아한 그녀의 경기력이 섬세하고 신비로운 힘을, 올림픽에서는 보기 힘든 정신적 힘을 보여주었다는 사실이다. 인생은 물론 스포츠에서도 탄력성은 그녀를 정의했고 그녀를 살렸다.

따스함 대 차가움

얼음 위에서의 우아함은 인간이 해낼 수 있는 가장 기적적인 위업에 속한다. 비호의적이고 가차 없는 그 표면과 예리한 강철 날들, 놀라운 변종이 아니고서야 누가 그런 것들을 편하게 느끼겠는가?

동계 올림픽이 열릴 때 가장 설레는 것 중 하나는 스케이트 선수가 아라베스크 자세[56]로 다리 하나를 들어올린 채, 높은 파도를 헤치고 나아가는 쾌속범선처럼 얼음 위를 자유롭게 나아가는 모습을 텔레비전을 통해 보는 것이다. 그런데 스케이트에서도, 체조를 비롯한 다른 많은 스포츠처럼, 갈수록 힘이 강조되고 우아함은 밀려나고 있다. 빠르지 않은 음악에 맞춰 연속적이고 부드러운 레가토의 연기를 펼치면 우아할 수 있을 테지만, 눈에 잘 띄고 스릴 넘치는 곡예술을 위해 슬프게도 섬세하고 빛나는 특질들을 희생시켜버린 것이다.

1976년 올림픽 금메달리스트인 도로시 해밀Dorothy Hamill은 놀랍도록 따스하고 부드러운 스케이트 동작을 선보였다. 워싱턴의 케네디 공연예술 센터에서 그녀의 공연을 본 지 이십 년이 넘었건만 그 모습이 아직도 눈에 선하다. 그녀가 얼음 위에서 스펀지처럼 어찌나 가볍게 움직이던지 마치 공중에 떠 있는 것처럼 보였다. 자유롭게 날아다니는 듯했고, 고요해 보이기까지 했다. 그녀는 얼음 위에 홀로 있는 것이 편해 보였으며, 관객에게 자신을 들이밀지 않고 자신만의 세계에서 미끄러지듯 움직였는데, 그 모습이 너무나 평화로워 보였다. 얼음 위에서, 그토록 옹색한 공간에서(두께가 다소 얇았던 케네디 센터 내 아이젠하워 시어터 경기장의 얼음은 잼보니 정빙기로 얼음 표면을 긁어내고 물을 살짝 뿌려 고른 것이

---

56) 한쪽 발로 서서 한 손은 앞으로, 다른 한 손과 다리는 뒤로 뻗는 고전 발레의 자세.

었다) 물 흐르듯 이어지는 부드러운 궤적들을 바라보는 것이 너무나 즐거워 눈을 뗄 수가 없었다. 지금도 그녀가 스케이트를 타던 모습을 떠올리면 당시에 느꼈던 기쁨까지 함께 떠오른다.

영화 〈록키 3〉에서 기자가 미스터 T에게 시합이 어떻게 될 것 같으냐고 묻는다.

실베스터 스탤론의 권투 상대역을 맡은 미스터 T는 되묻는다. "어떻게 될 것 같으냐고요?" 그리고 카메라를 똑바로 보면서 대답한다. "고통스러울 겁니다."

고통을 가하는 것이 목적인 스포츠에 우아함이 있을까?

권투는 가장 노골적인 공격성을 가진 스포츠이다. 피 흘리기 쉬운 스포츠이기도 하다. 고대의 암포라[57]에는 코피를 흘리는 권투 선수들이 그려져 있다(영웅적으로). 그런데 우아함이 지닌 매끄러움이 권투에서 이점이 될 수 있다. 링에서 춤을 추는 슈거 레이 레너드Sugar Ray Leonard에서 볼 수 있듯이.

권투에서 춤의 특질은 중요하다. 나는 시카고의 대학원에서 스포츠 보도 강의를 수강하면서 권투에 관심을 갖게 되었다. 함께 강의를 듣던 동료들이 시카고 컵스[58] 홈구장으로 몰려가면, 나는 아마추어 권투 경기를 보러 갔다. 나에게는 권투가 친숙했던 시

---

57) 고대 그리스·로마 시대의 몸통이 불룩하고 손잡이가 두 개 달린 긴 항아리.
58) 미국 프로야구 팀 중 하나. 메이저 리그의 내셔널 리그 중부 지구 소속이다.

절이 있었다. 내 삼촌인 HBO의 베테랑 권투 해설가 래리 머천트Larry Merchant가 시합 후 링에서 씩씩거리는 권투 선수들을 인터뷰하는 모습을 지켜보았기 때문이다(삼촌은 늘 패자들이 더 흥미롭고 자기성찰적이라고 했고, 나는 그 한 토막의 저널리즘적 진실을 늘 가슴속에 품고 다녔다). 나는 청각장애 권투 선수를 한 명 알고 있는데, 그는 늘 불리했다. 그의 움직임에는 리듬이, 내면의 음악적 안내자가 없었기 때문이다.

기름칠을 한 듯 매끄러운 무하마드 알리Muhammad Ali의 편안함을 떠올려보라. 그렇게 덩치 큰 남자가 그토록 빠르게 움직이리라고는, 권투 글러브도 빠르게 움직여서 흐릿하게 보일 거라고는 생각할 수 없을 것이다. 그런데 애쓰는 티가 전혀 없다. 벨벳 같은 그 피부 밑 어딘가에 감춰둔 것일까? 그의 움직임에는 매끄러운 저항이 있었다. 가령 움직임이 느려지거나 뭔가를 밀어붙일 때면, 그는 링에서 자신을 방어하기 위해 고개를 숙이고 허리를 구부리는 게 아니라 들어올린 자세를 취했는데, 그 동작은 반항적이면서도 위엄이 있었다. 그는 선수생활 내내 이런 특성들을 조화시켰다. 그는 미안해할 줄 모르는 주인공이었지만—"내가 최고다!"—빛나는 그 자만심은 성마르고 방어적으로 보이는 것이 아니라 정당해 보였고, 그리하여 우리도 거기에 동참하게 되었다. 알리에게는 사람들을 즐겁게 하는 뭔가가 있었다. 그를 보고 있으면 절로 흥이 났다. 알리는 가령 불명예 은퇴를 한 사이클 선수 랜스 암스트롱Lance Armstrong처럼 도도하고 냉담한 공손함으로 정이 가지 않게 구는 것이 아니라, 우리까지 자신의 기쁨 속으로 데려갔다. 좋은 쪽으로. 왜냐하면 그는 자신의 이상을 너무나 우아하게 표현했고, 그것을 실현할 때도 매우 우아했으며—그는 지치지도 않고 인종적·종교적 존중을 고취했다—, 링에서도 정말 우아했기 때문이다.

미식축구는 더 추한 스포츠다.[5] 권투나 테니스와 달리, 이 스포츠는 열심히 노력하는 신중한 개인주의자들의 게임이 아니다. 야구의 고요함과 인내심도, 축구의 우아함도, 농구의 톡톡 터지는 경쾌함도 없다. 미식축구는 동작이 급격하고 요란스럽다. 혼란 속에서 시간의 압박을 받으며, 야만스럽게 서로 덮치고 또 덮치며 진행되는 스포츠다. 그러나 그런 스포츠이기 때문에, 보기 드물게 우아한 선수들을 발견하면 마음이 너무나 설렌다. 그들이 가장 멋진 경기를 보여줄 때면, 우아함이 야만성과 나란히 존재한다.

명예의 전당에 이름을 올린 피츠버그 스틸러스의 린 스완은 미식축구계의 미하일 바리시니코프이다. 1970년대에 활동했고 포지션이 와이드 리시버[59]였던 그는 신체조정력과 공중에 떠 있는 상태에서의 볼 적응력이 놀라워, 다 큰 남자들이 황홀감에 눈물을 글썽이게 만들었다.

서정시인인들 새처럼 날아 돌진하기로 유명했던 그 남자에게 더 나은 이름을 붙일 수 있었을까? 스완은 미식축구 선수가 되기

---

59) 공격 라인의 몇 야드 바깥쪽에 위치한 리시버.

전인 어린 시절에 엄마 손에 이끌려 춤을 배웠다. 그리고 100야드
의 잔디가 그의 무대가 되었다.

몇 년 전 그는 나와의 인터뷰에서, 춤을 배운 덕분에 "다른 차원
을 알게 되었다"고 말했다. 그래서 "내 기술, 타이밍, 그리고 경기
리듬감과 관련해 편안한 수준이 어떤 것인지 안다"고. 그에게 탭
댄스를 가르친 강사는 다음과 같이 가르쳤다. "한 동작의 끝은 다
음 동작의 시작이다. 그렇게 동작에서 동작으로 이어가려면 균형
을 잡고 있어야 한다. 모든 플레이에는 타이밍과 리듬이 있다."

"머릿속에 춤의 배경을 넣고 리듬을 타면서 계속해서 반복 연
습을 하는 것"이 요점이라고 그는 말했다.

그는 미식축구의 패턴과 스텝에 대해, 마치 브로드웨이의 수석
무용수처럼 말했다. 오래전부터 댄스스텝들이 훈련용으로 사용됐
다고 그는 말했다. 선수들은 포크댄스의 중요한 스텝인 그레이프
바인[60]뿐 아니라, 재즈댄스의 볼 체인지[61] 스텝과 엉덩이를 돌리
면서 한쪽 발을 다른 발 위로 들어올리는 가라오케 드릴이라 불
리는 스텝도 연습한다. "우리는 늘 그런 동작을 합니다. 달리면서
한쪽 발을 단단히 딛고 잘 제어하고 있으면, 오른쪽으로 딛고 오
른쪽에서 왼쪽으로 방향을 바꾸는 건 아주 간단합니다. 왼발로 서

---

60) 오른발을 왼발 앞으로 교차시키고 다음에는 왼발을 좌측으로 옮겨 디딘 후, 오른발을 왼발
뒤에 교차시키고 왼발을 좌측으로 내디디는 스텝.
61) 뒤꿈치를 바닥에 대지 않고 볼ball, 즉 엄지발가락 뿌리 아래의 볼록한 부분으로 선 채 다른
쪽 발에 체중을 옮기고 또 다른 발로 체중을 옮기는 스텝.

있다면 오른발을 뒤쪽으로 놓고 왼발을 가져오는 겁니다. 그것이 바로 그레이프바인이지요."

발이 마구 엉키는 사람이 스완이나 스완 같은 사람들을 상대한다면 그냥 지는 것이다.

그가 말했다. "언젠가 카우보이들[62]과의 경기를 앞두고 존 스톨워스[63]와 함께 그들의 경기 화면을 보고 있었습니다. 발놀림이 끔찍한 디펜스 백[64]이 한 명 있더군요. 발이 뒤엉켜 어쩔 줄을 모르고 쩔쩔맸어요. 가장 고약한 건 그를 향해 똑바로 달리는 것이었습니다. 그러면 그는 그냥 뒤로 물러날 테니까요." 하지만 그를 이리저리, 오른쪽 왼쪽으로 끌고 다니다가 발을 묶어놓으면 성공이었다. "그의 어깨와 발을 돌려놓으면 어느 순간 넘어지리라는 것을 알 수 있었습니다. 그리고 정말로 그렇게 됐죠." 날씬하고 재빠른 리시버 덕분에 덩치 큰 선수가 춤을 더 잘 추는 모습을 보는 것도 그 게임의 영광 중 하나라니!

그러니 신체조정력이 좋은 몇몇 미식축구 선수들이 〈댄싱 위드 더 스타Dancing with the Stars〉에 나가 좋은 결과를 얻은 것은 당연하다. 그들이 연습하는 탭댄스의 민첩성, 경기하는 데 필요한 통제력과 균형감각이 댄스 플로어에서 세상을 놀라게 하는 춤 솜

---

62) 미국 프로 미식축구팀 댈러스 카우보이의 선수들을 지칭한다.
63) John Stallworth(1952~), 미국 프로 미식축구 선수. 피츠버그 스틸러스에서 와이드 리시버로 활동했다.
64) 미식축구에서 수비팀의 최후방. 공격팀의 패스를 차단하는 것이 주된 임무이다. 백back이라고도 한다.

씨로 전환될 수 있는 것이다. 에밋 스미스Emmitt Smith는 시즌 3에서 수월하게 우승했고 제리 라이스Jerry Rice · 제이슨 테일러Jason Taylor, 그리고 체중이 130킬로그램이 넘는 워렌 샙Warren Sapp마저도 어깨 보호대 대신 반짝이는 턱시도를 입고 사교춤을 췄다. 은퇴하기 전 디펜시브 태클[65]이었던 샙의 발놀림은 재키 글리슨만큼이나 부드럽고 가벼웠다.

무용수들은 오래전부터 최고의 미식축구 선수들이 가진 믿을 수 없는 우아함에 이끌렸다. 진 켈리Gene Kelly는 1958년 볼티모어 콜츠의 쿼터백 자니 유나이타스Johnny Unitas를 TV 스페셜 〈댄싱: 어 맨스 게임Dancing: A Man's Game〉에 출연시켰다. 안무가인 트와일라 타프Twyla Tharp는 1980년 TV 스페셜 〈춤은 남자의 스포츠이기도 하다Dance Is a Man's Sport, Too〉에서 린 스완을 뉴욕 시티 발레단의 스타 피터 마틴스Peter Martins와 짝 지웠다(남성다움을 가장 과시하는 운동선수들의 '남자다운' 우아함과 가장 우아한 무용수들의 남성다움이 이 두 쇼의 주제였다). 심지어 스완은 당시 발레계에서 한창 명성을 떨치던 마틴스보다 춤을 더 잘 추었다. 그 미식축구 선수는 리허설 때 키 큰 덴마크인 무용수보다 더 높이 점프했다. 마틴스의 보스였던 안무가 조지 발란신George Balanchine이 지켜보고 있다가 그 스타 무용수를 향해 "더 높이 뛰어야지, 저 작은 친구가 더 높이 뛰고 있잖아"라고 큰 소리로 외쳤다고 스완은 말했다.

---

65) 힘이 좋은 선수들로, 공격 라인의 정중앙을 뚫는 중요한 역할을 한다.

타프도 스완의 점프를 기억하고 있었다. 그 외에 더 많은 것도. "그는 믿을 수 없을 정도로 우아했어요"라고 그녀는 나에게 말했다. "놀랍도록 높이 뛰었고, 허공에 떠 있는 능력까지 있었죠. 지칠 줄 모르는 체력에 스피드, 유연성, 빠르게 코너를 도는 기동성까지… 그런 역량을 가진 신사와 작업한 적은 한 번도 없었어요."

은퇴 후 극장에서 삶을 보내는 걸 고려해봐야 할 정도로 경기장에서 너무나 창의적인 선수들도 있다. 볼티모어 레이븐스의 탁월한 수비수였던 에드 리드Ed Reed를 보자. 오스카상을 탈 만한 연기력을 지닌 프리 세이프티[66]였던 그는 거짓된 신호를 보내 상대 팀 쿼터백들을 계속 속였다. 자, 봐, 난 이쪽으로 갈 거니까 저쪽으로 공을 보내는 게 안전해, 라는 신호를 보내고는 상대방이 속아넘어가면 뻔뻔하게 공을 가로채는 것이었다.

그것은 반은 속임수였고 반은 발재간이었다. 리드는 다재다능한 무용수의 순발력으로 수비에서 공격으로 매끄럽게 전환했다. 필라델피아 이글스와의 경기에서는 엔드 존에서 패스를 낚아채고는 재빨리 리시버로 전환해 107야드를 돌아왔는데, 그것은 가장 도도한 발레리나도 부러워할 만한 어려운 재주였다. 라인맨[67] 들이 그를 향해 돌진했지만, 그는 춤을 추듯 요리조리 피하며 그들과의 충돌에서 벗어나고, 장차 실업수당 청구자의 운명에서도

---

66) 미식축구에서 특정 공격수 한 명만을 막는 게 아니라 아무 공격수나 막을 수 있는 수비수.
67) 미식축구에서 공격의 전위.

빠져나와, 그 유연한 발목으로 빙그르 돌아 빠르고 보폭도 큰 걸음으로 미끄러지듯 들어갔다. NFL(National Football League) 기록 속으로 곧장.

와이드 리시버라고 다 우아한 경기를 펼치는 건 아니다. 형편없는 태도나 주먹싸움에 엔드 존에서의 골 세리머니, 아드레날린을 치솟게 하는 조롱 등 더 좋지 못한 행동으로 악명을 쌓아가는 선수들도 있다. 최근에는 테크닉보다 힘이 좋은 선수들을 리시버 포지션에 투입하는 추세이다. 터렐 오웬스Terrell Owens와 채드 '오초친코' 존슨Chad 'Ochocinco' Johnson처럼 물고기마냥 잽싸게 움직이며 수비수들에게서 빠져나갈 필요 없이, 태클 자체를 깨버릴 만큼 덩치 큰 근육질의 선수들을. 그들은 분명 플레이 메이커[68]지만 그들의 경기에는 우아함이 없다.

"사람들이 나를 강하고 우아했던 다이빙 선수로 기억해줬으면 좋겠다"고 그레그 루가니스Greg Louganis는 말했다.[6]

네 개의 올림픽 금메달을 딴 역사상 가장 위대한 다이빙 선수이자 우아함의 아이콘인 루가니스만큼 스포츠의 이분법들을 단순하고 직접적인 방식으로 조화시킨 사람은 없다. 그는 강력하면서도 부드러운 것이 무엇인지, 정확하면서도 음악적인 것이 무엇인지 잘 보여주었다. 그의 폼은 빈틈없었지만 딱딱하지 않았고, 허

---

68) 공격을 선도하거나 득점 기회를 제공할 능력을 보유한 선수

공을 통과하는 유연한 움직임, 끊어지지 않고 매끄럽게 다음 동작으로 이어지는 각각의 동작들은 일종의 소리 없는 음악이었다.

루가니스는 '아름다운'을 뜻하는 kalos와 '좋은'을 뜻하는 agathos가 결합된, 고대 그리스의 칼로카가티아kalokagathia라는 개념의 화신이었다. 그것은 철학과 예술, 문학과 윤리학에서 찬양되는 이상을 표현했다. 칼로카가티아는 경합하는 힘들의 균형점에서 사는 캐리 그랜트 같은 사람을 묘사할 때, 즉 외모와 고귀한 내면의 조화를 지칭할 때 쓰인다. 아름다움이란 아름다운 행동이다. 루가니스는 다이빙 플랫폼 끄트머리에 서서 고요히 명상에 잠겨 다이빙을 준비하면서 정지의 우아함을 보여주었다. 육체의 행복과 더불어 마음의 행복까지를 보여주는.

그의 육체를 보자. 혹시 미켈란젤로가 빚은 걸까? 육감적으로 조각된 루가니스는 시스티나 성당의 이뉴디들 가운데 한 자리를 차지할 만했다.

루가니스는 그 누드상들처럼 육체와 정신이 완벽한 균형을 이루고 있었다. 다이빙 플랫폼에 서 있는 루가니스는 길고 긴 고대의 송가頌歌들과 수많은 청동 누드상에 영감을 주었던 에로틱한 전류를 전달했다. 그러나 플랫폼을 떠나 허공으로 몸을 날리면 그는 육신의 세계를 벗어났다. 그는 장엄한 추상, 일련의 기하학적 이상—선 · 구球 · 나선—, 그 뒤에는 하나의 고상한 목적이 되었다. 그리고 물속으로 떨어지면서 우리의 세계를 완전히 벗어나 시야와 소리 저 너머로 사라졌다.

"나는 다이빙을 기계적인 것으로 보지 않습니다. 다이빙은 연출된 춤에 더 가깝습니다"라고 그는 말했다.

분명 천사들도 부러워할 춤.

왜냐하면 그는 우리와 같은 인간이니까.

09

무용수:
초월의 우아함

우아함은 변하기 쉬운 아름다움이다. 없다가 있게 될 수도 있고,
있다가 없어질 수도 있는 대상이 지니는 아름다움이다.

—프리드리히 실러

몸을 극단적으로 비틀고 늘리는 것이 무용계에서는 매우 현대
적인 것이 되어버렸다. 그로 인해 우아함은 무용계에서 밀려나버
렸다.

최근 발레의 예술적 경향은(그리고 고전 발레에 대한 많은 새로운
해석들은) 예리하고 즉각적인 만족을 추구하는 록 콘서트의 감수
성을 지향한다. 무용수들은 몸을 홱홱 움직이고, 휙휙 돌리며, 달
려들고 뛰어든다. 금속이라도 뚫을 기세다. 때로는 관절과 관절이
떨어져나가는 것처럼 보인다. 핀란드 태생의 인기 있는 안무가 요
르마 엘로Jorma Elo의 〈더블 에빌Double Evil〉이라는 작품의 피날레

에서 볼 수 있는 것처럼. 수석 발레리나가 연달아 급하게 피루엣을 선보이더니 파트너 쪽으로 뛰어들었고, 파트너는 그녀를 한쪽 어깨 위에 들고 이리저리 돌렸다. 그러더니 그녀가 두 다리를 쫙 벌린 채, 가랑이를 있는 대로 벌리며 등 쪽으로 착지했다. 이 작품을 포함해 대부분의 작품에서 발레리나는 이런저런 방식으로 이상적인 여성을 대표한다. 그런데 여기서는 마지막 순간에 전복되어 자신이 입은 팬티로 해체되어버렸다. 더 이상 발레의 여왕이 아니라, 잔인한 컴퍼스가 그린 휘갈긴 선과 호弧들로 영락해버린 것이다. 엘로의 미학적 특질은 부서지고, 들쭉날쭉하고, 급격하고, 얄궂다. 그의 작품이 여러 모로 예술적이 아니라거나 매혹적이지 않다는 이야기가 아니다. 거슬리고 불안을 야기하는 스타일도 아름다울 수 있다. 피카소의 입체주의 그림들이나 파리 초연 때는 스캔들을 일으켰으나 지금은 혁명적인 작품으로 간주되는 스트라빈스키의 쿵쾅거리는 작품 〈봄의 제전〉을 생각해보라. 분명 예술 작품들이다. 하지만 우아한 작품들은 아니다.

최근에 와서는—관객을 불러들이려는 필사적인 노력의 반영인지 아니면 텔레비전으로 방송되는 리얼리티 댄스 쇼 프로그램의 현란한 연기를 모방한 탓인지 아니면 전 세계적으로 불쑥불쑥 생겨나고 있는 발레 경연대회의 영향인지 몰라도—발레가 신체왜곡에 사로잡히게 되었다. 이제 무용수들은 치어리더들이 쓰는 표현을 빌리자면 "기술을 딱딱 해치울" 태세를 갖추고 있다. 그것이 일련의 재빠른 턴이건, 허공에서 산산조각 날 것처럼 보이는 도약이건—관객의 숨을 턱 막히게 할 수 있는 것이라면 무엇이든.

발레 교육도 개인적이고 육성하는 데 시간이 오래 걸리는 스타일보다는 기술에, 스텝의 역학에 초점이 맞춰진다.

테크닉을 강조하고 밀어붙이고 끌어내는 것을 강조하는 풍조는 단편적인 특질을 낳았다. 현대의 많은 안무가들, 현대미술이나 현대무용의 단속적이고 단절된 미학적 특질에 영감을 받았을지 모르는 이들은 매끄럽게 흘러가는 길고 일관성 있는 동작들보다 그런 스타일을 선호한다. 우아함은 구식이 되어버렸다. 새로운 발레들은 하나같이 시나 스토리텔링이나 초월보다는 일련의 교묘한 동작들로 이루어진다. 그 폭발성은 무척 활기차게 보일 수 있지만, 시간이 흐르다 보면 신경에 거슬리고 질린다.

수백 년 전 사람들로 하여금 발레를 사랑하게 만든 것, 발레가 지닌 신체적 조화와 균형감과 편안함, 다시 말해 발레의 우아함은 오늘날 너무나 많은 무용수들에게서 사라져버렸다. 에드가 드가 Edgar Degas는 자신이 무용수들을 그리는 이유를 설명하면서 "발레는 고대 그리스인들의 결합된 움직임 가운데 우리에게 남은 전부"라고 말했다.[1] 그는 발레가 지닌 세련된 운동적 속성과 감각적인 매력을 잘 알고 있었다. 발레라는 예술 형식에 대한 드가의 화가 특유의 집착은 무용수의 매끄럽고 율동적인 관능성과 그것이 제공하는 대리만족을 잘 보여준다.

훌륭한 무용 공연을 보고 케네디 센터를 나올 때면 나는 하늘로 솟아오르는 기분이다. 어느 날은 너무 흥분해 하마터면 오페라 하우스 밖에 세워진 존 F. 케네디의 거대한 흉상에 부딪힐 뻔했다. 무용수가 가볍게 허공으로 솟구치며 무대를 가로지르는 모습을 보면 나는 심장이 벌렁거리고, 무용수가 어려운 동작들을 편하고 즐겁게 해내며 미끄러지듯 나아가면 나도 그들에 실려가는 기분이다. 춤이 우아하려면 개별적인 묘기들만 있는 것이 아니라 일관성이 있어야 한다. 운동선수 같은 동작이나 신속한 발재간이 들어갈 수는 있다. 하지만 미하일 바리시니코프 같은 위대한 스타는 조명에 닿을 정도로 도약을 하고 피루엣을 대여섯 번씩 하더라도 절대 긴장을 드러내지 않고 배역에 머물렀다. 그는 공연에, 안무가의 의도에, 관객에게 전적으로 몸을 맡길 뿐, 우쭐해하며 틀에 박힌 기교를 부리지 않았다(가령 남성 무용수들 사이에 번지고 있는 짜잔! 하면서 손목을 홱홱 돌리는 동작 같은).

또 우리는 우아한 무용수에게 정서적으로 연결된다. 물론 무용수들은 관객을 깜짝 놀라게 하거나 압도하면서 큰 영향을 미칠 수 있다. 하지만 우아한 무용수들은 우리를 공감하게 한다. 그들은 우리 중 하나라는, 우리를 위해 춤춘다는, 우리를 대신해 무대 위의 인생을 산다는 느낌을 전한다. 왜냐하면 그들의 움직임이 인간적이며, 그런 움직임이야말로 우리에게 가장 편안하기 때문이다. 우리가 무용수들을 구경하고 있건, 누군가의 집을 방문하고 있건, 아니면 어떤 건물 안으로 들어가고 있건 간에. 우아한 무용수들의 허세 부리지 않는 편안함은 몸으로 사는 우리 자신의 경험에 부합한다. 우리는 그들의 움직임에 공감해 즐거워하면서 그것을 균형 잡힌 우리의 몸이 하는 움직임으로 여긴다. 이런 인간적 차원 때문에 우아한 춤은 관객을 더 사적이고 친밀한 경험으로 이끈다. 여기에는 과유불급의 원칙이 적용된다. 엄청난 노력을 요하는 곡예 같은 것은 필요치 않다. 우아한 무용수는 가장 단순한 수단으로 관객에게 감정을 불러일으킬 수 있다.

가령 마고트 폰테인Margot Fonteyn은 가만히 서서 그런 일을 해냈다.

처음 폰테인을 보았을 때, 나는 차원이나 비율 같은 것은 전혀 알지 못했다. 나는 한 장의 사진을 보고 그녀를 사랑하게 되었다. 열두세 살 무렵, 내가 진지하게 발레 공부를 할 때 아버지가 준 차이콥스키의 〈잠자는 숲속의 미녀〉 앨범 표지에 실린 사진이었다. 결혼식 날의 오로라 공주로 분한 폰테인이 하얀 튀튀[69]를 입고 완벽한 정지 포즈로 서 있었다. 머리를 약간 기울인 것이, 마치 우리를 즐거움으로 초대하는 그 음악을 그녀도 듣고 있는 듯했다. 마침내 그녀의 춤을 보게 되었을―내가 티켓을 살 수 있는 날이 너무 늦게 와서 직접 보지는 못하고 필름으로―때, 나는 그 깨어 있는 고요감에 무척 놀랐다.

폰테인의 그 사진은 나에게 발레리나의 영원한 표상이다. 뒤쪽에서 찍은 그 사진을 보면, 그녀는 두 팔을 날개처럼 위로 쭉 뻗은

---

69) 발레리나가 입는 스커트. 종아리까지 오는 종 모양의 '로맨틱 튀튀'와 짧고 옆으로 퍼진 형태의 '클래식 튀튀' 두 종류가 있다.

채 햇살이 비치는 문 앞에 서 있다. 손끝은 사진의 틀 역할을 하는 문의 아치형 만곡부에 얹고, 시선은 팔의 선을 따라 내려가 마치 물의 흐름을 따라가듯 등과 허리의 경사를 지나 부드럽게 비튼 몸을 타고 뒤쪽으로 쭉 뻗은 한쪽 다리로 이어진다. 머리부터 발끝까지 리드미컬한 선이 끊어지지 않고 이어진다. 주된 느낌은 일종의 편안함이다.

이 사진에서 감동적인 것은 인간적 차원의 우아함이다. 그녀는 문밖에 펼쳐진 풍경을 바라보고 있다. 그녀의 포즈는 무슨 일이 있어도 그녀가 문지방을 넘을 수 있고, 바깥세상에서 편안할 수 있다고 말해준다.

이 사진을 보고 경외감을 느낀 사람은 나만이 아니었다. 여러 해가 지난 뒤, 상자 수집가로 유명한 미술가 조셉 코넬Joseph Cornell이 작업장에 모아두었던 수집품에서 동일한 앨범 표지를 발견하고 나는 깜짝 놀랐다.

어떻게 한 여자가 단 하나의 포즈로 그토록 우아함을 잘 구현할 수 있을까? 그것은 폰테인의 특별한 마법이었고, 무용수로서 그녀의 본질에서 우러나온 것이었다. 20세기 초반에, 무용수로 살았던 그 긴 세월 내내, 그녀를 돋보이게 해준 것은 부드럽고, 편안하고, 음악적인 움직임이었다.

폰테인은 고도의 예술적 기교를 보여주는 무용수는 아니었다. 발레를 기준으로 봤을 때 그녀의 신체적 재능은 완벽함과는 거리가 멀었다. 발은 뭉툭했고(안무가인 프레드릭 애쉬튼Frederick Ashton

고요한 침착함은 마고트 폰테인의 재능이었다.

은 그녀의 발을 보고 '버터 덩어리'라고 했다), 허리와 척추는 탄력이 다소 떨어졌으며 다리는 유연성이 부족했다. 폰테인은 자신의 긴 무용수 생활을 특징지을 그 고요한 집중력으로 자신의 한계들을 하나의 스타일로 바꿔놓았다. 선이 낮은 그녀의 아라베스크는 타고난 신중함과 절제된 표현의 동류였고, 수수한 발의 곡선은 혹사당하는 허영의 거절이었다. 그 탄력적이고 단단한 발과 다리는 균형을 유지할 수 있고 연속적인 흐름을 유지하며 동작을 차분하게 이어갈 수 있는 힘에서 나오는 일종의 우아함을 그녀에게 부여해주었다.

1949년, 폰테인은 중력에 저항하는 능력으로 사람들을 열광시켰다. 새들러스 웰스 발레단—지금의 로열 발레단—이 2차 세계 대전의 상흔에서 아직 벗어나지 못한 런던에서 뉴욕으로 왔다. 〈잠자는 숲속의 미녀〉로 처음 미국에 진출한 이 당찬 젊은이들에게서 위대함을 보게 되리라 기대하는 이는 아무도 없었다. 폰테인이 무대 위를 뛰어다니기 전까지는.

그녀는 위대한 발레리나의 티를 전혀 내지 않았다. 그저 오로라 공주의 기쁨을, 생일을 맞은 열여섯 살 공주의 어여쁜 기쁨만을 표현했다. 1막의 로즈 아다지오에서 오로라 공주는 구혼자 네 명과 함께 춤을 추는데, 각 구혼자의 손을 잡았다가 놓고 한쪽 다리로 서서 높고 똑바른 아라베스크 자세로 균형을 잡는다. 발레리나는 다른 무용수의 도움 없이 네 차례 발끝으로 서서 균형을 잡는다. 그것도 무척 힘든 독무를 춘 후에. 그것은 엄청난 기술이었다.

그런데도 폰테인은 마치 공중에 떠 있는 솜사탕처럼 보였다. 심지어 마지막 동작에서는 그 포즈를 몇 박자 더 유지했다. 전후 영국의 열망을 두 어깨에 짊어진 젊은 발레리나가 보여준 그 마지막 아라베스크는 압박하의 우아함의 승리, 아니, 그 이상이었다.

"그 기적적인 균형으로 영국 발레의 명성이 결정되었다"고 폰테인의 상대역을 연기한 발레리노 중 한 사람인 로버트 헬프만 Robert Helpmann은 말했다.[2]

폰테인의 다큐멘터리를 보면, 그녀가 댄스 스튜디오 안 거울 앞에 서 있는 장면이 나온다. 그녀는 거울에 닿을 만큼 가까이 서서 회전할 때의 두 팔의 움직임을 살피고 있다. 한 번에 한쪽 팔로 자신의 몸을 쓸며 돌고 또 돌면서, 자세를 계속 바꿔가면서 팔의 움직임을 매끄럽고 우아하게 유지하는 방법을 연구한다. 그녀는 두 팔이 그리는 연속적인 곡선에, 그 우아함에 집중하고 있다. 손의 제스처들을 풍부하게 표현하기 위해 손을 연구했을 드가처럼. 영국의 무용평론가 리처드 버클Richard Buckle이 썼듯이, 폰테인은 자신이 위대한 무용수가 되어가고 있다고 생각했다.[3]

그 생각은 깔끔하고 단정하고 분명한 춤으로 이어졌다. 그녀의 꾸밈없는 스타일은 인생의 단순한 즐거움을 상기시켰다. 잔디밭에서 즐기는 소풍, 손질이 잘 된 정원, 오후의 차 한 잔 같은. 그녀의 춤은 조화·비율·균형, 그리고 리듬이라는 고전적 디자인 원칙들을 따랐다. 그녀는 잔잔한 레가토에 머물다 번개처럼 빨라졌고―작은 토끼의 이빨 같은 두 발로 깔끔하고 날카롭게 공기를 베어물면서―, 완벽하게 음악에 맞춰 무대 반대편으로 달려갔다.

많은 무용수들이 상체의 표현력을 간과하는데, 폰테인의 주된 자산은 바로 그것이었다. 고개를 기울이며 눈을 반짝이는 그 방식이 그녀의 춤에 색조와 매력을 부여했다. 우리는 발과 다리 위쪽 여자의 모습을, 무대 위 인생을 사는 그 인간을 보지 않을 수 없다. 뜻밖의 행운이든 계획된 것이든, 그것은 영리한 포커스였다. 관객의 관점에서 보면, 무용수의 몸 중 가장 많이 공감을 불러일으키는 부위가 머리와 두 팔이니까. 우리가 가장 정서적으로 반응하는 부분도 바로 그곳이다. 우리 대다수의 사람들은 무용수처럼 다리를 움직일 수는 없어도, 팔과 머리를 그들처럼 우아하게 움직이는 상상은 충분히 할 수 있기 때문이다.

몸을 홱홱 잡아당기기보다는 자신의 몸과 조화를 이루며 춤추는 총명하고 체계적인 방식 덕분에, 폰테인은 보기 드물게 오랫동안 무대에 섰다. 사십대가 되어 은퇴를 생각하고 있을 때, 루돌프 누레예프가 러시아에서 서방으로 왔다. 그리고 그들 사이의 그 훌륭한 파트너십 덕택에 그녀는 이십 년 동안 더 춤을 출 수 있게 되었다. 폰테인의 단순성, 빛나는 쾌활함 그리고 광채는 누레예프의 넘쳐흐르는 활력 및 열정과 완벽한 쌍을 이루며 서로를 돋보이게 했다. 그들의 합은 프레드 아스테어Fred Astaire와 진저 로저스 Ginger Rogers[70] 팀의 합과는 정반대였다. 폰테인은 누레예프에게

70) 1930년대 미국 최고의 댄스 커플.

품격을, 누레예프는 폰테인에게 성적 매력을 가져다주었다. 또한 누레예프는 폰테인에게 러시아에서 배운 테크닉과 관련된 조언을 해주었다. 당시 폰테인은 이미 세계적으로 유명했고 자신의 스타일로 각인된 한 무용단의 독보적인 여왕이었지만, 그의 조언을 받아들인다고 해서 위신이 깎인다는 생각은 하지 않았다. 이런 점도 그녀가 육십대에 들어설 때까지 춤을 출 수 있었던 요인이었다. 그녀에게는 계속 배우고 적응하는 우아함, 새로운 생각에 마음을 여는 우아함, 오래전에 완전히 익힌 역할들을 다시 생각해보는 우아함이 있었다. 그리고 젊은 신참과 진정한 파트너십을 맺고 그를 동등한 댄서로 대접하는 우아함이 있었다.

폰테인과 누레예프가 함께 무대에 들어설 때마다, 서로에 대한 그들의 완벽한 공감과 대응성은 우아함에 대해 많은 것을 알려주었다. 그들이 1966년에 공연한 〈로미오와 줄리엣〉의 필름을 보면 알 수 있다. 그 공연의 발코니 장면은 서로를 이해하는 대화가 어떤 것인지를 잘 보여준다. 그것은 두려워서 주저하는 것으로 시작된다. 로미오로 분한 누레예프에게 다가갈 때, 폰테인의 모습은 분열되어 있다. 머리와 발은 로미오 쪽으로 기울어져 있지만, 몸통은 뒤로 빼고 있다. 그 장면은 그녀가 무대를 스치듯 가볍게 달려가는 것으로 끝난다. 흥미롭게도 폰테인은 양어깨로 그것을 매우 분명하게 보여준다. 자기 말을 들어보라며 불안한 심정으로 로미오를 다그칠 때 그녀는 양어깨를 앞쪽으로 내밀고 있다. 반면 자신의 운명에 그리고 로미오에게 항복할 때는 항복의 표시로 양

어깨가 살짝 뒤로 가 있고 양팔도 느슨하게—우아하게—떨어뜨리고 있다.

우아함의 본질적 교리 중 하나는 사람들을 기분 좋게 만드는 것인데, 바로 이것이 폰테인이 주는 인상이다. 안무가 조지 발란신George Balanchine을 미국으로 초빙해 함께 뉴욕 시티 발레단을 설립하고 총감독을 역임한 링컨 커스틴Lincoln Kirstein은 "금세기 모든 발레리나 가운데 사람들을 즐겁게 하는 기술을 가장 잘 구현한 이는 마고트 폰테인"이라고 했다. 오늘날 너무나 많은 무용수들이 관객을 사로잡는 법을 오해하고 있다. 그들은 최대한 노력하면 된다고 생각한다. 그들의 분투—다리를 높이 차는 등 무한히 민첩하고, 인간이기보다는 고무 밴드에 가까운 동작들—의 기저에 놓인 치어리더의 사고방식이 관객을 밀어낸다. 그들은 우리와 같은 사람이 아니며, 우리는 그들이 산산조각 날까 봐 겁이 난다. 그들은 우리에게 기쁨이 아니라 노고를 보여준다.

폰테인은 그녀의 춤 뒤에 존재하는 노고를 절대 드러내지 않았다. 그녀는 춤의 편안함과 기쁨을 보여주었다. 너무나 인간적인 모습, 힘과 열정과 기백이 넘치는 눈, 스치듯 떠다니는 스텝으로, 그녀는 우리를 자신의 차원으로 끌어올려 그 기쁨을 나눠주었다.

그녀는 무대만이 아니라 무대 밖에서도 우아했다. 캐리 그랜트와 조 디마지오처럼 그녀는 차림새가 깔끔했다. 자신의 예술을 지배하는, 단순하고 흠잡을 데 없고 우아한 원칙들을 그대로 보여주었다. 이브 생 로랑과 디오르의 옷을 입기 전에도 나무랄 데 없는 차림새, 단단히 쪽진 머리, 곧은 자처럼 반듯한 스타킹 솔기로 유명했다.

그렇다면 그녀는 인생의 모든 영역에서 완벽했을까? 그랬을까? 전혀 아니었다. 폰테인의 개인적 삶은 엉망이었다. 그녀는 형편없는 남자관계를 반복했는데, 그중 최악은 파나마 외교관 로베르토 아리아스Roberto Arias와의 결혼이었다. 그는 바람둥이였는데, 그녀의 전기에 따르면, 폰테인이 그와의 이혼을 준비하던 중 아리아스가 암살 시도 미수로 부상을 당해 목 아래가 마비되었다.[4]

폰테인은 그의 보모가 되었다. 그녀가 받았던 발레훈련과 구식 가정교육에 의지해 경이로운 헌신으로 그를 먹이고, 입히고, 돌보았다. 좋건 나쁘건 그녀는 우아함을 잃지 않았고 불평하지 않았으며 끝까지 의무를 다했다.

나이 든 우상이 되었을 때, 폰테인은 아리아스의 병원비를 마련하고 그의 대가족을 부양하기 위해 그 옛날 디오르의 옷들을 입고 공개석상에 나타났다. 빚 때문에 거의 무일푼이 된 그녀는 암으로 쇠약해져 남편이 사망한 지 이 년 후에 죽었다. 71세였다.

폰테인은 더 나은 대접을 받아야 했지만, 아마 그녀는 그런 생각조차 품지 않았으리라.

순탄치 못했던 폰테인의 사생활은 그녀의 우아함이 연기의 한 측면에 머문 것이 아니라 핵심가치였음을 잘 보여준다. 그녀의 우아함의 유형을 규정하는 특징은 고요함이었다. 무대에서 보여준 침착한 쾌활함과 유연한 동작과 공기처럼 가벼운 정지 속에 들어 있던 고요함, 그리고 신체적 유연성의 한계이든 결혼생활이든 힘든 상황에서도 최선을 다하는 장인의 정신력 속에 들어 있던 고요함. 그녀는 그렇게 함으로써 난관을 뛰어넘었다.

랠프 왈도 에머슨은 난관이란 극복되기 위해 존재하며 위대한 사람은 난관이 닥쳤을 때 불평하지 않는다면서, "불굴의 정신은 값싼 성공을 싫어한다"고 말했다. 무용수·운동선수 등 많은 우아한 사람들 속에는 불평을 모르는 위대한 심장이 뛰고 있다.

러시아의 발레리나 나탈리아 마카로바도 그런 사람 중 하나다. 그녀와 폰테인은 움직임의 특질이 달랐지만—마카로바가 더 뜨겁고, 더 열정적이고, 더 자유로웠다—, 두 발레리나 모두 우아한 무용수들이 지니는 특질을 갖고 있었다. 편하게 움직이는 능력 그리고 그들을 지켜보는 우리에게 그 편안함을 전달하는 능력을. 그들의 스텝 너머로, 무대 너머로, 형언할 수 있는 그 모든 편안함 너머로 우리를 정신적으로 들어올리는 능력을.

고요함이 폰테인의 우아함의 토대였다면, 마카로바를 우아하게 만들어준 건 솔직함과 너그러움이었다. 그녀의 베푸는 성향은 역설적이게도 철저한 내핍에서 나왔다.

그녀는 1940년에 태어났다. 그녀의 유년 시절은 나치가 레닌그라드 봉쇄로 그 도시를 포위하고 물자를 차단했던 지옥 같은 삼 년으로 정의되었다. 거의 100만 명에 가까운 주민이 죽었다.

마카로바의 아버지는 전투 중 사망했다. 전후의 궁핍 상태에서 마카로바는 가족의 한 달 치 배급 카드를 분실했다가 의붓아버지에게 두들겨맞았다. 성적이 떨어져도 두들겨맞았다. 그러고 나면 어머니는 그녀에게 용서를 빌라고 명하곤 했다.

"절대 안 했지."어느 가을날 오후, 마카로바는 황금색으로 물들어가는 포도밭이 내려다보이는 캘리포니아 나파밸리의 산비탈에 있는 자신의 저택에서 나에게 말했다.[5] 당시 72세였던 그녀는 조금 초췌했지만 아직도 피부가 투명했고, 이를 다 드러내며 활짝 웃을 때면 푸른 눈이 반짝거렸다.

"절대 빌지 않았지. 차라리 고통을 당했어."그녀는 낮게 울리는 조국의 악센트로 발음을 화려하게 굴리며 말했다.

마카로바는 늦게 발레를 시작했다. 열세 살에 그 유명한 바가노바 아카데미에 입학해 자신보다 어린 동급생들에게 뒤지지 않으려고 있는 힘을 다해 노력했다. 삶은 긴장의 연속이었지만, 절묘하게 단순하기도 했다. 춤·예술·책뿐이었으니까.

"러시아에서 좋았던 건 우리 나름의 자유가 있었던 것"이라고 그녀는 말했다. "우리는 하찮은 것들로부터 자유로웠지. 소련 전체가 음식도 없고, 오락도 없고, 말도 안 되는 것들도 없는 일종의 순수 상태였으니까. 그러면 정말로 소중한 것에 집중하게 되거든. 그래서 영성과 본질적인 것은 동시에 형성되나봐."

마카로바는 자신이 지닌 뛰어난 재능들이 모순적이라는 사실을 알게 되었다. 타고난 신체조정력 그리고 영적인 성격에서 유래한 강한 자제력과 두려움을 모르는 즉흥성이. 그녀는 이런 특질들을 정말 매혹적이고 자유롭게 흐르는, 전혀 힘들어 보이지 않는 우아함을 통해 보여주었다. 그리고 그 우아함이야말로 1970년 그녀가 망명한 이후 기술에 치중하던 서구의 스타들 사이에서 그녀를 독보적인 존재로 만들어주었다.

그녀는 귀에 걸린 금으로 된 링 귀걸이 한쪽을 손가락으로 무심코 만지면서, 스물아홉 살에 느닷없이, 충동적으로, 인생에서 가장 중요한 수를 두었던 일을 이야기했다. 당시 그녀는 키로프 발레단에 소속되어 런던 공연 중이었다. 그녀는 키로프 발레단의 최고무용수 자리에 올랐지만, 당에 연줄을 가진 기량 떨어지는 무용수들에게 역할을 뺏기는 데 신물이 나 있었다. 또 고전 레퍼토리와 〈항구로 들어오는 러시아 보트〉 같은 제목을 가진 시시한 공산주의 작품들도 지겨웠다.

무엇보다 자신이 소중히 여기는 무대에서의 즉흥성을 잃게 될까 두려웠다. 그래서 그녀는 눈물을 삼킨 뒤, 방문 중이던 영국의 친구들에게 경찰에 전화를 걸어달라고 했다.

냉전이 한창 치열했던 시기에 마카로바는 한순간의 단호한 결정을 통해 소련에서 망명한 최초의 발레리나가 되었다.

"즉흥성이 날 구해준 거지"라고 그녀는 말했다.

마카로바는 아메리칸 발레 시어터에 들어갔고, 나중에는 로열 발레단에 들어갔는데, 무대에서의 관대함으로—감정이 넘치는 탁 트인 관대한 춤으로—즉각 선풍을 불러일으켰다. 관객은 그녀의 상체와 두 팔이 보여주는 민감한 음악성에, 몸통의 유연한 움직임에, 그리고 다른 무용수들에 대한 생생한 반응에 열광했다. 가령 아메리칸 발레 시어터에는 이미 기교로 유명한 무용수들이 있었는데, 마카로바는 그들 중 하나가 아니었다. 늦게 발레를 시작한 탓에 그녀는 오랫동안 힘들게 테크닉을 익혔다. 하지만 발레단의 그 누구도 마카로바처럼 우아한 해석을 보여주는 무용수는 본 적이 없었다. 그것은 몸을 비트는 것과는 아무 상관이 없었다. 발을 귀에 닿도록 높이 쳐드는 문제도 아니었고 스텝의 문제도 아니었다.

"그녀의 팔놀림은 믿을 수 없을 정도로 놀라웠어요." 마카로바가 아메리칸 발레 시어터에서 춤출 때 젊은 무용수였던 아만다 매케로Amanda McKerrow는 말했다. "그녀는 자유로운 가슴을 갖고 있었어요. 팔과 등이 얼마나 자유롭고 표현력이 풍부한지 그저 놀라울 뿐이었는데, 그건 그녀에게만 있는 특징이었죠."

"그녀에게는 절대 성급해 보이지 않는 능력이 있었습니다." 마카로바의 제자인 신시아 하비Cynthia Harvey는 말했다. "그녀의 움직임의 특질은 알레그로[71] 동작을 해도 거의 레가토[72] 동작처럼 보이게 만드는 부드러움이었어요. 그녀는 결코 어색해 보이지 않았죠."

〈지젤〉의 무덤 장면에는 여주인공 지젤이 유령으로 등장한다.

---

71) '빠르게'를 지시하는 음악 용어에서 나온 말. 클래식 발레에서 도약이나 빠른 회전은 모두 알레그로에 속한다.
72) 음악에서 계속되는 음과 음 사이를 끊지 말고 원활하게 연주하라는 지시어.

편안한 장엄함. 1980년 제롬 로빈스Jerome Robbins의 〈다른 춤들Other Dances〉을 공연하는 나탈
리아 마카로바와 미하일 바리시니코프.

마카로바는 첫 스텝부터 단단한 바닥이 아니라 안개 위를 걷는 듯 비트적거리면서 자신이 이미 저승 세계에 들어갔음을 믿게 한다. 그것은 대단히 미묘한 터치로, 무용수가 발의 작은 뼈들이 움직이는 방식을 바꾼 것이었다. 그러나 마카로바는 거기서 멈추지 않았다. 저세상 사람처럼 보이기 위해, 호흡과 눈의 초점까지 바꾸었다.

마카로바는 극적인 역할에 강했다. 러시아의 사랑 이야기에서 영감을 받은 프레드릭 애쉬튼의 〈시골에서의 한 달A Month in the Country〉이나 존 크랑코John Cranko의 〈오네긴Onegin〉에 나오는 절망적인 로맨티시스트 같은 역할들에. 제롬 로빈스는 그녀와 미하일 바리시니코프를 위해 쇼팽의 피아노 마주르카를 반주로 〈다른 춤들〉이라는 작품을 만들었다. 발뒤꿈치를 붙이고 손을 당당하게 높이 쳐드는 세련된 민속춤 스타일로 구성된, 성격 묘사가 풍부한 이 작품은 마카로바의 장엄함과 슬라브 민족의 질박함, 그리고 그녀의 춤이 지닌 헤엄치는 듯한 유연성을 잘 포착했다.

마카로바의 춤은 인간이 꿈꾸는 삶을 가시화한 것처럼 느껴졌다. 그녀는 우아함의 특질들을 통해 그런 느낌을 주었다. 온몸을 넉넉히 사용하고, 스텝을 자연스럽고 편안하게 연결하고, 하나의 포즈로 관심을 끌기보다는 물 흐르듯 이어갔는데, 여기에 갈망과 탈출이라는 무형의 특성들을 암시하는 그녀의 극적 능력이 합쳐졌다.

"그녀는 어느 누구와도 달랐습니다." 바리시니코프는 나에게 말했다. 그는 상트페테르부르크에서 마카로바를 알았고, 그녀보다 몇 년 뒤에 키로프 발레단에 입단한 후배였다. "그녀는 신비함과 놀라운 신체조정력, 자유로움과 있는 그대로의 솔직성을 갖고 있었어요"라고 그는 말했다.

마카로바는 자유롭고 솔직했고 너그러웠다. 춤출 때만 그런 것이 아니라, 무대 밖 모든 일에서 그랬다. 다른 무용수들에게 자신의 지식을 전수하는 데도 너그러워서, 미국인들에게 러시아인처럼 춤추는 것을 가르쳤다. 좀 더 크게, 좀 더 자신감 있게 춤추는 법을 그들에게 보여주면서 한 세대 무용수들을 완전히 새로 다듬었다. 또한 아편 연기가 자욱한 가운데 인도의 왕족들 사이에서 벌어지는 19세기의 사랑과 살인 이야기인 〈라 바야데르La Bayadère〉를 아메리칸 발레 시어터에 선물했다. 그것은 〈백조의 호수〉와 〈잠자는 숲속의 미녀〉의 안무를 담당한 마리우스 프티파Marius Petipa의 작품이었지만, 미국에는 거의 알려지지 않았다. 마카로바는 유령 같은 스물네 명의 여인이 줄지어 공기처럼 가볍고 편안하게 무대를 종횡으로 움직이는 매혹적인 장면이 들어 있는 키로프 발레단의 공연을 기억해내서 무대에 올렸다. 한때 특별할 것이 없다는 평을 들었던 아메리칸 발레 시어터는 그 작품의 성공으로 최고라는 찬사를 듣게 되었다.

무용수로서 한창 전성기에 있는 발레리나들은 설령 기회가 온다 하더라도 작품을 연출하는 엄청나게 골치 아픈 일을 떠맡지 않는다. 하지만 마카로바는 아메리칸 발레 시어터에서 배운 다양한 춤들에서 헤아릴 수 없을 만큼 많은 것을 얻었다고 느꼈다. 특히 발레의 현대화에 크게 기여한 안무가 중 한 명인 영국 출신의 앤터니 튜더Antony Tudor가 보여준, 몸으로 감정을 표현해내는 법을. 그래서 그녀는 보답하고 싶었다.

"나는 달라요. 더 나은 교육을 받았고, 선과 제스처, 발을 어떻게 놀리고 자세를 어떻게 취할지 잘 알기 때문이죠."그녀는 두 손을 쌓아올려 제대로 아치를 만드는 법을 배웠음을 보여주면서 나에게 말했다. "그들은 나에게 현대적인 것들을 가르쳐주었어요…. 그리고 나는 내가 가진 것을, 내가 배운 것을 주고 싶었답니다."

바리시니코프가 1974년에 그녀를 뒤따라 망명했을 때, 그에게 첫 번째로 연락한 사람이 바로 마카로바였다. 그녀는 그 26세 청년에게 사 년 전의 자신처럼 혼자 일자리를 찾지 않아도 된다는 사실을 분명히 알려주었다. 바리시니코프는 그녀의 주선으로 아메리칸 발레 시어터의 〈지젤〉 공연에서 그녀의 상대역으로 데뷔했다. 바리시니코프는 그것에 대해 "평생 고맙게 생각할 것"이라고 말했다.

감사의 말: 스트리퍼에게 배운 교훈

나는 친구와 함께 뉴욕 이스트 빌리지의 어느 지하 바에 있었다. 아는 사람들끼리 모인다는 록 클럽이었다. 깨달음을 기대할 만한 곳은 아니었다. 끈적거리는 시멘트 바닥의 좁은 실내는 덥고 어두웠고, 남학생 클럽 회관처럼 맥주 냄새가 났다. 우리는 〈밤비

키노Bambi Kino〉라는 비틀스의 초창기 곡들을 리메이크해 부르는 밴드의 공연을 보러 그곳에 갔다. 그들의 음악은 따스한 향수를 자극하는 매력이 있었다. 기타를 퉁기는 밝은 곡이었지만, 과감하게 댄스 플로어로 나가는 사람은 없었다. 다들 무척 진지해 보일 뿐이었다.

스트리퍼들이 들어오기 전까지는.

그들은 세 명으로, 그날 밤을 위해 고용한 고급 벌레스크[73] 클럽의 스트리퍼들이었다. 모두 미소를 짓고 있었고 쾌활했다. 허름한 술집에 나타난 우아함의 세 여신이었다. 가장 기억나는 사람은 미스 예카테리나다. 하얀 시폰 자락과 깃털 목도리를 늘어뜨린 백금색 머리칼의 그녀는 그 공간을 달빛처럼 환하게 비추었다. 그녀는 술집에 있는 사람들을 일일이 바라보았다. 우리 중 대다수는 반짝거리는 한 쌍의 젖꼭지 가리개와 드러난 살에 정신에 팔려 그 호의에 보답을 하지 않았던 것 같지만.

그녀가 나무랄 데 없는 균형감각으로 백 워크오버[74]와 발이 귀 옆에 붙도록 다리를 일직선으로 들어올리는 동작 등 일련의 동작들을 연속해서 능숙하게 취하자, 시폰 자락이 바닥으로 미끄러져 내렸다. 예카테리나는 완전히 곡예사였다. 심지어 그 상황의 성격을 완전히 비틀어버렸다. 그녀의 쇼는 저속한 스트립쇼가 아니었

---

[73] 외설스러운 노래와 스트립 쇼 등을 앞세우는 통속적인 희가극.
[74] 뒤쪽 방향으로 두 손을 바닥에 짚고 한쪽 다리를 머리 위로 올려 잠시 물구나무 자세로 선 뒤, 다리를 내려놓아 선 자세로 끝내는 동작.

다. 과장되게 축 늘어져 있거나 들이대지 않았으며, 그녀의 G-스트링[75]은 얌전히―기적처럼―제자리에 붙어 있었다. 그녀는 다정한 데가, 모딜리아니의 누드화에서 느낄 수 있는 편안한 따스함이 있었다. 그리고 그런 단순명쾌함 때문에 그녀의 쇼는 아름답고 약간 로맨틱했다. 그녀는 공허한 시선으로 '연기를' 하지 않았다. 저속한 스트립쇼를 하는 사람들은 그런 쌀쌀맞은 갑옷으로 자신을 보호하려 하지만, 예카테리나는 물속의 물고기마냥 완벽하게 편안해 보였고, 그녀의 목적은 사람들을 감질나게 하는 것이 아니라 아우르는 것이었다. 그녀는 관심의 중심이 되는 것에 만족하지 않았다. 그녀는 우리도 움직이기를 원했다.

그 쇼는 함부르크 홍등가에서 보낸 비틀스의 초창기 정신을 전달했다. 그래서 스트리퍼들이 거기에 온 것이다. 뮤지션들이 약간 조용한 노래에 속하는 구슬픈 애원조의 〈베사메무초〉를 기타를 퉁기며 첩보영화의 리듬으로 연주하자, 예카테리나는 댄스 플로어로 나오라고 사람들을 부추기기 시작했다. 그녀는 록 가수들의 조용하고 부드러운 노래에 맞춰 엉덩이를 돌리며 우리 한 사람 한 사람과 눈을 맞추고, 젖꼭지 가리개를 조금씩 흔들면서 자신의 초대에 응하라고 우리를 설득했다. 쉽게 넘어갈 사람처럼 보이면 한 손을 뻗어 불안한 2인무로 끌어들였고, 어떤 식으로든 그녀의 유혹에 불편한 기색을 보이면 괜찮다는 듯 미소를 짓고는 다음 사람

75) 국부를 가리고 허리에 묶어 고정하게 되어 있는 가느다란 천 조각.

에게로 향했다. 강요는 전혀 없었다.

예카테리나는 그곳에서 한 가지 원칙을 가지고 일했다. 파티에 온 모든 사람을 환영한다는 원칙. 그녀가 그 지하벙커를 돌아다니자, 그곳은 이 세상에서 가장 즐거운 곳이 된 것 같았다. 분위기가 완전히 부드러워졌다. 맨살 때문이었을까? 벨벳처럼 부드러운 그녀의 움직임 때문이었을까? 둘 다였다. 그리고 그녀가 맨살을 드러낸 채 우리 사이를 누비고 다니는 걸 두려워하지 않는다는 사실 때문이기도 했다. 그녀는 우리와 어울리기를 원했다.

사실 그 아름다운 여자는 자기 앞에 있는 잡다한 무리를 매우 대단하게 여기는 듯했다. 예카테리나는 거기에 있는 모든 사람들을 보이지 않는 거미줄로 휘감아, 이상하게 들릴지 모르겠지만, 정신을 고양시키는 경험이 되어버린 것에 동참시켰다.

그녀의 제안을 받아들인 이들은 댄스 플로어에서 놀았다. 다른 이들은 플라스틱 술잔을 들고 벽돌 벽에 기대선 채 정말로 멋있어진 쇼를 즐기고 있었다. 그것은 그냥 지하의 벌레스크였을까, 아니면 우리 모두의 안에 들어 있는 지치고 초라한 자아를 위로하는 공연이었을까?

심지어 밴드 멤버들조차 그 스트리퍼의 온화한 마법에 경외감을 느낀 듯했다. 그들은 의도적으로 고개를 숙인 자세를 취했지만, 이따금씩 수줍어하며 그 숙녀들을 훔쳐보았다. 얼빠진 듯 보이거나 무례해 보이지 않기를 바라면서.

스트립쇼가 시작되기 전에 나는 좀 마음이 불편했다. 오토바이족들이 자주 다니는 그 바의 마초적인 분위기를 고려할 때, 록에 통달한 척하는 술주정뱅이들이 침을 질질 흘리는 얼간이들로 변할 거라고 지레짐작하고 있었던 것이다. 그리고 나도 어떤 식으로든 참여를 강요받을 거라는, 그렇게 되면 구닥다리처럼 쿨하지 못하게 굴면서 화장실로 달아날지도 모른다는 생각이 언뜻 스쳤다.

그런데 그 시끄럽고 냉담한 공간에서 훈훈한 환대를 느꼈다. 바라지도 기대하지도 않았는데, 예카테리나가 나를 향해 가슴을 흔들고 춤을 추면서, 격려의 미소를 지으며 이렇게 말하고 있었다. "이런, 이봐요! 거기, 그래요, 당신. 눈에 띄지 않고 멋지지도 않다고 생각하는, 순진한 처녀 시절은 지나버린 아줌마라고 느끼는 당신 말이에요. 음악에 맞춰 춤을 춰봐요!"

그러니까 우리는 스트리퍼들에게서 일종의 지혜를 얻을 수 있다. 그들은 남의 시선을 의식하지 않는다. 그들은 고상한 척하지 않는다. 그들은 '완벽한' 몸을 갖는 것이 중요한 게 아니라 그 몸을 어떻게 쓰느냐가 중요하다는 걸 안다. 태도가 중요하다는 것을. 최고의 스트리퍼는 모든 사람을 즐겁게 해주려는 목적으로 일에 임한다. 지배하려 들거나 위협하려 하지 않고, 또 어리석은 방식으로 자신들의 불안정한 상태를 과잉 보상하려 들지 않으면서. 그들은 기본적으로 법이 허용하는 범위 내에서 무엇이든 할 준비가 되어 있다. 그들은 옷을 벗어버리고, 뭐랄까, 당신의 무릎에 몸을 웅크리고, 경계가 없는, 무한한 가능성을 지닌 세상으로 향하는 창을 연다.

클럽에서 본 그 세 여자가 그렇게 쉽지 않은 환경에서 우아해질 수 있었다면, 우리 모두도 할 수 있지 않을까?

스트리퍼들 중 하나가 빙글빙글 돌고 춤을 추면서 밴드를 지나치는 순간, 그녀의 깃털 목도리에서 빠져나온 깃털 하나가 드럼 연주자 쪽으로 날아가 마치 키스처럼 티셔츠에 매달렸다. 그 광경은 그곳에서 벌어진 일에 대한 하나의 메타포였다. 냉담함은 서서히 사라지고, 섹시한 어떤 것, 저급한 것과 반대되고 우리를 구원하는 어떤 것이 흘러들었다.

IO

우아하게 걷기:
캣워크, 횡단보도, 그리고 대통령의 거동

> 잘 만들어진 남자의 표시는 얼굴에만 나타나지 않는다…
> 걸음걸이·목놀림·손목과 무릎의 구부림에도 나타나며, 옷으로 감출 수 없다.
> 그가 지닌 강하고 감미로운 특성은 면과 포플린을 뚫고 나오며,
> 그가 지나가는 모습을 보노라면 최고의 시를 읽은 기분, 아니, 그 이상이고,
> 그의 등·목과 어깨에서 시선을 떼지 못한다.
>
> ─월트 휘트먼, 〈나는 전율하는 몸을 노래하네 Sing the Body Electric〉

나는 패션위크에서 불편한 진실 하나를 알게 되었다. 대다수의 패션모델들이 잘 걷지 못한다는 사실이다.

무용평론가를 패션위크에 보내면 재단의 경향이나 주름 가공의 품질에 대한 섬세한 분석을 얻지 못할 것은 당연지사. 나는 패션쇼를 보고 있었다. 하지만 그것은 세부사항에 치중하는 디자이너들도 마찬가지였다. 패션쇼는 공격적인 조명에 음악이 쿵쾅대는 것이 꼭 록 콘서트 같다. 모델들은 흥분을 고조시키려고 빠른 속도로 행진하듯 걷는다. 패션이란 사람의 감정을 이용해 먹고사는 분야이므로, 패션쇼에서는 감정을 고조시키는 것, 심지어 감각과

부하를 일으키는 것이 최고다.

하지만 모델의 움직임이 좋지 않으면 옷이 힘을 잃는다. 멋진 걸음이 없으면 쇼는 망한다.

모델들 사이에서 우아함을 보기란 쉽지 않다. 대부분의 모델들이 자코메티[76]의 작품들이 살아난 것처럼 보이기 때문이다. 젊은 여성 모델 대다수가 수척하고 선과 각이 온통 과장되어 있는 여성의 형태를 지닌 추상물이다. 다리가 마치 사마귀처럼 가늘고 날카로우며 골반이 돌출되어 있다. 보통의 패션모델들은 부드러운 천을 걸치면 거칠고 날카로워 보인다.

가장 문제가 되는 것은 그들의 걸음걸이이다. 작고한 디자이너 오스카 드 라 렌타Oscar de la Renta는 "뒤에서 남자 세 명이 따라오는 것처럼 걸"으라고 충고했다. 그런데 일반적인 패션모델들은 멍한 시선으로 쿵쾅거리며 뻣뻣하게 걷는다. 마치 그 세 명의 남자들은 좀비이고, 자신은 막 무덤에서 나와 아직도 뻣뻣하고 차디찬 그들의 여왕인 것처럼.

하지만 칼리 클로스Karlie Kloss는 다르다.[1] 그녀의 움직임은 부드러우면서도 힘차서, 단순한 보행능력 이상을 보여준다. 디자이너 캐롤라이나 헤레라Carolina Herrera의 실크드레스를 입은, 키가 180센티미터가 넘는 그녀를 처음 봤을 때, 나는 곧바로 커티 삭Cutty

---

76) Alberto Giacometti(1901~1966), 스위스의 조각가이자 화가. 큐비즘 풍의 작품을 거쳐 초현실주의 운동에 참여했다. 2차 세계대전 후에는 가늘고 긴 인체화에 전념해 독자성을 인정받았다.

Sark[77]을 연상했다. 런웨이를 걸어가는 그녀 뒤로 드레스 자락이 부풀어올랐기 때문이다.

클로스에게는 자신이 왜 그곳에 있는지를 아는 우아함이 있다. 의상을 홍보하기 위해, 사람들의 상상력을 사로잡기 위해, 따스함과 매력으로 관중을 끌어당기기 위해 자신이 쇼를 하고 있다는 사실을 그녀는 잘 안다. 또 좋은 사진을 찍기 위해서라는 것도. 그녀는 사진사들을 위해서도 쇼를 한다. 카메라들이 몰려 있는 곳으로 다가갈 때, 그녀는 즉각 속도를 줄였다. 걸음을 멈추고 주린 눈초리로 줌렌즈를 바라본 뒤 어깨를 돌리자, 탄탄한 둔부도 이어서 돌아갔다. 그런 다음에도 사진사들을 위해 또 다른 포즈를 취하고, U턴을 할 때까지 카메라를 계속 응시했다. 그래서 사진사들은 그녀를 좋아한다.

무용수가 피루엣을 하면서도 한 점에 시선을 고정하듯, 클로스의 두 눈은 카메라에 계속 머물렀다. 고개를 돌리고 자신이 갈 곳, 마침내 사람들의 시야에서 벗어나 사라질 런웨이 뒤편을 바라볼 때까지.

런웨이에서 클로스가 두드러져 보이는 것은 그녀의 편안한 움직임 때문만이 아니라, 그녀가 발산하는 분위기 때문이기도 하다. 그녀는 따분하다는 듯, 티끌만큼의 관심도 없다는 듯 관객을 빤히 쳐다보는 법이 없다. 무대로 걸어나왔을 때, 그녀는 잘 알고 있

---

77) 영국이 해상을 지배했던 시절, 가장 빨랐던 범선 중 하나.

다는 눈빛을 하고 있었다. 턱을 약간 집어넣어 조명이 그녀의 광대뼈에서 춤을 추었는데, 그 순간 그녀는 먹이를 찾아 돌아다니는 검은 표범의 눈빛으로 카메라 플래시를 바라보았다.

"나는 그녀가 등장하는 방식이 너무 좋아요. 그녀는 마치 고양이처럼 움직이거든요. 그녀가 걷는 방식이 정말 마음에 들어요. 내게는 그것이 아름다움보다 중요해요." 내가 무대 뒤에서 클로스에 관해 묻자, 헤레라는 이렇게 칭찬을 쏟아냈다.

걸음은 개인적이고, 움직이는 서명署名이며, 많은 것을 알려준다. 고대 로마의 시인 베르길리우스의 서사시 《아네이드》에는 비너스가 자신의 아들 아이네아스 앞에 변장을 하고 나타나 이야기를 하자 아들이 깜박 속아넘어가는 장면이 나온다. 교활한 엄마의 승리! 하지만 그것은 그녀가 걸어나갈 때까지만이다.

그렇게 말하고 돌아서자,
눈부시게 빛나는 목이,
그리고 어깨에서 흘러내려 바닥까지 닿는
헝클어진 머리가 보였다.
천상의 향기가 사방에 퍼지고,
몸의 곡선을 따라 흘러내린 드레스 자락이 바닥에 끌렸는데,
우아한 걸음걸이 때문에 그녀가 사랑의 여신임이 알려졌다.[2]

영리한 비너스는 의상을 바꾸고 목소리까지 바꿀 수 있었으나, 움직이는 방식은 감추지 못했다. 위대한 시인인 베르길리우스는 세부사항들에 관해서는 침묵하고 모든 것을 우리의 상상에 맡긴다. 하지만 시인은 매우 유쾌한 사색으로 우리를 이끈다. 여신의 불후의 걸음걸이란 과연 어떤 것일까?

여느 여자들의 걸음걸이보다 더 당당하고 매력적이야 할 것이다. 고개를 돌리고 다시 바라보게 만드는 걸음걸이 말이다. 어쩌면 1946년 장 콕토Jean Cocteau의 영화 〈미녀와 야수〉에서 마치 물 위를 미끄러지듯 성의 복도를 걸어 내려오던 아름다운 벨의 그 신비스러운 걸음걸이와 비슷해 보이지 않을까. 황량한 흑백 화면을 마법처럼 온통 페르메이르[78] 풍 빛으로, 도무지 지상의 것 같지 않은 느낌으로 가득 채운.

어쩌면 비너스는 예전에(패션모델들에게 중요한 것이 자세가 아니라 우아함이 전부였던 시절에) 모델이었던 돌로레스의 최면을 거는 듯한 장엄함을 지녔을 것이다. 그녀는 1917년 지그펠드 폴리스 Ziegfeld Follies[79]의 쇼걸들 가운데 걸음걸이가 가장 매력적이었다. 그녀의 키는 180센티미터가 넘었다. 다른 아가씨들이 퍼레이드를 하고 지나가면, 돌로레스는 공작새 의상을 몸 주위로 전신후광처럼 활짝 펼친 채 무대를 한가롭게 걸어다녔다. 지그펠드 쇼들은

---

78) Johannes Vermeer(1632~1675), 네덜란드의 화가.
79) 1920~1930년대 브로드웨이 뮤지컬 제작자였던 플로렌즈 지그펠드Florenz Ziegfeld가 완성한 화려한 뮤지컬 쇼.

하나 같이 스펙터클했지만 그중에서도 이 장면이 가장 장관이었다. 지그펠드 쇼는 이국적인 무용수들과 계단들, 심지어 애국적으로 진격하는 전함들까지 동원되어 공연 시간이 장장 네 시간에 이를 때도 있었다. 하지만 돌로레스는 우아함만으로 충분히 돋보였다. 끝내주는 의상을 걸치고 천천히 아름답게 걷는 우아함만으로.

그녀의 걸음걸이는 쇼 비즈니스 역사 속으로 사라지지 않았다. 반세기도 더 지난 1971년 스티븐 손드하임Stephen Sondheim의 뮤지컬 〈폴리스Follies〉에 공작새 깃 장식을 단 돌로레스와 그녀의 걸음이 유령처럼 등장했던 것이다.[3]

한 사람의 걸음걸이는 많은 것을 알려준다. 그래서 세계에서 가장 위대한 현대무용 안무가 중 한 사람인 폴 테일러Paul Taylor는 오디션에 온 무용수들에게 먼저 걸어보라고 한다.

"걷는 것만 보고 반을 탈락시킵니다." 뉴욕 로어 이스트사이드에 있는 그의 스튜디오 본사에 앉아 있을 때, 그는 무심코 담배를 흔들면서 나에게 말했다.[4] "자신감이 지나치거나 자신감이 부족한 경우도 있고, 또 그냥 이상한 경우도 있습니다. 걸음걸이를 통해 굉장히 많은 것을 알 수 있어요."

골반에서 정직성을 보는 그의 눈은 조지 W. 부시 전 대통령의 변태적이고 끔찍한 가학성을 묘사하는 데 중점을 둔 2005년 작 〈독수리들의 연회Banquet of Vultures〉를 탄생시켰다.

"걸음걸이를 보고 조지 부시가 어떤 사람인지 알았습니다." 테일러는 손가락으로 허공을 찌르며 말했다. "경험도 전혀 없으면서 사이비 군국주의자처럼 걷더군요. 완전 사기죠."

부시는 남의 시선을 의식하며 뻣뻣하게 걸었다. 누군가가 팔을 더 흔들라고 그에게 말한 것이 틀림없었다. 마치 카누의 노처럼 보이는 두 팔을 지나치게 힘을 많이 넣어 리드미컬하게 돌리는 모습이 눈에 확 띄었으니까.

우아하게 걸으면 신체에 자연스러운 균형이 생긴다. 발을 단단히 디디면 체중이 매끄럽게 앞으로 움직이고, 복부에 힘이 들어가며, 상체가 가벼워진다. 팔은 그 자체로는 시선을 끌지 않는다.

왜 그것이 그토록 중요할까? 우아함은 신뢰를 불러오기 때문이다. 연회장의 캐리 그랜트이건 백악관 잔디밭을 걷는 대통령이건, 조화로운 움직임은 편안함과 자신감의 신체적 표현이다. 우아하면 능력에 대한 의심이 일지 않는다. 그런데 부시는 기본적인 보행이 복잡해서 너무나 부자연스러웠다. 그를 믿고 국가의 운명을 맡길 수 있을까? 그는 대통령직을 제대로 수행하는 것이 아니라, 그걸 연기하는 것처럼 보일 때가 많았다. 그리고 연기는 그의 걸음걸이에서 시작되었다. 터프가이처럼 으스대며 걷는 그의 걸음걸이는 속바지 안에 날카로운 조각이라도 들어 있는 듯(혹은 그의 마음속 의구심이나 사소한 기만 때문인 듯) 힘들고 초조해 보였다.

사람들과 소통을 잘하는 사람은 자신감 있어 보일 뿐 아니라 침착해 보인다. 그런 사람들은 스스로에게 편안해하는 것 같다. 가령 존 웨인을 보자. 그 배우의 느릿하고 우아한 태연함은 그의 터프한 매력의 본질이었다. 마치 싸우고 싶지는 않지만 덤비면 후회하게 될 거라고 말하는 듯했다.

웨인은 거짓 페르소나의 위험성을 잘 알고 있었다. 그는 〈정복자The Conqueror〉라는 제목의 실패작에서 콧수염을 기르고 모피 모자를 쓴 칭기즈칸 역을 맡았던 일을 후회하면서 "어울리지 않는 역을 하려고 애쓰며 자신을 우롱하지 말 것"이라는 교훈을 배웠다고 했다.[5] 많은 사람들이 새겨들어야 할 카우보이의 지혜이다.

걸음걸이가 그렇게 씩씩하지 않았다면 조지 워싱턴은 미국의 아버지가 될 수 있었을까? 그 시대에는 아메리카 식민지들이 자신감을 얻으면서 예의범절에 대한 관심이 커졌고, 그러면서 행동거지에 대한 평가를 하게 되었다. 워싱턴은 신체적으로 매력이 넘쳤다. 키가 컸고 잘생겼을 뿐 아니라 거동이 멋졌다. 동료 장교는 26세의 워싱턴을 보고 "움직임과 제스처가 우아했고 걸음걸이가 위풍당당했다"고 평했다.[6]

워싱턴이 몸을 어떻게 움직였든, 그의 몸은 관심을 끌었을 것이다. 남자들의 평균 키가 훨씬 작았던 시절에 그의 키는 180센티미터가 넘었으니까. 키가 195센티미터였던 에이브러햄 링컨은 큰 키로 사는 것이 늘 편한 건 아니라는 사실을 알았을 것이다. 도리스 컨스 굿윈Doris Kearns Goodwin은 통찰력이 돋보이는 역사서《권력의 조건Team of Rivals》에서 링컨의 구부정한 자세와 어색한 걸음걸이를 다음과 같이 묘사했다. "그의 길고 수척한 골격은 기름칠이 필요하다는 인상을 준다···. 걸을 때 그는 발가락 부분부터 들기보다는 발 전체를 들었고, 뒤꿈치부터 내려놓기보다는 발 전체를 내려놓았다."[7] 반면 워싱턴은 신체조정력이 좋고 몸이 탄탄했으며, 자세가 곧았다. 조각상 같은 그의 풍채는 승마와 펜싱으로 다져진 유연성과 결합해 강한 인상을 주었다. 토머스 제퍼슨 Thomas Jefferson은 워싱턴을 "당대 최고의 기수騎手로, 가장 우아하게 말을 타는 인물"이라고 평했다.[8] 존 애덤스John Adams는 워싱턴이 죽고 팔 년 후에 쓴, 질투와 적지 않은 조롱기가 묻어나는 편지에서 미국 국민이 왜 그 전 대통령을 영웅으로 여겼는지 이야기하면서 그의 "강력한 자기통제력"과 "지나친 침착함", "품격 있는 생김새" 그리고 "우아한 태도와 거동"(성격이 급하고 몸집이 육중했던 애덤스로서는 특히 부러웠을)을 들었다.[9]

이런 특성들은 그냥 인상적인 데서 그치지 않았다. 상징적·도덕적, 그리고 정치적 중요성을 띠었다. 국민이 주인인 국가는 자치의 귀감이 되는 지도자를 필요로 했다. 그리고 애덤스는 자신의 감정을 다스리고, 다른 사람들과 교류하고, 가장 중요하게는 자신의 신체를 다스리는 데 있어 뚜렷이 돋보였던 워싱턴의 자기통제력에 주목했다. 초대 대통령의 우아한 자세와 품위 있는 거동, 사려 깊고 차분한 태도, 그리고 어느 숭배자가 언급했듯 마음을 사로잡는 푸른 눈으로 상대방의 '얼굴을 똑바로' 바라보는 방식 등 모든 우아함이 저항 세대와 건국자들에게 영감을 주고 그들을 격려하는 데 도움이 됐다. 영국 입장에서는 기꺼이 그의 목을 매달았을 테지만, 그는 스스로의 노력으로 왕족 출신인 영국 왕을 무색케 하는 제왕의 성품과 거동을 획득했다. 민주주의 이점을 신체적으로 증명한 것이다.

워싱턴은 대통령 자리에 오르기 전에도 정중한 예의범절로 유명했다. 아메리카 식민지의 대다수 사람들에게 훌륭한 예절은 곧 훌륭한 도덕적 품성을 의미했으니, 어느 예수회 수사의 지침서에서 베낀 행동지침을 헌신적으로 지킨 워싱턴의 태도가 그 시대에는 유별난 것이 아니었다. 그의 《예의 바르고 품위 있는 행동규칙》가운데 첫 번째 규칙은 "사람들 앞에서 하는 모든 행동은 그들에 대한 존중을 담고 있어야 한다"이다. "신체 표현은 하고 있는 담화에 적합해야 한다"는 규칙도 있다. 짐작건대 그는 이런 규칙들을 마음에 새겼을 것이고, 예로부터 내려오는 이런 지혜로운 규칙들을 농장 생활—그는 버지니아의 가족 농장에서 아주 열심히 일했다고 한다—, 그리고 후에는 군복무에서 얻게 된 규율들에 덧붙였을 것이다. 1775년, 장차 독립선언문에 서명을 하게 되는 벤저민 러시 Benjamin Rush는 워싱턴은 거동에 "군인다운 품위가 넘쳐 1만 명 가운데 섞여 있어도 장군으로 보일 것"이며 "그의 옆에 있으면 유럽의 왕들은 죄다 시중꾼으로 보일 것"이라고 했다.[10]

워싱턴은 사람들의 지도자 역할을 연기할 필요가 없었다.

버락 오바마는 조지 W. 부시보다 더 매끄럽게, 더 우아하게 취임했다. 오바마는 운동선수처럼 천천히 부드럽게 성큼성큼 걷는다. 처음에는 확실히 거동이 침착하고 위엄이 있었다. 나중에 사람들은 그의 강한 무대 담력에도 관심을 보이게 되었고, 그의 유아론唯我論적 태도는 모든 사람의 관심을 끌었다. 꼿꼿함은 덜하지만 오바마는 아직도 천천히 걷는다. 이제 그의 느린 걸음은 무겁게 보이고, 느긋하기보다는 피곤해 보인다. 최근에는 더 긴장돼 보이고, 더 초연해 보이고, 더 냉담해 보인다. 덜 우아해졌다. 대중에게 연설할 때나 간이식당 또는 구내식당에서 사람들을 만나는 장면들을 보면—사실상 이런 만남들은 다 소통을 위한 것인데—, 미묘한 점에서 자주 문제가 있어 보인다. 그런 곳에 가서 사람들과 떠들면서도 사람들의 눈을 피하고 주저하는 기색이 보인다. 겉치레로 잠깐 둘러본 후 눈을 내리깔거나, 다른 곳을 쳐다보거나, 접시를 내려다보거나, 중간 지점을 바라본다. 적어도 입으로는 할 이야기를 계속 하면서.

그것은 안락함 속에 빠져 있는 남자의, 진정으로 관여하고 싶지는 않은 남자의 버릇이다. 매사에 의욕이 넘쳐서 억누르기가 쉽지 않았던 빌 클린턴과는 달리. 접근 가능하다는 특성에는 위험요소가 있다. 원고나 텔레프롬프터[80]를 고수하는 것이 훨씬 쉽다. 하지만 예기치 못한 일을 매끄럽게 처리하면 침착한 통제력을 갖고 있다는 인상을 준다. 실수를 피하려고 지나치게 노력하다 보면 딱딱하고 따분해지며 대중과의 소통에도 문제가 생길 수 있다는 사실을 오바마는 알아야 한다.

---

80) 테이프가 돌아가면서 출연자에게 해야 할 대사 등을 보여주는 장치의 상표명.

남아프리카공화국 대통령 넬슨 만델라는 즐거운 침착함의 화신이었다. 이십칠 년을 감옥에서 보냈으니 세상을 원망할 만도 하건만, 과거는 묻어버리고 남아프리카공화국을 평화와 민주주의로 이끌었다. 겸손한 인도주의자인 족장의 후손(만델라는 템 부족 족장의 아들이었다)이 옥좌로는 어울리지 않는 의자에 앉아 쾌활하게 포즈를 취하고 있다.

실수를 인정하면 인간적으로 보인다. 완벽함의 가면을 쓰고 자신을 보호하는 것보다 엉망인 걸 인정하는 것이 더 우아하다. 조 디마지오도 이 점을 생각해봤더라면 좋았을 것이다. 결함은 매력으로 다가올 수 있다. 우리는 결함이 있는 영웅을 사랑한다. 결함보다 영웅적 요소가 많다면(베이비 루스Babe Ruth는 그 비율이 좋았고 랜스 암스트롱은 아니었다).

완벽함은 지루하다. 인간적인 것이 더 흥미롭다.

"당연히 몸의 움직임은 무척 중요해." 리타 모레노는 나와 점심을 먹는 자리, 놀라운 의자 춤을 춰 보였던 레스토랑의 그 자리에서 나에게 말했다. 그러면서 〈웨스트사이드 스토리〉에서 그녀의 남자친구 베르나르도 역을 맡았던 조지 차키리스George Chakiris를 예로 들었다.

"에잇!" 모레노는 몸의 움직임이 좋지 않은 남자들을 상상 속에서 밀쳐내면서 외쳤다. "그는 한 가지 측면에서 아스테어와 겨룰 수 있는 유일한 무용수였지. 정말 우아했거든. 그 영화를 볼 때면 난 조지만 쳐다봐. 미끄러지듯 움직이는 그 모습이 정말! 몸이 바닥에 닿지도 않는 것 같다니까. 그건 연기가 아니라 진짜야."

(지금 그는 장신구 제작하는 일을 하면서 로스앤젤레스에 산다고 했다. 가끔 그를 만난다고. "깡마른 노인네가 아직도 매일같이 발레 교실에 다닌다니까" 그녀는 말했다.)

모레노는 십 년 전 버클리 레퍼토리 극장에서 상연한 〈마스터 클래스Master Class〉에서 오페라 디바 마리아 칼라스Maria Callas 역을 맡았던 일을 이야기했다. "나는 칼라스가 움직이는 방식을 찾아야 했어. 늘 남에게 자신을 내보여야 하는 여자는 나에게 영 낯설었으니까. 몸의 움직임 그리고 턱과 목을 높이 두는 것이 관건이지." 그러면서 자그마한 골격을 위로 쭉 늘리자, 그녀의 목이 장미 줄기처럼 길어졌다.

모레노는 칼라스의 영상들을 연구해 자신의 몸을 매우 반듯하게 폈다. 무슨 뜻인지 보여주려고 그녀는 여왕처럼 엄숙하게 서서 우아하게 빙그르르 돌았다. "그녀의 자세는 늘 완벽했지. 몸을 굽힐 때면 상반신 전체를 굽혔어."

그리고 말했다. "무용수도 그런 식으로 움직이지. 상반신을 통째로 움직여. 자세가 무너지는 법이 없어. 절대 주저앉지 않아. 설령 녹초가 됐어도."

사람들이 걷는 모습을 지켜보는 건 재미있는 소일거리이다. 그건 내 안에 있는 무용평론가와 작가의 관심을 끈다. 이웃 사람이 느긋하게 걷는 것을 지켜보며 나는 궁금해한다. 저 사람은 무슨 이야기를 하는 거지? 나는 새벽마다 걸어서 근처 수영장으로 간다(내가 가장 우아한 순간은 아니다. 그 시간 나의 걸음걸이는 분명 이렇게 말할 것이다. 난 아침형 인간이 아니야! 억지로 가는 거라고). 보통 가는 길에 나이 든 세인트버나드를 데리고 걷는 젊은 여자를 본다. 개는 걸음이 느리다. 고개를 푹 숙이고 혀를 내민 것이, 우울한 개처럼 보인다. 여자 역시 느릿한 레가토로 개와 보조를 맞춰 똑같이 고개를 숙이고 걷는데, 아이폰에서 눈을 떼지 못하기 때문이다.

휴대폰이 우리의 자세를 우아하지 못하게 바꿔놓고 있다. 자세를 망쳐 자연스러운 곡선을 이루는 목을 거북목으로 만들고 있다. 휴대폰을 보면서 걷는 사람들은 서로 그리고 가는 길에 있는 모든 것과 부딪칠 뿐만 아니라 서로 차단된다. 하지만 그녀와 그녀의 개는 우아한 한 쌍을 이룬다. 달팽이 수준인 서로의 에너지에 맞춰 같은 박자로 움직이며 천천히 건들건들 걷는다.

나는 교외에 산다. 그러다 보니 시장도 가고, 아이들 학교도 가고, 우체국도 가느라, 짧은 거리를 차를 몰고 자주 돌아다닌다. 나는 늘 서두른다(안 그런 사람이 있나?). 나의 앞길을 가로막는 것은 신호등이나 교통체증이 아니라 횡단보도 대치다.

바로 여기서 우아함이 중요하다.

얼마 전 쇼핑센터로 들어가는데, 갑자기 한 노인이 주차된 자동차 두 대 사이에서 휘청거리며 걸어나와 내 앞에서 길을 건너려 했다. 풍파에 찌든 주름진 얼굴에 솜털 같은 백발, 등에는 불룩한 배낭을 메고, 양손에는 스키용 폴을 하나씩 쥐고 있었다. 대낮에, 게다가 근처에 탐방로도 없는 데 참으로 기이한 모습이었다.

나는 급브레이크를 밟았고, 우리는 서로의 눈을 바라보았다. 그리고 불확실성의 초조한 듀엣이 시작되었다. 내가 그에게 건너가라고 손짓하자, 그는 나에게 지나가라고 손짓했다. 내가 다시 그에게 건너가라고 손짓하자, 그는 정중하게 고개를 숙이고 자신의 머리칼만큼이나 환한 미소를 짓더니 마침내 지나갔다. 호리호리한 그가 위엄 있는 태도로 아스팔트 바닥을 폴로 짚으며 쇼핑센터 진입로를 조심조심 건너는 모습은 마치 거대한 각다귀 같았다. 내 차 앞을 지나갈 때, 그는 몸을 4분의 1쯤 돌려 나를 보고는 다시 한 번 미소를 지으며 살짝 경례를 붙였다. 아! 특히 마지막의 그 작은 경례, 너무나 신사답고 재치 있어 보이는 그 경례가 나는 마음에 들었다. 그 우아한 주고받음이 내 기운을 북돋워주었다.

도시설계자들은 도로에 더 많은 횡단보도를 그리기 시작했고―좋은 일이다―, 자동차들과 보행자들은 이제 막 그 춤을 이해하기 시작했다. 운전자들은 횡단보도에서 얼간이가 되고 싶지 않지만 때로는 그럴 수밖에 없게 되는데, 잘못을 했음에도 용서를 받는 것은 하나의 선물이다.

"횡단보도를 막지 마세요." 언젠가 우리 집 근처 길모퉁이에서 빨간 불인데 남편과 내가 탄 차가 천천히 굴러가자, 길모퉁이에서 누군가가 부드러운 목소리로 외쳤다.

그 소리의 출처가 놀랍다고 할 수는 없었다. 우리는 빨랫줄에 빨래를 너는 마을에 살고 있는데, 색채 배합이 창조적인 빅토리아 시대 주택들 안에 빅토리아 시대와는 정반대되는 사상가들이 거주하고 있었으니까. 그곳은 오래전부터 작가·예술가, 그리고 대안적인 삶을 사는 온갖 사람들과 갖가지 별난 인간들의 안식처였다. 우리가 식품조합 앞에서 빈둥거릴 때, 그런 사람들 중 하나가 보도에 서 있었다. 대머리에 땅딸막하고 칠칠치 못해 보이는 그 사람은 흰색 러닝셔츠와 운동용 흰색 반바지 차림에 뒤꿈치가 따로 없는 신축성 좋은 하얀 양말을 무릎까지 올라오게 신고 가죽 샌들을 걸치고 있었다. 그는 종이 한 무더기를 가슴에 꼭 끌어안은 채, 지나가는 우리를 빤히 쳐다보았다. 몇십 년 전 환각제를 지나치게 복용했던 누군가를 멀찍이 떨어져 쳐다보듯이.

사실 우리는 하얀 선 위에 있었다. 그 남자의 부드러운 책망의 외침을 듣고, 남편은 차를 후진시켰다. 그리고 상냥하게 외쳤다. "미안, 친구!"

"괜-찮아요." 그 남자가 소리쳐 대답했다. 여전히 눈을 마주치는 건 피했지만, 유쾌한 방식으로 우리에게 감사를 표했다. 요가 수행자처럼 종이 뭉치 앞으로 두 손을 모아 합장을 한 것이다. 그러고는 부드럽게 깐닥거리는 걸음으로 우리 차 앞을 성큼성큼 지나가면서 합장한 손을 흔들었다. 그의 합장한 손과 샌들 신은 발이 완벽한 호흡을 보이며 리드미컬하게 까닥거렸다. 부드러운 목소리와 푹신해 보이는 몸 때문에, 그는 마치 교외에 사는 부처처럼 보였다. 부정적인 에너지를 차단하고 빛을 발산하는.

그는 우리를 노려볼 수도 있었고, 빈정거리며 호통을 칠 수도 있었다. 아니면 지나가면서 차를 쾅 내리칠 수도 있었다. 그랬어도 우리는 어쨌거나 뒤로 물러났을 것이다. 뭐, 아닐 수도 있고. 하지만 그가 그렇게 행동했다면 우리 모두 그 우연한 만남에 기분이 무척 상했을 것이다. 하지만 그 작은 횡단보도 앞에서 우리가 춘 차차차는 감미로웠다. 그 남자가 자신의 불만을 우아하게 처리했으므로. 그리고 우리는 그의 리드를 따라갔다.

횡단보도는 주목할 가치가 있다. 우리를 멈추게 하고, 기다리게 하고, 주변을 둘러보게 하고, 생각할 시간을 갖고 세상에 바라보게 하기 때문이다. 우아함이 생겨나기 좋은 장소다.

샌프란시스코에 사는 가수이자 소설가 겸 안무가인 조 구드Joe Goode에게서 신호등 불빛이 바뀌기를 기다리며 횡단보도에 서 있을 때 경험한 우아한 순간에 대한 이야기를 들은 적이 있다. 당시 그는 한없이 추락하는 것 같은 시기를 지나고 있었는데, 뭔가가 그를 끌어올려주었다고 했다. 어쨌거나 가능성을 발견할 수 있었다고.

아니면 가능성이 그를 발견했거나.

당시 구드는 뉴욕에서 무용수로 자리를 잡아보려고 애쓰고 있었다. 하지만 잘되지 않았다. 그 분야는 경쟁이 심한데다, 당시에는 암울한 풍자가 유행이어서, 작품에 유머도 넣고 노래도 만들어

넣고 싶었던 구드로서는 겉도는 기분이었다. 그는 점점 의기소침해졌다.

그곳은 그저 평범한 길모퉁이에 불과했지만, 신비스러운 분위기를 띠었다고 할 만했다. 두 세계, 즉 엉성한 현재와 빛나는 미래가 만난 장소였으니까. 1979년 1월, 매섭게 춥고 축축했던 어느 날, 구드는 블리커 스트리트Bleecker Street에서 그 거리 이름과 딱 어울리는 비참하고 절망적이고 암울한 기분으로[81] 신호등이 바뀌기를 기다리며 서 있었다. 그런데 새로운 생각이 떠올라 마음이 환해졌다.

그는 나에게 말했다. "갑자기 이런 생각이 들더군요. 난 차를 타고 멀리 떠날 수 있어. 이 말이 그냥 들렸어요. 굳이 여기에 있을 필요가 없다는 생각, 행동으로 옮길 수 있다는 생각이 들었죠."

그는 재빨리 행동으로 옮겼다. 당시 그는 사람들의 차를 운전해 다른 지방으로 가져다주는 일을 하고 있었는데, 마침 키웨스트Key West로 이사 간 남자에게 차를 몰고 가는 중이었다. 이후 그는 한동안 친구들과 그 섬에 머물렀다. 결국 구드는 가능한 한 뉴욕에서 먼 곳으로 옮겨갔다. 그리고 마침내 샌프란시스코에 정착했는데, 그곳은 이탈자의 정신을 반기는 곳이었다.

---

81) Bleak는 '암울한', '절망적인'이라는 뜻. Bleaker는 그런 사람을 뜻하고, 이 거리의 이름 Bleecker와 발음이 같음.

몇 년 전 구드는 블리커 스트리트에서 받은 계시에서 영감을 얻은 극장용 무용작품을 만들었다. 제목이 〈그레이스Grace〉인데, 평범해 보이는 일에서 생기는 특별한 사건에 대한 묵상으로, 매혹적이고 유연한 춤과 무용수들이 이야기한 재미있는 일화들을 섞은 작품이었다. 마지막에는 식탁용 의자들이 조명 설치대까지 떠올라간다. 그 장면을 보면 이런 생각이 들 것이다. 내 부엌에서 편안하면서도 경이로운 우아함이 생겨난다고? 안 될 것 뭐 있어?

구드는 시골 의사처럼 다정해 보이는 둥근 얼굴에 덩치 큰 남자다. 말투는 고향 버지니아의 흔적이 남아 느릿하고 조용하다. 나는 그가 메릴랜드 어느 교외에 있는 아메리칸 댄스 인스티튜트에서 있을 리허설에 참석하기 위해 떠나기 직전 그와 이야기를 나눴다. 그때 그는 주름 잡힌 플란넬 셔츠를 입은 가슴팍에 초조해하는 닥스훈트 개 한 마리를 껴안아 달래고 있었다. 그와 어디든 함께 다니는 개였다.

축축했던 그 겨울날의 갑작스러운 계시로, 그의 인생을 바꾼 그 우아했던 순간으로 돌아가자, 돌연 그에게 평온이 내려앉았다. 그의 개도 나도 그걸 느꼈다. 개는 그의 팔꿈치 안쪽에 머리를 대고 비비더니 눈을 감고 코를 긁기 시작했다.

"그때 그런 좋은 기회를 가진 것이 너무나 감사했습니다. 세세하게 다 기억이 나요. 내가 좌회전을 할 수 있다는 그 느낌까지. 내게는 정말 우아하게 느껴졌습니다." 무심코 개의 귀를 토닥이며 구드는 이렇게 말했다.

4부

압박하에서의 우아함

11

실수와 우아함:
실수 효과

울퉁불퉁한 바위에서는 자라는 것이 거의 없지. 평평해지게나.
부서지게나, 그러면 거기서 들꽃들이 피어날 테니.
—루미, 〈각자 안에 필요한 가을〉

"그리고 오스카 여우주연상은… 제니퍼 로렌스!"

주름 장식의 오프숄더 분홍색 실크드레스를 입은 그 스물두 살
짜리 여배우는 어안이 벙벙한 얼굴로 바라보는 것이 정말 깜짝 놀
란 것 같았다. 그래서 우리는 그녀를 좋아한다.

다음 순간 그녀는 무대로 올라가다가 발이 걸려 넘어지면서
그 멋진 드레스에 얼굴을 박았다. 그래서 우리는 그녀를 정말 좋
아한다.

2013년 아카데미 시상식을 지켜보던 관중은 그녀에게 기립 박
수를 보냈다.

마이크 앞에 도착하자, 로렌스는 헉하고 숨을 내쉬며 말했다. "제가 넘어진 것이 안돼 보여 일어서 계신 거죠. 정말 창피하네요. 하지만 감사합니다." 마이크 앞까지 가는 길이 평생 걸은 그 어떤 길보다 길게 느껴졌을 것이다. 하지만 로렌스는 나무랄 데 없는 침착성과 스스로를 놀림감으로 삼을 수 있는 능력으로 자신의 실수를 묘하게 세련된 우아함으로 바꾸어놓았다.

우아함은 변형작용을 한다. 평범한 순간을 특별한 어떤 것으로 바꿔놓는 것이다. 그리고 넘어져서 평정의 베일이 벗겨져나갈 때보다 그것이 잘 보일 때는 없다. 하지만 꼭 그래야만 할까? 신체적 비틀거림이건 어떤 사건 때문에 정서적으로 무릎을 꿇은 것이건, 우아함은 우리가 편안하고 침착하고 용기 있는 인생을 만나도록 도와준다.

제니퍼 로렌스가 넘어진 일은 나에게 매혹과 영감을 불러일으켰다. 그것은 한편의 대단한 연극이었다. 자신의 이름이 불리자, 그녀는 입을 떡 벌렸다가 손으로 가리고는, 옷매무새가 잘못된 것이 텔레비전으로 생중계되지 않도록 드레스 윗부분을 위로 살짝 추어올리는 것으로 시작했다.

이윽고 그녀가 발을 헛디뎌 계단에 엎어지고 정지하는 순간이 이어진다. 나는 그 정지의 순간이 너무 좋다. 그녀는 카펫에 엎어져 있다. 숨 막힐 듯한 무게에 짓눌려 포기한 듯 보인다. 그녀의 견갑골이 움직이더니 내려앉는다. 그녀가 한 손을 얼굴 쪽으로 끌어당긴다. 머리 뒤쪽만 봐도 그녀가 숨이 턱 막혔음을 느낄 수 있다.

하지만 그녀는 자신을 추스른다. 그녀의 등을 보면 알 수 있다. 척추에 결의가 들어서자, 근육이 살짝 씰룩이더니 움직이기 시작한다. 마치 오필리어가 물에 빠지는 장면을 되돌리는 것 같다. 여러 겹으로 층진 드레스가 그녀를 밑으로 잡아당겼을 수도 있지만, 이제는 그 드레스가 그녀를 다시 위로 들어올리는 것 같다. 로렌스는 일어나서 무대 쪽으로 올라가며 어려운 상황에서의 우아함이 어떤 것인지 보여준다. 그녀의 드레스는 이제 닻이 아니라 돛이다.

그것은 우아함의 요가, 완벽이 아니라 수련이다.

넘어짐은 정서적 반응을 이끌어낸다. 그래서 안무가들이 자주 이용한다. 그들은 거기서 넘어진 이의 연약함과 용기, 둘 다를 본다. 세계 현대무용을 선도하는 안무가 중 한 사람인 마크 모리스Mark Morris는 요요마가 연주하는 요한 세바스찬 바흐의 〈무반주 첼로 모음곡 3번〉에 맞춰 〈계단에서 굴러떨어지다Falling Down Stairs〉를 만들었고, 이 작품으로 에미상을 수상했다. 이 작품은 무용에서 볼 수 있는 가장 극적이고 우아한 시작을 보여준다. 모든 출연자들이 물이 바위 위로 세차게 흘러넘치듯 한 줄로 이어진 계단에서 굴러떨어져 무대 위로 엎어진다. 그들 뒤쪽으로 그들이 입은 벨벳 가운 자락이 펄럭인다.

나는 무대 뒤에서 그 가운들을 보았다. 아이작 미즈라히Isaac Mizrahi가 디자인한 그 가운들은 강아지 귀처럼 부드러운 벨벳으로 만든 것으로, 여태껏 내가 본 중에 가장 부드럽고 헐렁한 합창 예복처럼 생긴 옷이었다. 그리고 몸의 움직임을 보여주기 위해 엉덩이와 다리 부분이 절개되어 있었다. 모리스는 자신의 무용수들을 지상의 천사로 표현한 듯싶었다. 그들의 크고 둥근 엉덩이, 그들의 권좌, 인간으로서 그들의 본질, 즉 인간의 숭고한 면을 과시하면서 떨어졌다가 날아오르는 천사들로.

모든 추락에는—모든 초라한 순간에는—죽음과 재탄생을 이어주는 호弧가 있다. "교만에는 몰락이 따른다"라는 속담이 말해주듯이. 맞다, 교만은 사라진다. 그리고 그 자리에 새로운 것이 들어선다. 가장 우아한 회복에는 명료함, 결의, 그리고 자기수양으로의 깊은 침잠이 있다.

예전에 어떤 발레 공연을 보았는데, 무용수들이 완벽을 기하려고 애쓴 나머지 어찌나 조심스럽게 춤을 추는지 보다가 지루해서 거의 잠들 뻔한 적이 있다. 수석 발레리나가 가장 중요한 독무를 추는데, 테크닉에 치중해 스텝만 보이고 춤이 보이지 않았다. 그러다가 무슨 연유에서인지—마침내 몸이 풀린 건지 아니면 개막 첫날의 신경과민이 사라진 건지—그녀가 깨어난 듯 보였다. 갑자기 열정적으로 턴을 했는데, 그만 잘못되어 나무가 쓰러지듯 쾅하고 무대 위로 떨어졌다. 관객이 놀란 가슴을 진정시키기도 전에 그녀는 재빨리 일어나 다시 그녀 인생의 공연을 이어갔다.

최고의 무용수들도 간간히 미끄러지고 넘어지지만, 그녀의 경우는 피가 나지 않았을까 걱정이 될 정도였다. 지하철 플랫폼에서 어느 중년 남자가 서 있다가 그대로 푹 쓰러져 정신을 잃는 모습을 목격한 이후로 그렇게 극적으로 넘어지는 광경은 본 적이 없었다. 그 발레리나는 아드레날린 덕분에 다시 일어선 것이 틀림없지만, 타오르는 의무감 때문에 그런 건 아닌가 싶기도 했다. 그녀는 넘어져서, 또 그 실수를 만회해야만 하는 엄청난 도전에 봉착해서 겸손해졌다. 그리고 제니퍼 로렌스처럼 그 상황을 감내하고 자신이 할 일을 다시 했다.

발레리나들은 섬세하고 공연과 관련해 유난을 떨 거라 생각한다면 재고해보길 바란다. 그 발레리나는 지금이 마지막 쿼터이고 경기가 몇 초 안 남은 상황에서 마지막 골이니 무슨 일이 있어도 해내고 말겠다는 듯 행동했으니까.

그녀는 턴을 할 때 힘이 좀 많이 들어가 넘어졌다. 그리하여 위험을 무릅썼고, 결과적으로 우아하게 날아올랐다. 기억되는 것은 바로 그 순간이다.

발을 헛디뎌 넘어지고 실패와 나약함을 인정하는 사람들. 이런 사람들이 사랑받는다. 심리학자들은 이런 현상을 실패 효과pratfall effect라고 부른다. 존 F. 케네디는 1961년 피그스 만灣 침공이 실패하고 우상의 자리에서 추락한 후 그런 경험을 했다.[1] 쿠바의 지도자 피델 카스트로를 타도하기 위한 그 작전은 끔찍한 실패로 끝났다. 공습에서 주요 목표물을 놓쳤고, 배들은 침몰했으며, 비행기들이 떨어졌고, 100명 이상의 사람이 죽었다. 이 실패는 케네디 행정부에 오점을 남겼지만, 케네디는 자신의 실수를 인정하고 그 책임을 지는 우아함을 보였다. 그 결과 인기가 더 높아졌다. 그가 전 세계에 자신이 틀릴 수 있다는 사실을 보여주고 그 비난을 짊어지자, 사람들은 그를 더 좋아했다. 그는 더이상 압도적인 경외심을 (그리고 어쩌면 보통 사람들을 뛰어넘는 능력을 지닌 이들에게 품을 수 있는 적의도) 불러일으키는 대상이 아니라, 보통 사람들이 어울릴 수 있는 사람이 된 것이다.

* * *

최근에 마사 리브스가 공연을 하다가 넘어졌다. 그 가수를 일으켜 세운 건 거의 오십 년 전에 맥신 파월에게서 배운 우아함이었다. "긴장하지 않고 몸을 이완시키는 법을 그녀가 가르쳐주었지. 안 그러면 뼈가 부러질 수 있으니까. 맥신 파월의 가르침 덕분에 난 넘어졌어도 다치지는 않았어." 73세의 리브스가 나에게 말했다.

그녀는 뉴욕에서 열린 한 자선공연에서 노래를 하던 중이었다. 그룹 마사 앤드 더 밴덜러스를 유명하게 만든 노래, 자유를 사랑한 1960년대의 찬가가 된 〈댄싱 인 더 스트리트Dancing in the Street〉를. 반짝이는 야회복을 입고 간주 부분에서 어깨와 엉덩이를 흔들면서 춤을 추던 리브스는 은빛 탬버린을 엉덩이에 대고 치면서 돌출 무대를 따라 몇 걸음 걸어 나오다가 전선에 걸렸다. 그리고 휘청한 후 벌렁 나자빠졌다.

"누구나 넘어져. 그건 틀림없어. 하지만 난 넘어지는 법을 배웠고, 그것이 생각나서 당황하지 않았지." 그 베테랑 가수는 말했다.

누군가 그 광경을 녹화해 유튜브에 올렸다. 그렇게 나자빠졌는데도 리브스는 손에서 마이크를 놓지 않았다. 백댄서들이 부축해서 일으키자, 그녀는 놀라울 정도로 침착하게 마이크에 대고 말했다. "계속할 수 있어. 아무것도 날 막지 못해."

"넘어지면." 그녀는 속으로 넷 정도까지 세다가 말을 이었다. "다시 일어나야지." 그래서 그녀는 웃는 보름달 같은 탬버린을 휘두르며 다시 일어났다. 다시 걷고 노래를 했다. 심지어 발놀림이 더 가벼워 보였다. 그녀는 활짝 웃고는 아이처럼 엉덩이를 흔들면서 무대 위를 뽐내며 걸어갔다.

12

노력과 우아함:
보드빌의 교훈

어떤 일이건 훌륭하게 잘 해내는 것이 어렵다는 사실을 누구나 알고 있다.
그러므로 그런 능력은 정말 놀라운 것이다.

—발데사르 카스틸리오네, 《궁정인》

우리 고전문화를 보존해놓은 성전聖殿 안으로 걸어 들어가면,
벽들에 전시된, 우아함이 묘사된 작품에서 균형 잡힌 우아함—노
력의 흔적이 보이지 않는 기술—을 발견하게 된다. 내가 서 있는
곳은 예술품들로 가득한 의회도서관의 그레이트 홀 천장 바로 밑,
우아함의 세 여신의 초상화들 아래이다.

머리칼을 뒤로 모아 틀어올리고 긴 드레스 차림으로 위에서 내
려다보고 있는 젊고 단정한 숙녀들로 묘사된 이 우아함의 세 여신
을 처음 봤을 때, 그곳과 어울리지 않는다는 느낌이 강하게 들었
다. 미국 화가 프랭크 웨스턴 벤슨Frank Weston Benson이 1890년대

에 그린 이 초상화는 약간 긴장된 분위기를 풍긴다. 당시 벤슨은 북동부 상류층 사람들의 고상한 초상화를 그린 화가로 유명했다.

고대의 우아함의 여신들과 달리, 그들은 벗고 있지도, 미소를 머금지도, 서로 접촉하고 있지도 않다. 심지어 다 함께 있지도 않고, 각자 자신의 틀 속에 갇혀 있다. 정결한 흰색 드레스를 입은 그 길쭉하고 마르고 순결한 젊은 여사제들은 처음 사교계에 나가는 뉴잉글랜드 상류층 아가씨들의 쌀쌀맞고 평가하는 듯한 시선으로 나를 내려다본다.

그들이 충분히 고결해 보이지 않은 듯, 벤슨은 그림에 청교도적 터치를 가했다. 우아함의 여신은 수금을 든 음악의 여신과 거울을 든 미의 여신과 나란히, 견실한 노동을 상징하는 끝이 구부러진 목양자의 지팡이를 치켜들고 있는데, 도서관 안내책자에 따르면 그것은 검약과 자기수양을 함축하는 살뜰함을 상징한다. 그녀는 게으름뱅이 쾌락주의자가 결코 아닌 것이다.

생각해보면, 고상한 척하고 책망하기를 좋아하는 청교도주의의 엄격한 측면들은 내가 생각하는 우아함의 편안하고 너그러운 특성들과는 상충되지만, 성실하고 근면한 자세 역시 우아함을 이루는 중요한 요소이긴 하다. 사실 열심히 노력하는 자세는 캐리 그랜트에 대해 많은 것을 말해준다.

내가 의회도서관에 간 것은 그랜트의 우아함이 어디서 연유했는지 알아내기 위해서였다. 그리고 그것에 관해 알게 된 사실은 타고난 것—훌륭한 신체조정력이라든가 반사신경이라든가—이 아무리 많아도 대부분은 열심히 노력한 결과라는 것이었다. 나는 소리가 울리는 그레이트 홀에서 나와서 미로 같은 복도를 지나 고요한 성당 같은 중앙열람실로 들어갔다. 천사들에 둘러싸인 대리석 돔이 그곳이 천상의 영역임을 암시하는 듯했다.

하지만 나는 약간 실제적인 어떤 것을 염두에 두고 있었는데, 사서가 이내 그것을 찾아다주었다. 손때 묻고 조금 바스러진 책자 《보드빌에 들어가는 법》을. 이 책은 무대 경력 삼십 년의 베테랑 프레드릭 라 델Frederic La Delle이 1913년에 낸 책인데, 저자는 이 책에서 자신의 마술 공연은 "독창성 · 교묘함 · 다재다능함, 그리고 쇼맨십이 어우러진 다년간 경험의 결정판"이었다고 말하고 있다. 또한 품격도 갖추었다고 했는데, 그렇게 보면 그가 이 책에서 가장 강조하고 싶었던 것은 철저한 직업예절이 아니었을까 싶다. 이 책은 명사수 묘기나 통 묘기 같은 곡예나 노래 · 춤 그리고 촌극 등 다양한 볼거리로 꾸며지는 보드빌 공연의 백과사전이기도 하지만, 그 세계에서 살아가는 법을 알려주는 지침서이기도 하다. 리허설 때, 순회공연 중에, 연기자로 사는 내내, 무대 그리고 무대 밖에서 어떻게 행동해야 하는가를 알려준다. 물질적 보상은 덧없어도 즐거움은 넘치는ー그럴 수 있는ー, 또한 경쟁이 치열하고 끊임없는 노력을 요하는 그 급변하는 세계에서 자존심을 유지하며 다른 이들과 더불어 살아가는 방법을.

라 델의 보드빌 안내서는 인생의 안내서이다.

그랜트가 이런 책을 참고했는지 어쨌는지 나로서는 알 수 없지만, 이 책에는 라 델이 십대 초반에 우연히 발을 들여놓았던 업계의 철학이 들어 있다. 그때는 예술가적 욕구 때문에 연예계에 진출하던 시절은 아니었다. 오로지 훈련과 부단한 노력을 통해 성공하던 시절이었다.

라 델은 첫 페이지에서 "배우라는 직업이 다른 여느 직업보다 더 특별한 재능을 필요로 하는 건 아니다"라고 단언하고, 맞은편 페이지에는 조끼까지 갖춘 스리피스 정장을 입고 높은 목깃에 넥타이처럼 묶는 남성용 스카프까지 맨 자신의 그림을 실어놓았다. 필요한 건 연습 그리고 경쟁상대보다 "더 좋은 연기를 보여주겠다"는 투지다. 그리고 땀도. 시간과 수고 없이는 어떤 보상도 없다. "배우라는 직업에서는 자신의 행복뿐 아니라 인류의 행복에 기여하는 것이라면 무엇이든 후한 보상을 받을 것이다." 여기서 라 델이 그 보상을 기쁨이 넘치고 변형의 힘을 지닌 우아함으로 표현하는 것은 참 매력적이다.[1]

이 대大마술사가 보여주는 것은 자신의 비즈니스에 마법이란 없다는 사실이다. 한순간도 방심하지 않고, 다른 사람들에게 주의를 기울이고, 편하고 자연스럽게 공연하는 것, 이런 비결들은 우아함의 기본원칙들이기도 하다. 보드빌 배우들은 리허설·수정·즉흥연기를 통해 그 원칙들을 배웠고, 그 원칙들에 따라 살았다. 프로그램이 시들해질 때 제대로 돌아가게 하려면(이것이 바로 어려운 상황에서의 우아함이 아닐까) 현재에 온전히 집중하는 데서 나오는 일종의 창조적 에너지가 필요했다. 정신없이 이 생각 저 생각으로 헤매는 것이 아니라, 순간순간 즉흥적으로 반응해야 하는 수상스키를 탈 때처럼 마음을 한 곳에 모아 고요히 생각하는 능력이.

《보드빌에 들어가는 법》에 나오는 표현을 빌리자면, 모든 동작을 완벽하게 자연스러운 방식으로 하는 법을 배워야 한다.

라이브 공연에서는 다양한 근육을 써야 한다. 그런 세계에서 살아남았으므로, 캐리 그랜트·진저 로저스·프레드 아스테어를 비롯한 할리우드 황금기의 위대한 배우들은 지금 봐도 생기가 넘치고 따뜻하고 입체적이다.

영화 〈톱 햇Top Hat〉(1935)에서 아스테어가 어빙 벌린Irving Berlin의 부드럽고 활기찬 노래 〈날씨가 정말 좋지 않나요?(빗속에 갇혀서)Isn't This a Lovely Day?(To Be Caught in the Rain)〉를 부르며 유혹할 때 그를 바라보던 로저스의 눈을 생각해보아라. 로저스가 어떤 식으로 아스테어를 빨아들이듯 바라보고, 그녀의 얼굴이 어떻게 서서히 밝아지는가를! 로저스는 어떤 면으로 봐도 정말 우아한 배우다. 그녀는 영화든 다른 데서든 어떤 무용수도 보여줄 수 없는 감정적 반응을 보이며 춤을 춘다. 로저스가 아스테어의 완벽한 짝이었던 이유는 바로 이것이었다. 로저스가 춤을 추면, 아스테어에게 몸과 눈으로 반응하며 춤을 추면 영화에 깊이가 생겼다. 가만히 듣고 있기만 하는 장면에서도 그런 반응을 이끌어냈다. 하지만 그녀가 보드빌 세계에서 춤추고 노래하고 연기하는 것만 배운 것은 아니었다. 그녀는 항상 차분하고 신중한 태도와 근면한 직업윤리를 보여주었고, 그런 덕분에 73편의 영화를 찍을 수 있었다. 그런 그녀가 불안정하고 까다로운 사람들이 모여 있는 할리우드에서 소중한 배우로 인정받은 것은 당연했다. 로저스의 이런 태도 역시 우아함이다. 그로 인해 다른 모든 사람들이 편해지기 때문이다.

보드빌 배우들은 약속된 공연이 끝나면 유목민의 포장마차 같은 궤도차들을 빽빽이 나눠 타고 다음 공연, 다음 관객, 온갖 터무니없는 일들이 막무가내로 벌어지는 또 다른 현장을 향해 재빨리 이동해야 했다. 그러니 디바 노릇을 할 시간이 없었다.

오늘날의 할리우드나 브로드웨이나 팝계와 달리, 보드빌의 세계는 온갖 도전과 지지고 볶는 일상을 농축하고 증류하는 삶이었다. 보드빌의 연기도 육체적인 것이었다. 예쁜 얼굴은 몸으로 하는 연기만큼 중요하지 않았다. 배우들은 몸을 잘 놀릴 줄 알아야 했다. 그것도 다른 사람들과 협력해서. 그들은 리듬감과 타이밍, 액션과 리액션, 그리고 서로에게 맞춰가며 전체 공연과 조화를 이루는 능력을 키웠다. 순간적으로 판단을 내려야 했고, 무슨 일이 있어도 무대에 올라야 했으며, 즉석에서 대타를 뛸 수 있어야 했고, 필요하면 즉흥연기도 해내야 했다. 일정이 바뀌어도 참아야 했고, 이 지역 저 지역 돌아다니며 호텔 개수대에서 빨래를 해야 했으므로 자존심일랑 집에 두고 오는 편이 나았다.

라 델의 책 뒤쪽으로 가면 '보드빌에서 성공하는 법'이라는 장이 나온다. 그 장을 마지막에 배치한 건 성공이란 일을 다 배우고 사회적 우아함을 온전히 마스터한 후에야 얻을 수 있는 것임을 말하기 위해서인 듯하다. 그가 한 다음의 말은 오늘날에도 지하철이나 사무실, 휴식을 취하고 싶어하는 승객들을 위해 운영되는 조용한 기차간 같은 곳에 적용할 수 있을 것이다.

기차역에 들어오거나 차에 타자마자 관심을 끌려고 하는 배우들의 모습만큼 역겨운 것도 없다. 그들은 큰 목소리로 쇼 비즈니스 이야기를 하면서 어디서 어떻게 관객들을 신나게 웃겼는지 떠들어댄다. 이런 행동을 하는 건 같은 객차를 탄 사람들의 주의를 끌어 자신이 배우라는 사실을 알리기 위해서이다…. 언제 어디서든 신사숙녀처럼 행동해야 한다. 극장 주변에 있을 때도 마찬가지다. 매니저들은 무대 뒤에서 어떤 일이 벌어지는지 다 안다. 설령 무대로 다시 돌아오지 않더라도 신사숙녀다운 행동 덕분에 멋지게 살아가는, 정당한 능력을 가진 배우들을 나는 많이 알고 있다.

그랜트는 안테나가 늘 밖으로 향해 있었다. 함께 공연하는 배우들이나 다른 사람들에게. 상대방이 이해받고, 지지받고, 보살핌을 받는다고 느끼도록 해주는 그런 민감성은 바로 보드빌 배우 시절에 익힌 집중력과 반사반응에서 나온 것이었다. 보드빌 시절의 그 노고에서.

13

신체장애와 우아함:
우아함을 찾아서

> 인내심 그리고 관심이 만져주면
> 모든 것은 두 배로 아름다워진다.
> —테오필 고티에Théophile Gautier, 《예술Art》

피아니스트가 영화 〈지붕 위의 바이올린〉에 나오는 〈전통 Tradition〉이라는 곡을 쿵쾅거리며 연주하고 있고, 방안에 있는 사람들은 사방에서 발을 차고 있다.

일주일에 한 번, 미국에서 가장 바쁘고 가장 호평 받는 현대무용 그룹 중 하나인 마크 모리스 댄스그룹Mark Morris Dance Group의 본사에서 열리는 무용 강습에는 파킨슨병 환자들이 참여한다. 이 강습에 나오는 사람들은 대부분 나이가 지긋하고, 지팡이나 보행기에 의지하거나 전동 휠체어를 타고 오지만, 강습은 다른 무용 강습과 동일한 방식으로 진행된다. 즉 관절을 푸는 작은 동작부터 시작한다(참관하러 간 건데, 나도 신발을 벗고 따라 했다. 이곳에 들어오면 춤을 춰야 한다는 것이 이 강습의 규칙이다). 모두들 빙 둘러 놓인 접이식 의자나 휠체어에 앉아 있다. 원 한가운데에는 강사 두 명이 어느 자리에서든 동작을 잘 보고 따라 할 수 있도록 얼굴을 마주 보고 앉아 있다.

먼저 바흐의 음악에 맞춰 손을 높이 들어 찌르고 긋고 하면서 허공에 자신의 이름을 쓴다. 피아니스트의 연주에 맞춰 〈마이 보니My Bonnie Lies over the Ocean〉를 부르면서 더 크게 선을 긋고 구부리며 구두점도 찍는다. 다음으로 박자가 점점 빨라지는, 〈지붕 위의 바이올린〉에 나오는 그 긍지 가득하고 우렁찬 노래에 맞춰 다 함께 두 팔과 두 다리를 휘두르며 도전적이고 박력이 넘치는 포크댄스를 춘다. 마치 우리가 러시아 어느 작은 마을에서 우리의 유산을 기리는 현대판 테비에Tevye[82]들의 집단인 양.

음, 그러니까 그 비슷해 보인다.

늘씬하고 미끈한 다리를 가진 품위 있어 보이는 한 여자가 가만히 앉아 있지 못하고 몸을 살짝 까닥거리며 돌아다닌다. 댄스 강습 참석자들 중 몇몇은 다리나 팔을 움직일 수 있지만 둘 다는 움직이지 못한다. 한 남자는 몸이 한쪽으로 살짝 기울어져 있는데, 많이 움직이지는 못하지만 눈으로 다른 사람들을 따라간다. 즐거워하는 빛이 역력하다. 사실 다들 상당히 씩씩하다. 등이 굽

---

82) 영화 〈지붕 위의 바이올린〉에 나오는 주인공의 이름.

고 나이 많은 한 여인은 휠체어에 푹 파묻혀 강습에 큰 반응을 보이지 못하지만 떨리는 두 손을 들고 있다가 간간이 의자 팔걸이에 대고 박자를 맞춘다. 우리는 점점 큰 동작으로 나아가다가, 마침내 흔들거리는 온몸을 이용해 즉흥적으로 춤을 추면서 젤리 파도처럼 플로어를 휘젓고 돌아다닌다.

"우아함이 표현·유연성·음악성·일시적 정지·동작과 동작을 잇는 감각의 황홀한 조합이라면, 파킨슨병 환자들이 그런 능력들을 조금이라도 되찾도록 도와주자는 것이 이 강습의 취지입니다." 강습이 끝난 후 빈 스튜디오에서 담소를 나눌 때, 강사 중 한 명인 데이비드 레벤탈David Leventhal이 말했다.

파킨슨병은 뇌의 화학물질인 도파민이라는 신경전달물질의 생성에 문제가 생겨서 발발한다. 도파민은 뇌의 서로 다른 부위들이 서로 소통할 수 있도록 하여 신체의 움직임을 조정하고 매끄럽게 통제하며 운동과 감정적 반응을 조절한다. 도파민이 충분하지 않으면 몸이 통제되지 않아 떨림·경직·균형상실·동작이 느려지는 현상이 나타나고, 종종 무관심과 우울증도 동반된다.

레벤탈은 예전에 모리스 댄스 그룹의 무용수였고, 파킨슨병 환자를 위한 무료 주간 교육 과정인 그 댄스 프로그램을 책임지고 있다. 레벤탈은 마음을 진정시키는 부드러운 목소리에 소년 같은 정직한 얼굴, 연한 푸른색 눈과 호리호리한 체격을 지녔다. 무엇보다 참을성이 많고 말없이 열심히 일하는 사람이다. 그런 성품 덕분에, 2001년 그 지역의 파킨슨병 지원단체가 새로 문을 열게 될 댄스 센터에 와서 파킨슨병 환자들에게 무용을 가르칠 사람을 구할 때, 완벽한 후보였다.

그 프로젝트는 하나의 실험에서 시작됐다. 레벤탈과 그의 동료 무용수 존 헤긴보텀John Heginbotham은 운동능력 수준이 다양한 여섯 명의 파킨슨병 환자를 학생으로 받았다. 한명은 지팡이를 썼고, 한 명은 보행기를 사용했다. 다들 천천히 움직였고 스텝을 기억하는 데 애를 먹었다. 두 남자는 수많은 반복을 통해―아마도 이것이 무용수들의 주된 비결일 텐데―참가자들이 음악적이고 표현적인 방식으로 스튜디오 안을 매끄럽게 돌아다니도록 가르쳐, 복잡한 패턴과 공간인식을 통해 뇌를 많이 사용하도록 만들었다. 레벤탈의 치료는 바로 이 점에서 물리치료와 다르다. 물리치료는 힘과 지구력을 키워주지만, 우아함에 따르는 매끄러움과 유연함은 갖추지 못했다. 이제는 수십 명의 환자들이 매주 그의 강습을 받고 있으며, 그 프로그램은 38개 주와 12개 국으로 퍼져 나갔다.[1] 그 프로그램은 2014년 〈우아함의 포착Capturing Grace〉이라는 흥미로운 다큐멘터리에 다루어졌다. 브루클린의 학생들이 무거우면서도 쾌활한 마크 모리스의 작품에서 발췌한 춤들로 첫 공연을 준비하는 과정이 그 다큐멘터리에 기록되어 있다. 자신 또한 파킨슨병을 앓고 있는 미국 공영방송 기자 데이브 아이버슨 Dave Iverson이 만든 그 다큐멘터리는 전 세계 영화제들에서 상영되었다. 다큐멘터리 속에서 레벤탈은 "우리 사회는 춤을 출 수 있는 사람들이 있고, 굳이 추지 않아도 되는 사람들이 있다고 거듭 말하는데, 나는 그것이 정말 비극이라고 생각합니다"라고 말한다.

파킨슨병 환자들의 특징은 운동능력 상실이므로, 그들은 보통 사람들처럼 살 수 없다고, 운동의 기본적인 즐거움과 집단적 소속감에서 단절되어 있다고 느낄 수 있다. 하지만 파킨슨병 환자들을 위한 댄스 프로그램은 우아함이 모든 사람의 권리임을 강력하게 입증한다. 누구나 춤을 출 수 있다. 인간의 정신은 춤을 추는 길을 찾아낼 것이며 어떤 몸에든 우아함이 거할 수 있다.

레벤탈은 기본에서 시작한다. 그는 말했다. "댄스 강습 참가자들 가운데 많은 이들이 물리치료를 받으러 다닙니다. 물리치료는 증상완화가 목적이죠. 하지만 음악적으로 움직일 수 있게 되면 만족감이 매우 크기 때문에, 여기서는 가능한 한 예술의 본질을 순수하게 유지하려고 합니다. 우리는 수강생들이 무용수들처럼 균형에 대해 생각하게 합니다. 대립적인 힘들의 역동적 작용으로요. 위로 움직이면 체중은 아래로 내려갑니다. 무용수들이 항상 쓰는 기본기술이지요." 운동의 질─걸을 때 그 역학에 집중하는 것과는 반대로, 걸을 때 어떻게 보이고 느끼기를 원하는가─은 무용수들이 굉장히 많이 생각하는 문제이다. 그것은 기능적 목적이 아니라 심미적 목적을 갖고 있다. 그래서 레벤탈과 그의 동료 코치인 명랑하고 쾌활한 젊은 여성 자넬 배리Janelle Barry는 수강생들에게 팔을 백조의 날개처럼 움직이라고 한다. 마치 〈백조의 호수〉 무대에서 날개를 파닥이는 것처럼. 파킨슨병 환자들에게 그냥 한쪽 팔을 들어보라고 하면 운동장애가 일어나지만, 마음의 눈을 통해 순간적으로 떠올리기 쉬운 이미지를 제시하면 운동장애를 피할 수 있다고 레벤탈은 말했다.

음악도 도움이 된다. 휠체어를 탄 자그마한 여성 주디는 파킨슨병과 치매를 앓고 있다. 레벤탈은 말했다. "그녀로서는 음악에 맞춰 손뼉을 치게 된 것이 굉장히 긍정적인 일입니다. 그녀가 춤을 따라 추는가 아닌가는 중요하지 않습니다. 그녀는 그 자리에 있는 거니까요."

효과는 뚜렷하다. 강습이 끝날 무렵, 수강생들은 좋은 사람들과 매우 신나게 운동을 해서 얼굴이 발그레해진 상태로 미소를 지으며 이야기를 나눴다. 표현이 제한된 이들조차도 분위기가 부드러웠다.

나는 수강생 중 한 사람인 론에게 이 강습에서 무엇을 얻었느냐고 물었다. 그러자 그는 온화한 목소리로 조금 더듬거리며 "예전 같으면 하지 않았을 방식으로 몸을 움직일 수 있는 기회"라고 대답했다. 그리고 "우아해지려고 노력하는 건 매우 특별합니다"라고 덧붙였다.

캐롤이라는 여자는 나에게 이렇게 말했다. "난 정말 여기가 편해요. 소속감 그리고 사람들과의 유대감도 강하게 느끼고요."

수강생들·강사들, 그리고 이 프로그램에 관심을 가진 연구자들에게는 캐롤이 언급한 사람들과의 유대감, 사기를 진작시키는 그 유대감이 근육을 이완시키고 강하게 하는 것만큼이나 유익하다. 그곳에 있으면 그냥 그것을 느낄 수 있다. 하지만 그런 효과들을 정량화하는 것은 쉽지 않다. 우아함을 무엇으로 측정한단 말인가?

"무형의 것들은 매우 중요하지만, 정량화하거나 그것에 관해 쓰기는 훨씬 더 어렵습니다." 토론토 요크 대학교 신경과학 교수인 조셉 드수자Joseph DeSouza는 이렇게 말했다. 그가 파킨슨병 환자들을 위한 댄스 강습에 관한 생방송 토론 프로그램에서 파킨슨병과 춤에 관해 이야기하는 것을 듣고, 나는 그에게 전화를 걸었다. 운동연구 전문가인 그는 매주 캐나다 국립 발레 스쿨에서 댄스 강습을 받는 파킨슨병 환자들의 증상 완화에 관해 연구하고 있다.

환자들이 받는 혜택은 매우 뚜렷하다고 드수자는 말한다. 파킨슨병을 앓는 모든 환자들에게 댄스 강습이 약처럼 처방되기를 바란다면서. 하지만 의료계를 설득하려면 구체적인 증거가 있어야 할 것이다. 그는 말했다. "이것이 사람들의 자기 이미지 변화에 어떤 도움이 될까요? 우리는 이것에 관한 정량적 측정치를 발표하려고 노력 중입니다. 하지만 아직은 미래의 일이죠."

그는 덧붙여 설명했다. "분명한 건 파킨슨병 환자들의 댄스 강습이 제가 연구를 진행하면서 본 프로그램 가운데 그들이 정말로 하고 싶어한 최초의 프로그램이라는 사실입니다. 중간에 그만두는 사람이 거의 없습니다. 무슨 일이 있어도 참여하죠. 지금 그것에 관해 논문을 쓰는 건 매우 어려운 일입니다. 매우 개별적이거든요. 하지만 사람들이 소파를 벗어나 지역 문화센터나 학교에 가서 눈으로 볼 수 없는 그런 것들을 실제로 보고 느낀다면 좀 더 많은 사람들이 혜택을 받을 것이라는 건 분명합니다."

레이철 바Rachel Bar는 드수자의 연구를 돕고 있다. 캐나다 국립 발레 스쿨을 졸업하고 영국 국립발레단과 이스라엘 발레단에서 춤을 췄던 그녀는 심리학 박사학위를 취득하려고 공부 중이다. "춤이 병을 떨쳐내는 데 얼마나 큰 도움이 되는지 정말 놀라워요." 그녀는 말했다. "움직이고는 싶은데 발을 내디딜 수 없는 사람들이 음악이 나오면 움직이는 거예요. 매번 그래요. 너무나 간단해 보여요. 그래서 '음악이 시작될 때까지 그냥 기다릴게요'라고들 하죠. 그리고 음악이 시작되면 움직이는 거예요. 보고 있으면 정말 짜릿하죠."

전염성이 강한 리듬을 가진 음악(파킨슨병 환자를 위한 댄스 강습에서 괜히 브로드웨이 인기곡들을 많이 쓰는 건 아니다), 그 솔깃한 매력, 춤이라는 사회활동—이 모든 것이 놀이와 창조성에 깊이 뿌리박고 있는 기쁨을 선사한다. 이 강습은 자유의 영역, 판단하지 않는 영역이 되었다. 보상이라곤 즐거운 어떤 일을 하면서 느끼는 아름다움과 감사가 전부인 곳이다. 바로 이것이 예술을 할 때 얻는 보상이다.

수전 브레이든Susan Braden은 테니스·스쿼시·달리기 등 모든 스포츠에 탁월했다. 그녀는 대외정책 전문가로 전 세계를 돌아다녔다. 에스토니아의 나토NATO 가입에 힘을 보탰고, 폴란드에서는 기사 작위를 받았으며, 국무부에 소속되어 힐러리 클린턴의 고위 자문위원을 지냈다. 그리고 킬리만자로 정상에 오르리라는 야심을 품고 있었다.

그러나 그 포부는 세 자녀 중 하나와 달리기 시합을 하다가 갑자기 시합을 마칠 수 없었던 그날로 사라져버렸다. "다리가 마치 널빤지 같았어요." 그녀는 나에게 말했다. "정말 이상했어요. 무릎을 구부릴 수가 없었죠." 당시 52세였던 브레이든은 다발성 경화증이라는 진단을 받았다. 피로·근육 약화·경직, 그리고 통증을 야기하는 만성 신경질환인 그 병은 원인이 알려져 있지 않으며, 파킨슨병처럼 사람마다 증상이 굉장히 다양하다.

브레이든은 그 병 때문에, 그 병의 속성 때문에, 살면서 처음으로 속도를 늦추고 말 그대로 현재에 집중하게 되었다. 잠깐만 부주의해도 넘어졌으니까. 그뿐이 아니었다. 불개미가 온몸을 무는 것처럼 피부가 따끔거렸다. 그녀는 스트레스가 증상을 악화시킨다는 사실을 알게 되었다. 또한 다발성 경화증은 불안과 우울, 짜증과 분노를 쉽게 일으킨다고 그녀는 나에게 말했다.

"어떻게 보면 치명적인 병이지요." 현재 59세인 브레이든은 말했다. 하지만 "또 다른 측면에서 보면 그 병 덕분에 엄청난 해방감과 자유를 얻었고, 완전히 새로운 눈으로, 상상했던 것보다 훨씬 더 풍부하게 인생을 바라볼 수 있게 되었다"고 했다. 그녀는 운동광처럼 보인다. 그을린 몸이 늘씬하다. 화장기가 전혀 없고, 짧은 머리칼은 솜털 같다. 그리고 따뜻한 미소. 그녀는 양손에 지팡이를 하나씩 들고 조심스럽게 돌아다닌다. 스포츠는 더이상 가능하지 않다. 그래서 요가와 명상을 시작했다. 천천히 내면에 집중함으로써, 통증에서 자신을 분리할 수 있었다. 그러나 영적 혜택이 더 컸다고 그녀는 말했다. 평생 일만 하며 살다가, 처음으로 자신에게 몸과 마음을 위로하는 뭔가를 하도록 허용했으니까. 그로 인해 생기는 평화만을 위해. 그녀는 직장을 그만두었다. 요즘에는 정원을 손질하고, 미술관에 가고, 가끔 수영을 하고, 자연 속에서 느긋하게 시간을 보내며 하루하루 산다. 그리고 우아함을 찾으며.

"직장에는 우아함이 없죠." 그녀는 말했다. "그 모든 관료주의, 동료들끼리의 내분에 업무를 둘러싼 그 말도 안 되는 헛소리들… 어딜 가나 그렇죠. 난 분석가였어요. 늘 내 방식만 고집했죠. 내가 하는 일은 내 생각을 수긍하도록 다른 사람들을 설득하는 것이었어요. 하지만 지금은 세상을 보는 방식에는 수천가지가 있다는 걸 알게 됐답니다."

그녀는 말을 이었다. "우아함은 자신을 아는 것이고, 그것을 통해 바깥세상과 관계 맺는 방식을 바꾸는 것이에요. 나는 병 때문에 원하든 원치 않든 그렇게 하게 되었지요."

브레이든은 다른 사람들도 자신이 찾은 평정을 얼마간 누릴 수 있기를 바라는 마음에서, 다발성 경화증 환자들에게 요가를 가르치는 요가 선생 마리아 햄버거Maria Hamburger를 돕는다. 땅이 눈과 얼음으로 덮이고 기온이 한 자리수를 기록했던 2월의 몹시 추운 어느 날 오후, 나는 움직임은 느려도 쾌활한 요가 수행자들로 가득한 조지타운 대학교 메디컬 센터의 요가 교실을 찾았다. 그들 중 몇몇은 브레이든의 도움을 받아 앉아 있던 휠체어에서 내려와 사탕 색깔의 매트들 위에 있는 동료들과 합류했다.

햄버거는 탄탄한 체격의 자그마한 여자로, 고압적이지만 참을성 있게 수업을 진행했다. 개인 트레이너와 절대적인 산파의 모습이 섞인 사람처럼 보였다. 사람들이 명랑하게 떠들어대는 통에 수업을 시작하려면 어린 학생들처럼 조용히 시켜야 했다. 그녀는 우리에게 눈을 감고 심호흡을 하라면서 "그냥 내려놓으라"고 말했다.

우리가 두 손으로 매트를 짚고, 엉덩이를 들어올린 개 자세를 취하기 위해 머뭇거리며 몸을 늘리자, 그녀가 말했다. "요가는 지금 이 자리에 있는 우리를 만납니다. 이것이 오늘의 자세입니다. 당신이 할 수 있었을 자세가 아니라, 할 수 있는 자세. 그것은 밝고 아름답습니다."

우리는 책상다리를 하고 앉아 어깨를 돌렸다. "어제 이렇게 하다가, 엉덩이를 바닥에서 들어올렸다니까요." 짓궂은 눈에 사기꾼의 미소를 가진, 그 요가 교실의 익살꾼 빌리라는 남자가 농담을 했다. "그래요, 공중에 떠 있었다니까요!"

"명상은 그만둬요, 빌리!" 옆에 앉아 있던 여자가 어린 남동생을 놀리듯 온화한 목소리로 대꾸했다.

수업이 끝난 후, 잘 걷지 못하는 빌리가 자신의 만성 통증에 대해 나에게 이야기하면서 전동 휠체어에 올랐다. 믿기 힘들다. 그는 수업 내내 재치 있는 농담으로 다른 사람들을 깔깔거리게 했는데. 그것은 자신에게는 아니더라도 우리 모두에게 우아한 행위였다. 지팡이를 짚고 걷는 66세의 크리스티는 요가를 하면 할수록 몸이 무겁고 뻣뻣하고 한물간 듯한 느낌이 줄어든다고 나에게 말했다. 최근에는 애리조나 세도나로 하이킹을 갔는데 붉은 암석과 협곡 사이를 더 오래 걸을 수 있었다면서.

언젠가 브레이든은 이곳을 돌아다니기도 힘들어질 것이다. 하지만 그녀는 "나의 세계가 좁아지면, 내가 할 수 있는 일들이 정말로 소중해진다"고 말한다.

햄버거도 이 말에 동의한다.

"심신이 온전한지 그렇지 않은지의 문제가 아닙니다. 우아함은 도전·갈망·용기를 통해 얻어집니다. 다시 말해 자신의 취약함을 드러낼 때죠." 그녀는 말했다.

그리고 덧붙였다. "인생은 엿 같고 힘들 수 있어요. 그러나 우아함은 인생의 양면을 다 보는 것입니다."

훌륭한 무용수라면 그렇듯 에이미 퍼디Amy Purdy도 멋진 한 쌍의 다리가 있다. 하지만 그녀에게는 두 다리로 하는 것보다 훨씬 많은 재능이 있다.

그녀의 다리는 사람들의 관심을 끈다. 퍼디는 두 다리를 절단한 사람으로, 의족을 하고 ABC의 춤 경연 프로그램인 〈댄싱 위드 더 스타〉에 나가 믿을 수 없을 만큼 편안하게 춤을 추며 최근 시즌을 끝냈다.[2] 그녀와 그녀의 파트너 데릭 허프Derek Hough는 우승한 것이 전혀 놀랍지 않은 아이스댄스 올림픽 금메달리스트인 메릴 데

에이미 퍼디는 뇌수막염에 걸려 두 다리를 잃고도 스노보드 대회·댄스 경연대회에 나갔고, 〈오 프라 윈프리의 더 라이프 유 원트 위크엔드 투어Oprah Winfrey's The Life You Want Weekend tour〉 에도 출연했다. 그녀는 말했다. "의족을 얻게 된 후, 나는 가능한 한 우아하게 걷는 것을 목표로 삼았다. 내게는 중요한 문제였다. 왜냐하면 '아, 의족을 한 그 아가씨'가 아니라 여전히 에이미 로 보이기를 원했기 때문이다."

이비스Meryl Davis의 뒤를 이어 준우승을 했다.

"정말 원더우먼이 나오셨군요!" 그 시즌 첫 에피소드에서 퍼디와 허프가 상상 이상으로 다양하게 엉켜 선정적이고 독창적인 차차차를 춘 후, 그 프로그램의 심사위원 중 한 명인 브루노 토니올리Bruno Tonioli가 흥분해서 말했다. 2014년 러시아 소치 패럴림픽에서 동메달을 딴 스노보드 선수 퍼디에게 엉덩이를 돌리며 빠르고 격렬하게 발을 놀리는 일쯤은 아무것도 아니었다.

토니올리의 말이 맞았다. 퍼디는 타고난 슈퍼히어로였다. 필요한 근력과 복고풍의 매력을 모두 지닌. 그리고 그 다리들도. 그녀가 입고 있던 금색 술이 달린 앙증맞은 차차차 바지 사이로 보이던, 살색 플라스틱 발과 연결된 그 빛나는 금속 막대, 반은 터미네이터 같고, 반은 백화점의 마네킹처럼 보이던 그 다리들. 그 생체공학 다리 때문에 퍼디는 매우 섹시하고 매력적인 금발 미녀 로봇처럼 보인다(그녀는 자신이 섹시한 금발 미녀라고 생각하기에는 너무 겸손할지도 모르지만, '펨봇fembot[83]'은 그녀가 동기부여 강연 때나 자신의 블로그 '펨봇의 눈을 통해서Through the Eyes of a Fembot'에서 자랑스럽게 인정하는 별명이다).

퍼디는 분명 영감을 주는 선수다. 1999년 열아홉 살에 세균성 수막염을 앓다가 살아났지만, 그로 인해 다리와 신장 기능·한쪽 청력을 잃었고, 목숨마저 잃을 뻔했다. 의족을 하고 7개월 후, 그

---

83) 여자 모습의 로봇.

녀는 댄스 플로어에서 센세이션을 불러일으킨 순간반응성 · 중심 근력, 그리고 균형감을 되찾아 다시 스노보드를 탔다.

"그렇다면 여러분은 하루를 어떻게 보내셨습니까?" 그 쇼의 사회자인 에린 앤드루스Erin Andrews가 이렇게 말하며 진지한 표정으로 카메라를 바라보았다. 퍼디가 메달을 딴 뒤 로스앤젤레스로 날아와 리허설을 하고 춤을 추었다고, 그 모든 일이 일주일이 조금 넘는 기간 동안 일어났다고 말한 후였다. 그러나 그녀의 가장 특별한 점은 그녀의 춤이 지닌 순수한 아름다움과 우아함이다.

사람들은 드러난 맨살을 보려고, 화려한 옷차림이나 경쾌한 발놀림을 보려고 〈댄싱 위드 더 스타〉를 본다. 하지만 참가자들 대부분에게는 느낌을 전달하는 것이 가장 힘든 숙제다. 대다수의 참가자들은 그 단계에 이르지 못한다. 퍼디와 허프는 그들의 춤에 감정을 입혔다. 그들은 부자연스럽거나 지나치게 감상적으로 굴지 않았다. 마치 비밀을 공유한 듯 서로 시선을 주고받았다. 퍼디는 아주 천천히 타오른다, 메렝게[84]의 여왕처럼 엉덩이를 흔들면서. 그녀는 조금도 남의 시선을 의식하거나 두려워하지 않는다. 어깨에 긴장이 전혀 보이지 않는다. 기계 다리를 갖고도, 온전한 몸을 가진 다른 참가자들보다 더 솔직한 표현과 우아함을 몸으로 보여준다.

그녀에게는 에미상을 수상한 안무가이자 이미 그 쇼에서 우승

---

84) 카리브해 풍의 활기찬 춤.

한 바 있는 허프라는 탁월한 재능을 지닌 파트너가 있다. 그는 그녀를 멋있어 보이게 해준다. 하지만 허프도 퍼디 덕분에 바뀌었다. 자칫하다 퍼디를 넘어뜨리지 않을까 걱정했기 때문일 것이다. 어쩌면 흔들림 없는 그녀의 침착함에 감동을 받았기 때문일 것이다. 분명한 것은 허프가 자신의 신체표현을 그녀의 신체표현에 맞췄다는 사실이고, 그래서 그의 신체표현은 더 따뜻하고 더 든든해 보인다. 그는 심판들에게 보여주려고 터무니없이 과장된 표정을 짓지 않는다. 그는 온전히 파트너에게 주의를 집중한다. 허프는 그 생체공학적인 여인을 품에 안고 있어서 더 인간적으로 보인다.

장자莊子의 말 중에 "신발이 잘 맞으면 발에 대해서는 잊어버린다"는 말이 있다. 퍼디가 춤추는 모습을 보며 우리는 그녀의 장애를 잊는다. 예리한 슬픔과 감동과 우아함이 느껴지는 그녀의 춤을 보고 숨이 막히는데 장애라는 말을 사용하는 것은 옳지 않아 보인다.

삼 주째에 참가자들은 지금까지 살아오면서 가장 기억에 남는 해를 기념하라는 과제를 받았다. 퍼디는 아버지가 자신에게 신장 하나를 떼줬던 해를 꼽았다. 당시 찍은 가족 비디오에는 그녀가 병실에서 아버지와 춤을 추고 있는 모습이 담겨 있다. 의족에 익숙해지기 전, 새 의족을 하고 아버지의 팔을 붙잡고 빙그르르 도는 모습이.

그녀는 카메라 앞에서, "춤을 출 수 있다면 나는 걸을 수 있다. 걸을 수 있다면 스노보드를 탈 수 있다. 그리고 우아한 삶을 살 수 있다"고 생각했다고 그 순간을 회상했다.

그 주에 그녀와 허프는 추락과 비상의 이미지들이 가득한 놀라운 춤을 추었다. 그녀가 허프의 품안으로 녹아들자, 허프는 그녀에게 무게가 없는 것처럼 그녀를 등 뒤로 돌렸다. 정말 감동적인 순간이었다. 그녀는 마치 허공을 헤엄치는 것 같았다.

"내 다리가 곧 나는 아니에요." 퍼디는 말한다.

"우리는 꿈들이 만들어지는 소재이다." 셰익스피어는 이렇게 썼다.

육신은 덧없지만 꿈은 그렇지 않을 수 있다.

언젠가는 전극이 달린 외골격장치를 사람의 뇌에 심어서, 컴퓨터가 팔다리 신경에 명령을 내려, 몸이 마비된 사람도 춤을 출 수 있게 될지도 모른다. MIT 바이오메카트로닉스 그룹 연구팀장 휴 헤어Hugh Herr는 그런 장치가 있으면 "사람이 생각으로 자신의 생물학적 근육을 움직일 수 있고, 외골격장치가 적절하게 반응할 수 있다"고 나에게 말했다.

"그런 장치들은 우리가 춤이나 피아노나 골프 같은 것들을 새로 배울 때 도움이 될 수 있을 것입니다. 그런 장치들이 우리의 몸을 휘감아 우리를 가르치는 것이지요." 헤어는 말했다. 그러면 우리에게도 데릭 허프 같은 파트너가 생기는 것이다.

헤어는 퍼디를 알고 있었기 때문에, 〈댄싱 위드 더 스타〉를 관심을 가지고 지켜보았다. 그녀는 스노보드를 타기에 더 좋은, 보드에 통합된 의족을 공동으로 작업하는 문제 때문에 이야기를 나누려고 MIT에 찾아왔다고 했다. 헤어도 1982년에 암벽 등반을 하다가 동상에 걸려 퍼디처럼 두 다리를 절단했다. 그리고 퍼디처럼 운동을 좋아하는 사람이다. 그의 말에 의하면 사고 이후 특별 제작한 의족으로 전보다 등반을 더 잘할 수 있게 되었다고 한다.

살과 뼈로 된 다리와 달리, 그의 다리는 업그레이드가 가능하다.

춤은 새로운 영역이다. 최근에 헤어는 춤을 출 수 있도록 특별 제작한 생체공학 다리 한쪽을 선보였다. 그는 2013년 보스턴 마라톤 대회 폭탄테러로 다리를 잃은 에이드리언 해슬릿 데이비스 Adrianne Haslet-Davis라는 볼룸댄스 강사를 위해 그 다리를 제작했다. 그녀는 그 의족 덕분에 우아함을 되찾을 수 있었다. 일 년 후, 그녀는 밴쿠버에서 열린 테드(TED) 컨퍼런스에서 파트너와 함께 상당히 가볍고 빠르고 조용한 스텝으로 짧게 룸바를 추었다. 폭탄테러 이후 처음이었다. 티타늄과 탄소로 된 그녀의 춤추는 다리 안쪽에는 모터와 전선들과 작은 컴퓨터들 그리고 힘줄을 모방한 스프링들이 있었다. 기존의 '수동적인' 의족들과는 달리, 그 다리는 "가속 페달처럼 움직일 수 있고, 특정 방향을 향해 순간적으로 세게 밀수도 있다"고 헤어는 말한다.

"장애란 없습니다. 제대로 만들지 못하는 것뿐이지요." 헤르의 말이다.

우아함은 사람들 사이에 깊은 유대를 형성할 때 가장 의미 있게 쓰인다. 설령(아니면 특히?) 잠깐 동안일지언정. 어느 해 우리시의 독립기념일 퍼레이드 때 내가 우연한 만남에서 경험했듯이.

우리 세 아이가 수영 팀과 함께 행진하는 모습을 지켜보던 나와 남편은 퍼레이드에서 일찍 빠져나와, 점점 더해가는 한낮의 열기를 피하기로 했다. 인도를 따라 집 쪽으로 서둘러 걷고 있는데, 휠체어를 탄 남자가 힐끗 보였다. 그는 풀이 우거진 오르막에 자리를 잡고 있었는데, 모습이 언뜻 이상했다. 한쪽 눈에 안대를 했고, 피부는 뼈에서 떨어지려는 양 축 처져 있었다. 비틀린 입으로 뭔가를 말하려 했지만 말이 나오지 않았고, 몸을 한쪽으로—우리 쪽인가?—기울이고 있었다. 한쪽 팔을 힘없이 들어올린 채.

나는 그 모습을 보면서도, 저 남자가 왜 저러나 하며 계속 걸었다. 특이한 모습이었지만, 말짱한 한쪽 눈에 쾌활한 기색이 보였고, 손을 뻗고 있는 모습 또한 어쩐지 익숙하고 친근했다. 나는 흐느적거리는 그 얼굴과 들어올린 팔에 대한 생각을 떨치지 못하고 몇 걸음 더 걷다가 깜짝 놀랐다. 내가 아는 남자였던 것이다. 우리 맏아들과 그의 딸이 같은 초등학교를 다녀, 생일파티나 학교 모임에서 그를 만난 적이 있었다. 그 키 크고 체격이 탄탄한 남자가 뇌졸중 후유증을 앓고 있었던 것이다.

바로 알아보지 못해 유감스러웠지만, 그의 열의에 이끌려 남편과 나는 몸을 돌려 그가 앉아 있는 곳으로 갔다. 그의 아내와 딸도 옆에 있었다. 그들은 우리를 따뜻하게 맞아주었고, 우리는 몇 분 동안 이야기를 나누었다. 퍼레이드 그리고 아이들의 대학 문제 같은 소소한 이야기들을. 그는 말을 하지 못하는 것이 틀림없었다.

그렇다고 우리의 대화에 끼지 못한 건 아니었다. 그는 고개를 끄덕이고, 할 수 있는 한 최선을 다해 미소를 지었다. 그의 한쪽 눈은 여전히 빛나고 있었다. 가족과 함께 그 그늘에 앉아 있어서 최고로 행복한 듯 보였다. 오랫동안 보지 못한 지인들을 불러 세운 것도 기쁜 듯했고.

그는 순수하고 단순한 우아함으로 그 일을 해냈다. 환영의 몸짓, 친절한 표정, 귀를 기울이는 자세, 지나가는 사람을 그냥 보내지 않는─그리고 무관심에서 우리를 구해준─웅변적인 몸짓들로.

5부

우아함에 대한 이해

14

우아함의 과학:

우아함과 생존

인간은 얼마나 기막힌 예술작품인가!… 생김새와 움직임이
얼마나 풍부하고 감탄스러운가!

—윌리엄 셰익스피어, 《햄릿》

2012년 로저 페더러가 윔블던에서 우승한 후, 정보분석가들은
그 시합에서 그의 성공률이 78퍼센트였다고 집계했다. 페더러는
총점의 3분의 1 이상을 그 시합에서 획득했다. 분석가들은 그가
베이스라인[85] 뒤쪽과 안쪽에서 얼마나 많은 샷을 날렸는지, 첫 번
째 서브에서 얻은 점수와 두 번째 서브에서 얻은 점수의 비율은
어떻게 되는지 계산했다.

---

85) 테니스나 배구 같은 네트 게임에서 코트의 양쪽 끝 경계선을 말한다. 선수는 서브할 때 반
드시 이 선 뒤에 있어야 한다.

하지만 페더러가 어떤 테니스 경기를 했는지는 수학으로 설명할 수 없다.

과학 역시 그것을 완벽하게 설명해주지 못하지만, 이 정도의 사실은 분명하다. 테니스 코트에서 그가 보여주는 유려한 탭댄스는 정교하게 연결되어 완벽하게 기능하는 그의 뇌가 만들어낸 산물이라는 사실. 그의 운동피질·기저핵·소뇌는 모든 스텝에서 공간 안 페더러의 위치를 결정하고, 행동 코스를 계획하고, 스피드와 타이밍을 교묘하게 처리하고, 정확한 근육들을 수축시키며, 몸의 균형을 계속 유지하기 위해 복잡한 신경회로를 통해 대화하면서 숨은 조화라는 위업을 수행한다.

그러나 페더러의 뇌가 정확히 어떻게 한 세트 동안, 심지어는 한 서브 동안 이 모든 물리적 과정과 공학적 계산들을 해내는지는 여전히 수수께끼이다. 실험실의 도구들로는 페더러처럼 놀라운 움직임을 보여주는 선수가 다른 선수들과 어떻게 다른지 더더욱 알아낼 수 없다. 상대 선수들도 동일한 신경 프로세스를 통해 정보를 전달받는데, 페더러는 어떻게 그처럼 우아하게 반응하는 걸까? 무엇이 그에게 최상의 인식과 리듬과 편안함을 주는지, 그러니까 예술적 특성을 부여하는지, 연구를 해봐도 알 수가 없다. 운 좋은 몇몇 사람들은 왜 다른 사람들보다 더 우아한지 과학이 답변하지 못하는 것이다.

우아함과 관련해, 과학은 어떤 사람에게는 왜 우아함이 아예 없는가에 초점을 맞춘다. 다시 말해 왜 파킨슨병 같은 운동신경장애가 기본적이고 매끄러운 운동조절능력을 앗아가는가 하는 문제에.

우아함에 관해 과학자들이 알고 있는 것은 우아함은 신경계의 기적에 의존한다는 사실이다. 천억 개의 온전한 뇌세포들이 모두 함께 작용하는 기적에. 뇌의 완벽한 작용뿐 아니라 뇌의 질환에 대해서도 연구하는 그들은 우리가 당연시하는 일상적 행동들, 가령 걷거나 물잔을 들어올려 입에 대는 단순한 행동들의 우아함을 측정한다.

아포스톨로스 조고풀러스Apostolos Georgopoulos는 미네소타 대학교 인지과학센터와 미니애폴리스 퇴역군인 의료센터의 뇌과학센터를 책임지고 있는 신경과학자다. 뇌의 운동 메커니즘이 그의 전문 분야이다. 가령 우리가 행동들의 순서를 어떻게 정하며, 정확성에 영향을 미치지 않으면서 운동속도를 높이기 위해 정보를 어떻게 처리하는가 하는 문제들을 연구한다. 그는 커피 잔을 잡기 위해 손을 뻗는 단순한 행동 하나를 위해 천억 개의 뇌세포가 어떻게 조직적으로 작용하는지 경건하게 이야기한다.

"하지만 줄타기나 체조, 혹은 농구의 우아한 슬램덩크 같은 것들에 대해 우리는 전혀 알지 못합니다"그는 나에게 말했다. "더 고차원적인 조정능력에 대해서는 전혀 모른다"는 것이다.

복잡하고 정교한 대규모 행동들에는 뇌의 여러 부분이 관여하기 때문이다. 바로 이것 때문에, 뇌의 신경 시스템에 영향을 미치지 않고 어떻게 그 시스템을 측정할 것인가 하는 문제가 생기게 된다. 이용 가능한 기술이 있을 경우, 신경과학자는 주어진 시간에 뇌의 작은 부분만 볼 수 있다. 가령 무선원격 측정장치로 뇌의 전기활동을 기록해 간질을 의미하는 이상파를 포착할 수 있다. 하지만 춤을 추거나 펜싱을 하거나 평균대에서 뛰어오르는 사람의 전체적인 뇌 활동을 포착하는 일은 아직도 요원하다.

"우아한 행위를 할 때의 뇌 상태를 기록하려면 우리는 그 행위에 개입해야만 한다"고 조고풀러스는 말한다. 뇌 전체를 평가하는 원격장치, 작동 중인 뇌 전체를 볼 수 있는 휴대용 장치가 있다면 "큰 진전을 이룰 수 있다"고 그는 말한다.

문제를 더욱 복잡하게 만드는 것은 우리의 행동들이 근본적으로 순수하게 '운동적'인 것만은 아니라는 사실이다. 우리가 하는 행동들은 감각운동이다. 우리는 시각과 청각을 통해 들어온 정보, 근육과 피부로 알게 된 정보에 의해 움직인다. 여러 작용들로 이루어진 뇌 구조가 그 정보를 받아들이고 다양한 근육들의 수축을 조절해, 우리가 심미적으로 우아하다고 생각하는 일관된 전체를 만들어낸다.

이 모든 것을 어떻게 하나하나 분석할 것인가?

과학자들은 매끄러운 운동기능에 기여하는 뇌 부위에 대해서는 상대적으로 아는 바가 거의 없다. 반대로 그런 부위들이 제대로 작동하지 않을 때 어떤 일이 일어나는지에 대해서는 상당히 많이 알고 있다. 뇌의 운동구조에 사소한 문제만 생겨도 떨림·불안정, 또는 다른 운동결핍 현상이 나타난다. 가령 파킨슨병의 첫 징후는 일반적으로 한쪽 손이나 손가락 하나가 떨리는 것인데, 이것은 운동조절에 도움이 되는, 뇌 안쪽 깊은 곳에 자리한 구조군인 기저핵에 문제가 있음을 알려준다.

하지만 우아함에 관해 과학이 말해줄 수 있는 중요한 사실이 있다. 뇌에 문제가 없다면 우리는 원하는 만큼 우아해질 수 있다는 사실이다. 그저 연습의 문제일 뿐이다.

"당신이나 나나 어렸을 때부터 우아한 운동조정 훈련을 했다면 나디아 코마네치만큼 우아해질 수 있었을 겁니다"조고풀러스는 말한다. "어쩌면 그런 능력은 모든 사람에게 있을 겁니다. 일찍 시작할수록 더 좋죠."

연습을 하면 우아해진다. 이것을 조고풀러스의 우아함 이론이라고 부르자.

우리가 보기에는 테니스 코트의 시詩처럼 보이는 것이 로저 페더러에게는 대부분 반사신경과 훈련에서 나온 전략의 문제다. 끊임없는 연습 덕분에, 별로 생각하지 않아도 그의 뇌가 자연스럽게 참여하고 활성화되는 것이다. 반복을 하면 동작은 좀 더 쉽고 매끄러워진다. 뇌세포가 특정한 패턴으로 반복적으로 발화하기 때문이다. 그러면 세포들 사이의 연결이 강화된다. 이른바 뇌 비즈니스에서는 함께 발화하는 뉴런들이 함께 연결된다. 그리고 연습을 충분히 하면 이런 연결들이 점점 강해져 성능도 점점 향상된다. 우아함이 습관이 되는 것이다.

조고풀러스는 우아해지는 것을 언어습득과 비교한다. 외국어로 자신을 표현하는 일은 연습하면 할수록 점점 자연스럽게 되고 유창해진다. 편안하게 움직이는 것도 그렇다. 소소하게 자세만 개선해도 걸음걸이가 더 가벼워지고, 균형 잡히고, 유연해진다. 어릴 때 시작하면 이 모든 것을 배우기가 더 쉽긴 하지만, 잠재성은 우리 모두에게 존재한다.

사실 우리의 뇌는 우리가 이런 일을 열심히 하길 바란다.

이유는 이렇다. 우리에게 뇌가 있는 이유는 운동을 계획하고 실행하기 위해서다. 그러려고 우리의 뇌가 진화한 것이다. 우리는 뇌가 있어서 움직일 수 있고, 먹을 수 있고, 아이를 낳을 수 있으며, 잡아먹히지 않을 수 있다. 어쩌면 뇌는 생각하기 위해 있다고 생각할지 모르지만, 그것은 뇌가 하는 일의 극히 일부에 불과하다.

우리의 뇌는 약 99퍼센트가 운동 시스템이고, 나머지 1퍼센트는 그 운동 시스템을 보조하기 위한 것이다. 더 간단히 말하면, 뇌는 주로 근육수축에 관여한다. 인간이라는 유기체는 근육수축을 통해 호흡하고 산소를 순환시키며, 골격을 움직여 음식을 얻고, 포식자들을 피하며, 관계를 형성하고 그 관계를 유지할 수 있는 것도 근육수축 덕분이다.

그러니 몸을 하찮게 여기는 성향이 얼마나 이상한지—사실상 얼마나 어리석은지—생각해보라. 우리는 마음을, 지성을 훨씬 더 우월하고 흥미로운 것으로 떠받든다. 그래서 많은 이들이 몸을 부수적이고, 불편하고, 실망스럽고, 당혹스럽고, 무시하는 편이 나은 것으로 본다. 몸을 유일함이 곧 그 가치이며 마땅히 보살펴야 할 많은 능력을 지닌 유기체가 아니라, 문화적 이상에 맞추기 위해 꾸미거나 신중하게 다듬을 대상으로 보기도 한다. 그리하여 한정된 공간 안에서 신체적 개입이 최소화된 상태로 지성을 통해 성취할 수 있는 일들에 대부분의 노력을 바치고, 거기서 자부심의 대부분을 끌어올린다. 정신적 삶으로 육체의 문제들을 다스리는 것이다. 우리는 일상생활에서 대부분의 활동을 근절하고, 그것을 주로 앉아서 지내는 습관과 우리가 인간임을 가장 잘 보여주는 것은 '머리를 사용하는 것'이라는 믿음, 즉 사고와 추론에 완벽을 기하는 것이라는 믿음으로 대체했다.

하지만 사실은 그렇지가 않다.

두뇌는 동적 시스템의 일부다. 두뇌는 몸을 움직이게 하고 몸은 다시 두뇌를 작동시킨다. 몸이 뇌에 뭔가를 전달하고 우리가 세계를 이해하는 것은 몸의 경험을 통해서이다. '체화된 인지 embodied cognition'라는 점점 성장 중인 분야가 바로 이것을 탐구하고 있다. 마음이 몸에 묶여 있듯 몸도 마음에 영향을 미친다는 개념 말이다.

우리의 언어가 신체적으로 얼마나 깊이 뿌리박혀 있는지 생각해보라. 우리는 추상적인 개념과 감정들을 신체적인 용어로 묘사한다. 미래가 앞에 놓여 있다. 과거는 뒤에 있다. 이런 말도 한다. '썰렁하다' 혹은 '뜨거워 보인다.' 또 기분이 좋으면 기운이 '솟는다'고 하고 피곤하거나 우울하거나 축 처지면 기운이 '빠진다'고 한다.

몸이 먼저다. 우리의 움직임, 육체적 자아를 이해하게 되면, 그리고 표면상의 아름다움뿐 아니라 이상적인 움직임—우아한 움직임—을 소중히 여기게 되면, 인간 일반에 대한 이해가 풍요로워진다. 움직임의 미스터리는 그 매혹의 일부이다. 생각해보라. 우리가 어떻게 움직이는지 정말로 아는 사람은 아무도 없다는 사실을. 신경학자들도 완벽한 이해에 도달하려면 한참 멀었다. 뇌가 우리의 움직임을 조절하는 메커니즘, 우리가 이 세상을 살아가게 해주는 메커니즘, 우리의 진화적 명령의 핵심에 존재하는 바로 그것은 여전히 이해하기 어려운 것이다.

신경학자들은 다 함께 작동해 우아한 움직임을 만들어내는 천억 개의 뇌세포의 비밀스러운 안무에 대해 이야기하면서 경이로워한다. 조고풀러스는 신경의 춤이 얼마나 놀라운지 묘사하면서 "정말 엄청나다"고 말한다. "뇌를 들여다보면 더더욱 놀라게 됩니다. 어떻게 그 모든 일을 완벽하게 해낼까요?"

가장 우아한 신체표현 몇 가지를 생각해보자. 가령 올가 코르부트의 유쾌한 올림픽 마루운동 같은. 관련된 많은 동작을 해내는 동안 신체를 통제하고, 모든 근육과 결합조직의 힘과 속도를 조절하고, 관절을 활용 및 확장하고, 혈류와 호흡을 조절하고, 균형과 공간인식을 유지하는 것을 생각해보자. 얼마나 많은 일을 해내는가! 우리 몸을 움직이기 위해 뇌가 해내야만 하는 일은 우리가 생각을 할 때 뇌 속에서 진행되는 일보다 훨씬 더 엄청나다. 특히 우리 대다수의 사람들이 하루 종일 하는 것처럼 앉아서 생각을 할 때, 책상 앞에 앉아 있으니 수준 높은 일을 하고 있다고 생각할지 모르지만, 사실은 뇌의 상당 부분을 멍하니 놔두는 셈이다.

우리는 이미 이 사실을 어느 정도 알고 있다. 최고의 아이디어들 가운데는 달리거나 산책을 하는 동안 떠오른 것들이 많다(전해오는 바에 따르면, 앨버트 아인슈타인은 자전거를 타다가 상대성 이론을 떠올렸다고 한다). 체육관에서 운동을 하거나 수영장에서 수영을 하고 나면, 혹은 달리고 나면 머리가 더 맑아진다.

움직이는 신체가 말 그대로 우리의 뇌를 형성한다. 연구에 따르면 운동은 뇌 안에 있는 성장을 촉진하는 화학물질의 분비를 늘려학습과 사고를 돕는다. 그 화학물질들이 학습과 관련된 뇌세포들사이의 새로운 연결을 형성하는 것이다.[1] 댄스 수업이나 테니스시합처럼 복잡한 신체조정에 관여할수록 뇌의 능력은 더 커진다.왜냐고? 몸이 복잡한 활동을 하려 할수록 뇌가 더욱 더 자극을 받기 때문이다. 근육과 마찬가지로 뇌세포도 성장하려면 신체적 단련이 필요하다.

독일에서 고등학생들을 대상으로 행한 연구에 따르면, 규칙적인 활동을 한 학생들보다 십 분간 복잡한 체력단련을 하고 난 학생들이 고도의 집중력을 요구하는 과제에서 더 나은 점수를 받았다. 운동을 전혀 하지 않은 학생들은 점수가 가장 낮았다.[2] 연구결과에 따르면, 운동은 우울증으로 손상된 뇌 영역에서 신경세포의성장을 자극할 수 있다.[3] 또 캐나다의 한 연구에 따르면, 걷기 같은 가벼운 운동을 하는 노인들이 주로 앉아서 생활하는 노인들에비해 기억력과 인지력 감퇴가 더뎠다.[4]

중국에서 진행된 한 연구는 오랫동안 태극권을 수련하면 에어로빅과 마찬가지로 뇌의 형태를 바꿀 수 있음을 시사한다. 또 신체의 균형과 조정 및 이완에 집중해서 느리게 움직이는 그 무술이 기억력과 사고력을 증진시킬 수 있다는 사실도 보여준다.[5] 알츠하이머 협회가 알츠하이머 및 다른 유형의 치매에 걸릴 위험성과 그 증상을 완화시키는 방법으로 규칙적인 운동을 홍보할 만큼, 신체 활동은 뇌에 매우 이롭다.[6]

하지만 이 책은 운동교본이 아니라 우아함에 관한 책이다. 그렇다면 이런 이야기들이 우아해지는 것과 무슨 관련이 있는가? 조고풀러스의 우아함 이론으로 돌아가보자. 하면 된다는, 걷기든 테니스든 춤이든 하면 할수록 잘하게 된다는 이론 말이다. 그뿐이 아니다. 전반적인 움직임도 더 좋아진다. 많이 움직일수록 움직임은 더 우아해진다. 더이상 말이 필요 없다.

몸을 가볍게 들어올리고 똑바로 그리고 매끄럽고 조정된 동작들로 우아하게 움직이면, 심미적이고 감각적인 즐거움 이상의 혜택이 있다. 우아함에는 파급효과가 있다. 주변 사람들도 함께 느끼게 된다. 우리가 움직이는 방식은 다른 이들에게 영향을 미친다. 인간은 타고난 모방자이기 때문이다. 우리의 뇌는 동작 패턴을 매끄럽게 모방하게 되어 있다.

조고풀러스는 말한다. "아이들을 보세요. 아이들이 어떻게 또래들의 습관을 배울까요? 그건 자연스럽고 자동적이고 타고난 것이라 굳이 가르칠 필요가 없습니다."

"원숭이들도 마찬가지입니다. 한 마리가 우아하게 나뭇가지들을 뛰어다니면, 돌연 집단 전체가 따라 합니다. 아주 흔한 일이죠. 사람들도 똑같습니다. 우리는 움직임을 모방합니다. 만일 그 움직임이 우아하면 그 모방도 우아해질 것입니다."

한번 상상해보라. 당신이 카트린 드뇌브Catherine Deneuve나 시드니 포이티어Sidney Poitier처럼 차분하고 우아하게 걸어다닌다고. 떠다니듯 걸어다니는 당신의 아름다운 모습은 어디서나 찬미자와 모방자들에게 영감을 줄 것이고, 우아한 움직임과 그에 따르는 좋은 느낌들도 퍼져 나갈 것이다. 그러면 당신으로 인해 세계가 얼마나 아름다워지겠는가!

하지만 해먹에 누워 아이디어를 떠올리려고 고민한다고 더 우아해지지는 않을 것이다(친애하는 쾌락주의자들이여, 그렇다고 내가 해먹을 싫어하는 것은 결코 아닙니다. 힘든 집안일로부터 해먹만큼 해방을 보장해주는 것도 없으니까요).

"인생은 자전거를 타는 것과 같다. 균형을 잃지 않으려면 계속 움직여야 해." 앨버트 아인슈타인은 아들에게 이렇게 썼다.[7] 앉아서 생각에만 몰두하는 우리의 능력은 그리 특별한 것이 아니다. 사실 데이터를 처리하고, 계산하고, 가설을 세우고, 추론하는 인간의 능력 가운데 어떤 것들은 기계가 복제할 수 있고, 심지어 더 잘할 수도 있다. 체스 명인 게리 카스파로프Garry Kasparov를 완파한 슈퍼컴퓨터 딥블루Deep Blue를 보라. 2011년에는 그 후속 컴퓨터인 방 하나만한 크기의 왓슨Watson이 체스보다 규칙이 좀 더 복잡한 텔레비전 퀴즈쇼 〈제퍼디Jeopardy〉에서 최고 실력을 갖춘 인간

경쟁자 두 명을 이겼다![8]

그러나 기계가 생명체처럼 움직이려면 한참 멀었다. 사실 우아함은 아직도 로봇공학자들이 성취해야 할 과제이다. 로봇공학에서 최첨단을 달리는 일본의 로봇 기술자들이 만든 가장 진짜처럼 보이는 안드로이드[86]도 인간처럼 매끄럽고 유연하게 움직이려면 한참 멀었다.[9]

사실 세상에는 움직임에 있어서 인간의 몸만큼 범위와 복잡함을 능가할 수 있는 생명체는 거의 없다(문어라면 몰라도).

독일의 낭만주의 시인이자 철학자인 노발리스는 "세상에 신전은 오직 하나뿐이니, 그것은 인간의 몸이다"라고 썼다. 그는 28세의 나이로 죽었기 때문에, 육체에 대한 그의 헌사는 더욱 통절하다. "그 숭고한 모습보다 더 성스러운 것은 없다…. 인간의 몸을 만지면 곧 천국을 만지는 것이다."

* * *

키코의 긴 팔은 헝겊 인형의 팔처럼 부드럽게 늘어져 있다. 어떻게 움직이든 온몸에 힘이 빠져 있고 여유로워 보인다. 국립동물원의 오랑우탄 이동 시스템인 강철 케이블을 잡으려고 15미터 높이의 탑을 오를 때조차도 비단처럼 부드럽고 편안한 것이, 마치

---

86) 인간의 모습을 한 로봇.

구릿빛의 캐리 그랜트 같다.

간단히 O라인이라고 부르는 이 높이 솟아 있는 이동망은 워싱턴 동물원의 보석이다. 그것은 영장류들이 거처하는 건물들 사이에 높이 걸쳐 있어서, 키코 같은 오랑우탄들이 좋아하는 일, 즉 허공에서 그네를 타듯 자유롭게 이동하는 일을 할 수 있게 해준다. 그것은 과일나무 캐노피의 차선책이다.

오랑우탄들은 우아한 행동에 몰두하는 것도 좋아한다. 키코와 그의 친구들이 중력을 거스르며 전혀 힘들어하는 기색 없이 허공을 미끄러지듯 가로지를 때 몸의 유연한 움직임을 보는 것은 큰 기쁨이다. 오랑우탄들이 케이블을 타고 천천히 밖으로 달려나오는 모습은 변함없이 사람들을 끌어모은다.

지상에 더 묶여 있는 우리 인간들은 우리의 먼 사촌인 그들에게 끌리지 않을 수 없다. 사실 이 털북숭이 오랑우탄들은 우아함의 이론을 구성하는 열쇠다.

앨프리드 로드 테니슨Alfred Lord Tennyson은 〈엘리노어Eleanore〉라는 시에서 연인의 어떤 점을 사랑하는지 우아함의 목록을 읊듯 말한다. "완벽하게 흐르는 조화"에 대해 그리고 "물 위에 떠 있는 듯한 우아함의 풍부한 균형미"에 대해 말하고는 이렇게 덧붙인다.

그대에게는
갑작스러운 것도, 분리된 것도 없다네.
성소의 향로에서 피어오르는

두 줄기 연기처럼,

생각과 움직임이 언제나

어우러지고 어우러지네.

움직임들은 마치 들리지 않는

멜로디에 맞춰진 듯

서로를 향해 물 흐르듯 흐르네….

　내가 이 시를 좋아하는 이유는 서로를 반영하는 내적 우아함과 외적 우아함을 강조하고, 엘리노어의 경이로운 움직임의 특성과 연기와 향기라는 만질 수 없는 것들을 엮기 때문이다. 그런 존재는 흙내 나는 털북숭이 키코와는 거리가 매우 멀어 보인다. 그러나 결정적인 점에서 그 둘은 그다지 다르지 않다. 우리의 조상들은 나무 위에서 거주했고 약 1300만 년 전에 키코의 조상들로부터 갈라져 나왔지만, 우리는 아직도 DNA의 97퍼센트를 오랑우탄과 공유하고 있다. 우리는 약 600만 년 전에 갈라져 나온 보노보와 한층 더 가깝다. 이들은 우리 인간과 가장 가까운 유인원이다. 미국 에머리 대학교의 여키스 국립영장류연구소 소장인 대표적인 영장류 학자 프란스 드 발Frans de Waal에 따르면, 인간이 두 발로 걷고 나서도 한참 뒤인 몇백만 년 전만 해도 밤이 되면 잠을 자고 포식자들을 피하기 위해 나무 위로 올라갔다는 사실을 말해주는 증거들이 있다고 한다.

　인간은 매우 오랫동안 나무 위에서 살았으며, 그 역사는 우리의 뇌와 몸에 아직도 남아 있다. 우리는 수백만 년 동안 나무에 올랐고, 나무를 타고 돌아다니면서 나무 아래 있는 적들을 피하고 나무 위의 달콤한 과일로 배를 채웠다. 우리는 넓은 가슴과 반듯한 등, 그리고 매끄럽게 돌아가는 유연한 어깨로 멋지게 적응해 양팔로 번갈아 나무에 매달리며 그네를 타듯 나무 사이를 돌아다녔다. 우리의 몸에는 아직도 그 흔적이 남아 있다. 21세기의 습관들이 어깨를 조이고 있긴 하지만, 우리는 아직도 매우 유연한 어깨 관절을 사용해 사방으로 움직일 수 있다. 진화에는 가방·운전·키보드처럼 어깨에 부담을 주는 것들, 혹은 목으로 전화기를 받치느라 생기는 근육경직을 위한 계획은 없었다.

옛날에 우리가 나뭇가지들 사이를 돌아다닌 방식은 매우 위태로웠다. 표면보다 허공이 많은 불안정하고 복잡한 환경이었다. 나무 위에서 이동하는 것은 힘들었다. 우거진 나무들 사이에 다리를 놓아야 했고, 구부러지고 유연한 가지 위에서 균형을 유지해야만 했다. 그 모든 일을 정확하면서도 가만가만히 해내야 했다. 손을 한번 놓았다가는 죽을 수 있었고, 시끄럽게 돌아다녔다가는 육식성 조류나 나무 타는 호랑이를 불러들일 수 있었다. 적들을 피하고 저녁으로 먹을 무화과를 차지하려면 민첩성은 필수였다.

나무에서 생활하는 것은 복잡해서 "곡예 동작이 많이 필요하다"고 드 발은 나에게 말했다. 영장류들이 양손으로 번갈아 매달리며 나무 사이를 건너갈 때 그 리드미컬한 타이밍과 잡고 놓는 조정력을 보라면서. "매끄럽게 움직여야 합니다. 그러지 않으면 떨어질 테니까요. 그러니 제대로 하는 것이 굉장히 중요하지요." 덩치가 큰 영장류는 특히 그렇다. 떨어지면 죽을 위험이 가장 크기 때문이다. 키코가 좋은 예이다. 오랑우탄은 말레이시아에서 '숲의 사람'이라는 뜻이다. 오랑우탄은 나무에서 사는 동물들 가운데 가장 큰데, 수컷의 몸무게가 90킬로그램이 넘는 경우가 흔하다. 그들은 양손으로 번갈아 매달리며 나무 사이를 편하게 건너다니지만, 원숭이들처럼 흥분해서 나무에서 나무로 뛰어다니지는 않는다. 서두르지 않고 굉장히 매끄럽게 움직이는 키코를 보면 알 수 있듯, 오랑우탄은 무척 신중하게—그리고 훨씬 더 우아하게—움직인다.

그들 중 하나가 나무 사이를 잘 건너지 못하면 우리의 조상들은 분명 알아차렸을 것이다. 드 발은 침팬지들이 다리를 저는 동료 침팬지를 위해 속도를 늦추는 모습을 본 적이 있다고 한다. 서열이 높은 수컷이 다리를 절면 서열이 낮은 수컷들이 그 수컷을 공격하는 모습도. 그렇다면 우리의 조상들도 제대로 움직이지 못할 경우 안전상의 위험 외에 사회적 귀결도 따랐다고 추정해볼 수 있다.

그래서 어떻게 했을까?

"기본적으로 곡예에 가까운 솜씨를 보여주는 것이 선택되었습니다." 드 발은 말했다. 일례로 우리의 원시적 자아, 태양의 서커스의 자아들은 끊임없이 신체적응을 해야 했다. 영장류는 사지의 광범위한 움직임부터 손가락으로 쥐는 섬세한 능력에 이르기까지 동작 어휘가 모든 포유류 가운데 가장 풍부하다.[10] 털이 텁수룩한 추처럼 가지에서 가지로 급강하하듯 획획 건너다니는 것은 에너지 면에서 효율적이면서도 신속했고, 중력을 이용해 최소한의 노력으로 매끄러운 궤적을 따라 이동할 수 있게 해주었다. 가지에서 가지로 이동하는 것은 그 움직임이 일정하고 유연하고 연속적일 경우, 날아다니는 것과 비슷했다.[11] 우리의 먼 친척인(그리고 최고의 곡예 솜씨를 지닌) 긴팔원숭이는 시속 50킬로미터가 넘는 속도로 나무 사이를 건너다닐 수 있다. 그러나 오늘날의 호모 사피엔스들 가운데 그 자랑스러운 나무 건너기 전통을 이어가고 있는 이들은 대부분 유치원생이나 크로스핏[87] 중독자들이다. 나머지는 너무 오랫동안 연습을 하지 않아서 성인 몸무게를 지탱해줄 상체 근육이 없다.

나무 위에서는 호를 그리듯 나무 사이를 건너는 리드미컬한 우아함이 중요했다. 그 덕분에 포식자들을 피할 수 있었고, 먹을 것을 찾을 수 있었으며, 그러지 않았다면 힘들었을 서식환경에서 자유롭게 돌아다닐 수 있었다. 우리가 한때 의지해서 살았던 그 원시의 진자 메커니즘의 흔적을 지금도 많은 활동에서 볼 수 있다. 하나·둘·셋 하고 리듬이 급강하하는 왈츠에서, 피겨스케이트 선수나 아이스댄스 선수가 그리는 곡선 궤도에서, 그리고 메트로놈의 움직임처럼 부드럽게 오가는 테니스의 발리볼에서.

오늘날 우리가 감탄하는, 우아하게 움직이는 사람들의 편안하

---

87) 고강도의 피트니스.

고 조화롭고 부드러운 동작은 모두 영장류의 장기이다. 진화론의 역사를 들여다보면 우아함의 기능에 관한 이론에 다다를 수 있다. 우아함은 우리가 나무에서 살아가는 데 유익했다는 이론 말이다. 현대인들이 우아하다고 보는 행동들은 우리 조상들이 원시 환경에서 안전하게 살아가는 데 도움이 되었을 것이다.

우아한 움직임이 인간의 생존에 중요했다면, 그런 움직임에 긍정적인 반응을 보이는 방향으로 진화가 이루어졌을 거라는 것이 이치에 맞다. 그리하여 우리는 또 하나의 이론을 제시할 수 있다. 우리 조상들의 뇌는 우아한 행위를 유익하고 모방할 가치가 있는 것으로 인식했으며, 우리의 감정적 반응도 유사하게 발달했다는 이론 말이다.

나는 이것에 관해 프랑스 리옹 외곽 브롱에 있는 인지신경과학 센터의 인지신경과학자 로렌스 파슨스Lawrence Parsons와 이야기를 나눴다. 그는 인간의 뇌가 어떻게 음악과 춤을 인지하는지를 연구한다. 우리가 우아함에 끌리는 것은 우리의 조상들이 우아함에 의지해 살았을지 모르기 때문이라는 추측이 가능하다고 그는 말했다. 검증할 방법은 없지만.

"감정에 관한 이론 중에는, 감정이 복잡한 상황에서 올바른 일을 하는 데 도움이 되기 때문이라고 보는 이론이 있습니다." 그는 말했다. "숲속을 배회하며 하이에나와 새들한테 잡아먹히지 않고 살아남으려 한다면, 다른 영장류가 어떻게 움직이는지 주의를 기울여야 합니다. 그들을 잘 살펴봐야 하지요. 그 일이 즐겁다면 더 많이 보게 될 것이고, 많이 볼수록 배울 것이 더 많을 겁니다."

신체적 우아함은 우리의 조상들이 나무를 떠나 아프리카 평원을 돌아다니기 시작했을 때도 여전히 중요했을 것이다. 유연하고 조용한 이동·민첩성·정교한 동작 통제는 적을 피하는 데 도움이 되었을 것이다. 우아함은 또한 먹이를 구하고 생존하는 데 필요한 그 밖의 모든 일들을 해내도록 몸을 움직이게 하는 뇌가 손상 없이 건강하게 작동하고 있다는 표시였다. 우아함과 건강이 상관관계에 있는 한, 우아한 이들은 훌륭한 친구이자 짝짓기 상대였을 것이다.

테니슨에서부터 제임스 테일러와 비틀스에 이르기까지 발라드 가수들은 오래전부터 연인을 차지하는 비결이 움직이는 방식에 있다는 사실을 상기시켰다.

웨일스의 뱅거 대학교 부교수이자 인지신경과학자인 에밀리 크로스Emily Cross는 무용수·체조 선수·곡예사의 뇌를 스캔해 신체 조정력과 학습 기제를 연구한다. 그녀는 먼 옛날에는 배우자를 선택할 때 편안하고 우아한 움직임이 선택 요인이었다고 주장할 수 있다고 본다. 과학자들은 수월해 보이는 그런 움직임이 '효율적'이라고 말한다. 피로와 긴장을 유발할 수 있는, 조정되지 않은 무질서한 행동처럼 에너지를 낭비하지 않기 때문이다.

"진화론적 관점에서 우리는 효율적으로 움직이지 못하는 사람보다는 효율적으로 움직이는 사람과 함께 유전자를 퍼뜨리길 원하죠." 그녀는 말했다.

"우리의 진화는 좀 더 매끄럽고 효과적이고 아름답게 움직일 수 있는 개체들을 선택했어요." 그녀는 말을 이었다. "최상의 운동 제어력으로 자신이 원하는 대로 몸을 사용할 수 있는 개체, 무척 매끄럽고 효과적으로 움직일 수 있어서 움직임이 편해 보이는 개체들을 말이죠. 이것이 바로 인간 생물학이 지향하는 것입니다."

우아함의 퍼즐을 이루는 또 다른 신경생물학적 조각은 우리가 영장류뿐 아니라 모든 포유류와 공유하는 현상인 공감이다.

오래전부터 철학자들은 다른 사람의 경험에 공감하는 현상을 설명해주는 이론들을 제시해왔다. 애덤 스미스Adam Smith는 1759년에 발간된 첫 저서 《도덕 감정론The Theory of Moral Sentiments》에서 이 문제를 건드렸다. 이 스코틀랜드 철학자는 나중에 《국부론》에서 번영의 비결로 이기주의를 옹호하게 되는데, '동정fellow feeling'을 뇌의 문제, 의지와 상상력의 문제로 보았다.

스미스는 《도덕 감정론》에서 말한다. "형제가 극도로 괴로워할지라도 우리 자신이 편안한 한 우리의 감각은 결코 그가 겪는 고통을 우리에게 알려주지 않을 것이다. 우리의 감각은 우리 자신을 넘어서지 못했고, 그럴 수도 없다. 형제가 무엇을 느끼는지 조금이라도 생각할 수 있다면, 그건 오직 상상력에 의해서이다."[12]

1852년, 영국의 철학자이자 정치사상가인 허버트 스펜서Herbert Spencer는 다른 관점을 취했다. 그는 공감 개념을 우아함이라는 관념에 적용했다. 동시대인 찰스 다윈처럼 스펜서도 진화론을 지지

했다. 사실 '적자생존'이라는 말을 만들어낸 사람은 다윈이 아니라 스펜서였다. 스펜서는 관심사가 광범위했다. 일례로 춤에 대한 감식안이 탁월했다. 그래서인지 몰라도, 그는 신체적 우아함을 철학적 탐구의 문제로 거론했다. 춤을 많이 보러 다녔기 때문에, 무용수들이 음악에 맞춰 재빠르게 움직일 때 함께 휩쓸리는 느낌을 잘 알고 있었을 것이다. 그래서 타인과의 내적 연결성—스미스가 말한 경험을 넘어서는—을 깊이 이해했는지도 모른다.

사실 스펜서의 에세이 《우아함》은 형편없는 무용수에게서 영감을 받아 쓴 글이다. 그는 그 무용수의 공연을 지켜보면서 "그 엄청난 공연tours de force은 만행이라고 속으로 욕을 했다"고 썼다. "관객들이 공연에서는 갈채를 보내는 것이 나름 유행의 방식이라고 생각해 갈채를 보낼 만큼 겁쟁이가 아니었다면 야유를 보냈을 공연"이었다고 말했다.[13] (나도 그런 경우를 수없이 보았고, 아마 여러분도 마찬가지일 것이다. 영장류는 하나가 반응을 보이면 나머지도 자연스럽게 따라 한다. 우리는 동료들의 행동과 감정에 쉽게 조종된다. 심지어는 오페라 하우스에서도.) 하지만 그 무용수의 지나친 노력은 스펜서가 그 반대의 현상, 즉 우아함에 본질적인 것은 힘의 절약임을 밝히는 데 도움을 주었다. 몸을 우아하게 움직이려면 힘을 과도하게 쓰지 말고 최소화해야 한다는 것이다.

스펜서는 그런데 무용수가 힘을 과도하게 쓰는 것이 왜 그토록 마음에 들지 않았을까를 자문했다. 답은 무용수가 힘을 쓰면서 느낀 긴장을 공연을 관람하던 자신도 느꼈기 때문이라는 것이었다.

그는 "여기서 가설을 하나 세워볼 수 있다. 다른 존재가 보여주는 우아함에 대한 관념의 주관적 근거는 공감이라는 가설"이라면서 다음과 같이 썼다.

> 위험에 처한 사람을 보면 몸을 떨게 만드는 바로 그 기능 때문에… 주변 사람들이 경험하는 그 모든 근육 감각을 막연하게나마 우리도 느낄 수 있는 것이다. 격렬한 혹은 어색한 움직임을 보면, 우리는 마치 자신이 그렇게 한 것처럼 조금 불쾌감을 느낀다. 그리고 편안한 동작을 보면 그 동작을 보여주는 이들이 넌지시 내비치는 유쾌함에 공감한다.[14]

이 견해에 따르면, 오랑우탄의 흐르는 듯한 움직임이나 페더러의 활공하듯 전혀 힘들어 보이지 않는 서브를 바라볼 때 우리는 거의 무의식적으로 그들의 아름다운 움직임을 좋아하는 것만이 아니라 그 우아함을 우리의 몸으로도 느끼는 것이다.

19세기 독일인들은 우리가 공감이라고 말하는 것을 지칭하기 위해 Einfühlung, 즉 '감정이입'이라는 말을 만들어냈다. 우아한 동작을 보면 즐거운 것은 대체로 우리의 감정이입 능력 때문이다.

우리는 다른 사람의 몸을 긴밀하게 동일시한다. 그들의 움직임을 느끼고, 그들의 감정도 느낀다. 그리하여 공중곡예사와 함께 날아다니고, 단거리 육상 선수와 함께 트랙을 질주한다. 베이징 올림픽에서 우사인 볼트Usain Bolt가 결승선을 통과하고 승리의 표시로 두 팔을 위로 쳐들었을 때 다들 환희를 느끼지 않았던가. 우리는 다른 사람의 감정을 애써 생각하지 않아도 본능적으로 안다.

이렇게 다른 사람의 감정을 느끼는 것은 마음을 읽는 것과는 다르다. 그것은 마음을 느끼는 것에 가깝다. 어쨌든 '감정emotion'이라는 말은 '움직임motion'에서 나왔다. 그 기원은 옮기고 움직인다는 의미의 '떠나는 것moving out'을 뜻하는 라틴어 movere에 e를 더한 것이다. 이 말을 만든 이들은 우리의 감정이 신체적 혼란에 뿌리를 두고 있다는 것을 알고 있었다. 우리는 감정에 인지적 의미를 부여하기 전에 몸으로 먼저 감지하는 것이다.

평범한 개나 고양이도 공감능력이 있다. 몸이 아파 누워 있을 때 반려동물이 옆에 와서 눕는 것을 경험해본 사람들은 알 것이다. "이 모든 공감기제의 근원은 모성애"라고 드 발은 나에게 말했다. "여성들은 특히 자식의 감정에 민감해지기 쉽습니다. 자식의 배고픔이나 자식이 처한 위험에 주의를 기울여야 하기 때문이지요. 이것은 모든 포유류에게 공통적인 현상입니다."

가끔은 이런 뇌 회로가 좀 불편할 수도 있다. 열이 펄펄 나는 여덟 살짜리 아들을 남편과 함께 병원으로 데려갔을 때, 의사들이 아들 팔에서 피를 뽑자 남편은 움찔한 정도였지만 나라는 사람은 기절해버렸다. "아, 아프겠다. 정말 아플 거야, 어쩌지." 이런 생각을 할 틈도 없이, 주삿바늘이 아들의 팔을 찌르자 그냥 까무러친 것이다.

또 다른 아들이 레슬링 시합에 나갔을 때는 완전히 녹초가 되어 숨도 제대로 못 쉬었다. 딸은 다시는 시합을 보러 가지 않겠다고 했다. 어찌나 스트레스가 심했던지 위경련까지 일으켰다. 다른 사람의 육체적 고통에 공감하게 되면 우리 모두가 어느 정도 그런 육체적 스트레스를 겪는다. 미식축구 경기장에서 선수가 극심한 고통으로 온몸을 비틀면 관중은 움츠러든다. 무용수가 무대에서 미끄러지면 관객은 자동적으로 깜짝 놀라 숨이 막힌다.

하지만 고통만 우리를 공감으로 연결하는 건 아니다. 기쁨 또한 그렇다. 그레그 루가니스의 다이빙은 보기에만 좋은 것이 아니라 느낌도 좋다. 우리는 그의 우아함에 감정이입한다. 비단결처럼 매끄럽게 이어지는 나선하강에 이어 몸을 펴고 화살처럼 입수하는 그의 움직임에 우리도 같이 휩쓸린다.

웨일스의 신경과학자 크로스는 뇌신경 영상 연구가 인간이 우아한 움직임에 이끌린다는 사실을 보여준다고 말했다. 그녀는 뇌가 예술과 어떻게 연관되는지를 연구하다가 이 사실을 알게 되었다고 한다. "피실험자의 뇌는 우아한 움직임에 매우 강하게 이끌렸습니다. 다시 말해 운동선수나 무용수 그리고 무술을 하는 사람들처럼 놀라운 통제력과 운동감각을 가진 이들의 효율적이고 매끄러운 움직임에요. 우리는 말합니다. '아, 정말 효율적이야. 저런 움직임을 보고 싶어.' 그리하여 우리의 뇌는 그다지 효율적이지 않는 움직임을 보는 것보다 그런 움직임을 보는 것에 더 많은 보상을 받습니다."

무용수들과 연극배우들은 서로의 움직임과 감각에 연결되어 있어서, 등을 돌린 상태에서도 동료의 감정을 관통하듯 느낄 수 있다고 말한다. 케이트 블란쳇은 최근 국영 라디오와의 인터뷰에서, 극장에서 공연할 때 관객이 얼마나 집중하는지 어느 정도 느낀다는 이야기를 했다. 그녀는 "G열에서 누가 휴대폰으로 전화를 받는지, 누가 로얄석에서 사탕 껍질을 까는지 다 안다"고 말했다. "그렇게 다 알고 있으면 어떤 점에서는 겁이 없어져요. 무대에서 공연하는 동안 무엇이 성공적이고 무엇에서 죽을 쑤고 있는지 알 수 있고, 그래서 대책을 세울 수 있기 때문이죠."[15]

마찬가지로 캐리 그랜트나 크리스토퍼 워큰 그리고 리타 모레노 같은 영화배우들도 라이브공연에서 터득한 민감성과 공감능력을 영화에 활용했다. 이 배우들은 함께 공연하는 동료 및 관객들과 생생하게 소통할 수 있었고, 그래서 매우 입체적이고 따뜻하고 자연스럽고 우아해 보인다. 서로의 에너지를 느끼는 것은 뉴에이지 신비주의도 공상과학의 초자연적 힘도 아니다. 당신과 내가 서로의 '근육감각'을 느낄 수 있다는 생각에는 과학적 근거가 있어 보인다.

"우리에게는 움직이는 다른 신체에 대한 반응을 전담하는 신경 조직이 있는데, 그것은 인간의 뇌에서 매우 특수한 방식으로 진화해온 특수회로입니다." 크로스는 이렇게 설명했다.

다른 사람의 신체적 상황을 우리 자신의 감각운동 시스템에 매핑할 때 뇌와 뇌 사이에 정보가 흐를 수 있음을 시사하는 연구들

이 있다.[16]

"바로 그것이 인간이 왜 인간인가를 말해주는 핵심요소지요."
로렌스 파슨스는 말했다. 파슨스는 우리가 어떻게 다른 인체의 방
향을 식별하는지, 그리고 다른 사람의 행동을 어떻게 정신적으로
시뮬레이션 하는지에 관해 수많은 연구를 해왔다. "우리 종족의
강점 중 하나는 사회적 연결성이 강하다는 것입니다. 그래서 다른
생명체들에 비해 집단지성을 통한 더 많은 기술과 다양한 전략들
을 갖고 있죠. 우리는 서로에게 잘 공감합니다. 상대가 경험하는
느낌을 표현할 언어가 없는 경우에도 말입니다. 우리는 일일이 설
명할 필요가 없죠. 그 일이 나에게 일어났더라면 어땠을지 마음속
으로 떠올릴 수 있으니까요."

"그런 기술들은 우리가 생존할 수 있게 해주는 중요한 전략입
니다." 파슨스는 말을 이었다. "만일 사자의 귀에 들리지 않게 숲
을 조용히 지나가는 법을 알고자 한다면, 다른 이들이 그렇게 하
는 걸 보고 자신이 그들처럼 하는 모습을 떠올린 뒤 그렇게 하면
됩니다. 그런 공감은 개인을 위해서건 집단을 위해서건, 아니면
종을 위해서건 매우 중요하고 굉장히 강력한 학습시스템입니다."

파슨스가 지적했듯이, 원시사회에서는 모두가 춤을 추었고 모
두가 음악을 만들었으며, 이야기를 하는 하나의 방식으로서 다 함
께 춤을 추고 다 함께 노래를 했다. 그러나 이제 우리는 전문화됐
다. 몇몇은 공연을 하고, 나머지는 그냥 구경한다. 다른 사람들이
하는 것을 느끼고 그것을 어느 정도 모방하는 우리의 이런 능력은

과거 집단적이었던 활동에서 추구했던 것을 공유하게 해준다.

우리 중 대부분의 사람들은 곡예사의 삶을 살지 않는다. 우리의 잠자는 운동선수 본능을 자극할 수 있는 유일한 길은 아마도 최고의 운동선수들을 지켜보면서 우리 자신의 감각운동계를 미묘하게 자극하는 것인지도 모른다. 그러니 우리가 지켜보는 활동들이 우아하면 우아할수록 더 좋을 것이다. 그런 활동들은 우리의 신경계에 복원 흔적들을 남기고, 그러면 우리의 쾌락 버튼들도 작동하게 된다(물론 이런 시스템은 다른 종류의 쾌락에도 작동한다. 부조화스럽고 급격하고 거친 활동이나 예술도 많은데, 그런 것들도 아름다울 수 있으니 말이다).

애덤 스미스는 충분히 멀리 가지 않았다. 다른 사람들이 무슨 일을 겪는지 우리가 짐작하는 것은 상상력을 통해서만은 아니다. 신경계를 통해서도 짐작할 수 있다. 바로 거기서 공감이 생긴다. 그곳을 통해 다른 사람들에게 감정이입을 한다. 드 발은 이 주제를 다룬 자신의 계몽 서적《공감의 시대: 친절한 사회를 위한 자연의 교훈The Age of Empathy: Nature's Lessons for a Kinder Society》에서 그것을 가리켜 몸이 몸에게 말을 건다고 표현했다. 우리 같은 포유류들은 유아기 때부터 무의식적으로 서로의 움직임을 조정한다. 아기들은 어른의 움직임을 따라 한다. 아기와 표정 짓기 놀이를 해봤으면 알 것이다.

하품의 전염성에 대해서는 다들 알고 있다. 감정도 그렇다. 만일 친구가 두 팔을 흔들어대면서 온갖 병목 구간들과 못된 운전자들 그리고 교통 혼잡 때문에 얼마나 스트레스를 받았는지 이야기 한다면 듣는 당신도 어깨가 뻣뻣해질 것이고, 흥분한 친구의 목소리에 맞춰 고개를 끄덕일 것이다. 또 누가 슬픈 이야기를 하면 몸을 앞으로 숙이고 고개를 기울일 것이며, 두 눈은 연민으로 촉촉해질 것이다.

운동선수는 시합을 하기 전에 신경이 날카로운 경쟁자나 구경꾼들을 피한다. 긴장한 다른 사람들을 보면 자신의 근육도 굳는다는 걸 잘 알기 때문이다. 그래서 스키 선수나 사이클 선수·육상 선수는 시합 전에 눈을 감고 헤드폰을 낀다.

그러나 신체적 공감에는 긍정적인 측면이 있다. 지난겨울 크리스마스 직전에 우리 집 난방장치가 고장 났다. 그러니까 난방장치를 고칠 부품들을 새해가 될 때까지는 구할 수 없었다는 이야기이다. 우리는 몸에 담요를 두르고 집안을 돌아다니다가, 그것도 지쳐버리자, 전기히터로는 감당이 되지 않는 한파에 대항해 무의식적으로 움츠러든 채 일주일 동안 육체적 긴장상태를 견뎌냈다. 그런데 새해 전날 십대 아들의 친구 두 명이 나타났다. 날씨가 몹시 추운데도 자전거를 타고 왔는데, 그나마 한 명은 반바지 차림이었으니 그 아이들에게 우리 집은 천국이었다. 아이들은 밝고 행복한 표정으로 웃으며 허둥지둥 들어왔다. 그 아이들에게는 지저분한 것 같으면서도 기운을 북돋워주는 편안한 우아함이 있었고, 덕분에 집안 분위기가 완전히 달라졌다.

보드게임 판이 나오고, 마카로니 치즈가 오븐으로 들어갔다. 우리는 불길이 맹렬하게 타오르는 진부한 비디오를 보면서 음식을 먹었다. 분위기만이 아니라 우리의 몸도 바뀌었다. 혈기왕성한 사내아이들의 기운을 받아 다들 긴장이 풀리고, 웃고, 기분이 좋아졌는데, 그러자 집안이 정말로 따뜻해졌다.

우리는 사회적 존재다. 우리 각자에게는 사회적 갈망이 있다. 어떤 이는 그 갈망이 크고 어떤 이는 적을지 모르지만 말이다. 어쨌든 우리는 본질적으로 사회적 동물이다. 그래서 독방 감금이 죽음 다음으로 우리가 가할 수 있는 최고의 형벌인 것이다. 세상에서 살아가는 한 우리는 다른 사람들 일에 신경을 쓰지 않을 수 없고, 그래서 우아함이 ─ 어색함이나 급격함과 마찬가지로 ─ 우리의 몸과 감정에 남기는 자국을 인식하는 것이 중요하다. 우리는 다른 사람의 움직임에 민감하다. 그래서 우아한 행동들은 쾌락의 파장을 발산한다. 이런 측면에서 우아함에 대해 생각한다면, 뒤에 오는 사람을 위해 잠깐 서서 문을 잡아주거나, 모임 장소에 도착하기 전 서두르느라 가빠진 호흡을 고르고 차분하고 쾌활한 태도를 취하거나, 머뭇거리며 문가에 서 있는 사람을 반갑게 맞아들이는 것은 가치 있는 일이 아닐까? 우리는 다른 사람이 한 우아한 행동도 마음 깊이 느끼고 기분 좋게 여긴다.

신체적 공감은 사회적 접착제다. 집단의 리더들은 오래전부터 이 사실을 직관적으로 알고 있었다. 어린이 여름 캠프건 경영자 수련회건, 얼마나 많은 그룹 활동이 신체 중심의 활동으로 시작되는지를 보라. 6학년 때 우리 학교에서는 매일 조회 시간을 애국적인 노래를 부르며 시작했다. 우리는 각자 책상 앞에 서서 큰 소리로 노래를 불렀다. 그 전통이 지금도 이어졌으면 싶지만, 안타깝게도 내 아이들은 나와 같은 학구에 속해 있어도 그런 경험을 하지 못하고 있다. 우리 아이들은 우리 세대가 자면서도 부를 수 있었던 노래 〈내 나라 그대 My Country 'Tis of Thee〉 〈이 땅은 너의 땅 This Land Is Your Land〉 〈숭고한 낡은 깃발It's a Grand Old Flag〉 같은 예스러운 미국 민요들을 모른다. 입으로 노래를 부르게 하는 것은 최소한의 노력으로 그리고 모두를 즐겁게 하면서, 소란스러운 사춘기 이전의 아이들 무리를 하나의 집단으로 묶어주는 중요한 역할을 했다. 우리는 모두 거기에 동참했다. 음악적으로뿐 아니라 신체적으로도. 노래하는 기쁨이 등교에서 공부로 마음의 자세를 우아하게 전환해주었다.

인간이 오랜 세월 말해왔던 체화된 언어의 예술적 · 공감적 측면으로 우아함을 생각해보자. 속담에서 이르듯, 행동은 말보다 더 많은 것을 표현한다. 그러니 부드럽게, 매끄럽게, 그리고 우아하게 행동해야 하지 않을까?

춤은 신체적 공감을 예술의 형태로 끌어올렸다. 안무가 폴 테일러Paul Taylor의 가장 유명한 작품 제목은 〈에스플러네이드 Esplanade[88]〉이다. 배경 음악은 중대한 소식을 나르는 반딧불이들처럼 섬세하면서도 느긋하고, 그러면서도 긴박감이 느껴지는 바

---

88) 도시 안에 있는 바닷가나 강가의 산책로.

흐의 〈바이올린 협주곡 E장조〉와 〈두 대의 바이올린 위한 협주곡 D단조〉이다. 이런 우아한 현악곡들은 형식적이고 위엄 있는 동작과 어울릴 거라고 생각할지 모르지만, 테일러의 춤은 걷기·달리기·가만히 서 있기·무대 위를 되는대로 미끄러지기 같은 다소 평범한 동작들로 이루어져 있고, 기만적인 자연스러움과 활력이 넘친다. 이는 평범한 것이 비범한 것으로 승화된 경우이다. 마지막 순간 구르고 굴러떨어지며 춤이 황홀하게 분출하기 때문이다. 테일러는 한 소녀가 버스를 잡으려고 달려가는 모습을 보고 이 작품의 영감을 받았다고 한다. 어쩌면 소녀가 발이 걸려 넘어지는 모습을 봤을지도 모른다. 작품에 넘어지는 동작이 엄청나게 많이 나오니까. 무용수들은 앞으로 고꾸라지고, 뒤로 고꾸라지고, 빙빙 돌다가 스완 다이브를 하며 갑자기 무대 위로 떨어진다.

그러나 테일러는 추락이 비상으로 이어질 수 있음을 보여준다. 그건 전부 리듬의 문제다. 무용수들이 넘어지는 것은 호를 그리는 추의 궤적의 일부다. 그들은 그네를 타듯 공중을 뛰어다니고, 넘어지고, 구르고, 다시 뛰어다닌다. 가속도가 무용수들을 앞으로, 위로 데려간다. 지켜보는 우리도 신이 나서 그들을 따라다닌다. 이어서 여자 무용수들이 한 명 한 명 바흐의 리듬에 맞춰 공중으로 뛰어오르며 파트너의 품안으로 날듯이 뛰어든다. 우리의 정신도 그 동작을 따라간다. 그 춤은 어떤 춤보다 기운을 북돋워준다. 관객도 그것을 느끼기 때문이다. 놀라운 몇몇 순간에는 관객도 질주하고, 빙글빙글 돌고, 그네를 타듯 뛰어다니며 숨 쉬는 것만큼이나 자연스럽게 공중을 날아다니는 느낌이 든다.

테일러는 어두운 면을 집어넣는 것을 좋아해서, 모든 기쁨에 그 기쁨이 지속되지 않을 수 있음을 알려주는 그늘을 드리운다. 하지만 그의 대부분의 작품들처럼 그리고 인생 그 자체처럼 〈에스플러네이드〉에는 위로가 있다. 결국 우리를 심연에서 끌어낼 수 있는 건 우아한 움직임과 우아한 우정이라는 한 쌍의 우아함이다. 과학과 예술 둘 다 그것을 증명한다.

15

어메이징 그레이스[89]:

비판하지 않는 종교

자비로운 은총 말고 세상에 중요한 것은 없다,
고통받는 인간에게 신이 내리는 선물.

—잭 케루악Jack Kerouac

〈어메이징 그레이스Amazing Grace〉라는 노래를 언제 처음 들었
는지는 생각나지 않는다. 하지만 그 노래에 처음 관심을 갖게 된
때는 기억난다.

나는 열여섯 살이었고, 미국 상원의원 보조 견습생으로 봉사활

---

89) 이 장에서는 grace를 '우아함'으로만 번역하지 않고, 우아함의 속성들로 볼 수 있는 '은혜'
·'은총'·'자비' 등으로도 번역했다. 기독교와 관련해서는 grace를 '신이 인간에게 내린 사
랑과 은혜'라는 뜻으로 보통 '은총'이라고 번역하는데, 다른 종교와 관련해서는 '자비'로 번
역하는 것이 자연스러운 경우가 많았다. 하지만 이 책은 보통 '우아함'으로 번역하는 grace
의 전반적 특성을 다루면서 종교적 우아함을 그 일부로서 다루고 있으므로, grace를 문맥에
따라 '자비'·'은총'·'우아함'으로 번역했다.

동을 하고 있었다. 우리는 거창하게 '민주주의의 메신저'라고 불렸지만 실제로는 파란색 단체용 상의를 입은 여드름 난 사환들에 불과했고, 의회 사무실들을 이어주는 지하통로를 통해 소포나 서류를 배달하지 않을 때면, 어떻게 하면 가짜 신분증을 얻어 조지타운에 있는 디스코텍에서 음료수를 마시고 춤을 추며 놀까 하는 일이나 모의했다. 가끔은 숙제를 조금 하기도 했다. 우리는 동이 트기 전 몇 시간 동안 토머스 제퍼슨 빌딩으로 알려진 보자르 Beaux Arts 양식의 그 화려하고 정교한 건축물 꼭대기 층에 있는 의회 도서관 다락에서 열리는 학교에 다녔다. 그레이트 홀 바로 위에 있었던 우리의 학교는 그 이름만큼이나 로맨틱하고 먼지투성이였다. 우리는 매일 아침 곧 무너질 것 같은 엘리베이터를 타고 수동 타자기들과 골동품 현미경들이 들어찬 그 비좁은 곳으로 갔고, 높이 달린 유리창들을 통해 길 건너편 국회의사당의 돔이 해가 떠오르는 동안 분홍빛으로 물드는 광경을 지켜보았다.

상원 회의실에 인접한 휴대품 보관소들은 우리에게는 일종의 클럽회관이었다. 그래서 상원이 휴회 중일 때면 우리는 그곳에 있는 긴 가죽 소파에 드러누워 있었다. 난 민주당 측에서 일했는데, 휴대품 보관소의 민주당 측 직원 중 예전에 보조 견습생이었던 이십대 초반의 데이비드라는 직원이 있었다. 우리 중 여학생은 몇 명 되지 않았는데, 다들 데이비드에게 반해 있었다. 데이비드는 앨라배마 출신의 장밋빛 뺨을 한 미소년으로, 남부 특유의 푸딩만큼이나 걸쭉하고 느린 말투와 짓궂은 유머감각 그리고 라파엘로 전파[90]의 그림 속 인물처럼 윤기 나는 곱슬머리를 지니고 있었다(당시는 1970년대 후반이었으니까). 그는 가장 거들먹거리는 의회 직원도 달콤한 말로 녹일 수 있었지만, 전화를 끊고 나면 숨죽인 목소리로 "엿이나 처먹어"라고 욕을 하곤 했다. 평상시 점심으로는 마요네즈 범벅의 느끼한 치즈 샌드위치를 좋아했다. 그는 모든 면이 퇴폐적이고 제멋대로였는데, 개인 조종사 면허증을 따기 위해 주말에 훈련을 받는 것도 그랬다.

어느 월요일 오후, 우리는 휴대품 보관소에 갔다가, 집으로 돌아가는 길에 비행기가 추락해 데이비드가 화염에 휩싸여 죽었다는 소식을 들었다.

우리 견습생들은 스스로 어른이 다 되었다고 여기길 좋아했고, 고등학생의 전형적인 따분한 일과들을 극도로 멀리했지만, 여러모로 보호자 없는 길 잃은 아이들이었다. 우리가 소포를 들고 돌아다니던 불빛 흐릿한 그 복도와 터널들은 다른 것에 비하면 아무것도 아니었다. 우리가 매일 헤매야했던 더 어두운 미로는 청소년기의 수많은 걱정들 중 하나였고, 우리는 스스로 길을 찾아내야 했다. 그곳 의회에는 우리 말고는 젊은 사람들이 없었다. 우리는 담배를 씹은 뒤 휴대품 보관소의 놋타구에 가래를 내뱉고, 툭하면 화를 내고, 아래턱이 발달한 얼굴을 늘 찡그리며 무거운 발

---

90) 라파엘로 시기 이전의 중세 고딕 및 초기 르네상스 미술로 돌아갈 것을 주창한 19세기의 영국 화가들.

걸음으로 사람들을 황급히 흩어지게 만드는 늙은 의원들에 둘러싸여 있었다. 데이비드의 죽음은 아무리 생각해도 이해할 수 없었고, 난 거기서 헤어나올 수가 없었다. 나이 든 사람들이 이렇게 많은데, 쌀쌀맞고 무겁고 우리 눈에는 죽음과 가까워 보이는 이들이 이렇게나 많은데, 어떻게 우리의 데이비드가, 그 쾌활하고 자유로운 영혼이 죽을 수 있는가?

계속된 혼란 때문에 나는 견습생들을 위해 서둘러 마련된 추도식에 그다지 관심이 없었고, 참석해서도 너무나 슬퍼서 추도사들이 귀에 들어오지 않았다. 그런데 내가 아는 한 소녀가 마이크가 있는 곳으로 나왔다. 미시시피에서 온 귀엽고 예쁜 하원 견습생이었다. 예전에 수영복 모델을 한 적이 있다는 그애는 자신의 기숙사 방에서 얼굴 마사지를 해주었다. 그래서 그애가 올리브 오일과 예수 그리스도의 열성적인 신봉자라는 사실을 알고 있었다. 그 아이는 맑게 울리는 알토로 반주 없이 〈어메이징 그레이스〉를 부르기 시작했다. 그러자 모든 것이 바뀌었다.

그 노래 가사가 처음 죽음을 접하고 기묘함이 뒤섞여 있는 내 감정을 정확히 말해주었다. 나 같은 가련한 인간을 살리신/그 음성 얼마나 감미로운지/한때는 길을 잃었지만 이제는 찾았네/예전에는 눈이 멀었지만 이제는 보이네. 길 잃은 가련한 존재, 그것이 바로 나였다. 그런데 나 혼자만 그런 것이 아니었다. 노래가 울려퍼지는 순간 모든 것이 바뀌었다. 침울했던 강당이 돌연 광대무변해 보이고, 사방으로 날 끌어당기던 걷잡을 수 없었던 반응들이용해되면서 평온한 연결감이 들어섰다. 천천히 오르락내리락하는 그 선율에, 목소리가 지닌 빛나는 힘에, 그리고 주변에 있는 모든 사람들에게 연결된 느낌이었다. 동시에 자기연민에서 해방되어 일종의 경이로움 속으로 빠져들었다. 그 노래가 지닌 절제된 감정과 진실성이 우리 모두를 고양시켰다고 생각한다. 어쨌거나 나는 그랬다.

나는 그다지 종교적인 사람이 아니지만(그러니까 별로 유대 식으로 자라지 않았다), 당시에는 영적 차원의 우아함을 느꼈다. 영혼을 위로하고, 사랑을 연상시키고, 나 자신을 넘어선 뭔가로 들어가는 빛나는 문 같은. 영어권에서 가장 유명한 노래일 〈어메이징 그레이스〉에는 희망을 말하는 언어적 메시지와 그것에 대한 생생한 감각이 불가사의할 정도로 우아하게 섞여 있다. 이 노래를 들으면 어떤 갈망이나 결의가 꿈틀거리는데, 기독교인이 아니라도 이 말에 공감할 수 있을 것이다. 이 노래가 특정 종교와 무관하다는 점도 사람들이 이 노래를 좋아하는 이유다. 이 노래는 오랜 역사를 통해 다양한 신념을 가진 사람들과 포크송 가수들, 팝 가수들, 그리고 시위자들의 마음에 가 닿았다. 남부 백인 농장주들의 침례교 찬송가였던 이 노래는 노예들의 일요일 모임에서 돌연 불렸다. 노예들은 이 노래가 지닌 해방의 메시지에 이끌렸던 것이다. 거기서부터 아프리카계 미국인들의 역사를 통과해, 가스펠 가수들과 시민권 행진 참가자들의 주제곡이 되었다.[1] 이 노래는 반전운동가였고, 백파이프로 연주되었으며, 영국 육군의 한 부대인 왕립 스코틀랜드 기병대에서 차트 1위를 차지한 녹음송이 되었다. 그리고 2001년 9월 11일 테러 이후, 수많은 추도식과 모임에서 울려 퍼졌다. 1989년 베를린의 브란덴부르크 문이 열렸을 때, 독일인들은 분단된 도시와 분단된 나라의 통일을 낙관하는 표시로 이 노래를 불렀다.

〈어메이징 그레이스〉의 작사가인 18세기 영국의 시인이자 목사였던 존 뉴턴John Newton은 자신이 만든 가사가 얼마나 강력한 영향을 미칠지, 그것이 전 세계인의 노래가 될지 알았을까? 그의 가사는 그가 죽고 오랜 시간이 흐른 뒤에야 지금 우리가 알고 있는 곡조에 붙여졌지만, 1773년 새해 첫날 그가 자신의 작은 시골 교회에서 이 시를 설교하듯 읊었을 때 그의 초점은 명확했다. 무한하고 과분한 하느님의 자비로 이루어진 구원을 찬양하는 것 말이다. 뉴턴은 과거 노예상인이었던 시절 바다에서 폭풍을 만났을 때 하나님이 자신을 구해주었다고 여겼는데, 다마스쿠스로 가는 길에 개종한 바울처럼 그 영적 효과가 평생을 갔다. 뉴턴은 노예 소유를 포기하고, 사랑과 감사 그리고 은총의 복음을 전하는 데 헌신했다.

그런데 〈어메이징 그레이스〉가 찬양하는 종교적 우아함이란 정확히 무엇일까? 그것을 바라보는 신자들의 시선은 다양하다. 이 책의 많은 부분에서 우리는 집중과 연습을 통해 얻고 기른 우아함만이 아니라 타고난 특성으로서의 우아함도 논했지만, 많은 종교가 우아함을 신이 내려준 선물로 본다. 기독교인들에게는 가장 순수한 의미의 선물이다. 다시 말해 그럴 만한 일을 해서 받는 선물이 아니라, 완전히 공짜 선물이다. 아무리 엉망진창인 사람도 받을 수 있는. 신은 그저 쏟아부어줄 뿐이다, 자신의 가슴에서 그대의 가슴으로.

신약성경의 그리스어 원본(신약성경 원본은 그리스어로 쓰여 있다)에 나오는 '그레이스grace'라는 말에는 이 쏟아부어주고 베푸는 행위가 내포되어 있다. 그리스어 charis는 charites의 단수형으로, 'grace'로 번역된다. 하지만 성경학자들에 의하면, 초기에 그 단어의 의미는 '호의'였다. 어떤 사람이 다른 사람에게 선물을 하거나 친절한 행위를 베풀 때처럼. Charis에는 뭔가를 베풀기 위해 물리적으로 누군가를 향해 다가가 몸을 숙이거나 기울인다는 의미가 들어 있다(이 대목에서 우리는 고대의 카리테스 신화, 사람들에게 기쁨과 즐거움이라는 선물을 주는 반인반신의 여신들을 생각하게 된다). Charis는 동적인 단어이다. 내가 보기에 신의 charis는 저항할 수 없는 춤, 우주적 차차차의 시작이나 마찬가지이다. 신은 '그레이스'라는 호의를 베풀면서 민감한 댄스 파트너처럼 그대에게 자신을 내준다.

뉴욕 컬럼비아 대학교 노트르담 교회의 가톨릭 성직자인 마이클 K. 홀러랜Michael K. Holleran에게 그레이스의 의미가 뭐냐고 묻자, 그레이스는 "신 자신의 생명입니다. 과분하고 무조건적인 것이지요. 그래서 중요합니다. 그것은 생명의 원천이니까요"라는 대답이 돌아왔다.

"그레이스에는 심미적 의미도 있을 수 있습니다. 그것으로 인해 우리의 모든 행동이 우아해지지요." 그는 이어서 말했다. "우리의 사고 · 말 · 행동들이 그것에 의해 변형됩니다." 마이클 신부는 카르투지오회 수도사들의 침묵 수도원에서 이십이 년을 보낸 불교 선생님이기도 하다. 그는 명상의 전통을 열정적으로 옹호한다. 역설적으로 보일지 모르지만, 그레이스의 역동성은 그 전통의 중요한 일부이다. 전능한 존재로부터 우리에게 흘러드는, 신이 우리에게 전하는 그 신성한 생명력과 사랑은 신의 신비 그리고 우리 자신의 신비에 근본적이다.

"나는 오래전부터 아침 기도를 춤으로 올리고 있습니다. 시편의 내적 움직임들을 따르는 것이지요." 그가 나에게 말했다. "그냥 억누를 수가 없어요. 미사 또한 온갖 몸짓들로 이루어지는 하나의 춤입니다. 신성한 안무가가 존재합니다. 우리의 인생 전체가 춤, 때로는 우아하고 때로는 현대 무용과 비슷한 춤이 될 수 있지요. 어쨌든 전부 다 우아하고 신성한 움직임입니다."

우리가 이야기를 나눈 2월 11일은 우연찮게도 동정녀 마리아가 루르드라는 프랑스 마을의 한 소녀에게 모습을 드러냈다는 날을 기념하는 루르드의 성모 축일이었다. 우리는 "은총 가득하신 성모 마리아님Hail Mary, full of grace"으로 시작하는 전통적인 가톨릭 기도, 예수의 어머니가 나사렛 마을을 돌아다니는 모습 이상의 것을 언급하는 성모송에 대해 이야기를 하게 되었다.

"성모 마리아는 생명과 사랑이 넘칩니다. 넘어설 수 없을 정도로 완벽하게 우아함이 넘치지요." 마이클 신부는 말했다. "우리는 성모 마리아가 이러한 신의 사랑의 경로이자 그 사랑을 가져다주는 분이라고 믿습니다. 성모 마리아는 부처와 마찬가지로 우리가 신성한 에너지를 받기 위해 다가갈 수 있는 존재이지요. 마리아와 요셉은 다른 사람들에게 자비를 선사하며, 우리도 그렇게 하도록, 다른 사람들에게 자비를 선사하도록 부름 받습니다. 그것은 역동적이지요. 그래서 춤의 이미지가 그렇게 풍부하게 표현되어 있는 것입니다."

다른 사람들에게 무조건적인 사랑을 쏟는 것은 쉬운 일이 아니다. 그러므로 그런 일을 하는 신의 능력은 경외심을 불러일으킨다. "…나 같은 가련한 인간을 살리신"이라고 존 뉴턴이 감동적으로 표현했듯이 말이다. "그것은 우리의 마음을 열기 위해 종종 실패의 경험을 이용합니다." 마이클 신부는 이어서 말했다. "'아, 나는 완전히 그르친 인생인데, 신은 나를 사랑으로 가득 채워주시는구나' 하는. 그래서 그것이 우리에게 그토록 놀라운 겁니다. 당연하지요. 그 사랑은 과분한데, 사랑이란 당연히 그래야 하는 것이고, 그래서 우리도 영감을 받아 다른 사람을 그렇게 대하게 됩니다. 그런 방법으로 온 세상이 바뀔 수 있지요."

미국의 케이블 채널 코미디 센트럴의 〈콜버트 리포트The Colbert Report〉에 고정 출연했고 베스트셀러인 《(거의) 모든 것에 대한 예수회 안내서The Jesuit Guide to (Almost) Everything》를 저술한 예수회 사제 제임스 마틴James Martin도 우아함을 손을 내미는 것, 사랑으로 어려움을 덜어주려 하는 것으로 본다. 그는 그것을 '신이 우리와 소통하는 수단'이라고 부른다.

"은총은 신이 어떤 존재인지 우리가 맛보는 것을 의미합니다. 우리는 신과 만날 때 고무되고 고양되며 위로 받는 느낌을 가지지요." 마틴은 말했다. "그것은 우리가 정말 잘사는 데 도움이 됩니다. 그냥 사는 것이 아니라, 빛이 나도록 그리고 생각했던 것보다 더 많은 일을 할 수 있도록 도와줍니다." 그러면서 최근에 자신이 집전한, 가까운 친구의 장례식을 예로 들었다. 그는 고인의 가족을 상담하는 일부터 설교문을 쓰고 미사를 올리는 일까지 전부 맡아 했다. "정말 진이 빠졌습니다. 돌아보면 어떻게 그 일을 다 할 수 있었을까 싶은데, 신의 은총 덕분이었습니다. 사람들이 어떻게 제 말에서 위로를 얻었을까요? 그것도 신의 은총 덕분입니다."

그러나 매일같이 은총을 보아도 그 진가를 알아보지 못하고 흘려보낸다고 마틴은 말했다. "은총을 경험하지 못해서가 아니라, 그런 이야기를 하도록 권유받지 않기 때문입니다. 그런 생각을 하도록 권유받지 않기 때문이에요. 우리는 지나치게 정신없이 바쁘고 반성 없는 삶을 살고 있습니다… 그것은 주목의 문제이지요." 중세에는 나름의 문제가 있었지만, 되돌아볼 만한 점은 "신을 주목하는 일이 일상의 일부였다는 사실입니다. 세계가 신의 존재감으로 가득 차 있었습니다. 그러나 현대사회는 뭔가를 생산하고 계속 바쁘게 살라고 권합니다." 하지만 우리 주변에서 은총의 순간들을 알아보는 일도 그만큼 열심히 했다면 어땠을까? 마틴은 짧

기독교인들에게 동정녀 마리아는 생명과 사랑이 차고도 넘치는 분, 그리하여 은총을 가져다주는 분이다. 〈성모 마리아〉(1490~1491경), 마르틴 숀가우어Martin Schongauer.

은 비유를 하나 든다. 아이가 시험에서 만점을 받아 신이 나서 집에 돌아왔을 때, 이메일을 샅샅이 훑어보던 일을 잠시 멈추고 아이에게 주목해준다면 어떨까. 아이의 기분이 어떨지 상상해보라! 그리고 당신의 기분은 어떨지. 그게 다 우아함이다.

그렇다면 어떤 것이든—그리고 모든 것이—은총의 한 형태일까? 마틴이 보기에는 그렇다. "제 생각에 성인聖人은 삶의 매 순간을 은총이 충만한 것으로 보는 사람입니다. 모든 순간을 신과 만나는 기회로 보는 사람입니다." 달리 말하면 일상의 아름다움에 주목하고, 삶을 기적으로 보는 사람인 것이다.

"주목하지 않는 것, 그것이 비극입니다." 마틴은 말했다. "은총은 하나의 경험이고, 어떤 것을 경험하는 최초의 방법은 주목하는 것입니다. 그리고 우리 예수회 수사들의 말처럼, 그것을 음미하는 것입니다."

저명한 루터교도 종교학자이자 시카고 대학교 신학대학원 명예교수인 마틴 마티Martin Marty에게 은총에 대해 묻자, 그는 영국 빅토리아 시대의 시인이자 예수회 신부인 제라드 맨리 홉킨스Gerard Manley Hopkins의 시를 한 편 인용했다. 〈신의 장엄함God's Grandeur〉이라는 제목의 그 시는 암탉이 알을 품듯 직접적이고 감지할 수 있는 접촉을 통해 세상에 아름다움과 은총을 내려주는 어머니와 같은 신을 묘사한다. 그 시는 "세상은 신의 장엄함으로 가득차 있다"라고 시작해 이렇게 끝난다.

토라[91]에서 은총이 최초로 언급된 곳은 도덕적으로 의로워 신의 사랑을 받은 노아와 관련된 대목이다. 〈방주로 동물들을 이끄는 노아〉(1774), 프랑수아 앙드레 뱅상François-André Vincent이 조반니 베네데토 카스틸리오네Giovanni Benedetto Castiglione의 작품을 본떠 그린 것.

마지막 빛이 캄캄한 서쪽으로 사라졌어도

오, 아침이 어둠을 뚫고 동쪽으로 솟아오르는 것은

따스한 가슴, 그리고 오! 빛나는 날개로

성령이 세상을 굽어 살피시기 때문이다.

---

91) 유대교의 율법서.

이렇듯 보호적인 은총은 명령하는 동시에 자유를 주는 권력이기도 하다고 마티는 말했다. 은총은 추상적인 것이기보다는, 인간의 구체적인 행위에서 볼 수 있는 것이다.

"그리스도의 사랑은 우리를 통제합니다. 왜냐고요? 해방적이기 때문입니다." 그는 말했다. "그것은 당신을 풀어줍니다. 그리하여 당신은 경계를 넘어서게 되지요." 그는 프란치스코 교황이 취임한 지 얼마 되지 않았을 때 부활주간을 맞아 빈자들을 섬기는 의식을 행한 것을 예로 들었다. 전통적으로 교황들은 예수의 제자들을 상징하는 열두 명의 사제를 선발해 그들의 발을 씻기는 의식을 거행함으로써 성聖목요일[92]을 지켰다. 그런데 프란치스코 교황은 한발 더 나아갔다. 그는 이탈리아 감옥으로 들어가 수감자 열두 명의 맨발을 씻기고 거기에 입을 맞췄다. 그중에는 이슬람교도와 여성들도 있었다.

"그것이 우아함입니다." 마티는 말했다. "당신은 당신의 경계를 넘어서야 합니다. 우아함을 통해 경계를 허물어야 합니다."

여기서 우아함은 예술적 영감과 비슷하다. "모든 음악가와 작곡가들이 하는 일은 무엇입니까? 정상적인 한계들에 맞서 밀어붙이는 것이죠. 왜 춤을 출까요? 그냥 걷지 않고요? 경계를 허무는 겁니다. 신의 은총을 믿는 사람들에게는 그것이 다입니다."

---

92) 부활절 전주 목요일. 그리스도가 제자들의 발을 씻겨주고 최후의 만찬을 베푼 것을 기념하는 날이다.

사랑으로 어려움을 덜어주고자 손을 내밀고, 사람들이 한계를 넘어서도록, 서로를 봐주고 보살피도록 격려하는 신의 은총의 이런 속성들은 기독교에서만 발견되는 것이 아니다. 내가 어느 랍비에게 유대교에서는 은총을 어떻게 보느냐고 묻자, 그는 신의 은총 덕분에 우리가 지나치게 수고롭지 않게 고결한 사람처럼 행동할 수 있는 거라고 요약해주었다.

"은총은 사랑을 낳는 속성입니다." 역사적인 워싱턴 유대교 회당 식스스 앤드 아이Sixth & I[93]의 유대인 프로그램 부국장자인 스콧 페를로Scott Perlo는 이렇게 말했다. "만일 당신이 은총을 지니고 있다면 사람들은 당신을 사랑하게 될 것입니다. 당신에게는 정의하기 어려운 무형의 특별한 뭔가가 있는 겁니다. 그것이 당신이 하는 행위에 특별한 아름다움을 더해줍니다."

가령 노아를 보자. 히브리어로 첸chen인 은총이 토라에 처음 언급된 대목은 노아와 관련해서이다. 하나님은 정말로 노아를 좋아해, 그를 대홍수를 통과하는 방주의 도선사로 선택했으니 이해가 된다. "노아는 하나님의 눈 속에서 은총을 보았다"고 랍비 스콧은 말했다. "하나님은 본디 노아에게 의미심장한 뭔가가 있다고 말했습니다. 그것이 무엇이었을까요? 노아는 의로운 사람, 도덕적으로 흠이 없는 사람이었고, 그는 하나님의 눈에서 호의를 보았습니다. 그리고 하나님은 그를 무조건적으로 사랑했습니다."

---

93) 종파의 구분이나 회원 자격을 묻지 않는 비전통적인 유대교 회당.

그러나 성경의 대부분이 그렇듯, 이 부분도 해석의 여지가 많다. 랍비 스콧은 노아가 신의 눈에서 은총을 보았다는 말이 정확히 무슨 뜻인지 곰곰 생각하면서 "유명한 랍비들의 그 부분에 대해 뭐라고 주석을 달았는지 찾아보고 있습니다"라고 말했다. "어떤 이들은 그것을 자비라고 합니다. '자비'를 뜻하는 히브리어는 '자궁' 그리고 이성을 초월한 어머니의 사랑과 같은 사랑을 뜻하는 말과 연관되는데, 어쩌면 이것은 기독교의 은총 개념과 유사할 겁니다. 이 외에도 노아가 신의 사랑을 받을 어떤 일을 했다는 의미도 있습니다. 하나님의 사랑을 받을 만한 뭔가가 노아에게 있었다는 것이죠."

랍비는 그것을 이렇게 설명했다. "어떻게 해줘도 절대 기뻐하지 않는 사람들이 있는가 하면, 작은 일에도 쉽게 기뻐하는 사람들도 있습니다. 그런 사람이 우아한 사람이죠." 아마 하나님이 보시기에 노아가 그런 사람이었을 것이다. 어쨌든 그것이 하나님의 은총이 작용하는 방식이라고 랍비는 말했다. 하나님은 당신이 우리를 사랑하고 우리를 필요로 하신다고 느끼도록 우리를 대함으로써 우리도 그렇게 하도록 만든다는 것이다. 스콧 랍비의 설명은 마이클 신부가 말한 은총의 연속성을 떠올리게 한다. 하나님은 우리에게 은총을 베풀고, 우리는 그 은총을 다른 사람들에게 베푸는 것이다.

"우아함은 다른 사람들이 우아하도록 혹은 우아해 보이도록 해주는 것입니다." 랍비 스콧은 덧붙였다. 달리 말해 우아한 태도—

기꺼이 기뻐하는 것―는 선물이다. 다른 사람들이 스포트라이트를 받게 해주고, 그들에게 갈채를 보내고 장미를 던져주는 것이다. 우아한 사람은 비판하기보다는 인정해줌으로써 편안한 분위기를 만들어낸다. 가령 기차역에서 편집자를 만나 함께 뉴욕에 가기로 했는데, 집을 나서기 전 컴퓨터가 고장 나고 지갑과 열쇠도 보이지 않는다고 하자. 설상가상으로 전철도 늦게 와서 간신히 유니언 역에 도착해 무거운 가방들을 들고 계단을 올라 대기실에 들어갔더니, 승객들이 모두 승차해 대기실이 텅 비어 있다. 그런데, 아, 만나기로 약속한 편집자가 있다. 그가 비난하는 말 한마디 없이 환한 미소를 지으며 씩씩하게 다가와 가방을 받아준다. 우리는 기차가 출발하기 직전 가까스로 기차에 올라탄다. 사실 이것은 진짜로 있었던 일이다. 그러니 이렇게 말할 수 있다. 그는 내가 스트레스와 땀범벅이 되어 숨을 헐떡이며 도착하긴 했지만 업무 여행을 하기에 전혀 문제가 없다고 여기는 것 같았다.

이것이 우아한 태도다.

"하나님은 자비롭고 우아합니다. 그래서 우리도 다른 사람들에게 우아한 태도를 취할 수 있고, 호의를 보일 수 있으며, 그들을 즐겁게 해줄 수 있습니다" 랍비 스콧은 말했다. "토라에서 우아함은 하나의 특질이고, 성격적 미덕이며, 다른 사람에게 우아한 태도를 취함으로써 선물할 수 있는 어떤 것입니다. 이것이 우아한 태도에 대한 묘사일까요? 그런 것 같지는 않습니다. 그 성질을 규정하기는 힘듭니다. 하지만 다들 어느 정도는 알고 있지요."

히브리어와 마찬가지로, 아랍어에서도 '자비'에 해당하는 말이 '자궁'에 해당하는 말과 관련된다. 필라델피아에 있는 세인트 조셉 대학교의 이슬람학 교수인 우메이 이스라 야지시오글루는 내가 전화로 우아함에 관해 묻자, 자비, 즉 라마rahmah가 이슬람 전통에서 우아함을 가장 잘 표현하는 말이라고 했다.

《코란에 나오는 기적담의 현대적 이해Understanding Qur'anic Miracle Stories in the Modern Age》를 저술한 야지시오글루는 "이를테면 '용서하시는 분', '죄 없는 이들과 의로운 이들을 위해 복수하시는 분'처럼 신은 완전한 속성들로 된 99가지 아름다운 이름들을 갖고 있습니다"라고 말했다. "하지만 나에게 흥미로운 점은 '자비로우신 분'이 코란에서 가장 자주 언급되는 신의 속성이라는 사실입니다. 이 세상과 인간을 창조한 것은 자비에서 비롯된 일이라는 생각이죠. 이 자비의 입김으로 신은 세상을 창조했고, 계속해서 창조하고 지속시킨다고 보는 겁니다."

기독교와 유대교의 관점에서처럼, 우리는 다른 사람들에게 우아하게 행동할 때 무한한 자비와 우아함을 맛보게 된다고 야지시오글루는 말했다. "내가 당신 앞에서 부끄러운 짓을 했는데 당신이 친절하게도 못 본 척했다고 합시다. 그것이 바로 우아한 태도입니다. 당신이 나에게 우아하게 행동할 때, 당신은 잠깐 나를 향한 신의 존재를 엿보는 것이지요."

야지시오글루의 어투는 경쾌한 터키어 억양이 강해서 이야기할 때 목구멍을 울리는 목소리가 물결치듯 오르내렸다. 그렇게 매력적인 사람이 무슨 부끄러운 짓을 할 수 있을지 상상하긴 어렵지만, 그녀는 그것이 핵심이라고 조금 낄낄거리며 말했다. 우리는 모두 연약하고 민감하며, 쉽게 상처 받는다. 우리는 세계 반대편에 사는 낯선 이들을 걱정할 수 있다. 그래서 고통 받는 사람들을 뉴스에서 보면 마음이 편치 않은 것이다. 인간이라면 마음이 아플 수 있지만, 동물들은 그런 식의 영향은 받지 않는다. 그런 취약성, 위로 받고 싶은 욕구, 그리고 다른 사람들도 위로 받기를 바라는 마음 때문에, 우아함을 경험하는 것이 그토록 기분 좋은 거라고 그녀는 말했다. 만일 우리에게 우아함이 필요하지 않다면 그런 것이 그토록 즐겁지 않았을 것이다. "우리 모두는 우정과 사랑과 용서를 필요로 합니다. 우리는 다들 너무나 연약한 존재들이니까요. 그러나 그것이 모두 우리가 우아함을 누리기 위해서라는 걸 깨닫지 못한다면 그 사실은 고통스럽기만 할 겁니다." 야지시오글루는 말했다. "우리는 자비를 느끼는 이 모든 상이한 방식들에 마음을 열고 치유와 용서, 감사와 안정과 같은 것들을 즐길 수 있습니다."

내가 이슬람 전통에서는 인간이 신의 은총을 얻기 위해 노력할 수 있는지, 또 그걸 받을 만한 존재가 될 수 있는지 물었다. 그러자 그녀는 대답했다. "어떤 의미에서는 그렇다고 할 수 있지만, 반드시 그렇다고 할 수도 없어요. 세상은 내가 없어도 돌아갈 겁니다. 하지만 내가 없는 이 세상은 뭔가가 빠진 것이라고 누군가 결정을 내렸습니다. 내가 그럴 만한 존재라고 말할 수는 없습니다. 그건 순전히 자비에서 나온 것이죠. 하지만 우리는 기꺼이 그것에 열려 있어야 하고, 다른 사람들에 대해서도 기꺼이 의식적으로 그렇게 해야 합니다."

그녀는 이런 예를 든다. "신의 은총을 억수같이 쏟아지는 비로 상징하는 이야기가 있습니다. 영적 스승은 그 빗물을 받으려면 양동이를 찾아내야 한다고 덧붙입니다. 양동이를 채우기를 원한다면 말이죠. 거기에는 적극적인 측면이 있습니다. 마음을 여는 것이죠."

결국 모든 것이 인간의 연약함을 인정하는 문제로 귀결된다고 야지시오글루는 말했다. "우리는 일상생활에서 다른 사람의 욕구를 희생시켜야 우리의 욕구를 채울 수 있다고 생각하는 경향이 있습니다. 그것이 정신없이 돌아가는 이 바쁜 세상의 모습입니다. 하지만 다른 관점에서 보면 세상은 풍요로워서 모든 이의 욕구를 충족시켜줄 수 있습니다. 나는 당신의 욕구를 충족시켜줄 수 있는 뭔가를 갖고 있습니다. 당신이 행복해하는 모습을 볼 때까지 난 온전한 평화를 누릴 수 없어요. 이 점이 우리를 더욱 취약하게 만들지만, 덕분에 우리는 자비를 경험하고 그것을 반사할 기회를 더 많이 갖게 됩니다."

최고 존재supreme being에 대한 개념을 지닌 모든 종교에서 인간의 연약함은 중심주제이다. 유한한 인간은 자기보다 높은 힘에 약하다. 그러므로 신의 자비에 호소하는 것은 논리적이다. 상처받기 쉽고 연약한 인간이 신의 은총을 받는다면 모든 것—인생을 살아가고 다른 사람들을 견디는 것—이 더 쉬워지는 것이다.

그러나 모든 종교에 자비의 전통이 있는 것은 아니다. 나와 대화를 나눈 러트거스 대학교 힌두교 교수 에드윈 브라이언트Edwin Bryant는 치열한 명상 수행을 하는 인도의 종파들 이야기를 꺼냈다. 그들은 "엄청나게 금욕적이어서, 숲에 살면서 거의 먹지도 숨을 쉬지도 않는다"고 했다. "그런 것은 자비의 전통이 아닙니다. 의지력과 마인드 컨트롤에서 나오는 것이지요." 하지만 가장 유명한 힌두교 경전인 《바가바드기타》에는 크리슈나 신이 매우 중요한 순간에 자신의 자비(산스크리트어로 프라사다prasada)를 언급하며 그것을 편안함과 결부시키는 대목이 나온다. 브라이언트에 의하면, 절대적인 최고 존재인 크리슈나는 본질적으로 규칙에 얽매이는 의례적인 명상 수행보다 박티bhakti, 즉 그의 자비와 은혜를 얻고자 그에게 헌신하는 것이 깨달음에 이르는 더 쉬운 길이라고 말한다고 한다.

"그대의 마음을 나에게 고정하면, 나의 자비로 모든 장애를 극복할 수 있을 것이다." 장엄한 전투가 벌어지기 전날 밤 크리슈나는 그의 인도를 바라는 전사 아르주나에게 말한다. "오, 아르주나여, 신은 모든 존재의 마음속에 거한다… 그의 자비로 말미암아 너는 지극한 평안과 영원한 안식처를 얻게 될 것이다."[2]

"그대는 내게로 올 것이다." 크리슈나는 전사가 된 왕자에게 말한다.[3] 당신은 기록된 당시로부터 수천 년을 넘어 전해져온 이 말이 주는 안도감을 느낄 수 있을 것이다. 그리고 그 자비도.

"나에게 은총은 종교와 아무 관련이 없어요." 온페이스On Faith 라는 블로그의 창립 편집장인 샐리 퀸Sally Quinn은 이렇게 말했다. 그녀는 자신이 영적이지만 종교적이지는 않다고 했다. 그녀에게 은총은 보살피고 사랑하는 행위, 그리고 놀라운 고양의 순간에 가장 뚜렷이 두드러진다.

퀸은 자신의 남편이 죽어갈 때 경험한 은총에 대해 이야기했다. 그녀의 남편은 〈워싱턴 포스트Washington Post〉의 전 편집장 벤 브래들리Ben Bradlee로, 워터게이트 사건을 보도해 당대 가장 유명한 뉴스 편집자가 되었으며 이십육 년 동안 그 신문을 이끌었다. 나는 그를 조금밖에 알지 못했다. 그는 내가 그 신문사에 들어가기 전에 은퇴했으니까. 하지만 그가 만면에 부드러운 미소를 띠고 홀을 성큼성큼 걸어가는 모습을 보았다. 특집기사와 예술기사의 질을 높여주었던 그는 스타일 섹션 담당자들의 휴일 파티에 고정 멤버로 참석했다. 그런데 카리스마 넘치는 매력과 활력으로 유명했던 그 남자가 치매에 걸려 마지막 이 년간은 정신이 오락가락했다. 밤 시간이 가장 고약했다고 퀸은 말했다. 브래들리는 환각과 정신병적 에피소드에 시달렸고, 비명을 지르며 몸부림을 치다가 잠에서 깨어났다. 혼자 둘 수가 없었다.

"그를 돌보는 일이 내게는 우아한 시간들이었어요." 브래들리가 죽고 2개월이 지난 2014년 10월, 우리가 조지타운에 있는 그들의 광대한 집의 책들로 둘러싸인 서재에 앉아 있을 때 퀸은 말했다. 그는 93세로, 그녀보다 스무 살 위였다. 그녀는 밤마다 남편의 꿈을 꾸는데, 꿈에서 그녀는 남편에게 괜찮으냐고, 뭐 필요한 것 없느냐고 묻는다. 그녀는 그를 간병했던 시절을 그리워한다.

"그 일은 내게 즐거움을 주었어요. 음, 즐겁다는 말은 정확하지 않아요. 왜냐하면 그의 상태는 갈수록 악화되고 있었으니까요. 하지만 그 일은 엄청난 만족감을 주었죠. 고통스러우면서도 풍요로웠어요." 퀸은 매일 아침 그에게 옷을 입히고 머리를 빗겨주었는데, 그 일은 두 사람 모두에게 특별한 기쁨이었다.

워싱턴 국립 대성당에서 브래들리의 장례식을 치른 후, 퀸과 그녀의 가족은 그가 매장된 묘지로 차를 몰았다. 손자들 중 하나가 예배당에서 나오다가, 뿔이 여덟 개로 가지 진 수사슴 한 마리가 오후의 빗속에서 고요히 자신을 응시하는 모습을 보았다. 위로와 자비의 순간이었다.

이런 영적인 사람들과 대화를 나누면서, 우리 모두가 소중히 여기는 많은 것들에 은총이 어떻게 깔려 있는지 명확히 보게 되었다. 신념이나 문화·전통에 상관없이, 신앙이 있건 없건, 회의주의자이건 구도자이건 상관없이 말이다. 은총—그 경이로움·위안·편안함—은 너무나 많은 방식으로 인간의 이야기를 짜왔다. 나는 은총에 대한 종교적 기술들이 아름답고 어쩐지 친숙하게 느껴졌다. 내가 오래전부터 은총에 대해 직감적으로 알던 것들을 반영하고 있었기 때문이다. 특히 은총이란 과분하게 그리고 아무 대가 없이 주어지는 선물이라는 생각이 그랬다. 자식이나 소중한 누군가를 사랑하듯. 설령 그들이 당신을 미치게 만든다고 할지라도.

가령 아이가 친구 집에 자러 간 날 밤, 난데없이 경찰의 전화를 받은 일처럼. 아이의 친구들은 그날 밤 맥주 파티를 열었는데, 누군가 토해서 아이가 양탄자를 닦아낼 종이타월을 사러 나갔다. 유일하게 문을 연 약국이 주 경계선 너머에 있었는데, 하필 그 주에는 미성년자 통금 규정이 있어서 경찰이 아이를 태워다주었다. 어리석은 일 때문에 걸려온 전화라 마음이 놓인 나머지, 나는 감사와 기쁨과 사랑의 감정이 뒤범벅되어 전화기에 대고 횡설수설하는 게 다였다. 그것은 우주로부터 쏟아진 은총이었다. 당신을 흠뻑 적시고, 당신에게서 다시 넘쳐나와 어둠 속에 편안함을 가져다주는 은총, 별들이 쏟아지는 한여름밤의 사파이어 블루로 모든 것을 물들이는 은총.

종교가 그렇듯, 삶도 신비의 폭포다. 그리고 나에게 우아함은 그 신비들 가운데 가장 심오한 신비다. 그 개념에는 세속적, 종교적, 영적 뿌리가 있으며, 그 영역들 사이를 쉽게 넘나든다. 여기저기 날아다니며 씨를 뿌리는 호박벌처럼 시대를 초월해 널리 퍼진 존 뉴턴의 찬송가를 보라. 그리고 우아함이 어떻게 전 세계의 신앙 전통에 나타났는지를 보라. 우아함이 진실로 놀라운 것은 바로 이 점 때문이다. 무한히 퍼져 나간다는 것.

16

우아함으로의 도약:
우아한 삶의 기법들

아아, 우리의 우아함을 잊어버리면
아무것도 제대로 되지 않는다.
―윌리엄 셰익스피어, 《보복Measure for Measure》

우아함은 가장 순수한 스타일이다. 사실 우아함에는 복잡한 것
이 아무것도 없다. 우리 어머니들이 가르쳤듯이, 다른 사람들을
생각하고 그들의 감정을 배려한다면 말이다. 자기 자신만이 아니
라 다른 사람들의 이야기와 요구도 받아들이려고 노력하면, 우아
함으로 가는 문은 활짝 열린다. 당신은 그 문턱에 아름답게 서 있
을 것이다.

여기까지는 그런대로 좋다. 그런데 그다음은?

당신은 어떤 자세로 서 있는가? 본질적으로 자세란 곧 관점이
다. 당신이 서 있는 자세는 인생에 대한 당신의 태도를 반영한다.

당신의 기분은 당신의 움직임에 영향을 미친다.

미술평론가 에드몽 뒤랑티Edmond Duranty는 "등을 보면 그 사람의 기질·나이·사회적 지위를 알 수 있다"고 썼다.[1] 그와 친했던 에드가 드가는 사람의 등에, 특히 메리 스티븐슨 커샛[94]의 등에 매료되었다. 드가는 루브르에서 그림을 바라보고 있는 동료 화가의 모습을 유화 두 점과 종이에 그린 열두 점의 작품에 담았다. 이 작품들은 단일 모티브에 대한 그의 가장 강렬한 검토를 반영하고 있다.

드가는 커샛의 자세에 흥미를 느꼈던 것이 분명하다. 그의 모든 작품에서 그녀는 동일한 자세로 서 있으니 말이다. 대부분의 작품이 그녀의 뒷모습을 그린 것으로, 척추가 다 드러나 있다. 등은 곡선을 그리며 우아하게 휘어 있고, 어깨는 뒤로 젖혀진 채 이완되어 있다. 팔 한쪽을 늘어뜨리고 다른 팔로는 가볍게 우산을 짚고 있으며, 머리는 생각에 잠겨 기울어져 있다. 모든 부분들이 우아한 조화를 이룬다. 이런 요소들은 모두 그녀의 자신감과 독립성을, 그리고 어떤 이들은 압도되거나 겁을 먹을 수도 있는, 금테 액자에 끼운 그림들이 가득한 공간에서 마치 집에 있는 듯 편안해하는 그녀의 상태를 분명하게 보여준다.

우아하게 움직이려면 자세가 기본이다. 유명한 댄스 강사 매기

---

94) Mary Stevenson Cassatt(1844~1926), 미국의 여성 화가이자 판화 제작자. 인생의 대부분을 프랑스에서 보냈고, 그곳에서 에드가 드가를 만나 친분을 쌓았다.

블랙Maggie Black은 "나는 동작 연습을 많이 시킨다. 하지만 서 있는 자세가 정확하지 않으면 동작 연습을 할 수 없다"고 말하곤 했다.[2] 1960년대부터 1990년대까지 뉴욕의 주요 무용단 단원들은 모두 그녀에게서 강습을 받았다. 그녀의 강습은 단순하고 자연스러운 움직임을 강조하면서 해부학적 접근방식으로 시작하기 때문이다. 거기서부터 시작해야 하는 것이다.

좋지 못한 자세는 중력에 굴복한다. 물론 중력은 어디든 존재한다. 우리 모두가 결국은 중력에 굴복한다. 하지만 우아한 자세는 중력에 저항하는 것처럼 보인다. 자세가 우아하면 심지어 공중에 떠 있는 것처럼 보일 수도 있다. 적어도 축 늘어지지 않고, 지면을 스치듯 다니게 될 것이다.

나는 자세가 바뀌면 많은 것이 바뀐다고 믿는 사람이다. 어렸을 때 나는 의사로부터 척추측만증 때문에 등에 부목을 대게 될지도 모른다는 경고를 받았다. 다행히 그렇게 되지는 않았는데, 다 발레 교습 덕분이라고 생각한다. 나는 여덟 살 때 발레를 시작했고, 열두 살 때부터 본격적으로 발레에 뛰어들었다. 고등학교 때는 부모님보다 발레 선생님을 더 자주 보았다. 일주일에 6일, 하루에 두 시간씩 강습을 받았으니까. 이후 나에게 척추측만증을 언급한 의사는 한 명도 없었다. 이것은 발레가 척추측만증을 치료해준다는 증거일까? 아니다. 하지만 발레가 척추를 가지런하게 해주는 것은 틀림없다. 발레에서는 수직 정렬이 기본이다. 발레 무용수는 한 블록 밖에서도 알아볼 수 있다. 자세 때문이다. 발레 무용수들이 강습을 받을 때 제일 먼저 연습하는 것이 자세다. 나이나 경력과 상관없이 모든 강습에서 그렇다. 고전발레에서 발·다리·팔의 자세는 모두 척추와 허리와 상체를 골반에서 들어올리듯 해서 숨을 들이마시는 것에서 시작한다. 자유로운 움직임은 이렇게 몸을 길게 늘이는 가뿐한 자세로부터 퍼져 나간다.

대학원에 다닐 때 나는 발레 강습을 그만두었다. 왜냐고? 많이 걸으면 등이 둔해지고 쑤시기 시작했던 것이다. 당시 나는 셋째 아이를 임신 중이어서, 보드빌 광대처럼 배가 빵빵한 채 투덜거리며, 손으로 등을 받치고 뒤뚱거리며 돌아다녔다. 찍찍이 복대가 있어서 얼마나 다행이었던지. 그런 것이 있다. 하나님의 선물이라 할 만한.

그후로는 수영이 내 등을 강화하는 데 도움이 되었지만, 불편하고 뻣뻣한 증상이 없어진 것은 요가 덕분이었다. 요가는 춤처럼 자세에 무척 좋다. 진심으로 요가를 추천하고 싶다. 요가는 우아함과 자세에 필수적인 깊은 호흡 그리고 마음을 가라앉히는 데 주의를 기울이면서 존재의 내적 상태도 다루기 때문에 난 요가가 좋다. 요가 자세들은 신체를 다른 각도로 열어 긴장을 풀어주기 위한 것이지만, 또한 몸이 어떻게 작용하는지 그리고 몸의 작용이 기분이나 세상을 보는 관점에 어떤 영향을 미치는지 알기 위한 것이기도 하다. 호흡 수련은 내부 조직과 기관들을 확장해 몸을 이완시키면서 동시에 기운을 불어넣는다. 올바른 호흡, 즉 가슴을 들어올리고 배를 팽창시키는 호흡은 척추를 길게 늘려준다. 몇 분 동안 호흡에 집중하면, 호흡이 파도처럼 천천히 쓸고 지나가는 것을 실제로 느끼면, 채우고 비우는 그 탄력적인 감각이 차분하고 떠 있는 것 같은 우아한 자세에 얼마나 중요한지 알 수 있다.

또한 나는 《자세의 새로운 규칙: 현대 세계에서 앉고 서고 움직이는 법The New Rules of Posture: How to Sit, Stand, and Move in the Modern World》이라는 책을 좋아하는데, 이 책을 쓴 메리 본드Mary Bond는 전직 무용수이자 롤프 구조 통합 연구소Rolf Institute of Structural Integration의 교수 겸 공인 롤핑요법사[95]이다.[3] 그녀는 가벼움과 편안함을 강조하면서, 알아챔·안정성·건강한 움직임의 원리들을 명확하고 이해하기 쉽게 기술하고 있다.

일상생활에 적용하면 우리를 우아하게 만들어주고 움직이는 방식을 개선해줄 활동들이 많이 있다. 내가 어떤 활동을 하고 싶은지 아는 것이 중요하다. 수영은 내가 좋아하는 유일한 스포츠다. 무게를 느끼지 않고 몸을 완전히 쫙 편 상태로 차가운 물속을 헤엄쳐 나가는 건 정말 기분 좋은 일이다. 느리고 고요하고 연결된 동작, 끊기지 않는 흐름, 그리고 서서 하는 명상에 중점을 두는 태극권은 의심의 여지없이 가장 우아한 운동이다. 태극권을 수련하면 스트레스와 불안이 줄고, 우아함에 필수적인 유연성과 균형을 증가시킨다고 알려져 있다. 나는 그 운동을 무척 좋아한다. 오빠

---

95) 중력을 이용해 인체의 균형을 바로잡아 건강을 유지하는 대체의학.

가 오랫동안 태극권을 수련하고, 가르치고, 시합에서 우승하기도 했기 때문이다. 오빠는 캐리 그랜트처럼 침착하고 흔들림 없는 풍모에 멋진 자세를 지니고 있다. 정말 우아한 남자다.

춤을 배우든 태극권을 하든 합창단에서 노래를 하든, 느리고 신중한 준비운동은 모두 호흡을 향상시킨다. 리듬을 바로잡으려면 다 함께 동시에 호흡을 들이마시고 내쉬면 도움이 된다. 우아한 무용수나 운동선수들이 보여주듯, 한결같은 호흡은 노력을 줄이고 편안함을 가져다준다. 소규모이긴 하지만 최근 스웨덴에서 행해진 연구에 따르면, 합창단원들에게 정상보다 느리게 호흡하도록 했더니 심장박동도 느려졌다.[4] 심박수가 호흡과 연결되는 것을 호흡 동성 부정맥(RSA: Respiratory Sinus Arrhythmia)이라고 한다. RSA에는 생물학적 진정효과가 있으며 심장혈관기능에도 이롭다. 노래를 시작하자마자 심장들이 서로를 따르기 시작한다는 것을 보여줌으로써 스웨덴 신경과학자들은 합창단에서 노래를 불러본 적이 있는 사람이라면 다들 알고 있는 사실을 발견했다. 다른 사람들과 함께 노래하면 기분이 좋아진다는 사실을.

요가 수업은 이 점을 분명히 보여준다. 요가 수업은 강사의 지도로 호흡을 맞추고 옴om을 연호하는 것으로 시작한다. 그 기본적인 신체기능에 접근하기 위해 그 만트라[96]의 영적 의미를 반드

---

96) 타자에게 은혜와 축복을 주고, 자신의 몸을 보호하고 정신을 통일하며, 깨달음의 지혜를 얻기 위해 외우는 신비로운 위력을 가진 언사. 범어 '만다라mandala'의 의역으로, 망령되지 않고 진실된 말眞言이라는 의미이다.

시 믿을 필요는 없다. 그것을 연호하면 집단적으로 숨을 내쉬게 된다. 그것은 듣기에 좋고 느낌도 좋다.

발목이 아픈 내 동료 하나는 사람의 걸음걸이는 바꿀 수 없다고 생각한다. 그러나 절대 그렇지 않다. 나이가 어떻든 자세와 걸음걸이를 개선할 수 있으며, 인생을 매끄럽게 건너가도록 해주는 유연하고 우아한 자세를 찾을 수 있다. 그것은 어렵지 않다. 피라미드를 세우거나 경제를 회복시키는 것처럼 힘든 일이 아니다. 전문가에게 보여야 하는 심각한 상태만 아니라면, 대부분의 경우 올바른 인식을 갖고 꾸준히 연습하면 충분하다. 좋은 자세에는 파급효과가 있다. 어린 자녀가 있다면 올바른 자세를 취하려는 당신의 노력이 아이에게 도움이 될 것이다. 아이들은 온갖 종류의 몸짓을 모방하니까. 아이들은 부모의 표정·제스처·동작 스타일을 따라 하듯, 부모의 자세 습관도 모방한다.[5]

자세는 끊임없는 과정이다. 그것은 동적이며 고정되어 있지 않다. 연습하면 좋아질 수 있다. 하지만 경직된 부동자세 같은 것은 던져버려야 한다. 좋은 자세는 편안하고 유연하고 균형이 잡혀 있다. 우리는 우아하고 가벼운 느낌을 원한다. 그런 자세를 익히는 간단한 방법이 있다. 우선 벽에 등을 대고 선다. 머리·견갑골·엉덩이가 모두 벽에 닿아야 한다. 그 자세 그대로 벽에서 물러선다. 숨을 크게 쉬면서 상체가 척추를 따라 올라가는 것을 느낀다. 머리 위쪽에서 줄 하나가 당신을 끌어올린다고 상상해라. 뒷목에 힘을 주지 말고, 어깨는 힘을 빼고 활짝 젖혀 약간 아래로 떠우듯 내려놓아라. 이것은 부드럽고 섬세한 동작이다. 군인처럼 어깨를 뒤로 확 젖히면 목이 압박되어 머리를 앞으로 내밀게 된다. 심호흡을 하고 가슴이 조금 부푸는 동안, 견갑골은 미끄러지듯 움직인다고 상상해라.

이제 몸의 중심부를 생각해보자. 꼭 맞는 지지대가 당신의 몸을 감싸고 있다고 상상해라. 언젠가 TV 시리즈 〈다운튼 애비〉에 나오는 여배우가 자신들이 입은 옛날 코르셋에 대해 이야기하는 걸 들었는데, 그 시대의 속옷들은 키를 더 키워주고 자세를 더 반듯하게 해준다고 했다. 그것이 바로 우리가 원하는 모습이다. 마돈나가 입었던 몸을 칭칭 묶는 그 새장 같은 속옷이 아니라 보정속옷에 가까운. 우리는 딱딱함을 추구하지 않는다. 잘 움직이는 것이 목적임을 잊어서는 안 된다. 배꼽을 척추 쪽으로 당기듯이 배를 탄력적으로 감싸면 된다.

최근에는 중심 근력에 많은 관심이 쏠리고 있는데, 그 이점을 부정하지 않겠다. 하지만 식스팩 복근은 우아한 움직임과는 아무런 상관이 없다. 상체를 가볍게 들어올린 자세를 유지할 정도의 복근만 있으면 된다. 그 근육들을 당길 때는 두 다리에서 들어올린다고, 엉덩이 위로 뽑아낸다고 생각해라(좀 미묘한데, 그렇다고 골반을 조이면 안 된다). 그런 다음 대퇴사두근을 바짝 세우고 무릎과 발목을 당긴다. 그러니까 안쪽이나 바깥쪽으로 말리지 않게 한다. 몸무게를 발바닥에 모은다. 우리는 뒤꿈치에 몸을 기대는 경향이 있으니, 체중을 약간 앞쪽으로 쏠리게 해 조정할 필요가 있을 것이다.

시선을 다시 몸으로 돌려 모든 부분이 편안한지 살피면서 얇은 공기층 위에 떠 있는 것처럼 느껴보라. 그대로 공기층 위에 떠 있어라. 머리 꼭대기까지 편하고 반듯한 상태로.

몇 년 전 나는 브로드웨이 역사상 최장기 공연으로 유명한 뮤지컬 두 편 〈캐츠〉와 〈오페라의 유령〉의 안무를 맡았던 길리언 린 Gillian Lynne을 인터뷰하는 즐거움을 누렸다. 과거에 그녀는 새들러 웰스 발레단의 발레리나였다. 움직임에 대한 그녀의 헌신은 끝나지 않았다. 나와 만나 함께 커피를 마시던 당시 여든두 살이었는데도 말이다.[6] 그녀는 날씬했고 다리가 길었으며, 로마 폭죽[97] 같은 활기찬 여성이었다. 그녀는 훌륭한 자세에 대한 이미지 두 개를 나에게 남겼다. 하나는 몸의 어느 부분을 들어올릴지에 관한 것이다. 그녀는 선 채로 다리 사이에서 두 손을 움켜잡아 가랑이에 벨트처럼 두르면서 외쳤다. "당겨! 당겨! 난 지치지 않아!"

그리고 '젖꼭지를 발사!'한다고 생각하라고 했다.

"그것이 내가 항상 배우들에게 소리쳐 말하는 거예요." 린은 말했다. "공간에 맨 먼저 들어서는 것이 바로 이것이죠."―그녀는 가슴을 부풀렸다―"그리고 에너지를 가지고 발사해야 해요. 뭔가 관객을 고양시키는 것이어야 해요."

---

97) 원통형 폭죽.

자세가 좋으면 더 크고, 더 날씬하고, 더 자신감 있고, 더 우아해 보인다. 하지만 좋은 점은 거기서 멈추지 않는다. 자세가 올바르면 건강이 좋아진다. 혈류가 증가하고, 호흡이 편해지며, 등 근육·인대·디스크의 긴장이 완화된다.[7] 반대로 자세가 나쁘면 보기에만 엉성한 게 아니라 건강에도 해롭다. 나쁜 자세가 건강에 미치는 부정적 영향으로는 목통증·운동범위 감소·폐활량 및 혈액순환의 악화가 있다.[8] 《신경과학 저널Journal of Neuroscience》 2007년 8월호에 발표된 연구에 따르면, 잘못된 자세나 책상에 구부정하게 앉는 습관에서 생기는 목 근육의 긴장은 고혈압을 발생시킬 수 있다.[9] 마찬가지로 너무 오랫동안 앉아 있으면 우아하지 못하게 등이 굽고 어깨가 구부정해지는 증상 이상의 결과가 나타날 수 있는데, 그것은 자세에도 영향을 미친다. 장시간 앉아 있으면 건강에 좋지 않다. 2012년 《미국 임상영양학 저널American Journal of Clinical Nutrition》에 게재된 한 논문에 따르면, 오랫동안 앉아서 지내는 사람들이 심혈관 질환과 암으로 사망할 위험이 더 컸다.[10]

그러니 젖꼭지를 발사하고 우아하게 출격하라. 그것이 몸에 좋다.

"걷기는 최고의 명약"이라고 히포크라테스는 말했다.

자세가 좋으면 기분도 좋아진다. 잘 걷는 것은 그다음이다. 하지만 사람들이 걷는 모습을 보면 대부분 엉덩이가 무거워 보인다.

몸의 중심부가 축 처져 있으니, 균형을 잡으려고 어깨와 목 그리고 머리를 내밀게 된다. 우아하지 않다. 축 처져 엉덩이가 무거워져 있으면 몸을 위로 끌어올릴 수가 없다.

복부는 추진력의 원천이다. 그 부분이 무너지면 힘을 못 쓰게 된다. 몸통은 편안한 긴장을 유지해야 한다. 그래야 중력에 반해 복부와 엉덩이를 끌어올리면서 어깨는 긴장을 풀고 살짝 내려놓아 피부 밑에 옷걸이가 박혀 있는 것처럼 보이지 않게 해준다. 공단 코르셋으로 몸을 조이듯, 신체의 앞면과 뒷면이 허리를 샌드위치처럼 누르고 있다고 생각하자.

걷는 것은 즐거워야 한다. 어쩌면 그것은 우리가 지닌 우아함의 가장 원시적이면서 심오한 표현일 것이다. 우리는 걸어서 인생을 통과한다. 우리의 걸음이 우리를 세상 속으로 데려간다. 우리의 몸을 밖으로 내보내 탐구하고, 숙고하고, 다른 사람들과 상호작용하게 하며, 우리의 신경계와 영혼을 먹여 살리는 것이다. 걷는 것이 편하면 몸과 마음이 다 편해진다. 이것이 곧 우리의 우아함, 우리가 누릴 수 있는 가벼움이다.

잘 걸으면 보는 사람도 기운이 난다.

당신이 잘 걷지 못한다면, 지금이라도 천천히 시작해보라. 나는 매일 수영을 해서 상당히 건강하다고 자신하지만, 몇 개월 전 진지하게 걸어보기로 마음을 먹고 육 년간 신발장에 들어 있던 운동화를 신고 하루에 3킬로미터 넘게 보도를 따라 행군하듯 걷다가 금세 아킬레스건에 문제가 생겼다. 내가 왜 물을 좋아하는지가 다시금 떠올랐다. 물속에서는 아프지 않으니까. 알맞은 신발을 신으면 걷는 것이 완전히 달라진다.

신체단련을 위해 오래 걸으려면 딱 맞는 전용 운동화를 신어야 한다. 요즘 나오는 그런 운동화들은 죄다 네온색이다. 내 신발을 골라준, 대학생 정도 나이의 크로스컨트리 선수 청년조차 색깔 선택을 체념했다. 하지만 나는 새로 구입한 그 도로 정비단의 라임 그린 색 운동화가 점점 좋아졌다.

어떤 경우든 우아해지고 싶다면, 걸을 수 있는 신발을 신어야 한다. 그러지 않을 거면 우아해지겠다는 생각은 버리는 것이 좋다. 잔 모로Jeanne Moreau는 〈사형대의 엘리베이터L'ascenseur pour l'échafaud〉에서 이것을 분명하게 보여준다. 1958년 루이 말Louis Malle이 연출한 이 영화에서 우수에 잠긴 그 미인은 끝이 뾰족한 하이힐을 신고 파리의 거리들을 밤새도록 종종걸음으로 쏘다닌다. 영화 속에서 그녀가 낙담한 것은 헛되이 사랑을 찾고 있어서라고 생각해야 하지만, 고문도구 같은 그 작은 신발 때문에 기분이 나쁜 것이 틀림없다. 그 효과는 극적이며, 그것은 분명 감독의 의도였을 것이다. 영화 속 모로의 부자연스러운 걸음을 볼 때마다 어쩔 수 없이 얼굴이 찡그려진다.

나는 매일 워싱턴의 거리에서 수많은 모로들을 본다. 뻣뻣하고 어색하게 걷는 여자들을. 그들의 몸은 어색한 각도로 구부러져 있다. 어느 겨울날에는 만화 속에서 튀어나온 인물 같은 젊은 여자를 보았다. 그녀는 몸을 잔뜩 웅크리고 무릎을 굽힌 채 걸었다. 발가락이 보이는 10센티미터 높이의 펌프스를 신고 눈이 쌓인 번잡한 거리를 걷고 있었기 때문이다. 그것도 한 손에 휴대폰을 들고 내려다보고 다른 한 손으로는 아이를 잡아끌면서. 나빠도 그렇게 나쁜 자세가 없었다. 시각적 테러 수준이었다. 한 걸음 한 걸음이 수고였다. 밑으로 갈수록 심하게 가늘어지는 불안정한 토대 위에 자신의 신체라는 가동적인 건축물을 세우려고 애쓰고 있었으니까. 비욘세나 여장 남자라면 모를까, 그건 불가능한 일이다. 그렇게 높은 힐을 신고 자유롭게 움직이려면 힘이 굉장히 세고, 키도 크고, 발도 커야 한다. 발 사이즈가 280일 경우, 10센티미터 높이 힐의 뾰족함이 그나마 덜 지독하게 느껴진다. 그러나 그 경우에도 발이 아파 죽을 지경일 것이다.

뾰족한 구두를 신고 휘청거리면 우아함은 생기지 않을 것이다. 밤에 등이 몹시 아플 테고, 당신을 보는 모든 이들이 불편해할 것이다. 그러니 숙녀 여러분, 자신감과 편안함을 보장해주는 굽 높이를 찾아내, 몸의 가지런한 선을 망가뜨리지 마시라. 그 외의 신발들은 신발장에 모셔두는 편이 좋다.

젊고 섹시하고 품위 있어 보이기 위해 발, 무릎, 그리고 자연스러운 우아함을 망가뜨릴 필요는 없다. 일류 패션 디자이너들은 우아한 움직임의 매력을 알고 있다. 최근에는 우아하게 움직일 수 있는 편안한 신발을 만드는 쪽으로 돌아선 디자이너들도 있다. 2014년 파리에서 열린 패션쇼에서 샤넬과 디오르는 유명 디자이너의 옷을 입은 모델들에게 멋지고 고급스러운 운동화를 신겨 런웨이로 내보냈다. 화려한 가을 신상품 홍보물에서는 고대 그리스 항아리에 새겨진 운동선수들처럼 떡 벌어진 어깨에 잘록한 허리를 한 모델들이 형형색색의 샤넬 치마 정장을 입고 맨다리를 드러낸 채 옷과 어울리는 운동화를 신고 질주하고 있다.

고대 그리스인들은 신체의 아름다움과 우아함을 강조하는 법을 알았다. 신과 같은 나체의 운동선수들에게 경의를 표하는 고대의 항아리를 보면 그것을 잘 알 수 있다. 그리스 조각가 프락시텔레스의 나체상들처럼, 그들을 조각한 작품들을 봐도 그렇다. 그들은 천을 이용해 돌에 우아한 움직임을 새겼다. 곡선과 흐르는 선을 강조하고, 감추고, 돋보이게 하고, 어색한 변이들을 감추면서. 우리는 그것을 옷으로 해낼 수 있다. 몸에 달라붙는 스키니 진과 밴디지 드레스[98]를 포기하고 움직이는 옷을 선택한다면.

화가이자 장식미술가인 마리아 오케이 듀잉Maria Oakey Dewing 은 《아름다운 옷차림Beauty in Dress》에서 이렇게 말했다. "옷을 아름답게 해주는 것은 비싼 소재나 고가의 장식품이 아니라, 색상의 조화와 우아한 재단 그리고 입는 사람의 스타일과 요구에 맞는가 하는 것임을 모든 여성들은 기억해야 한다." 1881년에 한 이 말은 오늘날에도 유효하다.

움직임이 좋은 옷은 신체를 자유롭게 해주고 시선을 끈다. 그런 옷들은 극적인 느낌을 연출할 수 있다. A라인 스커트, 부드럽게

---

98) 라이크라와 스판덱스가 섞인 원단을 피부에 밀착시켜 몸매를 그대로 보여주는 드레스.

흘러내리는 바지, 그리고 셔츠드레스를 입으면, 공기와 천이 매끄럽게 뒤섞여 걸을 때마다 리드미컬한 움직임을 연출할 수 있다.

1930년대 바우하우스의 대담한 에너지·단순함·모더니티에 영감을 받은 패션쇼가 끝난 후 디자이너 캐롤라이나 헤레라 Carolina Herrera와 움직이는 옷에 관해 이야기를 나눈 적이 있다.[11] 뉴욕 패션위크 동안 발표된 모든 디자이너의 작품 가운데 내게는 그녀의 디자인이 가장 매력적이었다. 캐롤라이나 헤레라 쇼에서 아방가르드한 요소는 전혀 발견하지 못할 것이다. 하지만 시대를 초월한 스타일, 과도한 꾸밈이 배제된 깔끔한 고상함, 그리고 들이대지 않는 부드럽고 섬세한 우아함을 발견할 수 있을 것이다. 움직임이 좋은 옷 디자인은 여성스러움을 바라보는 자신의 시각에서 나온다고 헤레라는 말했다.

"여성은 자신을 구조물처럼 느끼고 싶어하지 않아요." 헤레라는 두 손으로 허공에 상자를 그려 보이며 말했다. "딱 정사각형의 재킷은 안 돼요." 그런 다음 그녀는 덧붙였다. "잘 움직이는 옷을 입어야 잘 움직일 수 있지요. 나는 그런 생각을 하면서 르네 드레스를 만들었답니다." 세계적인 패션 행사인 메트로폴리탄 미술관 코스튬 인스티튜트 갈라에서 영화배우 르네 젤위거 Renee Zellweger가 입어서 강한 인상을 주었던, 등이 없는 금색의 흐르는 듯한 드레스 말이다.

잘 움직이는 우아하고 편안한 옷을 입고 있으면, 당신이 편안하고 만족스럽다는 무언의 메시지를 세상에 전할 수 있다. 설령 그것이 사실이 아니라 해도. 1900년대 초의 프랑스 디자이너 폴 푸아레Paul Poiret는 브라가 생기기도 전에 최초의 브라 버너bra burner[99], 즉 전투적인 여성해방 운동가였다. 그가 만든, 그리스 · 로마의 옷과 일본 기모노에서 영감을 받은 T자형 드레스는 코르셋을 입지 않은 여성의 자연스러운 우아함을 찬양했다. 수십 년 뒤 할스톤[100]이 푸아레의 느슨한 단순성을 포착했다. 좀 더 우아해지려면, 몸에 꼭 끼는 니트와 바지를 버리고 약간 헐렁한 슈미즈와 스커트를 입는 것이 좋다.

디자이너 마크 배즐리Mark Badgley는 워터 슬라이드보다 곡선이 더 많고 그만큼 부드러운 특색을 보여주는 배즐리 미슈카의 봄 컬렉션 쇼에서 나에게 "인생이 너무 격식이 없어지고 간편해졌습니다"라고 말했다. 튤[101] 상의가 시폰 바지 위에 떠 있었고, 대각선으로 재단된 길고 가느다란 드레스들은 호화로운 주름들이 특징이었다. 여성이 그 드레스를 입으면 "티셔츠와 청바지를 입고 돌아다닐 때와는 다르게 처신하고 싶어질 겁니다"라고 브래들리는 말했다. 액세서리로는 엉덩이를 살짝 흔드는 것으로 충분할 것이다.

남자들도 좀 더 우아하고 움직임이 좋은 옷을 입으면 유익하다.

---

99) 1968년 미스 아메리카 대회가 열린 뉴저지 주 애틀랜틱 시티의 여성들이 그 대회에 반대해 앞치마 · 거들 · 브래지어 · 가짜 속눈썹 등 여성을 억압하는 도구들을 내던졌는데, 언론에서 여성들이 "브래지어를 불태웠다"고 과장 기사를 내보냈다. 이후 '브라 버너bra burner'라는 단어가 전투적 페미니스트들을 지칭하는 단어로 영어사전에 오르게 되었다.
100) Roy Halston(1932~1990), 디스코 시대를 이끈 미국의 패션 디자이너.
101) 실크 · 나일론 등으로 망사처럼 짠 천.

하지만 남성복에서 우아함을 저해하는 요소는 천을 너무 많이 써서 옷이 헐렁해지는 것이다. 나는 일류 디자이너인 마이클 바스티안Michael Bastian과 옷감·재단·정장의 활동성에 관해, 그리고 남성이 정장을 착용할 때 기분이 어때야 하는가에 대해 이야기를 나눴다.

"지난 이십 년간 미국 남자들은 몸에 비해 너무 큰 옷을 입었습니다." 바스티안은 나에게 말했다. "지나치게 헐렁했어요." 재킷의 겨드랑이 부분을 조금 올리면 더 편해진다. 헐렁함이 덜해져서 "옷을 끌고 다니지 않게 됩니다… 재킷과 몸 사이에는 1~2센티미터의 여유만 있으면 돼요. 그러면 천이 아니라 몸이 보이게 되지요."

캐리 그랜트는 정장과 셔츠를 고를 때 옷감에서 단추·깃의 폭에 이르기까지 세세하고 까다롭기로 유명했다. 너무 딱 맞지도 그렇다고 헐렁하지도 않은 그의 옷차림은 그의 우아한 움직임을 돋보이게 했다. 그는 몸에 잘 맞는 옷이 가진 힘을 잘 알고 있었다. 우리는 자유로운 움직임을 당연시하지만 그건 생각보다 훨씬 더 소중한 것이다. 그러니 즐기길 바란다. 똑바로 서서 편안하게 걸어보라. 타고난 우아함을 가리지 말고 늘 드러내라.

미국인들은 격식을 차리지 않는 간편함을 숭배하게 됐지만, 그것은 초라한 외모, 단정치 못한 태도, 거친 매너로 나타날 수 있다. 반대로 좋은 모습을 보여주려고 신경 써왔다면, 모든 면에서, 움직이는 방식부터 행동하는 방식에 이르기까지 그런 이미지를 자연스럽게 유지하게 될 것이다. 유럽인들은 다른 사람들 앞에 나서기 전에 자신의 모습을 최선을 다해 다듬는다. 그들은 상황에 따른 행동 감각이 뛰어나다. 나는 1990년 10월 3일, 동독과 서독을 분리시킨 경계가 공식적으로 사라진 날, 이 사실을 확실하게 알았다. 당시 나와 남편은 독일에서 살고 있었다. 남편은 대학의 특별 연구원이었고, 나는 프리랜서로 일했다. 그 전날 밤 자정, 베를린 장벽이 세워진 이후 폐쇄되어 정치적 분열의 상징이 된 브란덴부르크 문 너머로 밀고 나가면서 통일을 축하하던 베를린 젊은이들 사이에 우리도 끼여 있었다. 그렇게 우르르 몰려가며 물리적인 방식으로 새로운 시대로의 이행을 표현하는 군중 속에 있으니 상당히 겁이 났다. 하지만 다음날이 되자 모든 것이 바뀌었다.

우리는 아침에 다시 브란덴부르크 문으로 갔고, 매우 다른 축하 행사를 목격했다. 도취감은 만족감으로 바뀌어 있었다. 모든 연령층의 독일인들이 브란덴부르크 문에서 동베를린이었던 곳까지 쭉 뻗어 있는 운터 덴 린덴Unter den Linden이라 불리는 넓은 가로수 길을 따라 산책하며 즐거운 시간을 보내고 있었던 것이다. 그 넓은 공간을 오랫동안 걸으며 둘러보는 것이 얼마나 즐겁고 신나던지! 그 자유로운 산책은 역사적인 행위였고, 국민적 자부심과 순수한 기쁨의 표현이었다. 오가는 이들 대부분이 옷을 잘 갖춰 입고 있었다. 교회나 브런치 모임에라도 가는 것처럼, 멋진 스카프를 두르고 모자를 쓰고 좋은 외투를 걸친 모습이었다. 그들은 새로운 시대의 도래를 우아하게 알리고 있었다.

한가롭게 산책하는 일은 소일거리로서는 거의 사라져버렸다. 나는 여행을 할 때 공연장에 가면 중간 휴식 시간에 널찍한 로비와 극장의 홀을 의례적으로 돌아다니는 독일·프랑스·러시아 지인들을 보곤 했다. 반듯한 자세로 그 저녁 행사를 위해 잘 차려입은 그들은 공연에 관해 토론하고 우연히 친구들을 만나기도 하면서, 내내 모두 평화롭게 어슬렁거리며 그 행사에 기품과 우아함을 더했다. 등산하고 해안을 산책하는 일은 해외 유학 시절 내 생활의 일부였다. 그런데 내 프랑스 친구들이나 그 가족들 중 큼지막한 운동복 차림으로 올리브 나무 사이를 어슬렁대는 모습을 보이고 싶어하는 사람은 아무도 없었다.

중요한 것은 이것이다. 삶의 흐름 속으로 들어가는 것, 그 흐름에 실려가는 것, 그리고 그걸 즐기는 것. 최근에 나는 유명한 이탈리아 발레리나 알렉산드라 페리Alexandra Ferri와 우아함을 주제로 이야기를 나누었는데, 그녀는 이탈리아인들은 느긋하고 밝고 편안하다는 평을 얻은 비결에 대한 자신의 생각을 알려주었다. "즐기고 위험을 감수하는 걸 겁내지 않는 것, 그것이 자유죠."

그녀의 말이 맞다. 그리고 그 자유는 선택에서 나온다. 우리는 내면적 우아함과 외적 우아함을 성취한다. 왜냐하면 그러기를 원하니까. 그것은 모두 우리의 손에 달렸다. 어느 정도의 신체적 편안함, 기품 있는 외모, 그리고 사람들과 함께 있는 걸 편안해하고 즐기는 건 작은 욕망으로도 함양할 수 있다. 그것은 사람들 속에 있으면서 관찰하는 것으로 시작된다. 주변의 우아함을 주목하고 알아차려야 한다. 이웃에서, 공원에서, 사회적 행사에 참여해서, 예술작품에서, 아니면 여행을 하면서.

체스터필드 백작은 《아들에게 보내는 편지》에 "세상이라는 위대한 책을 진지하게 연구해야 한다. 반복해서 읽고, 암기하고, 그 방식을 받아들이고, 자신의 것으로 만들어야 한다"고 썼다.[12] 이 연구의 보상은 풍성하다. 우아함은 가볍고 편안하게 걷게 해주고, 다른 사람들을 상냥하고 부드럽게 대하게 해주며, 타인의 상냥함을 받아들이고 음미하게 해준다. 우리가 인생을 잘 살아갈 수 있도록, 모든 차원에 우아함이 존재한다.

맺는말

"오늘 밤 나는 우리들이 사는 이 아름다운 세상에서
모든 것이 가능하다는 걸 배웠습니다."

—로렌스 뢰벤히엘름 장군, 《바베트의 만찬》

우아함은 가장 예기치 못한 곳으로, 최고와 최저가 충돌하는 곳으로 갑자기 내려온다. 언젠가는 마음의 모든 것을 설명해주는 획기적인 이론이 나와서, 왜 어색함과 우아함을 동시에 느낄 수 있는 건지, 왜 우울과 황홀이 동시에 닥칠 수 있는 건지 설명해줄 것이다.

하지만 그때까지는 그것을 그냥 우아함이라고 하자.

젊은 친구를 어색함에서 구해주는 너그러운 인품을 지녔던 캐리 그랜트나 부정한 남편을 끝까지 보살핀 마고트 폰테인이 보여주듯, 우아함은 내면적 강인함의 문제이기도 하지만 연약함과 관련된 문제이기도 하다. 즉 그것은 부족하고 연약한 우리의 인간성을, 마찬가지로 부족하고 연약한 인간성을 지닌 다른 사람들에게 드러내는 것과 관련된다. 그것은 조금이나마 우리 자신을 드러내는 문제이고, 몸과 정신을 결합하는 문제이다.

'Revelation(드러남, 폭로, 계시)'이라는 말의 어원은 'to lay bare(신체나 모습을 드러냄)'이다. 어쩌면 그래서 예카테리나의 발가벗은 우아함이 그토록 빛났을 것이다(그리고 그 스팽글도).

우아함은 길을 걷는데 누가 기분 좋게 인사를 건넬 때, 오랫동안 기다리던 누군가가 미소로 혹은 마음속에서 알아챌 수 있는 방식으로 용서해줄 때 분위기가 확 바뀌듯이 드러난다—우아함은 드러남의 순간이다. 현실이 당신 앞에서 스트립쇼를 하는 것이다. 장난이 아니라 완전히 발가벗는다. 사람이나 사건이 발가벗고, 우리의 인식을 가로막고 있던 오물이 떨어져나간다.

어떤 사람들은 특별히 예민한 정서적 레이더를 갖고 있다. 마치 고양이처럼. 나는 마루가 삐걱대기만 해도 펄쩍 뛸 만큼 겁이 많고 왜소한 삼색 얼룩 고양이가 있는데, 그 고양이는 안아주는 것을 좋아하지 않는다. 하지만 내가 아프거나 몸이 처져 있거나 잠을 이루지 못하면, 무덤덤하게 내 곁에 다가와 사령관의 명령을 받고 보고라도 올리듯, 낮고 부드러운 소리로 가르랑거리며 인사를 한다. 사람들 중에도 고양이처럼 그런 감정 레이더를 가진 이들이 있다. 가령 거의 이틀째 진통을 겪으면서도 자연분만에 대한 환상을 버리지 못하는 산모를 곁에서 지키는 현명한 조산사 같은 사람. 그녀는 산모의 곁을 떠나지 않고 등을 문질러주고, 산모가 스스로를 바보 같다고 느끼지 않도록 조심하면서, 고통으로는 아무것도 이룰 수 없으니 약을 복용하는 것이 좋다고 말해준다.

마이클 잭슨은 문제가 많은 남자였지만 공연할 때는 너무도 우아했다. 무대에 설 때면 더 고요하고, 더 평화롭고 더 완벽한 세상에 들어간 것 같았다. 잭슨을 문워크moonwalk[102]와 떼어서 생각할 수는 없을 것이다. 매끄럽고 섬세하기 이를 데 없는 그 춤은 그에게서 분리할 수 없다. 온통 비밀에 쌓여 있던 그 유명인사를, 그를 둘러싼 신비를 그 춤보다 더 완벽하게 상징하는 것이 있을까? 뇌성이 울리는 아수라장 같은 라이브 콘서트 무대에서, 특이하고 이상했던 삶 속에서, 잭슨은 앞으로 나아가는 동작을 취하면서 마치 공기층 위에 있는 것처럼 부드럽게 움직이며 멋지게 뒤로 물러났다. 잭슨은 그의 상징이 되어버린 그 스텝을 밟으며 일상적이고 엉망이고 예측할 수 있는 모든 것을 남기고 떠났다. 수수께끼 같았던 그 조용한 남자는 문워크가 그를 끌어당기는 것처럼 늘 우리로부터 도망쳤다.

그러나 그 탈출에도 연결이 있었다. 우아함은 두 가지 감정을 동시에 충돌시킬 수 있으니 말이다. 잭슨을 상징하는 그 미끄러지는 듯한 움직임은 대중과의 본능적인 연결을 만들어냈다. 그의 음

---

102) 앞으로 스텝을 내딛는 것 같지만, 실제로는 뒤로 움직이는 댄스 기법.

악이 온전히 포착해내지 못한 그림의 일부를 채우면서.

우아함은 무심하고 종종 너무 잔인한 이 세상을 살아가는 동안 우리를 서로 연결해주는 하나의 방식이다. 우리는 모두 이 춤을 함께 춘다. 넘어졌다 멋지게 일어선 제니퍼 로렌스, 횡단보도에서 비켜달라고 외치던 흐트러진 부처를 다시 떠올리면, 수많은 우아한 행위들이 우리 주변에 은밀히―그리 심하게는 아니고―떠다니고 있다는 것을 알게 된다.

하지만 계속 캐리 그랜트 생각이 난다. 함께 있는 사람들이 스스로를 보잘것없는 사람이 아니라 훌륭한 사람이라고 느끼게 하면서 챙겨주던.

그러고 보니 갑자기 그런 사람이 생각난다. 나도 살면서 캐리 그랜트 같은 사람들을 만났던 것이다. 한 가지 일이 어렴풋이 떠오른다. 예리한 새로움으로 우리의 하루를 밝혀준 그 일이. 아니, 하루가 아니라 밤이다. 인류가 모두 우리에게 등을 돌린 것처럼 느껴졌던 음울하고 질척했던 밤.

몇 년 전, 나와 남편이 해외에 살던 시절이었다. 우리는 독일의 K마트[103] 격인 할인매장에서 구입한 형편없는 자전거를 타고 프랑스 남부를 육 주간 트래킹하는 모험을 했다. 와인과 초콜릿, 에스프레소를 주식으로 삼으며 고대 로마 시대의 길들을 따라가고, 밤이면 별빛 아래에서 야영을 했다. 비가 올 때만 빼고.

---

103) 미국의 대형 할인점.

어느 비 오는 저녁, 우리는 남동부 산악지대에 있는 한 마을에 도착해, 날이 궂을 때면 늘 그러듯 저렴한 호텔을 찾아다녔다. 적당해 보이는 호텔이 딱 한 곳 있었는데 문을 닫은 상태였다.

우리가 그 호텔을 발견했을 즈음에는 비가 억수같이 쏟아지고 날이 칠흑같이 어두웠다. 앞이 거의 보이지 않았다. 눈앞에 있는 언덕이 많고 오래된 바르주몽Bargemon이라는 마을은 문명세계의 끝자락이었다. 가장 가까운 다음 마을로 가려면, 엄청나게 가파른 오르막길인 콜 뒤 벨 옴Col du Bel Homme을 넘어야 했다. 우리 두 사람의 다리는 피로로 인한 비명을 질러대어, 이 빗속에서 그곳까지 가는 것은 안 될 일임을 알려주었다. 달리 말하면, 바르주몽이 우리의 마지막 희망이었다.

하지만 그곳의 여인숙들은 문을 닫았거나 꽉 찬 상태였다. 우리가 찾아낸 유일한 식당의 바텐더는 양로원이나 교회에 가보라고 했다. 양로원에서는 우리를 돌려보냈다. 내가 흠뻑 젖은 한심한 몰골로 조금 불안해하면서 교회 문을 두드리려는데, 한 젊은 남자가 우리를 향해 열심히 달려왔다. 그러더니 서툰 영어로 자기 집에서 묵어가라고 했다.

우연의 일치·마법, 아니면 신의 메시지였을까. 우리는 그를 그냥 찰리라고 불렀다. 그렇게 자신을 소개했으니까. 그는 식당에서 우리 이야기를 들은 것이다.

그날 밤 우리의 그 구세주는 작지만 강단 있어 보였고, 카라바조의 모델을 해도 좋았을 것 같았다. 나는 그의 손을 힐끗 바라보았다. 손이 두툼하고 손가락들은 짧고 굵었다. 얼굴은 윤곽이 뚜렷하고 꾀죄죄했고.

두 가지 감정이 동시에 들었다. 두려움과 안도감. 후자가 더 강했다. 찰리의 진실해 보이는 눈과 솔직한 태도가 신뢰감을 주었다. 그는 우리를 구해준 캐리 그랜트였다. 우리는 내내 그를 찾고 있었고, 그가 우리를 찾아냈다.

그리하여 우리는 뜨거운 물로 샤워를 하고 찰리의 벽난로 앞에서 몸을 말렸다. 그리고 그와 함께 와인을 마시면서 지방도로를 수리하는 그의 일 이야기와 매년 파리-다카르 랠리[104]에 참가하는 이야기를 꼭두새벽까지 들었다. 그는 생트 막심Sainte-Maxime에서 아이들과 함께 살고 있는 아내 이야기도 했다.

우리에게 그가 필요했던 만큼 그도 우리가 필요했을까? 우리는 그의 이야기를 귀 기울여 들어주었고, 그에게 우리 이야기도 들려주었다. 그는 사람들과 함께 있는 걸 좋아했다. 아마도 낯선 이들에게 자신의 속마음을 털어놓는 것이 기분 좋았던 것 같다. 하지만 그가 우리에게 베푼 호의에 비하면 우리의 호의는 아무것도 아니었다. 우리는 그의 집 여분의 방 깃털 침대에서 옛날 손수건처럼 훌륭한 린넨 시트로 몸을 감싸고 잤다.

아침에 일어나보니 찰리는 나가고 없었다. 우리를 위해 신선한 롤빵이 담긴 바구니와 커피를 준비해놓고, 열쇠는 식당 바텐더에

---

104) 프랑스 파리에서 세네갈의 다카르에 이르는 장거리 자동차 경주.

게 맡겨달라는 메모를 잼 병 밑에 놓아둔 채.

우리를 대접한 집주인이 무상으로 베푼 우아함이 갈수록 놀라울 뿐이었다. 도대체 우리가 뭘 했다고 그런 대접을 받았을까? 아무것도 하지 않았다. 우리는 우리가 구할 수 있는 가장 큰 조니 워커 한 병을 사서 우리의 미국 주소 그리고 언젠가 다시 만나게 되길 바라는 마음과 함께 식탁에 남겨두었다.

여러 해 전의 일이지만 나는 찰리의 우아한 행동을 잊지 않았다. 그는 우리가 존재하는지도 모르면서 찾았던 친구, 우리의 곤경을 이해하고 우리를 감싸 완벽한 세계로 데려가준 친구였다.

그를 만난 다음 날 아침, 우리가 찰리의 좁은 연립주택에서 나와 햇살 속으로 들어서는데, 전날 밤엔 천 개의 문이 다 닫힌 것처럼 여겨졌던 그 마을이 우리를 환영한다고 외치는 것 같았다. 우리는 다시 자전거를 타고 출발했다. 파란 하늘은 구름 한 점 없이 눈부시고, 산을 오르는 것은 얼마나 쉽던지.

인생을 잘 살아가는 요령

우아함의 본성 가운데 어떤 것은 고정된 의미에서 벗어나는 것 같다. 너무 많은 것이 망라되어 있어서 도저히 붙잡을 수 없어 보인다. 그것은 볼 수 있고 만질 수 있다. 움직임 속에 뿌리 내리고 있으니까. 하지만 그것은 움직임 없이도 존재할 수 있다. 정지와 침묵과 비판 없는 수용 속에 존재할 수 있다. 좀 더 추출해보자면, 우아함의 핵심에는 편안함이 있다. 그것은 중력에 저항하고, 행동을 매끄럽게 하고, 마찰을 줄인다. 세상에 당신의 선물을 풀어놓는 것이다. 다른 이들의 짐을 덜어주는 것이다.

그러나 편안함을 숙달하는 것이 늘 쉬운 것은 아니다. 그것은 동적인 실천이다. 이 점을 염두에 두고 다음을 참고하기 바란다.

1. 속도를 늦추고 계획을 세워라. 막무가내로 설치고 다니면 우아해질 수 없다.

2. 관용과 연민을 실천해라. 이것은 속도를 늦추는 것과 나란히 가야 한다. 시간을 들여 천천히 듣고 이해해라.

3. 다른 사람들을 위한 공간을 만들어라. 보도나 버스 정류장, 커피숍이나 비즈니스 모임 그리고 당신의 인생에.

4. 작은 것이라도 다른 사람들을 편안하게 해주려고 노력해라.

5. 당신 자신도 편안하게 해주어라. 깐깐하게 굴지 마라. 남들이 칭찬을 하거든 받아들이고, 버스에서 누가 자리를 양보해주면 앉는 등, 다른 사람들이 베푸는 친절을 다 받아들여라. 그것이 우아함이며, 다른 사람들을 위한 선물이다. 다른 사람에게 우아해질 기회를 주는 것이니까.

6. 짐을 가볍게 해라. 발이 아픈 신발을 버리고, 무거운 지갑 · 배낭 · 서류가방에서 해방되어라. 육체적으로 정서적으로 나쁜 것들은 놓아버려라.

7. 몸을 돌보아라. 많이 움직일수록 잘 움직이게 되고, 기분도 좋아진다.

8. 세심하게 주의를 기울이는 연습을 해라. 전혀 기대치 않았던 곳에서 우아함을 찾아보아라.

9. 너그러워져라. 누군가의 희망을 예상하고 채워주는 건 멋진 일이다.

10. 즐겨라. 영화 〈그랜드 호텔Grand Hotel〉에서 라이오넬 배리

모어Lionel Barrymore가 그랬듯이, "장엄하고, 짧고, 위험한 우리의 인생을 위해 그리고 그런 인생을 사는 용기를 위해" 건배해라.

미주

들어가는 말: 전율이 이는 몸

1. Warren G. Harris, 《Audrey Hepburn: A Biography》(New York: Simon & Schuster, 1994)
2. Nancy Nelson, 《Evenings with Cary Grant: Recollections in His Own Words and by Those Who Knew Him Best》(New York: HarperCollins, 1991).
3. Ibid., 117.
4. Marc Eliot, 《Cary Grant: A Biography》(New York: Harmony Books, 2004), 305.
5. Ibid., 284~285.
6. Ibid., 210.
7. 여기 인용한 구절들은 다음의 번역을 참고했다. Miriam Lichtheim, 《Ancient Egyptian Literature: A Book of Readings》, vol. 1(Berkeley: University of California Press, 1973); Battiscombe G. Gunn, 《The Instruction of Ptah-hotep and the Instruction of Ke'Gemni: The Oldest Books in the World》(London: John Murray, 1906).
8. Keith O'Brien, "The Empathy Deficit," 〈Boston Globe〉, October 17, 2010, http://www.boston.com/bostonglobe/ideas/articles/2010/10/17/the_empathy_deficit.
9. Pamela Paul, "As for Empathy, the Haves Have Not", 〈New York Times〉, December 30, 2010, http://www.nytimes.com/2011/01/02/fashion/02studied.html.

1. 불멸의 재능

1. Sarah Kaufman, "One-Man Movement", 〈Washington Post〉, January 11, 2009, http://www.washingtonpost.com/wp-dyn/content/article/2009/01/09/AR2009010901212.html.

2. Eric Pace, "Cary Grant, Movies' Epitome of Elegance, Dies of a Stroke", 〈New York Times〉, December 1, 1986, http://www.nytimes.com/1986/12/01/obituaries/ cary-grant-movies-epitome-of-elegance-dies-of-a-stroke.html.

3. Frederic La Delle, 《How to Enter Vaudeville: A Complete Illustrated Course of Instruction》(Jackson, MI: Excelsior, 1913).

4. Cary Grant, "Archie Leach", 〈Ladies' Home Journal〉, January/February 1963(part 1), March 1963(part 2), and April 1963(part 3).

5. Ralph Waldo Emerson, 《The Conduct of Life》(Boston: Ticknor & Fields, 1860).

6. William Hazlitt, 《The Collected Works of William Hazlitt: The Round Table》(London: J. M. Dent, 1902). 45.

7. Sarah Kaufman, "Rita Moreno on Strength, Stamina and the Power of a Killer Body," 〈Washington Post〉, July 10, 2014, http://www.washingtonpost.com/entertainment/theater_dance/rita-moreno-on-strength-stamina-and-the-power-of-a-killer-body/2014/07/10/5882a6a6-0858-11e4-8a6a-19355c7e870a_story.html.

8. Peter Bogdanovich, 《Who the Devil Made It: Conversations with Legendary Film Directors》(New York: Alfred A. Knopf, 1987).

9. David Thomson, 《The New Biographical Dictionary of Film》(New York: Alfred A. Knopf, 2004), 361.

10. Sarah Kaufman, "The Man Leaves His Audience Breathless; Jean-Paul Belmondo's Physicality Defines Landmark Film," 〈Washington Post〉, July 9, 2010.

11. Garth Franklin, "Interview: Cate Blanchett for 《Notes on a Scandal》," Dark Horizons, December 31, 2006, http://www.darkhorizons.com/features/183/cate-blanchett-for-notes-on-a-scandal.

2. 우아한 다른 사람들

1. Nancy Nelson, 《Evenings with Cary Grant: Recollections in His Own Words and by Those Who Knew Him Best》(New York: HarperCollins, 1991).

2. F. Scott Fitzgerald, 《The Great Gatsby》(New York: Scribner, 2003), 52~53.

3. Sylvia Plath, 《The Bell Jar》(New York: Bantam Books, 1981), 33.

4. "Kyle Sandilands Was Devastated after Being Snubbed by Prince William and Kate", News.com.au, April 22, 2014, http://www. news.com.au/entertainment/celebrity-life/kyle-sandilands-was-devastated-after-being-snubbed-by-prince-william-and-kate/story-fnisprwn-1226892041914.

5. 가명이다.

3. 우아함과 유머

1. Sarah Kaufman, "Michelle Obama's 'Mom Dancing' Genius" 〈Washington Post〉, February 24, 2013.

2. Ian McEwan, "Margaret Thatcher: We Disliked Her and We Loved It," 〈Guardian〉(London), April 9, 2013, http://www.theguardian.com/politics/ 2013/apr/09/margaret-thatcher-ian-mcewan.

3. Patrick Sawer, "How Maggie Thatcher Was Remade," 〈Telegraph〉 (London), January 8, 2012, http://www.telegraph.co.uk/news/politics/margaret-thatcher/8999746/How-Maggie-Thatcher-was-remade.html.

4. Margaret Thatcher, interview with the 〈Daily Graphic〉, October 8, 1951, Margaret Thatcher Foundation, http://www.margaretthatcher.org/document/100910.

5. Margaret Thatcher, House of Commons speech: "Confidence in Her Majesty's Government," November 22, 1990, http://www.margaretthatcher.org/document/108256.

6. Margaret Thatcher, Conservative Election Rally, Plymouth, speech: "The Mummy Returns," May 22, 2001, http://www.margaretthatcher.org/

document/108389.

7. Sarah Kaufman, "In Mildred Holt, 105, Johnny Carson Met His Match," 〈Washington Post Style Blog〉, May 16, 2012, http://www.washingtonpost. com/blogs/style-blog/post/in-mildred-holt-105-johnny-carson-met-his-match/2012/05/15/gIQAsaW7RU_blog.html.

4. 우아함과 어울리는 기술

1. 《Diary of John Adams》, vol. 1, the Adams Papers(Boston: Massachusetts Historical Society), http://www.masshist.org/publications/apde2/view?mode=p&id=DJA01p10.

2. Benjamin Spock and Robert Needlman, 《Dr. Spock's Baby and Child Care》, 8th ed.(New York: Pocket Books, 2004), 439~440.

3. William Kremer, "Does Confidence Really Breed Success?" 〈BBC News Magazine〉, January 3, 2013, http://www.bbc.com/news/magazine-20756247. Jean M. Twenge and W. Keith Campbell, 《The Narcissism Epidemic: Living in the Age of Entitlement》(New York: Atria Books, 2010)도 볼 것.

4. Jena McGregor, "The Oddest, Worst and Most Memorable CEO Apologies of the Year," 〈Washington Post〉, December 23, 2014, http://www. washingtonpost. com/blogs/on-leadership/wp/2014/12/23/the-oddest-worst-and-most-memorable-ceo-apologies-of-the-year; Sam Biddle, "F*** Bitches Get Leid: The Sleazy Frat Emails of Snapchat's CEO," Valleywag, May 28, 2014, http://valleywag.gawker.com/fuck-bitches-get-leid-the-sleazy-frat-emails-of-snap-1582604137?ncid=tw eetlnkushpmg00000067.

5. Julie Johnsson, "Boeing Profit Rises, but Tanker Program Worries Analysts," 〈Seattle Times〉, July 23, 2014, http://seattletimes.com/html/businesstechnology/ 2024139521_boeingearningsxml.htm.

6. Elizabeth Woodward, 《Personality Preferred! How to Grow Up Gracefully》 (New York: Harper & Brothers, 1935).

7. Hortense Inman, 《Charm》(New York: Home Institute Inc., 1938).

8. Emily Post, 《Etiquette in Society, in Business, in Politics and at Home》 (New York: Funk & Wagnalls, 1922).

9. Battiscombe G. Gunn, 《The Instruction of Ptah-Hotep and the Instruction of Ke'Gemni: The Oldest Books in the World》(London: John Murray, 1906).

10. Miriam Lichtheim, 《Ancient Egyptian Literature: A Book of Readings》, vol. 1(Berkeley: University of California Press, 1973), 78, n. 29를 볼 것.

11. 이에 대한 상세한 논의는 다음의 책 서문을 참고할 것. Giovanni Della Casa, 《Galateo, or the Rules of Polite Behavior》, ed. and trans. M. F. Rusnak(Chicago: University of Chicago Press, 2013).

12. 다음의 책에서 인용함. Da Capo Press, New York, & Theatrum Orbis Terrarum Ltd., Amsterdam, 1969, 이 책은 1576년 영국에서 출간된 다음 책의 복사판이다. 《Galateo of Master John Della Casa, or rather, A treatise of the manners and behaviours, it behoveth a man to use and eschewe, in his familiar conversation. A worke very necessary and profitable for all Gentlemen, or other》.

13. Baldesar Castiglione, 《The Book of the Courtier》, ed. Daniel Javitch, trans. Charles S. Singleton(New York: W. W. Norton, 2002).

14. 그녀는 1939년에 출간된 탁월한 통찰력을 보여주는 다음의 단편소설에서 이 말을 사용했다. 《Old Mortality》, collected in Katherine Anne Porter, 《Pale Horse, Pale Rider: Three Short Novels》(New York: Modern Library, 1998).

15. 1901년에 나온 원본을 참고할 것. 《Letters to His Son on the Fine Art of Becoming a Man of the World and a Gentleman》, 2 vols., the Earl of Chesterfield, with an introduction by Oliver H. Leigh(Washington, DC: M. Walter Dunne).

16. 좀 더 철저한 논의는 다음을 참고할 것. C. Dallett Hemphill, 《Bowing to Necessities: A History of Manners in America, 1620~1860》(New York: Oxford University Press, 1999), 70ff.

17. Arthur M. Schlesinger, 《Learning How to Behave: A Historical Study of

American Etiquette Books》(New York: Macmillan, 1947), 12.

5. 슈퍼스타의 우아함

1. Joseph Joubert, 《Pensées of Joubert》, trans. Henry Atwell(London: George Allen, 1896).

2. Lynn Norment, "The Untold Story of How Tina and Mathew Knowles Created the Destiny's Child Gold Mine," 〈Ebony〉 56, no. 11(September 2001).

3. Maxine Powell, "Rock'n' Role Model," 〈People〉 26, no. 15(October 31, 1986).

4. John Cohassey, "Powell, Maxine 1924—," 《Contemporary Black Biography, 1995》, Encyclopedia.com, March 5, 2015, http://www.encyclopedia.com/doc/1G2- 2871000059.html.

5. Paula Tutman, "Motown Reacts to Miley Cyrus Performance Last Night," WDIV Click on Detroit, August 26, 2013, http://www.clickondetroit.com/news/ motown-reacts-to-miley-cyrus-performance-last-night/21657208.

6. Mike Householder, "Maxine Powell, Motown Records' Chief of Charm, Dies at 98," Associated Press, October 14, 2013.

7. Interview with Jane L. Donawerth, English professor and historian, University of Maryland, December 3, 2013.

8. Anna Morgan, "The Art of Elocution," in 《The Congress of Women: Held in the Woman's Building, World's Columbian Exposition, Chicago, U.S.A., 1893》, ed. Mary Kavanaugh Oldham Eagle(Chicago: Monarch Book Company, 1894), 597.

9. Martha Reeves, "Maxine Powell Remembered by Martha Reeves," 〈Observer〉(London), December 14, 2013.

6. 일상의 우아함

1. Natalie Angier, "Flamingos, Up Close and Personal," 〈New York Times〉, August 22, 2011.

2. William H. McNeill, 《Keeping Together in Time: Dance and Drill in Human History》(Cambridge, MA: Harvard University Press, 1995).

3. Sarah Kaufman, "At CityZen, Chefs Cook Up Sweet Moves," 〈Washington Post〉, May 9, 2012. Eric Ziebold closed CityZen in December 2014 and in 2015 opened two new restaurants in the Mount Vernon Square neighborhood of Washington, DC.

4. Sarah Kaufman, "Behind the Scenes at Verizon Center: Building the Set for J-Lo and Iglesias," 〈Washington Post〉, August 1, 2012, http://www.washingtonpost. com/lifestyle/style/behind-the-scenes-at-verizon-center-building-a-set-with-136000-pounds-of-equipment/2012/08/01/gJQAYkAtPX_story.html.

7. 예술의 우아함

1. 이 주제에 대해서는 다음을 참고할 것. Kenneth Clark, 《The Nude: A Study in Ideal Form》(Princeton, NJ: Princeton University Press, 1972).

8. 운동선수

1. 가령 다음을 참고할 것. Christopher Clarey, "Federer Beats Murray, and Britain, for Seventh Wimbledon Title," 〈New York Times〉, July 8, 2012; Barney Ronay, "Andy Murray Gets Closer to the Affections of the Wimbledon Crowd," 〈Guardian Sportblog〉, July 8, 2012, http://www.theguardian.com/sport/blog/2012/jul/08/andy-murray- wimbledon-crowd-2012; Bruce Jenkins, "Federer Wins 7th Wimbledon, but Murray's Progress No Small Feat," 〈Sports Illustrated〉, July 8, 2012; Liz Clarke, "Roger Federer Beats Andy Murray to Win Seventh Wimbledon Title," 〈Washington Post〉, July 8, 2012; and Martin Samuel, "Murray Lost

to a Master of the Universe, the Tennis Equivalent of a Pele or Ali," ⟨Daily Mail⟩(London), July 8, 2012, http://www. dailymail.co.uk/sport/tennis/article-2170656/Wimbledon-2012-Martin-Samuel-Andy-Murray-lost-master-universe.html.

2. Sarah Kaufman, "Beauty and the Bicycle: The Art of Going the Distance," ⟨Washington Post⟩, July 24, 2004, http://www.washingtonpost.com/ wp-dyn/articles/A10570-2004Jul23.html.

3. 다음의 다큐멘터리에서 인용함. "Joe DiMaggio: The Hero's Life," written by Richard Ben Cramer and Mark Zwonitzer, directed by Mark Zwonitzer(PBS, ⟨American Experience series⟩, 2000).

4. 다음 프로그램을 참고할 것. "Stories of the Olympic Games: Gymnastics," directed by Alastair Laurence(BBC Two, ⟨Faster, Higher, Stronger series⟩, 2012).

5. Sarah Kaufman, "Ripped from the Plié Book: Football and Dance Have Much in Common," ⟨Washington Post⟩, September 20, 2009, http://www.washingtonpost. com/wp-dyn/content/article/2009/09/18/AR2009091802513.html.

6. 다음 프로그램을 참고할 것. "Vision and Movement," written, directed, and produced by John Heminway(WNET/New York, ⟨The Brain series⟩, 1984).

9. 무용수

1. 다음의 책에서 인용함.《Edgar Degas Sculpture》, produced by the National Gallery of Art(Princeton, NJ: Princeton University Press, 2010), 이 책의 저자들인 Suzanne Glover Lindsay, Daphne S. Barbour 그리고 Shelley G. Sturman은 드가의 후원자였던 Louisine Havemeyer가 드가가 무용수를 그리는 이유를 설명하면서 이 말을 한 것을 기억해 자신의 회고록《Sixteen to Sixty: Memoirs of a Collector》(New York: Ursus Press, 1993)에 썼다고 밝혔다.

2. 다음의 다큐멘터리에서 인용함. ⟨Margot⟩, directed and edited by Tony Palmer(Isolde Films, 2005).

3. Richard Buckle, 《In the Wake of Diaghilev》(Holt, Rinehart & Winston, 1982), 276.

4. Meredith Daneman, 《Margot Fonteyn: A Life》(New York: Penguin Books, 2004).

5. Sarah Kaufman, "Ballerina Natalia Makarova: 'Being Spontaneous, It's What Saved Me,'" 〈Washington Post〉, November 30, 2012, http://www.washingtonpost.com/entertainment/theater_dance/ballerina-natalia-makarova-being-spontaneous-its-what-saved-me/2012/11/29/68f72692-32da-11e2-9cfa-e41bac906cc9_story.html.

10. 우아하게 걷기

1. Sarah Kaufman, "At 18, Model Karlie Kloss Conquers the Runways at New York's Fashion Week," 〈Washington Post〉, February 15, 2011, http://www.washingtonpost.com/wp-dyn/content/article/2011/02/15/AR2011021503549.html.

2. Virgil, 《The Aeneid》, Book I, trans. John Dryden, 1697, http://oll.libertyfund. org/titles/1175.

3. Ethan Mordden, 《Ziegfeld: The Man Who Invented Show Business》(New York: St. Martin's Press, 2008), 143.

4. Sarah Kaufman, "A Singular Vision: Nearing 80, Paul Taylor Is as Moving a Dance Figure as Ever," 〈Washington Post〉, July 18, 2010, http://www.washingtonpost.com/gog/performing-arts/paul-taylor-dance-company,1034041.html.

5. Michael Munn, 《John Wayne: The Man behind the Myth》(New York: New American Library, 2005), 166.

6. James Thomas Flexner, 《Washington: The Indispensable Man》(Boston: Little, Brown, 1974), 41.

7. Doris Kearns Goodwin, 《Team of Rivals: The Political Genius of Abraham Lincoln》(New York: Simon & Schuster, 2006), 6.

8. Thomas Jefferson to Dr. Walter Jones, 2 January 1814, William Alfred Bryan, 《George Washington in American Literature, 1775~1865》(New York: Columbia University Press, 1952), 49에서 인용함.

9. John Adams to Benjamin Rush, 11 November 1807, available on the Gilder Lehrman Institute of American History website, https://www.gilderlehrman.org/collections/c937ec94-4d4b-4b48-a275-240372288363?back=/mweb/search%3Fneedle%3DGLC00424.

10. Benjamin Rush to Thomas Rushton, 29 October 1775, in 《Letters of Benjamin Rush》, vol. 1, ed. L. H. Butterfield(Princeton, NJ: Princeton University Press, 1951), 92. 워싱턴의 성장기에 대해서는 다음의 흥미로운 전기도 참고할 것. Willard Sterne Randall, 《George Washington: A Life》(New York: Henry Holt, 1997).

11. 실수와 우아함

1. Steven Berglas, "The Entrepreneurial Ego: Pratfalls," 〈Inc〉., September 1, 1996.

12. 노력과 우아함

1. Frederic La Delle, 《How to Enter Vaudeville: A Complete Illustrated Course of Instruction in Vaudeville Stage Work for Amateurs and Beginners》(Jackson, MI: Excelsior, 1913).

13. 신체장애와 우아함

1. 좀 더 자세한 정보는 다음 웹사이트를 참고할 것. http://danceforparkinsons.org.

2. Sarah Kaufman, "Amy Purdy's Bionic Grace on 'Dancing with the Stars,'" 〈Washington Post〉, April 12, 2014, http://www.washingtonpost.com/entertainment/ theater_dance/amy-purdys-bionic-grace-on-

dancing-with-the-stars/2014/04/10/e4575b48-bdd7-11e3-bcec-
b71ee10e9bc3_story.html.

14. 우아함의 과학

1. 가령 다음을 참고할 것. Heidi Godman, "Regular Exercise Changes the
   Brain to Improve Memory, Thinking Skills," 〈Harvard Health Letter〉,
   April 9, 2014, http://www.health.harvard.edu/blog/regular-exercise-
   changes-brain-improve-memory-thinking-skills-201404097110.
   브리티시 컬럼비아 대학교에서 수행한 연구보고서에 따르면, 정기적으로 에
   어로빅을 하면 언어적 기억 및 학습과 관련된 뇌의 영역인 해마의 크기가 커
   진다고 한다.

2. Christy Matta, "Can Exercise Make You Smarter?" PsychCentral, http://
   psychcentral.com/blog/archives/2012/11/09/can-exercise-make-you-
   smarter.

3. Carl Ernst et al., "Antidepressant Effects of Exercise: Evidence for an
   Adult-Neurogenesis Hypothesis?" 〈Journal of Psychiatry & Neuroscience〉
   31, no. 2(2006): 84~92.

4. Deborah Kotz and Angela Haupt, "7Mind-Blowing Benefits of
   Exercise," 〈U.S. News and World Report Health〉, March 7, 2012, http://
   health.usnews. com/health-news/diet-fitness/slideshows/7-mind-
   blowing-benefits-of-exercise/3.

5. IOS Press, "Tai Chi Increases Brain Size, Benefits Cognition in
   Randomized Controlled Trial of Chinese Elderly," 〈Science Daily〉,
   June 19, 2012, www.sciencedaily.com/releases/2012/06/120619123803.
   htm. Gao-Xia Wei et al., "Can Taichi Reshape the Brain? A Brain
   Morphometry Study," 〈PLOS ONE〉 8, no. 4(2013), e61038, doi: 10.1371/
   journal.pone.0061038도 볼 것.

6. "Stay Physically Active," Alzheimer's Association, http://www. alz.org/
   we_can_help_stay_physically_active.asp. Accessed February 6, 2015.

7. Albert Einstein to his son Eduard 5 February 1930, Walter Isaacson,

《Einstein: His Life and Universe》(New York: Simon & Schuster, 2007), 367 에서 인용함.

8. 신경과학자 대니얼 월퍼트Daniel Wolpert의 테드(TED) 강연. "The Real Reason for Brains," July 2011, http://www.ted.com/talks/daniel_ wolpert_the_real_reason_ for_brains?language=en.을 볼 것.

9. Yuri Kageyama, "Woman or Machine? New Robots Look Creepily Human," Associated Press, June 24, 2014, http://bigstory.ap.org/article/ new-tokyo- museum-robot-guides-look-sound-human; Will Ripley, "Domo Arigato, Mr. Roboto: Japan's Robot Revolution," 〈CNN〉, July 15, 2014, http://www.cnn.com/2014/07/15/ world/asia/japans-robot-revolution.

10. Daniel L. Gebo, "Primate Locomotion," 〈Nature Education Knowledge〉 4, no. 8(2013): 1.

11. Emma E. T. Pennock, "From Gibbons to Gymnasts: A Look at the Biomechanics and Neurophysiology of Brachiation in Gibbons and Its Human Rediscovery," 〈Student Works〉, Paper 2, May 3, 2013, http:// commons.clarku.edu/studentworks/2.

12. Adam Smith, 《The Theory of Moral Sentiments》, 3rd ed.(London: G. Bell & Sons, 1767), http://books.google.com.

13. Herbert Spencer, "Gracefulness," 〈Leader magazine〉, December 25, 1852; 《Essays: Moral, Political and Aesthetic》(New York: D. Appleton, 1871)에 재수록됨.

14. Ibid.

15. NPR staff, "Cate Blanchett Finds Humor in the Painfully Absurd," January 10, 2014, http://www.npr.org/2014/01/10/261398089/cate-blanchett-finds-humor-in-the-painfully-absurd.

16. Riitta Hari and Miiamaaria V. Kujala, "Brain Basis of Human Social Interaction: From Concepts to Brain Imaging," 〈Physiological Reviews〉 89, no. 2(April 2009): 453~479, doi: 10.1152/physrev.00041.2007, http://www.ncbi.nlm.nih.gov/pubmed/ 19342612.

15. 어메이징 그레이스

1. 이 노래의 역사와 전파에 대한 포괄적인 내용에 대해서는 다음을 참고할 것. Steve Turner's very interesting 《Amazing Grace: The Story of America's Most Beloved Song》(New York: Ecco, 2002), 147ff.

2. Bhagavad Gita, trans. Swami Paramananda, chapter 18, verses 58~62(Boston: Vedanta Centre, Plimpton Press, 1913), https://archive.org/stream/srimadb hagavadg00swamgoog/srimadbhagavadg00swamgoog_ djvu.txt.

3. Ibid., chapter 9, verse 28.

16. 우아함으로의 도약

1. Edmond Duranty, 《La nouvelle peinture》("The New Painting"; Paris: E. Dentu, 1876).

2. Rachel Straus, "Black Magic: Maggie Black's Transformative Approach to Ballet Training," 〈DanceTeacher〉 magazine, April 1, 2012, http://www.dance-teacher. com/2012/04/black-magic.

3. Mary Bond, 《The New Rules of Posture: How to Sit, Stand, and Move in the Modern World》(Rochester, VT: Healing Arts Press, 2007).

4. Björn Vickhoff et al., "Music Structure Determines Heart Rate Variability of Singers," 《Frontiers in Psychology》 4(2013): 334, doi: 10.3389/fpsyg.2013.00334.

5. Riane Eisler, 《The Power of Partnership: Seven Relationships That Will Change Your Life》(Novato, CA: New World Library, 2002).

6. Sarah Kaufman, "A Mover and Shaker, Still in Motion," 〈Washington Post〉, July 6, 2008. http://www.washingtonpost.com/wp-dyn/content/article/2008/07/03/AR2008070301510.html.

7. "Tips to Maintain Good Posture," American Chiropractic Association, http:// www.acatoday.org/content_css.cfm?CID=3124. Accessed April 10, 2015.

8. "How Poor Posture Causes Neck Pain," Spine-health, http://www.

spine- health.com/conditions/neck-pain/how-poor-posture-causes-neck-pain. Accessed April 10, 2015.

9. Ian J. Edwards, Mark L. Dallas, and Sarah L. Poole, "The Neurochemically Diverse Intermedius Nucleus of the Medulla as a Source of Excitatory and Inhibitory Synaptic Input to the Nucleus Tractus Solitarii," 〈Journal of Neuroscience〉, August 1, 2007, http://www.jneurosci.org/content/27/31/8324.full.

10. Charles E. Matthews, et al., "Amount of Time Spent in Sedentary Behaviors and Cause-Specific Mortality in US Adults," 〈American Journal of Clinical Nutrition〉 95.2(2012): 437~445.

11. Sarah Kaufman, "At Fashion Week, Spring 2012 Collections Showcase Movement," 〈Washington Post〉, September 13, 2011, http://www.washingtonpost.com/lifestyle/style/at-fashion-week-spring-2012-collections-showcase-movement/2011/09/13/gIQAkzrfQK_story.html.

12. 1901년에 나온 원본 《Letters to His Son on the Fine Art of Becoming a Man of the World and a Gentleman》, 2 vols., the Earl of Chesterfield, with an introduction by Oliver H. Leigh(Washington, DC: M. Walter Dunn)을 볼 것.

삽화 출처

34쪽 : Everett Collection 제공
168쪽 : Walters Art Museum(Baltimore) 소장품
171쪽 : Walters Art Museum(Baltimore) 소장품
173쪽 : 보티첼리, 〈프리마베라Premavera〉
175쪽 : 라파엘로, 〈미의 세 여신Les Trois Graces〉
223쪽 : Getty Images
234쪽 : ⓒ PBS/Everett Collection 제공
291쪽 : Dave Koinsky 사진/Getty Images
343쪽 : 마르틴 숀가우어, 〈성모 마리아〉
345쪽 : 프랑수아 앙드레 뱅상, 〈방주로 동물들을 이끄는 노아〉

찾아보기

우아함의 기술

첫판 1쇄 펴낸날 2017년 9월 8일
첫판 8쇄 펴낸날 2023년 10월 25일

지은이 | 사라 카우프먼
옮긴이 | 노상미
펴낸이 | 박남주

종이 | 화인페이퍼
인쇄·제본 | 한영문화사

펴낸곳 | (주)뮤진트리
출판등록 | 2007년 11월 28일 제2015-000059호
주소 | 서울시 마포구 토정로 135 (상수동) M빌딩
전화 | (02)2676-7117 팩스 | (02)2676-5261
전자우편 | geist6@hanmail.net
홈페이지 | www.mujintree.com

ⓒ 뮤진트리, 2017

ISBN 979-11-6111-006-6 03840

* 책값은 뒤표지에 있습니다.